RHEINTAL KRIMI
2

Oliver Buslau, 1962 geboren, ist streng genommen kein Schängel, hat aber sein Leben vom vierten bis zum zwanzigsten Lebensjahr in Koblenz verbracht und dort als freier Mitarbeiter der Rhein-Zeitung erste Schreiberfolge erzielt. Er studierte Musikwissenschaft und Germanistik und ist seit 1994 freier Autor und Journalist. 1986 komponierte er den Hausmarsch des »RKK« (Regionalverband karnevalistischer Korporationen). 2000 gründete er die Zeitschrift »TextArt – Magazin für kreatives Schreiben«, die er als Chefredakteur und Mitherausgeber leitet. Heute lebt er in Bergisch Gladbach. Im Emons Verlag erschienen bisher drei Kriminalromane um den Privatdetektiv Remigius Rott: »Die Tote vom Johannisberg« (2000), »Flammentod« (2001) und »Rott sieht Rot« (2002).
www.oliverbuslau.de

Dieses Buch ist ein Roman. Die Geschichte, die Figuren und sogar einige Lokalitäten sind frei erfunden. Sollte sich jemand darin wieder erkennen, dann zeigt das nur, dass die Welt voller Zufälle ist.

Oliver Buslau

Schängels Schatten

Emons

Umschlaggestaltung: Atelier Schaller, Köln
Umschlagzeichnung: Heribert Stragholz
Umschlaglithografie: Media Cologne GmbH, Köln
Druck und Bindung: Clausen & Bosse GmbH, Leck
Printed in Germany 2003
ISBN 3-89705-284-9

www.emons-verlag.de

Willst du deine Gegner besiegen?
Dann zerstöre ihre Symbole!
Anonym

Denkmäler sind gefrorene Geschichte.
Sir Alec Guinness

»Schängel, dä, pl. -e, Schängelche
1. Jean, Vorname, aus dem in der Vergangenheit stark gebräuchlichen Namen Johann und dem französischen Vornamen Jean wurde in der Mundart der ›Schängel‹,
2. Pseudonym für alle Koblenzer
(...)«

Aus: Hannelore Kraeber: Neues Wörterbuch der Koblenzer Mundart, Koblenz 1992, S. 288

Den alten Zeiten – am Burgweg und anderswo

1982

1.

Mike verfolgte Carola im Schein der Taschenlampe. Es fiel ihm schwer, das Licht ruhig zu halten. Das mulmige Gefühl in seinem Bauch wurde von Sekunde zu Sekunde stärker, und der Kegel der Lampe zitterte.

Das Mädchen merkte zum Glück nichts von seiner Unsicherheit. Sie hielt den rechten Eckpfeiler konzentriert im Blick, ging ohne zu zögern auf ihn zu, suchte mit den Fingern Halt und zog sich langsam hoch. In den dunklen Granit war ein Wappen eingemeißelt; die Unregelmäßigkeiten im Stein waren ideale Punkte zum Abstützen. Immer wieder setzte Carola die Füße ins schwarze Nichts, und Sekunden später stand sie schon auf dem steinernen Löwenkopf, der das Wappen krönte. Entschlossen fasste sie nach dem Wasserspeier über sich, der wie ein Arm aus der Mauer ragte. Sie machte einen Klimmzug, schwang sich hinauf und war sofort hinter der Brüstung verschwunden, wo sich tagsüber die Touristen drängten, um den Zusammenfluss von Rhein und Mosel zu bewundern.

Von hier aus, hatte Carola vorher erklärt, war es ein Kinderspiel. Man musste sich an die Kante über dem Balkon hängen, sich hochziehen, und dann stand man schon auf dem oberen Podest. Mike war verblüfft, wie schnell das gegangen war.

Im Lichtkegel hing das Seil herunter, das Carola mit hinaufgezogen hatte. Am unteren Ende war ein Gurt befestigt, in den sich Mike hängen sollte. Das mulmige Gefühl verwandelte sich in einen dumpfen Schmerz, der sich in seinem Bauch ausbreitete. Nervös wischte sich Mike die Hände an der Jeans ab.

Er ging ein paar Stufen die breite Treppe hinunter, blickte nach oben und sah Carolas Kopf über der Kante. Er hätte nie gedacht, dass sie das schaffen würde.

Natürlich – sie war sportlich und kletterte an allem hoch, was sie finden konnte. Am liebsten waren ihr Mauern in den alten Forts – das Fort Konstantin am Hang der Karthause zum Beispiel. Sie hatte sich sogar schon am Pfeiler der Balduinbrücke versucht. Diese Aktion hatte die Polizei auf den Plan gerufen und Carola Riesenärger mit ihrem strengen Vater eingebracht.

Der Denkmalsockel am Deutschen Eck war allerdings schon etwas anderes. Ein Riesenklotz, von morgens bis abends von Touristen bevölkert. Und auch wenn mal wenig los war, wurde man sofort entdeckt. Deswegen hatte Mike Carolas Idee, dort mal raufzuklettern, nie ernst genommen. Die einzige Möglichkeit war, es nachts zu versuchen. Aber wie hätte Carola nachts von zu Hause wegkommen sollen? Heute Morgen hatte es dann eine Überraschung gegeben: Carola hatte ihn nach der Chemiestunde abgepasst, gelächelt und nur einen Satz gesagt: »Meine Eltern sind im Urlaub.« Mike war sofort klar gewesen, was das bedeutete. »Du hast gesagt, wenn ich raufkomme, machst du mit«, hatte sie hinzugefügt. »Ich bin bereit. Was ist mit der Fahne?«

Die Fahne war der zweite Teil des Plans. Es ging nicht nur darum, auf das Denkmal zu klettern. Sie wollten auch die deutsche Flagge vom Mast holen und durch eine andere ersetzen. Eine eigene. Eine mit einem Friedenszeichen. Es sollte eine politische Protesthandlung werden. Gegen den Nato-Doppelbeschluss. Gegen die Bundeswehr-Gelöbnisse, die hier immer stattfanden. Gegen den ganzen Militärkram. Eine Aktion für den Frieden.

Mike hatte zu Hause ein weißes Betttuch geklaut und wollte es mit roter Sprühfarbe dekorieren. Die klackernde Dose in der Hand, hatte er dann aber doch gezögert. Und aus einer plötzlichen Laune heraus hatte er schließlich statt des geplanten Peace-Symbols einen gewaltigen Phallus aufgemalt.

Carola hatte währenddessen alles generalstabsmäßig durchgeplant. Um Punkt zwölf musste er sie mit seiner Zündapp am Burgweg abholen. Mit der Fahne natürlich. Um halb eins war dann die Aktion gestartet. Und jetzt stand er hier – vor ihm der gewaltige dunkle Granitblock, auf den er mitten in der Nacht klettern musste, wenn er nicht vor Carola das Gesicht verlieren wollte. Und das wollte er ganz und gar nicht.

Mike sah auf die Uhr. Kurz vor eins.

»Hey, was ist los?«, rief Carola von oben.

»Alles okay«, versuchte er zu antworten, aber seine Stimme klang brüchig.

Was jetzt kam, hatten sie haarklein abgesprochen. Das Seil bewegte sich im Schein der Lampe. Carola zog es ein Stück hoch. Mike musste den Gurt packen und sich damit sichern. Er überprüfte mit zitternden Fingern noch einmal den Rucksack, in dem sich das besprühte Betttuch befand.

»Mach schon«, kam es von oben. »Sieh zu, dass du Tritt kriegst.«

Sie hatten vereinbart, während der Kletterei möglichst wenig zu sprechen, damit niemand aufmerksam wurde. Vielleicht gab es ja ein paar Spaziergänger, die es jetzt noch an die Moselmündung trieb. Manchmal hielten sich hier auch Penner auf. Aber von denen war nichts zu sehen. Vielleicht war es jetzt, Ende April, noch zu kalt.

Mike legte den Gurt an, wie Carola es ihm gezeigt hatte, und zog zweimal am Seil. Das war das Signal. Sofort straffte es sich, und er musste sehen, dass er hinaufkam.

»Es ist ganz einfach«, hatte Carola gesagt. »Man muss nur die Nerven behalten.«

Genau das war Mikes Problem. Er versuchte, mit dem langsamen Ziehen mitzuhalten. So gut es ging, suchte er Tritt in den schmalen Vorsprüngen. Carola hatte ihm eingeschärft, dass sie ihn mit jedem gewonnenen Zentimeter von oben sichern würde. Dazu benutzte sie die Fahnenstange auf dem Denkmal, um die sie das Seil Stück für Stück herumlegen würde. Natürlich konnte sie ihn nicht ziehen. Klettern musste er schon selbst. Mike brach der Schweiß aus. Das Schlimmste war, dass niemand für ihn leuchten konnte. Er brauchte die Hände zum Klettern; zusätzlich eine Lampe zu halten war unmöglich.

In der Dunkelheit zeichnete sich der obere Rand des Wappens ab. Das stilisierte Löwengesicht. Mike streckte die Arme nach oben, bekam den Vorsprung zu fassen und zog sich mühsam hoch. Mit den Füßen trat er nach, doch er kam nicht weiter. Ein schneidender Schmerz zuckte durch seine Schulter.

»Ich schaff's nicht«, ächzte er und hatte das Gefühl, zwischen Himmel und Erde zu hängen. Wie hoch war er über dem Boden? Er wollte nicht darüber nachdenken.

Seine Füße fanden irgendwo Halt. Wahrscheinlich auf einem der schmalen Vorsprünge, von denen er jeden Moment abrutschen konnte. Konzentrier dich auf die kleinen Schritte, sagte er sich. Mach langsam.

Carola zog von oben an, und es ging ein Stück weiter. Es schien eine Ewigkeit zu dauern, bis er auf dem oberen Rand des Wappens stand. Ein kleines bisschen Boden unter den Füßen. Immerhin. Das Seil war gespannt, und er hielt sich fest, so weit seine rutschigen Hände überhaupt etwas packen konnten. Sein Herz hämmerte, und er war völlig außer Atem.

»Was ist?«, rief Carola herunter.

»Lass mich verschnaufen«, keuchte Mike. »Nur einen Moment.« Er fühlte, wie ihm brennender Schweiß in die Augen lief, aber er traute sich nicht, das Seil loszulassen und ihn abzuwischen.

Ein kühler Windhauch brachte den süßlichen Geruch des Flusswassers mit. Mike spürte, dass er unter seiner Jacke klatschnass geschwitzt war. Ein Schiff stampfte vorbei. Das dumpfe Geräusch ging in dem Summen unter, das sich plötzlich in Mikes Kopf ausbreitete. Ruhig durchatmen, sagte er sich. Du stehst hier sicher; beruhige dich erst mal. Das Seil war straff. Alles in Ordnung. Es konnte weitergehen.

Er griff nach dem Wasserspeier, der vor ihm herausragte. Seine Hände fassten ins Leere. Er taumelte und konnte gerade noch das Seil packen. Er spürte einen Ruck, als ihn die Gurtkonstruktion festhielt. Seine Schulter knallte gegen den Stein. Der Schmerz kam ein paar Herzschläge später. Wie ein Feuer, das sich durch den Oberarm fraß.

Verzweifelt suchte Mike mit den Füßen Halt auf dem Wappen, und im selben Moment brach die Panik wie eine eisige Dusche über ihn herein.

»Lass mich runter!«

»Was?«, kam es von oben.

»Ich will nicht mehr!«, rief er. »Lass mich runter!«

»Aber …«

»Hast du nicht gehört?«, schrie er zornig. »Ich habe keinen Bock, da raufzuklettern!«

Carola sagte etwas, das er nicht verstand, und er spürte, wie sie Seil nachgab.

Er tastete sich nach unten, und es dauerte nur ein paar Sekunden, bis er wieder auf dem Boden stand. Hektisch befreite er sich aus dem Gurt. In seiner Schulter pochte es. Er fingerte nach seinem Tabaksbeutel und begann sich eine Zigarette zu drehen.

»He«, rief Carola von oben. »Mach wenigstens den Rucksack fest.«

Mike hakte ihn am Gurt ein. Kurz darauf schleifte er an der Granitmauer nach oben.

Missmutig und sich selbst verfluchend ging Mike die Treppen hinunter und betrat den bugförmigen Kiesplatz, der in den Zusammenfluss von Rhein und Mosel hineinragte. Als er fast an der Spitze angekommen war, drehte er sich um. Das Denkmal lag wie ein breiter, schwarzer Felsen im Dunkeln. Von den Straßenlampen am Peter-Altmeier-Ufer und in den Rheinanlagen kam nur ein dämmriger Schein herüber. Von Carola war nichts zu sehen; dabei war sie sicher dort oben mit der Taschenlampe zugange.

Er lehnte sich über das Eisengeländer, zündete die Zigarette an und starrte hinüber zur Festung Ehrenbreitstein. Oben ragten die alten Kasematten auf, darunter fiel der steile Felsen ab. Alles prächtig beleuchtet.

Irgendwann knirschten Schritte auf ihn zu. Er drehte sich um und sah Carolas helle Gestalt, die schnell näher kam.

»Verdammt, was hast du dir dabei gedacht?«, schrie sie.

Er wandte sich ab. »Ich hab eben Angst gekriegt. Ich bin nicht so ein Kletterass wie du.«

»Das meine ich nicht. Warum hast du so eine Sauerei auf die Fahne gemalt? Das ist doch total kindisch!«

Er schluckte. Das hatte er vollkommen vergessen.

»Ich dachte, wir schaffen das sowieso nicht«, murmelte er.

»Was *wir* schaffen, weiß ich nicht. *Ich* habe es jedenfalls geschafft.«

»Das weiß ich ja.«

»Soll das vielleicht eine politische Aussage sein? Dieser Pimmel?«

»Warum nicht?«

»Du bist ja bescheuert.«

Wütend griff sie nach dem Eisengeländer und begann Dehnübungen zu machen. Sie legte ein Bein auf die Verstrebung, streckte das andere ganz nach hinten und senkte langsam den Körper.

Er sah ihr eine Weile zu. »Wie war's denn da oben?«, fragte er dann.

»Man sieht nicht so viel, wie ich dachte. Man müsste mal tagsüber rauf.«

»Das wird ja nun gar nicht klappen«, sagte er.

Sie unterbrach ihre Übungen und stellte sich breitbeinig hin. »Warum gibst du eigentlich immer gleich auf, Michael?«

Er zuckte mit den Schultern. »Was nicht geht, geht nicht. Ganz einfach.«

»Das sehen andere anders. Ich bin zum Beispiel da raufgekommen, obwohl du vorher gesagt hast, dass das nicht geht.«

»Du bist eben begabt.«

»Auch wer begabt ist, muss was tun. Gerade der.«

»Du redest wie mein früherer Klavierlehrer.«

»Da ist ja auch kein großer Unterschied.«

»Zwischen Sport und Musik? Das will ich doch hoffen.«

Es war immer dasselbe. Carola war der Ehrgeiz in Person. Er war der Faulpelz. Sie kämpfte um das, was sie wollte. Er wartete darauf, dass es geflogen kam.

»Egal, was du machst – du musst an dir arbeiten. Ob du Klavier spielst, Häuser baust, kletterst oder ...«

»Das kommt schon«, sagte Mike und sah auf die dunklen Flüsse hinaus.

»Ach – und die Villa in Hollywood kommt dann auch, oder was? Den ganzen Tag im Bademantel rumlaufen, Geld ausgeben, ab und zu mal was am Klavier spielen ...«

Mike schüttelte den Kopf. Er bereute es, dass er Carola seinen Traum verraten hatte, später als reicher Musiker in Amerika zu leben.

Carola gelang es einfach nicht, ihm klar zu machen, dass so etwas nicht von selbst kam. »Manchmal habe ich gute Ideen. Das reicht doch«, sagte er oft. Wenn sie bei Mike zu Hause waren, setzte er sich ans Klavier und begann irgendeine Melodie zu spielen. »Ist mir gerade eingefallen«, sagte er dann und lächelte. Und Carola sagte nichts mehr. Er wusste, dass sie sein Klavierspiel toll fand. Und vielleicht noch mehr an ihm. Hoffte er zumindest. Auch wenn sie ständig auf seiner Faulheit herumhackte – er hatte das Gefühl, dass Carola der einzige Mensch war, der ihn vollkommen verstand. Sie war anders als die Mädchen, die er sonst aus der Schule kannte. Mit Carola konnte er reden, und wenn ihnen mal nicht nach Reden zumute war, konnte er ihr etwas vorspielen. Wenn das passierte, gab es manchmal

Momente, in denen die Zeit stillzustehen schien. Einmal hatte er gespielt und gespielt, was ihm gerade eingefallen war, und Carola hatte dagesessen und zugehört. Danach war er wie aus einem Traum erwacht.

»Hast du unsere Fahne denn gehisst?«, fragte Mike.

»Sicher. Und die andere runtergenommen.« Sie bückte sich und griff nach dem Rucksack, den sie auf den Boden gestellt hatte. Mike sah erst jetzt, dass darauf ein zusammengerollter Packen lag. Er tastete nach dem Stoff.

»Nicht schlecht. Und was machen wir jetzt damit?«

Sie lächelte verschmitzt. »Ich würde sagen, wir übergeben sie den Fluten. Wie geplant.«

Carola nahm die Wurst aus Stoff und reichte Mike das eine Ende. Er griff zu. Sie war ganz schön schwer.

»Auf drei?«, schlug sie vor.

»Auf drei«, sagte Mike und nickte.

»Und eins, und zwei …« Sie ließen die Stoff-Wurst schaukeln.

»Und dreiiiiii …«

Als die Flagge das Wasser traf, gab es noch nicht mal ein Platschen. Mike hatte sich das alles anders vorgestellt. Irgendwie triumphaler. Aber dafür hätte er auch bis zum Schluss mitmachen müssen. Während der dunkle Fleck lautlos im Wasser verschwand, stellte er fest, dass er sich wieder mal wie ein Versager vorkam.

2.

Jeden Morgen fuhr Mike an Carolas Haus vorbei. Seit einem Monat holte er sie ab. So hatte ihre Freundschaft begonnen. Sie wurde intensiver, als sie merkten, dass sie wenig oder fast gar nichts mit den anderen in ihrer Stufe gemeinsam hatten. Sie hatten nichts mit all dem Disco-Kram im Sinn, mit dem die anderen die Zeit totschlugen. Mike saß am liebsten an seinem Klavier und spielte alles, was ihm in die Finger kam. Carola strich an Brücken, an Steinbrüchen, Abhängen und alten Gemäuern entlang, immer auf der Suche nach Klettergelegenheiten. Dann wieder trafen sie sich, meistens am oberen Burgweg, der am Moselhang entlang von Moselweiß auf die Karthause führte. An ihrem Geheimplatz, einer schmalen Felsnase, konnten sie stundenlange Gespräche führen. Hier hatten sie sich auch die Klettertour auf das Deutsche Eck ausgedacht.

Sie gingen zurück zur Zündapp, die Mike auf dem Parkplatz an der Mosel abgestellt hatte, und fuhren zur Gülser Brücke. Dort setzten sie sich auf die Bank an der Fähranlegestelle.

Die Brücke war durch eine Kette von gelblichen Lampen beleuchtet, die sich im glatten, schwarzen Wasser der Mosel spiegelten. Auf der anderen Seite des Flusses waren die Lichter von Güls zu sehen. Das Neonblau einer Aral-Tankstelle an der Uferstraße stach fremdartig hervor. In den hellen Flecken der Brückenlampen bewegten sich ein paar kleine Schatten. Enten.

»Du hättest es auch schaffen können«, sagte Carola. Sie hatte den Oberkörper vorgebeugt und stützte das Kinn in die Hände.

»Wenn ich so eine Sportskanone wie du wäre, vielleicht. Das Klettern ist nichts für mich.« Er räusperte sich. »Ich bin Musiker.«

Sie lehnte sich zurück und sah ihn an. »Ach, tatsächlich? Und wann kommt mal ein richtiger Auftritt? Wann spielst du mal was in der Rhein-Mosel-Halle?«

Mike schluckte. Das war sein wunder Punkt. Er dachte an das Notenpapier, das sich auf dem Klavier stapelte. An seine bleistiftgeschriebenen Versuche, Themen für Sonaten, Fugen oder wenigstens ein paar Popsongs zu erfinden. An die Momente, in denen er eine Schallplatte mit Glenn Gould oder Rubinstein auflegte und am liebsten seinen ganzen Mist verbrannt hätte.

»Ich weiß auch nicht, woran es liegt«, sagte er leise. »Vielleicht habe ich Angst, mich zu blamieren. Meine Eltern fänden es auch nicht gut, wenn ich Musik studiere.«

»Und was ist mit *meinen* Eltern? Du weißt doch, wie mein Vater über meine Klettertouren denkt. Und ich mach's trotzdem.«

»Ich bin eben nicht wie du.«

»Nein – fauler.«

Mike wollte nicht darüber nachdenken. Wahrscheinlich, weil sie Recht hatte. Einerseits stimmte das mit seinen Eltern schon. Es waren einfache Leute. Sein Vater war Fahrer bei einem großen Verlag und mächtig stolz auf seinen Sohn, der als Erster der Familie aufs Gymnasium ging. Die Mutter war Hausfrau und akzeptierte das andauernde Klavierspiel nur, weil Mike jedes Jahr am 24. Dezember ein paar Weihnachtslieder klimperte und sie damit bei ihren Freundinnen angeben konnte. Richtigen Unterricht hatte er nie gehabt. Ein knappes Jahr bei einem Musikstudenten, dann war es den Eltern zu teuer geworden. Der Gedanke, nächstes oder übernächstes Jahr womöglich einem Professorengremium vorzuspielen, machte ihn krank. Er hatte sich noch nicht mal getraut, mit Dr. Lange, seinem Musiklehrer in der Schule, darüber zu reden.

Carola rieb sich die Arme.

»Ist dir kalt?«, fragte er.

»Nein.«

Trotzdem legte Mike wie zufällig den Arm hinter sie und tastete mit der Hand langsam näher. Vorsichtig gelangte er an den Stoff ihrer Jacke. Die Luft roch nach Erde, Laub und dem Fluss. Mike spürte, wie sich sein Herzschlag beschleunigte. Er überlegte, ob er etwas sagen sollte. Es fiel ihm aber nichts ein. Verdammt, er musste etwas unternehmen!

»Willst du, dass wir zusammenbleiben?«, brachte er hervor.

»Wir sind zusammen«, sagte sie sachlich. »Wir sind doch Freunde, oder?«

»Ich meine eigentlich was anderes.«

»Wenn es dir nur darauf ankommt. Mir ist eine richtige Freundschaft lieber.«

Mike seufzte. »Aber, ich finde …« Er brach ab.

Carola wandte ihm das Gesicht zu. Es war höchstens zehn Zentimeter entfernt; er konnte die Wärme spüren, die von ihr ausging. Es summte in seinen Ohren. Ihn durchzog ein Gefühl, als seien seine Adern mit Helium gefüllt. So musste es wahrscheinlich sein. Genau so.

»Mike«, flüsterte sie.

Was sie sagen wollte, ging in einem Knall unter, der von irgendwo plötzlich durch die Stille peitschte. Geflatter erfüllte die Luft. Die Enten stoben quakend davon.

Carola drehte den Kopf. »Was war das?«, fragte sie.

»Ich weiß nicht«, sagte Mike.

Sie lauschten. Gerade als Mike das Gefühl hatte, dass sich die Atmosphäre wieder entspannt hatte, durchbrach erneut ein Geräusch die Stille. Ein Klatschen. Mike wollte etwas sagen, aber da war Carola auch schon aufgesprungen und rannte zur Bushaltestelle neben der Brücke. Unter dem Schutzdach für die Fahrgäste blieb sie stehen. Mike kam hinterher.

»Komisch«, sagte sie.

»Hast du auch das Platschen gehört?«, fragte er und kam sich dämlich vor. Warum sonst war sie wohl hier herübergelaufen?

Carola deutete auf die Brücke. »Komm hier rüber.«

Unter dem ersten Bogen gab es zum Wasser hin ein schmales Stück mit Steinen und Unkraut. Die Stelle war das inoffizielle Klo der Busfahrer, die hier an der Endhaltestelle ihre Pause machten. Carola quetschte sich an dem Geländer vorbei, das als Absperrung diente. »Da ist was ins Wasser gefallen. Hol mal die Taschenlampe«, sagte sie.

Der Rucksack war noch auf dem Gepäckträger der Zündapp. Als Mike zurückkehrte, war Carola bereits in das Dunkel unter der Brücke eingetaucht.

Mike schaltete die Lampe an und folgte ihr. Er balancierte über die Steine, und im wackelnden Kegel der Lampe sah er Carola, die schon am Wasser stand.

»Leuchte mal da hinten hin«, sagte sie und deutete in Richtung des ersten Pfeilers, der wie eine schwarze Wand aus dem Fluss aufragte. Mike suchte die glatte Fläche ab.

»Da schwimmt was«, sagte Carola.

Mike kniff die Augen zusammen und bemühte sich, etwas zu erkennen. Im Lichtkegel wirkte das Wasser milchig, und es bildete Schlieren. Es schien ständig in Bewegung zu sein, dabei hatte die Mosel hier sehr wenig Strömung. Er musste sich konzentrieren, um zu sehen, was Carola meinte. Da war ein kleiner Schatten. Ein paar Meter entfernt.

Carola ging auf eine Gruppe von Büschen und kleinen Bäumen zu. Sie begann an einem Ast herumzuzerren. »Wir bräuchten ein Messer oder so was.«

»Haben wir nicht«, sagte Mike.

»Dann hilf mir doch mal!«

Mike packte mit an und spürte wieder das Stechen in der Schulter. Aber er ließ sich nichts anmerken. Eine Niederlage in dieser Nacht reichte.

Schließlich hatten sie es geschafft, eine junge Weide mitsamt der Wurzel aus dem steinigen Boden zu ziehen. Mike spürte, dass er schwitzte. Carola zog den schmalen Stamm zum Wasser.

»Mach die Taschenlampe wieder an«, sagte sie.

Der Lichtkegel tastete die Wasserfläche ab, und sie bekamen das schwarze Ding wieder ins Blickfeld. Es war etwas weiter getrieben; der Abstand vom Ufer hatte sich aber nicht verändert.

Carola schob den Stamm ins Wasser. Es gelang ihnen, den langsam dahintreibenden Gegenstand aufzuhalten und in Richtung Ufer zu bugsieren. Etwas Dunkles, Kompaktes tauchte auf, an der Oberfläche glänzend vor Nässe. Ein Griff wurde sichtbar. Carola bückte sich und zog. Es war ein Koffer. Ein Hartschalenmodell.

»Jetzt fehlt nur noch, dass da Geld drin ist«, sagte Mike.

Carola verzog den Mund. »Phantasie hast du. Das muss man dir lassen.«

Gemeinsam zogen sie den Koffer an Land. Mike tastete nach den Verschlüssen. Ein paar Mal rutschten seine Finger vor Nässe ab, dann schnappten die Metallzungen nach oben. Er ließ den Kegel der Taschenlampe über den Inhalt gleiten.

Es waren sauber gestapelte grüne Banknoten.

»Das glaub ich nicht!«, rief Mike und tastete in den Koffer. Aber es gab keinen Zweifel. Das war Geld. Viel Geld. »Das sind Dollars«, stellte er fest. »Ob die echt sind?«

Carola atmete laut aus und bückte sich. »Unglaublich«, murmelte sie. »Wie im Film.«

»Ja«, sagte Mike.

»Hast du schon mal Dollars in der Hand gehabt?«

»Nein«, brachte Mike hervor. Er griff in den Koffer und nahm ein Bündel heraus. Die Noten fühlten sich glatt an. Wie Spielgeld. Und vollkommen trocken. »Morgen gehe ich damit auf die Bank. Mal sehen, was die sagen.«

»Tu das wieder rein«, sagte Carola.

»Aber warum? Das ist jetzt unser Geld!«

»Blödsinn. Denk doch mal nach. Was glaubst du, wie es in den Fluss gekommen ist? Wir haben einen Knall gehört. Dann ist das Geld da runtergefallen. Zähl mal eins und eins zusammen.«

Mike legte das Bündel zurück. »Du meinst, da hat jemand geschossen?«

»Klang doch so, oder? Außerdem schmeißt keiner haufenweise Dollars in die Mosel.« Carolas Stimme wurde leise. »Verdammt, da könnte noch jemand sein.«

Mike spürte, wie ihm kalt wurde. Er machte die Lampe aus. Sie lauschten. Es war still.

»Was machen wir jetzt?«, fragte Mike flüsternd.

Carola nahm ihm die Lampe ab. »Komm mit.«

Sie liefen unter dem Brückenbogen durch. Auf der anderen Seite lag ein kleiner Parkplatz. Als sie dort angekommen waren, blickte Carola nach oben.

Die Gülser Brücke war eine Eisenbahnbrücke. Neben den Gleisen verlief ein schmaler Weg für Fußgänger und Fahrräder. Der Weg lag jetzt genau über ihnen. Er war mit Neonlampen beleuchtet. Da es auf der einen Seite nur ein Geländer mit offenen Verstrebungen gab, konnte man den Weg gut einsehen.

»Da hinten laufen welche«, sagte Carola. »Sie rennen rüber nach Güls.«

»Wo?«, fragte Mike, der nichts erkennen konnte.

»Jetzt sind sie weg. Vielleicht habe ich es mir auch nur eingebildet.«

In diesem Moment näherte sich ein donnerndes Geräusch. Es war ein Zug, der die schwere Stahlkonstruktion der Brücke zum Zittern brachte. Es dauerte eine Weile, bis er mitsamt einer Wolke aus Lärm im Moseltal verschwunden war.

»Lass uns abhauen«, sagte Carola dann.

»Und das Geld?«

»Was willst du damit machen?«

»Ich weiß nicht. Zur Bank bringen?«

»Was glaubst du, was die bei der Sparkasse sagen, wenn du mit so vielen Dollars auftauchst?«

»Lass uns zurückgehen. Schauen wir uns den Koffer noch mal an.«

Carola ging mit der Taschenlampe vor. Kaum waren sie ein paar Meter weit gekommen, blieb sie stehen und packte Mike am Arm. »Was ist das da vorne?«

Das Licht der Taschenlampe erfasste etwas, das auf dem Wasser zu liegen schien. Etwas, das viel größer und unförmiger war als der Koffer. Langsam gingen sie näher heran.

»Da schwimmt einer«, sagte Carola.

Es war eine menschliche Gestalt, kaum drei Meter entfernt. Sie lag auf dem Bauch; die Arme waren ausgestreckt. Die Hände wirkten unnatürlich weiß. Sie schienen nach den Steinen am Ufer greifen zu wollen.

Carola rannte weiter und zog den dünnen Stamm heran, mit dem sie den Koffer an Land gebracht hatten.

»Wir müssen ihm helfen«, rief sie.

Sie schob den Stamm zu dem Menschen hin, der da im Wasser lag, aber diesmal funktionierte es nicht. Er war nicht ans Ufer zu bringen. »Vielleicht hängt er irgendwo fest«, sagte Carola hastig.

»Der regt sich nicht«, sagte Mike. »O Mann, ich glaube, der ist tot.« Panik stieg in ihm auf. Das Ganze kam ihm wie ein Alptraum vor.

Carola ließ den Stamm fallen. »Scheiße. Wir müssen die Polizei holen.«

»Dann tun wir's eben.«

»Das geht nicht. Wenn mein Vater erfährt, dass ich heute Nacht hier draußen war …«

»Weg hier«, keuchte Mike.

»Ja«, sagte Carola. »Wir hauen jetzt ab. Los.«

Sie zog Mike zurück in Richtung Bushaltestelle, wo das Mokick stand.

»Wohin?«, fragte Mike, als er den Motor anließ.

»Zu unserem Platz rauf.«

Es war nicht weit. Mike lenkte die röhrende Zündapp den Burgweg hinauf. Die Häuser endeten in einer Sackgasse. Dann begann ein steiler Hohlweg, durch den man wie durch einen engen Tunnel auf die Höhe gelangte. Hier ging dem Mokick fast die Puste aus. Danach erstreckte sich auf der einen Seite freies Feld, auf der anderen säumte dichtes, dorniges Gebüsch den Weg. Dahinter kippte der steile Moselhang hinunter.

An einer Stelle konnte man das Gebüsch durchqueren und gelangte auf den schmalen Vorsprung – den Geheimplatz. Tagsüber war der Panoramablick über das Moseltal überwältigend. Jetzt, im Dunkeln, gab es nur die Gülser Lichter und den matten Schein des Flusses zu sehen, der auf dem Weg zur Mündung in Koblenz eine dramatische Kurve beschrieb.

Sie setzten sich auf den felsigen Boden und schwiegen eine Weile. Das war normal. Sie mussten sich nicht unterhalten; sie konnten auch zusammen ruhig sein und die Atmosphäre genießen. Doch jetzt war es anders. In Mikes Kopf überschlugen sich die Gedanken.

»Wir sollten das Geld holen«, sagte er plötzlich. »Wir könnten es doch irgendwo verstecken. Wenn Gras über die Sache gewachsen ist, sind wir reich.«

»Du spinnst«, sagte Carola. »Da ist jemand ermordet worden. Weißt du, was das bedeutet?«

»Wenn die Polizei oder sonst wer das Geld findet, nützt das dem da unten auch nicht mehr.«

»Vielleicht hat uns jemand gesehen. Und sich die Nummer von deinem Mokick aufgeschrieben.«

»Dann muss die Polizei immer noch nicht draufkommen, dass wir das Geld haben. Wir sind doch nur Zeugen.«

»Für meinen Vater reicht das schon. Lebenslange Ausgangs- und Klettersperre.«

»Nächstes Jahr sind wir achtzehn. Dann können wir machen, was wir wollen.« Mike legte eine Hand auf Carolas Schulter.

Sie wehrte seine Berührung ab. »Du guckst zu viele Krimis.«

»Man muss seine Chancen erkennen und ergreifen. Das sagst du selbst immer.«

»Quatsch. So meine ich das nicht.«

Mike hörte ein schnaufendes Geräusch. Weinte sie? Das hatte er noch nie erlebt.

»Ich kümmere mich darum«, sagte er. »Du brauchst deinem Vater gar nichts zu sagen. Ich behaupte einfach, ich wäre allein da gewesen.«

»Und dann?«

»Dann hebe ich das Geld auf, und wenn wir achtzehn sind, teilen wir.«

»Ich weiß nicht ...«

»Das kann die Chance unseres Lebens sein.«

»Aber da ist ein Mord passiert.«

»Es hilft doch niemandem mehr, wenn wir den Koffer dalassen. Wir könnten es uns doch wenigstens mal angucken.«

»Ist das wirklich dein Ernst?«

»Na klar.«

Sie stand auf.

»Was ist los?«

»Mach, was du willst«, sagte sie. »Ich gehe nach Hause.«

»In der einzigen Nacht weit und breit, in der du sturmfreie Bude hast? Komm schon, das kannst du doch nicht machen!«

»Lass mich.«

»Jetzt hör doch auf. Wir können morgen lange schlafen. Wir haben doch erst nachmittags was.«

»Mach's gut. Und ich rate dir – zu keinem ein Wort. Lass das Geld, wo es ist.« Die Büsche knisterten, als sie sich den Rückweg bahnte.

»Das ist meine Sache«, sagte er.

Doch da war Carola schon weg.

Mike blieb noch lange sitzen – von seinen Gedanken hin- und hergerissen. Was für Scheine waren das gewesen? Hundert-Dollar-Noten? Tausend-Dollar-Noten? Er wusste es nicht mehr. Alles war so schnell gegangen.

Auf jeden Fall musste es eine Menge Kohle sein.

Er starrte in die Nacht. Irgendwann fröstelte ihn. Dann war sein Entschluss gefasst. Er würde seine Chance ergreifen. Er würde das Geld holen und irgendwo verstecken. Und er würde es Carola zeigen. Wenn sie mal wieder über ihren Vater jammerte, würde er sie aus all ihrem Schlamassel erlösen, indem er die Dollars so ganz nebenbei aus einem Versteck hervorzauberte.

Wo würde er das Geld deponieren? In einem Bankschließfach vielleicht. Nein, das ging nicht. Um so was zu mieten, musste man sicher achtzehn sein. Ach Quatsch, er konnte es irgendwo in seinem Zimmer lassen. Das war nicht weiter schwierig. Und wenn er erst volljährig war …

Es war ganz einfach.

Er ging zurück zu seinem Mokick und fuhr hinunter. Als er an Carolas Haus am Burgweg vorbeikam, bemerkte er Licht. Sie war sauer, aber das würde sich ändern.

An der Gülser Brücke angekommen, peilte er erst einmal die Lage, bevor er neben dem Geländer unter dem ersten Brückenbogen verschwand. Niemand war auf der Straße. Die Busse fuhren längst nicht mehr.

Er nahm die Taschenlampe und ging zu der Stelle, wo sie den Koffer abgelegt hatten. Er bemühte sich, die Leiche, die ein paar Meter weiter im Wasser lag, nicht ins Blickfeld zu bekommen. Vielleicht war sie auch schon weggetrieben worden. Gar nicht darüber nachdenken, sagte er sich.

Er fand den Stamm der jungen Weide. Hier war die richtige Stelle. Er suchte mindestens zwanzig Minuten, aber es war zwecklos.

Der Koffer war verschwunden.

2003

1.

Der alte Mann erwacht. Das Bettzeug ist feucht von Schweiß. Es liegt klamm auf seiner Haut.

Plötzlich dringt ein Geräusch aus der Wohnung. Miss Soundso kommt herein. Die Frau, deren Namen er sich nicht merken kann. Sie geht durchs Zimmer, öffnet das Fenster, bleibt stehen und lächelt ihn an. Er bewegt noch nicht einmal die Augen. Kein Blinzeln.

Jetzt wünscht sie ihm einen guten Morgen. Er sieht ihre leuchtend weißen Zähne, bräunliche Haut, schwarzes, festes Haar. Die Frau geht wieder hinaus, und er muss an seine Tochter denken. Sie hat ihn gezwungen, diese Frau ins Haus zu lassen. Das Schlimmste war, dass seine Tochter ihr den Schlüssel gegeben hat. Jetzt wird er stundenlang mit Miss Soundso allein sein.

Er versucht sich vorzustellen, wie es ist, wenn man stirbt. Es gelingt ihm nicht. Er liegt so reglos wie möglich da und stellt sich vor, er hätte sich in eine Leiche verwandelt und seine Seele hätte den Körper verlassen, sei davongeschwebt, irgendwohin.

Er lauscht. Miss Soundso rumort irgendwo nebenan. Er hört ihre Stimme. Sie singt. Er hängt seinen Gedanken nach. Plötzlich ist die Frau wieder da. Der Teppich muss ihre Schritte gedämpft haben.

Er starrt sie an. Er sieht ihrem Gesicht an, dass sie unsicher wird. Der Ausdruck wird ernst, verwundert. Die Frau reißt sich zusammen. Sie runzelt die Augenbrauen. Dann leiert sie etwas herunter.

Toast und Tee. Den Tee mit Zitrone. Die Morgenzeitung. Sie bricht ab. Konfitüre, fällt ihr noch ein.

Er lässt sich nicht anmerken, dass er sie verstanden hat. Sie wartet kurz. Dann fragt sie, ob sie noch etwas für ihn tun kann.

Er gibt sich Mühe, möglichst flach zu atmen, doch das gelingt ihm nicht. Die Rolle des Toten entgleitet ihm mit jedem Atemzug. Seine Brust unter dem Betttuch hebt und senkt sich gut sichtbar. Sein Atem rasselt. Er verliert die Kontrolle und wird unruhig.

Ob sie noch etwas für ihn tun kann?, fragt sie wieder und deutet eine devote Verbeugung an.

Da hält er das Spiel, das er selbst angefangen hat, nicht mehr aus.

Als sie so nah ist, dass er den Geruch nach Küche und billiger Seife wahrnimmt, stützt er sich mit den Ellbogen ab und setzt sich auf. Den Eindruck von Mühe, den er erwecken will, muss er nicht spielen. Seine Arme sind steif. Sein linkes Bein kribbelt.

Die Frau hat einen schönen Mund. Volle Lippen. Das muss er zugeben.

Das Frühstück ist angerichtet, sagt sie.

Der alte Mann nickt.

Die Frau dreht sich erleichtert um und geht aus dem Zimmer.

*

Mike Engel spielte zum zweiten Mal hintereinander »My Way«.

Beim ersten Mal hatte er sich für die ruhige Version entschieden. Klare Akkorde in der linken Hand, die Melodie in der rechten, das Ganze ohne große Verschnörkelungen. Er hatte den Refrain gesteigert und versucht, aus dem Schluss so viel Pathos wie möglich rauszuholen.

Kurz vor Ende des Stückes hatte er seinen Blick von der Tastatur gehoben und in der Sitzecke eine Frau entdeckt, die ihn unverhohlen anstarrte und dabei hintergründig lächelte. Er hatte den letzten Ton – ein hohes, glockenhelles F – gespielt und an seinem Drink genippt, als die Frau aufstand, ihr kurzes, schwarzes Kleid glatt zog und auf hohen Hacken auf ihn zukam.

Ihr braunes Haar war leicht gelockt. Mike bemerkte Falten um ihren Mund, als sie sich über die schwarz glänzende Fläche des Flügels beugte. Sein Blick fiel in ihr Dekolleté, über dem eine Perlenkette hing. Ihre Hände umfassten ein Whiskyglas. Mike zählte sechs goldene Ringe. »Spiel's noch einmal, Sam«, sagte sie, offenbar bemüht, ihre Stimme dunkel und etwas verrucht klingen zu lassen.

»Ich heiße Mike«, sagte Mike, der diesen Spruch oft zu hören bekam.

»Dann eben Mike.« Die Frau nahm einen Schluck. Ihre Hand zitterte; sie war nicht mehr ganz nüchtern.

An der Theke saßen ein paar Geschäftsleute in Anzügen und mit gelockerten Krawatten im Licht der Hängelampen. Sie rauchten Zigaretten, diskutierten über irgendwas und beachteten weder ihn noch die Musik noch die einsame Frau im Minikleid. Milan, der Barkeeper, hatte sich nach hinten zurückgezogen und polierte Gläser. Die Bar war heute ziemlich leer.

Mike entschloss sich, das Stück dramatischer aufzubauen. Er legte eine dunkel grollende Bewegung in den Bass und unterstrich die Steigerungen durch ausufernde Arpeggien über die gesamte Tastatur. Während seine Finger arbeiteten, fragte er sich, was die Frau wohl als Nächstes hören wollte. »Feelings« wahrscheinlich. Das würde zu ihr passen.

Im Moment war sie jedenfalls mit »My Way« ganz zufrieden. Sie wiegte verträumt den Kopf und nippte zwischendurch an ihrem Glas. Als Mike am Schlussakkord angekommen war und ihn gehörig hinauszögerte, hatte sie ausgetrunken.

Sie stellte das Glas ab und klatschte langsam und etwas unbeholfen in die Hände. »Bravo«, sagte sie und versuchte, die Geschäftsleute von der Bar mit zu begeistern, doch die sahen nicht mal herüber.

»Geben Sie mir Ihre Telefonnummer«, sagte Mike.

Die Frau lächelte verschwörerisch. Mike registrierte dicken Lippenstift und überkronte Schneidezähne.

»Die Zimmernummer wäre doch besser, oder?« Sie drängte sich weiter heran.

»Auch gut«, sagte Mike.

»Zwei, drei, sieben«, hauchte sie.

Eigentlich waren dreistellige Kombinationen zu kurz, um daraus ein Thema zu machen, aber wenn man ein paar Noten wiederholte und die Harmonik oft wechselte …

Mike spielte die drei Noten, und sie weiteten sich zu einer Melodie. Ganz nett.

»Was ist das für ein Stück?«, fragte die Frau.

Ihre Zimmernummer, hätte Mike am liebsten gesagt. »Es heißt ›Lovely Lady‹.« Den Titel hatte er sich gerade ausgedacht. »Sie haben mich dazu inspiriert.«

Sie nickte lächelnd und ging langsam zur Sitzecke zurück. Dort ließ sie sich in einem der niedrigen Sessel nieder. Wie zufällig bekam Mike einen Blick auf ihre langen Beine geboten. Er improvisierte weiter, ohne groß nachzudenken.

Irgendwann stand die Frau wieder auf. Diesmal hatte sie ihre Handtasche dabei. Sie holte einen Fünfzig-Euro-Schein heraus und legte ihn aufs Klavier. Wie auf Kommando setzte Mike einen Kontrast und spielte etwas leiser.

»Ganz schön lang, dein Stück. Wenn du fertig bist, sehen wir uns, ja?« Damit stöckelte sie hinaus. Leicht schwankend.

Mike führte die rechte Hand in eine Kadenz und ließ sie pausieren. Der Bass rollte einen Moment solo weiter. Die Stelle gab ihm Gelegenheit, auf die Armbanduhr zu sehen. Kurz nach halb drei. Feierabend.

Er verpasste dem Stück ein effektvolles Ende mit einem gigantischen Ritardando. Dann griff er nach dem Geldschein, steckte ihn ein und fuhr nach Hause.

In Mikes Wohnung in der Kampstraße im Düsseldorfer Stadtteil Wersten waren die Wände von Wohn- und Schlafzimmer mit Regalen zugebaut, in denen sich wenige Bücher und unzählige CDs drängten. Im Wohnzimmer gab es keine Sitzgelegenheit, dafür einen Stutzflügel, der praktisch den ganzen Raum ausfüllte.

Mike ging ins Bad und ließ heißes Wasser in die Badewanne laufen. Im Wohnzimmer stand er eine Zeit lang unschlüssig vor dem Regal, dann entschied er sich für Chopin.

Wenige Sekunden später erfüllte Musik die Wohnung – ein wuchtiger, düsterer Marsch in dickem Streicherklang. Mike zog sich aus, hängte seinen weißen Anzug auf einen Bügel und zog seinen Bademantel über. Auf einem kleinen Beistelltischchen neben dem Flügel lag eine Packung Zigarillos. Er zündete sich einen an, setzte sich auf den Klavierhocker und blies ein paar Ringe in die Luft. Zögernd tastete er über das Notenpapier, das auf dem Notenhalter stand. In der ersten Zeile hatte er etwas notiert, doch schon nach wenigen Zentimetern brachen die Notenköpfe ab. Er zog wieder am Zigarillo und sah versonnen vor sich hin. Im E-Moll-Klavierkonzert von Chopin hatte mittlerweile das ruhige Nebenthema begonnen.

Mike blickte zur Decke und dirigierte leicht mit der linken Hand mit. Er runzelte die Stirn, als die Musik wieder leidenschaftlicher wurde. Bläser und Streicher konnten sich nicht so recht entscheiden, wer den Vortritt haben sollte, dann verlangsamte sich das Stück, die

Bässe raunten, und Mike nickte beifällig, denn jetzt kam sie: Martha Argerich am Soloklavier. Warmer, aber fester Klavierklang. Nicht zu inszeniert, nicht kitschig, aber ein bravouröser Auftritt. Dieser Moment begeisterte ihn immer wieder.

Mike hörte noch eine Weile zu und rauchte den Zigarillo zu Ende. Im Bad war das Wasser eingelaufen. Er verteilte Armani-Badezusatz, zog den Bademantel aus und ließ sich in das warme Wasser gleiten. Auch hier gab es Lautsprecher, auch hier war Chopins Konzert zu hören. Mike ließ die CD bis zum Ende laufen, stieg aus der Wanne und trocknete sich ab. Wieder im Bademantel, ging er zurück zum Klavier.

In der Wohnung war es jetzt vollkommen still. Mike ließ seine Finger über die glatten Tasten gleiten und fühlte die Rillen dazwischen. Dann konnte er sich nicht mehr zurückhalten.

Mit beiden Händen spielte er das Thema, über das er im Hotel am Schluss improvisiert hatte. Diesmal legte Mike das Thema in den Bass und erfand einen neuen Diskant darüber. Er versuchte, etwas in der Tenorlage dazwischenzuschieben, und in seiner Phantasie wurden daraus machtvolle Hörnereinsätze, die Oberstimme verwandelte sich in glänzende Streicher. Er brach das Ganze in perlende Läufe auf und machte eine Generalpause, um neu anzusetzen. »Lovely Lady« war gar kein schlechter Titel. Vielleicht wurde ja doch ein Stück daraus.

In diesem Moment erklang ein energisches Klopfen. Wie eine Kette von aggressiven Hammerschlägen.

Mike griff zum Notenpapier. Er ließ den Bleistift über die fünfzeiligen Systeme schweben und schrieb ein paar Noten hin.

Die Armbanduhr zeigte kurz vor vier. Er stand auf. Sein Blick wurde abgelenkt. Das rote Lämpchen am Anrufbeantworter blinkte. Das Display zeigte die Zahl »1«.

*

Er hört Miss Soundso, die mit dem Staubsauger im Wohnzimmer beschäftigt ist. Er trinkt die Tasse leer, lässt den zweiten Toast liegen und geht hinüber. Der Krach quält ihn. Er schaut eine Weile zu, wie Miss Soundso in gebückter Haltung die Teppiche absaugt. Sie hat ihn nicht bemerkt. Als er in Richtung Terrassentür geht, muss er über das Elektrokabel steigen.

Auf der Terrasse empfangen ihn die beiden steinernen Löwen, die an der gewaltigen Balustrade stehen. Gemächlich geht der alte Mann die breite Treppe zum Park hinunter. Der blaue Himmel spiegelt sich im See. Ein paar Enten sitzen im Gras.

Der alte Mann kehrt ins Haus zurück. Miss Soundso hat sich aus dem Wohnzimmer verzogen. Jetzt hat er wenigstens hier seine Ruhe. Neben Bücherregalen öffnet sich ein Erker, in dem ein wuchtiger Schreibtisch Platz hat. Die Holzfläche ist bis auf ein Notebook leer.

Der alte Mann setzt sich hinter den Schreibtisch, klappt das Laptop auf und drückt auf den Startknopf. Dass er in seinem Alter damit umgehen kann, hat ihm schon viel Bewunderung eingebracht. Der alte Mann erinnert sich jedes Mal daran, wenn er morgens an den Computer geht.

Mit ein paar Mausklicks öffnet er das E-Mail-Programm. Er hat lange keine Nachrichten mehr bekommen.

Während sich der Rechner einloggt, lässt der alte Mann den Blick aus dem Fenster schweifen. Am Ende des Parks stehen riesige alte Bäume; daneben schlängelt sich die Zufahrt zum Haus. Das hier ist sein Lieblingsplatz. Er sieht jeden, der sich dem Haus nähert.

Er blickt wieder auf den Bildschirm. In diesem Moment ertönt ein Klang, der einer leisen Glocke ähnelt. Es kommt aus dem Computer.

Eine Mail wartet auf ihn.

*

»Hier ist Carola Zerwas. Ich nehme an, du erinnerst dich an mich. Wir sind zusammen zur Schule gegangen. Ich bin in Koblenz. Bitte ruf mich zurück.«

Es folgte eine Telefonnummer mit der Koblenzer Vorwahl 0261, die Mike sofort in Musik übersetzte. Alles zusammen – die Nummer und die Melodie, die daraus entstand – kam ihm vage bekannt vor. Die Stimme machte eine kurze Pause. Dann folgte noch: »Es ist sehr dringend.«

Mike ging zum Klavier. Seine Finger wanderten über die Tastatur, und es drängte ihn, die Melodie von Carolas Telefonnummer zu spielen, aber er hatte keine Lust, noch mehr Ärger mit dem Typen, der über ihm wohnte, zu bekommen.

Wie lange war das jetzt her? Zwanzig Jahre? Nein, einundzwanzig. Mike kamen Bilder in den Sinn. Die blonde Carola, ihre Kletterei. Die Nacht am Deutschen Eck. Erinnerungen an ein anderes Leben. Aber es war sein Leben gewesen. Irgendwo in ihm rührte sich ein schmerzliches Gefühl. Ein Gefühl, das man hat, wenn ein Kapitel noch nicht abgeschlossen ist …

Das Erlebnis am Deutschen Eck hatte ihn am Anfang geradezu verfolgt, doch dann hatten sich andere, schwerwiegendere Ereignisse darüber gelegt, waren wichtiger geworden. Heute war die Erinnerung an das Abenteuer verblasst wie eine alte Fotografie.

Wie war das noch gewesen?

Mike hatte Carola nach dem Erlebnis an der Gülser Brücke kaum noch gesehen. Die Sache hatte sie auseinander gebracht. Dann hatten die Ferien angefangen …

Und dann?

Im neuen Schuljahr war Carola nicht mehr in die Schule zurückgekehrt. Irgendetwas war passiert. Mike dachte nach. Ein Unfall …

Warum sie wohl anrief? Gab es vielleicht ein Schultreffen? Nein. Abiturienten trafen sich, und das Abitur hatte er nicht bestanden. Für ihn würde es nie ein Abschlusstreffen geben.

Mike quetschte sich am Flügel vorbei und zog ganz unten im Regal eine Schublade heraus. Er kramte eine Weile und förderte beschriebenes Notenpapier zutage. Damals hatte er wirklich eine Masse Zeug geschrieben – allerdings nichts vollendet, es waren immer nur Skizzen geblieben. Dafür hatte er jedes Blatt oben rechts ordentlich datiert. Er stieß auf einen ganzen Stapel, der sich in einer Mappe befand. Die Daten lauteten Januar 1982, März 1982, dann ein paar Sachen aus dem April.

Mike nahm den Stapel, schob auf dem Flügel ein paar Stöße gedruckter Notenbände beiseite, legte die Blätter auf den frei gewordenen Platz und sah sich an, was ihm damals so eingefallen war.

Dann saß er wieder auf dem Klavierhocker, einen neuen Zigarillo im Mund. Irgendwann bemerkte er, dass es hell geworden war.

Er legte die Noten weg und holte tief Luft. Ein paar Sekunden lang ließ er die Hände über der Tastatur schweben und lauschte auf die Stille. Dann donnerte er in äußerster Lautstärke eine wütende Fanfare in die Tastatur. Er trat das Pedal, bis sich der Klang verflüchtigt hatte.

Oben blieb es still.

2.

Als Mike am nächsten Tag Carolas Nummer ins Telefon tippte und das regelmäßige Tuten des Ruftons hörte, ergriff ihn plötzlich Nervosität. Er fragte sich, was er tun würde, wenn sich Herr Dr. Anton Zerwas melden würde – Carolas Vater, mit dem er damals so sehr auf Kriegsfuß gestanden hatte. Er sah sich schon mit dem strengen alten Herrn konfrontiert, der ihm wie früher verkünden würde, Carola sei für ihn nicht zu sprechen, als sie sich meldete.

»Zerwas«, kam es aus dem Hörer.

Ihre Stimme klang leise, schwächer, als er sie in Erinnerung hatte.

»Hallo, Carola, hier ist Mike.« Sein Mund war trocken.

»Ah, Mike. Grüß dich«, sagte sie, als hätten sie erst gestern das letzte Mal miteinander gesprochen.

»Hallo.« Er setzte sich auf den Klavierhocker. In der Leitung entstand eine Pause. Was sollte er sagen? »Wohnst du in Koblenz?«, fragte er einfach.

»Jetzt wieder, ja. Seit ein paar Wochen.«

»Ich wohne in Düsseldorf.«

»Ich weiß.«

Mike hatte darüber nachgedacht, was sie mit dem Zusatz, es sei dringend, gemeint haben könnte. Irgendetwas hielt ihn jetzt davon ab, direkt danach zu fragen. Deswegen sagte er: »Wie geht's dir denn so?«

»Den Umständen entsprechend gut.«

»Und was machst du?«

»Ach ...« Sie stockte und schien nachzudenken. »Ich bin wieder in meinen alten Job zurückgegangen.«

Mike wusste nicht, was ihr alter Job war. Offenbar dachte Carola gar nicht daran, dass sie sich aus den Augen verloren hatten, bevor Jobs – ob alt oder neu – in greifbarer Nähe gewesen waren.

Mike fiel die Sache mit dem Unfall ein. »Du warst krank«, sagte er.

»Das ist lange her.«

»Aber du hast es gut überstanden.«

»Ziemlich gut sogar. Ich kann arbeiten und so.«

»Was macht die Kletterei?«

»Damit ist es vorbei.«

»Das tut mir Leid.«

»Ich komme schon zurecht.«

Mike versuchte das Gefühl von Fremdheit loszuwerden, das ihn beschlichen hatte. Verdammt, es war nur Carola, mit der er sprach. Seine alte Freundin. Hinter der er als Teenager her gewesen war. Jeder hatte so eine Geschichte erlebt. Oder auch mehrere. Er riss sich zusammen.

»Du hattest angerufen«, sagte er. »Was gibt's denn?«

»Ich wollte dir was erzählen.«

»Kein Problem. Leg los.«

»Ich glaube, das geht nicht so gut am Telefon.«

»Hm.«

»Es ist so ...«

»Ja?«

»Eigentlich wollte ich dich bitten, ob wir uns nicht treffen könnten. Hier in Koblenz. Ginge das?«

»Weißt du, ich habe nicht viel Zeit ...«

»Musst du oft spielen?«

»Was?«

»Du spielst doch Klavier, oder?«

»Woher weißt du das?«

»Das hast du damals schon getan. Warum sollte es jetzt anders sein?«

»Du hast Recht. Ich spiele Klavier. Woher weißt du eigentlich, dass ich in Düsseldorf wohne?«, fragte er.

»Ich hab deine Nummer aus dem Internet.«

»Gibt's so wenig Leute in Deutschland, die Michael Engel heißen?«

»Es gibt eine ganze Menge«, sagte sie. »Aber es gibt nur einen, der im Hotel Bergischer Hof in Düsseldorf spielt.«

»Bist du im Hotel gewesen?«

»Nein.«

»Woher weißt du dann, wo ich arbeite? Ist dir eigentlich klar, wann wir uns das letzte Mal gesehen haben?«

»Im Frühjahr 1982. Da haben wir jedenfalls das letzte Mal miteinander gesprochen. Vor dem Musiksaal im Gymnasium auf der Karthause.«

»Genau.« Mike war überrascht. So detailliert hätte er das nicht mehr gewusst.

»Siehst du. Und ich weiß jetzt, dass ich nicht mit dem falschen Michael Engel spreche.«

»Und wer hat dir die Sache mit dem Hotel erzählt?«

»Das erkläre ich dir später. Also – können wir uns treffen oder nicht?«

Mike zögerte. »Wann denn?«, sagte er. »Wenn überhaupt, geht es nur tagsüber. Abends muss ich arbeiten.«

»Du arbeitest unregelmäßig.«

»Bist du Privatdetektivin oder so was geworden?«

»So was Ähnliches, ja«, sagte sie ernst.

»Klingt ja sehr geheimnisvoll.« Mike dachte nach. »Ich könnte morgens kommen und am Spätnachmittag wieder fahren. Dann kann ich ohne weiteres abends um acht wieder in der Bar am Flügel sitzen.«

»So geht das nicht.«

»Wieso? Du hast doch gerade gesagt, ich soll nach Koblenz kommen ...«

»Es könnte sein, dass du mehrere Tage bleiben musst.«

»Was?«

»Es ist alles vorbereitet. Du kannst hier im Gästezimmer übernachten.«

»Im Haus deiner Eltern?«

»Die sind seit Jahren tot.«

»Beide?«

»Mein Vater hatte einen Herzinfarkt. Drei Jahre später wurde bei meiner Mutter Darmkrebs festgestellt. Es hat dann nicht mehr lange gedauert. Das Haus gehört jetzt mir.«

Mike fuhr mit der Hand nervös über die Klaviertastatur. Die Finger glitten über die glatte Fläche. »Aber warum soll ich so lange nach Koblenz kommen? Ich bin ewig nicht mehr da gewesen.«

»Seit du durchs Abitur gefallen bist. Das war 1984.«

»Das weißt du auch?«

»Wie du siehst.«

»Worum geht es, Carola? Was ist los?«

»Ich will darüber am Telefon nicht sprechen.«

Er nahm die Finger von den Tasten und machte eine Faust. Irgendetwas störte ihn an dem Gespräch. Er wusste nur nicht, was. »Dann tut es mir Leid. Ich kann auf meine Arbeit im Hotel nicht verzichten.«

»Hast du nicht mal Zeit, eine alte Bekannte zu besuchen?«

Sicher, dachte Mike. Warum auch nicht. Es war doch nur Carola. Merkwürdig, dass er so ein komisches Gefühl hatte.

»Ich müsste sehen, wie ich das mit meiner Arbeit einrichten kann.«

»Willst du eine halbe Million Dollar verdienen?«, sagte sie plötzlich, und Mike dachte, er hätte sich verhört. Doch im selben Moment verstand er, was sie meinte. Trotzdem zwang ihn irgendetwas in ihm, den Erstaunten zu spielen. Das Thema zu ignorieren.

Er lachte kurz auf. »Bist du reich? Hast du einen Job für mich? Soll ich bei deiner Hochzeit Klavier spielen, oder was?«

»Willst du oder willst du nicht?«

»Hast du denn so viel Geld?«

»Ich nicht. Wir haben es.«

»Wir? Soll das heißen …?«

»Ganz genau das heißt es. Das Geld von damals. Du weißt, was ich meine.«

»Ja«, murmelte er.

»Es ist genau eine Million Dollar. Die Hälfte davon gehört dir.«

In Mikes Kopf tauchten Bilder auf. Die Gestalt im dunklen Wasser. Die unnatürlich weißen Hände, die sich nach dem Ufer auszustrecken schienen. Das Geld im Kegel der Taschenlampe. Grünliche Papierbündel …

»Woher weißt du eigentlich, dass es eine Million Dollar war? Wir sind doch gleich abgehauen. Oder täuscht mich da die Erinnerung?«

»Ich weiß es, weil ich das Geld gezählt habe, Mike.«

»Daran erinnere ich mich gar nicht.«

»Das kannst du auch nicht. Ich habe es allein getan.«

Mike dachte nach. »Moment, Moment! Das Geld ist verschwunden. Ich habe doch noch versucht, es zu finden. Und es war weg.«

»Natürlich war es weg. Jemand anderes hatte es schon genommen.«

»Und wer soll das gewesen sein? Die Polizei?«

»Ich war es. Ich habe den Koffer damals versteckt.«

»Was?«

»Du hast richtig gehört.«

»Aber das verstehe ich nicht …«

»Es ist, wie ich gesagt habe.«

»Aber warum? Und wo?«

Carola wartete mit der Antwort, als wollte sie Mikes Erstaunen auskosten.

»An einem Ort, an den ich es gebracht habe. Und an dem es heute noch ist.«

*

Er rollt die Seite nach unten und sucht die Absenderadresse. Dann versteht er den Zusammenhang.

Es ist eine Frau, die da geschrieben hat, und sie will eine bestimmte Information.

Sein Blick wandert vom Bildschirm weg, durch das Fenster hinaus auf die sonnenbeschienene lange Zufahrt. Doch der alte Mann sieht weder den Weg, der sich auf das Haus zuschlängelt, noch die Bäume noch den blauen Himmel darüber. Sein Blick geht in die Vergangenheit.

*

Verrückt, dachte Mike. Carola musste verrückt geworden sein. Das war die einzige Erklärung.

In der ersten Verwirrung hatte er nicht darüber nachgedacht, aber jetzt war es ihm klar. Warum sollte jemand mehr als zwanzig Jahre lang einen Koffer mit Geld verstecken? Sogar wenn Carola das Geld damals genommen hätte – was Mike stark bezweifelte –, dann hätte sie es doch sicher ausgegeben! Wie jeder normale Mensch.

Er hatte am Sonntagabend wie gewohnt in der Bar gespielt, sich dann die Woche frei genommen, und jetzt – am Montagnachmittag – war er in Richtung Koblenz aufgebrochen.

Aus den Lautsprecherboxen in Mikes kleinem Peugeot tröpfelte langsame Musik. Glenn Gould spielte den Anfang der »Goldberg-Variationen«. Für Mike war es immer wieder ein Wunder, wie man dieses einfache Liedchen so spielen konnte – so meditativ, so ruhig und trotzdem so spannungsgeladen, dass man jeden einzelnen Ton als Erlösung empfand.

Als Carola den Unfall erwähnt hatte, war ihm wieder eingefallen, was damals passiert war. Carola hatte die Ferien mit ihren Eltern irgendwo im Süden verbracht und war beim Klettern schwer verunglückt.

Waren davon vielleicht irgendwelche Schäden zurückgeblieben? Vielleicht hatte sie ein psychisches Problem? Wie dieser Mann, der einmal in der Hotelbar aufgetaucht war und jedem erzählt hatte, er sei der Bodyguard von Elvis Presley. Und der mit verschwörerischer Miene behauptet hatte, der »King« habe anonym die teuerste Suite im Haus gebucht. Alle hatten den Kopf geschüttelt und den Mann einfach reden lassen. Leider hatte er dann aber verlangt, dass Mike »Rock around the Clock« von Elvis spielen sollte. Als Mike wahrheitsgemäß einwandte, das sei ein Titel von Bill Haley, war der Mann schlagartig aggressiv geworden. Milan hatte schließlich die Polizei holen müssen.

Auch dass Carola so viel über ihn wusste, befremdete Mike. Und dann diese Andeutung auf ihren Beruf. So etwas Ähnliches wie Privatdetektivin. Was sollte das sein?

Glenn Gould begann die erste Variation. Plötzlich marschierte die Musik voran, sie klang hell, strahlend, stolz und entschieden.

Es hatte keinen Sinn, sich Gedanken zu machen. Mike würde mit Carola reden. Und wenn ihm irgendwas komisch vorkam, konnte er jederzeit wieder nach Hause fahren.

Während die »Goldberg-Variationen« dem krönenden Schluss mit dem Quodlibet entgegendrängten, gelang es Mike, die Grübeleien auf Eis zu legen. Am Dernbacher Dreieck bog er auf die A 48 ab. Hinter Höhr-Grenzhausen öffnete sich das Flusstal. Hinter der breiten Fläche des Rheins verschwammen Massen von Ansiedlungen, und mittendrin erhob sich als drohender Schatten der Kühlturm des Atomkraftwerks Mülheim-Kärlich.

Mike gelangte in die Koblenzer Innenstadt und näherte sich dann über Rauental Moselweiß. Gerade wunderte er sich noch darüber, wie wenig sich doch verändert hatte, da fand er sich in einem Gewirr von Straßen wieder, die ihm neu erschienen. Hier gab es eine Brücke, die Mike nicht kannte. Sie war genauso hässlich wie die Hochhäuser daneben. Mike las den Schriftzug einer bekannten Versicherung. Wie hatte es hier eigentlich früher ausgesehen? Er wusste es nicht mehr. Auf jeden Fall hatte sich alles in eine Betonwüste verwandelt.

Er folgte der Moseluferstraße, und ihm wurde plötzlich bewusst, dass es genau derselbe Weg war, den sie damals in Richtung Gülser Brücke genommen hatten. Und schon tauchte die altertümliche Metallkonstruktion mit ihren weiten stählernen Bögen und den wuchtigen steinernen Pfeilern hinter einer Kurve auf.

Mike kämpfte sich durch eine zugeparkte Straße, die nur für Anlieger frei war, und fand schnell hinauf zum Burgweg, der so still und ruhig dalag, als wäre die Zeit stehen geblieben.

Rechts, talwärts, kam die Gärtnerei; daran konnte sich Mike orientieren. Dann ging es noch ein Stück weiter, und links am Hang war Carolas Elternhaus zu sehen.

Die Straße war eng, und so parkte Mike in der Garageneinfahrt. Von dort aus führte eine Treppe hinauf zum Eingang. Schwarzweiße Marmorstufen, die Eingangstür aus dunklem Holz, alles wie gehabt.

Das Namensschild über dem Klingelknopf war leer. Bevor er drücken konnte, meldete sich Carolas Stimme durch die Sprechanlage.

»Bitte nimm den unteren Eingang«, sagte sie.

Unterer Eingang? Seit wann gab es denn so was?

Mike ging die Treppe wieder hinunter und sah eine ebenerdige Tür, die er früher nie bemerkt hatte. Sie war angelehnt und führte in einen schmalen, dunklen Flur. Mike öffnete. Es roch muffig.

»Hallo?«, rief er.

»Ich bin hier hinten«, antwortete Carola. »Komm einfach durch.«

Der Flur mündete in einen großen Raum. Neben einem kleinen vergitterten Fenster, das zumindest eine Ahnung von Sonnenschein hereinließ, saß Carola hinter einem Schreibtisch. An der einen Seite der Schreibfläche war ein Laptop aufgeklappt. Den Rollstuhl sah Mike erst, als Carola auf ihn zufuhr.

»Hallo, Mike«, sagte sie und hielt ihm die Hand hin. »Schön, dass du gekommen bist.« Sie lächelte.

Mike suchte in dem Gesicht die Carola von früher. Ihre Wangen waren fülliger geworden. Die Haut sah blass aus, fast ungesund. Die blonden Haare waren ziemlich kurz. Als käme sie gerade aus dem Krankenhaus, dachte Mike.

»Hallo, Carola.«

Sie lächelte, und ihr Gesichtsausdruck bekam etwas Verschmitztes, das Mike sehr bekannt war. Carola wies auf einen roten Klappstuhl, der neben einer kleinen Zimmerpalme in der Ecke stand. »Setz dich doch.«

Mike nahm Platz.

»Möchtest du was trinken?« Er nickte. Sie rollte in den Flur. »Ich habe Wasser und Orangensaft«, rief sie herüber. »Was möchtest du? Ich kann auch einen Kaffee machen.«

»Wasser«, sagte Mike.

Carola kam zurück, eine Flasche und zwei Gläser im Schoß; die Hände brauchte sie, um die Räder in Gang zu bringen. Sie goss Wasser in die beiden Gläser. »Das wird dir sicher komisch vorkommen hier«, sagte sie. »Aber ich konnte noch nicht groß renovieren. Meine Möglichkeiten sind im Moment etwas beschränkt. Prost.« Sie trank, und auch Mike nahm einen Schluck.

»Bist du seit dem Unfall im Rollstuhl?«, fragte er.

Sie nickte. »Die Kletterei.«

»Der Unfall in den Ferien, oder?«

»In Südfrankreich. In der Nähe von Avignon. Ich bin einen Brückenpfeiler hoch. Kurz bevor ich oben war, ist es passiert. Ich hatte meinen Eltern nicht gesagt, wo ich hingehe. Deshalb haben sie mich viel zu spät gefunden.« Sie stellte ihr Glas ab. »Dann gab's eine Odyssee durch verschiedene Kliniken. Es hat alles in allem anderthalb Jahre gedauert, bis ich wieder in die Schule gehen konnte.«

»Aber ich hab dich auf der Karthause nicht mehr gesehen.«

Carola schüttelte den Kopf. »Mein Vater hat mich nicht mehr dahingeschickt. Ich bin in ein Internat in Bonn gegangen.«

»Und jetzt wohnst du hier?«

»Noch nicht so richtig. Ich will erst einziehen. Oben. Alles war bis vor kurzem noch vermietet. Seit meine Eltern gestorben sind.« Sie lehnte sich in ihrem Rollstuhl zurück und sah ihn an. »Ich bin froh, dass wir uns wieder sehen.«

Mike konnte sich nicht entscheiden, ob er das genauso sah.

»Du bist unsicher, hm?«, sagte sie. »Ich kann das verstehen. Nach dem, was ich dir am Telefon erzählt habe, musst du denken, ich hätte sie nicht alle.«

Mike spürte Erleichterung. »Ehrlich gesagt, du hast Recht«, sagte er. »Im Grunde bin ich nur gekommen, um mir ein Bild davon zu machen, ob du noch bei Verstand bist.« Er musste unwillkürlich grinsen.

Sie beugte sich nach vorn und sah ihn verschwörerisch an. »Und? Was denkst du?«

»Die Sache mit dem Geld ist schon mal Blödsinn«, sagte er. »Du hast behauptet, du hättest es genommen. Das glaube ich dir nicht.«

»Warum nicht?«

»Weil wir uns damals genau über diesen Punkt gestritten haben. Außerdem: Kein Mensch hebt so lange so viel Geld auf.«

»Warum nicht?«, wiederholte sie.

»Weil man es ausgibt. Warum sollte man zwanzig Jahre lang eine Million Dollar rumliegen lassen?«

Carola sah Mike eine Weile schweigend an und nickte nachdenklich. »Ich werde dir alles erklären«, sagte sie. »Weißt du, ich war am Telefon auch etwas komisch, weil ich ja nicht wusste, ob ich dir vertrauen kann.«

»Vertrauen? Wieso?«

»Alles der Reihe nach. Zunächst mal: Ich habe damals wirklich das Geld genommen. Ich habe gedacht, wir könnten was davon haben, wenn wir volljährig sind.«

»Aber das habe ich doch auch gedacht!«, fuhr Mike auf. »Warum hast du nicht zugelassen, dass wir es zusammen holen?«

Sie sah ihn prüfend an. »Ganz einfach. Ich habe dich für einen unreifen Idioten gehalten.«

»Was?«

»Überleg doch mal. Der Pimmel auf der Fahne. Dein pubertäres Gerede von Hollywood und so weiter. Du warst ein infantiles Jüngelchen, das Selbstbefriedigung am Klavier betrieben hat.«

»Na hör mal!« Er suchte nach Worten. »Wir haben uns doch so gut verstanden …« Er stockte, weil ihm plötzlich alles wieder einfiel – die langen Gespräche an ihrem Geheimplatz über der Mosel, die Nachmittage, an denen er für sie spielte …

Sie hob beschwichtigend die Hände. »Sei mir nicht böse. Es klingt hart, ich weiß. Aber das war damals mein Eindruck. Am Schluss jedenfalls. Was ich jetzt denke, tut erst mal nichts zur Sache. Ich hatte nach dem Unfall unheimlich viel damit zu tun, wieder gesund zu werden, und dann warst du weg. Ich habe Abitur gemacht und studiert …«

»Du hast studiert?«

»Natürlich. Auch Behinderte studieren.«

»Was denn?«

»Journalismus. Ich habe sogar ein paar Jahre in dem Job gearbeitet. Das war nicht einfach, wie auch das ganze Studium nicht, aber es ging. Dann habe ich Frank kennen gelernt und geheiratet.«

»Und die ganze Zeit hast du das Geld gehabt? Und nicht ausgegeben?«

»Das will ich ja gerade erklären. Ich brauchte es nicht. Warum soll ich Geld ausgeben, das mit einem Verbrechen zu tun hat, wenn ich finanziell prima klar komme? Mein Studium verlief erfolgreich, mein Mann ist Oberregierungsrat im Innenministerium und von Haus aus nicht arm. Außerdem«, fügte sie hinzu, »kam ich selbst nicht mehr dran.«

Mike stutzte. »Was meinst du damit?«

»Ich habe es vor meinem Unfall gut versteckt. Auf einer Klettertour. Man kommt nur an das Versteck, wenn man klettern kann. Und das ist für mich nicht mehr möglich. Und ich kann ja schlecht irgendwen damit beauftragen, das Geld zu holen.«

Mike dachte nach. »Das klingt ziemlich abenteuerlich. Und du meinst, das Geld ist noch da?«

»Ich weiß es nicht hundertprozentig, aber nach allem, was ich recherchiert habe, müsste es so sein. Ja.«

Mike beugte sich vor. »Nur damit ich dich richtig verstehe«, sagte er. »Du willst also, dass wir zusammen das Geld bergen. Und du brauchst meine Hilfe, weil du selbst nicht klettern kannst. Ich soll es für dich holen.«

»Schon ganz gut«, sagte Carola. »Aber das trifft es nicht ganz.«

»Okay – erklär's mir. Darf ich rauchen?«

»Gerne.«

Carola holte eine Schachtel Zigaretten und ein Feuerzeug hervor, dann zündete sie ihre Zigarette und Mikes Zigarillo an. Mike staunte. Die einst so sportliche Carola rauchte. Unglaublich. Jetzt entdeckte er auch den Aschenbecher, der neben dem Laptop stand. Es waren schon ein paar Kippen darin.

Carola erzählte weiter. »Ich habe mit Frank bis vor ein paar Monaten in Berlin gelebt. Anfang des Jahres habe ich herausgefunden, dass er mich seit Jahren betrügt. Ich bin ausgezogen und wieder nach Koblenz zurückgegangen.«

»Was hat das mit dem Geld zu tun?«

»Ich will hier in Koblenz wieder als freie Journalistin arbeiten.«

»Hast du in Berlin nicht gearbeitet?«

»Schon, aber nicht so viel. Und um es kurz zu machen: Ich bin in Koblenz bei Recherchen auf eine sensationelle Geschichte gestoßen. Auf eine Geschichte, die mit dem Fall an der Gülser Brücke zu tun hat.«

»Du meinst ...?«

»Ja. Der Mord ist nie aufgeklärt worden.«

»Und du willst das jetzt hinkriegen?«

»Ich habe viel recherchiert. Ich habe mit Leuten geredet, die das Opfer gekannt haben. Und ich glaube, da steckt eine Riesensache dahinter.«

»Ist das dann nicht ein Fall für die Polizei?«

»Schon. Aber wenn sich die Polizei darum kümmert und alles herausfindet, wäre meine Geschichte nicht mehr so sensationell. Und wer weiß – vielleicht merken sie ja bei ihren Ermittlungen, dass da eine Million Dollar fehlt, und sie kommen mir am Ende noch auf die Spur. Zu gefährlich.«

»Hm.« Mike schüttelte ungläubig den Kopf.

»Ich kann dir das jetzt nicht im Detail erklären«, sagte Carola. »Im Grunde geht es mir um die Story. Das Geld wäre natürlich auch ganz nützlich.« Sie klopfte nervös die Asche ab. »Alles hängt miteinander zusammen. Geld, Aufklärung des Falles und Jahrhundertstory.«

Mike sah Carola eine Weile an. Da war sie wieder: Carola, die Ehrgeizige. Im Rollstuhl, an einer Zigarette ziehend, aber ansonsten die Alte. Voller Tatendrang.

»Kannst du nicht etwas konkreter werden?«, bat Mike.

Sie schüttelte den Kopf. »Ich will erst wissen, ob ich auf dich zählen kann.«

»Wie meinst du das?«

»Du hilfst mir, der Story auf die Spur zu kommen und den Fall zu lösen. Dann habe ich meinen journalistischen Erfolg, der Mord von damals ist aufgeklärt, und wir sind reich. Du kannst deine Träume verwirklichen. Nach Hollywood gehen. Falls du das noch willst. Und falls das Geld dafür reicht. Aber es ist ja auch nicht gerade ein Pappenstiel.«

»Also Geld gegen Hilfe?«

»Genau.« Sie drückte die Zigarette aus.

Mike verzog den Mund und starrte vor sich hin. »Wie sollen wir das denn schaffen? Und wieso machst du dir die Mühe? Wieso können wir nicht das Geld einfach so nehmen und abhauen?«

»Weil ich nun mal Journalistin bin. Ich bin gerade mal achtunddreißig. Noch habe ich Zeit, ein bisschen Karriere zu machen. Ich hab keine Lust, in Rente zu gehen oder so was. Und die Geschichte ist es wert, glaub mir.«

»Aber bei so viel Geld ...« Mike wusste nicht, was er sagen sollte. Meinte Carola das alles ernst? Er versuchte, einen klaren Kopf zu behalten. »Steckt denn wirklich so was Bedeutendes dahinter?«

»Ja! Wie oft soll ich das eigentlich noch sagen?«

»Sag mir, worum es geht.«

»Nicht, bevor du mir versprichst, mir zu helfen.«

»Woher weiß ich, dass du mir die Wahrheit erzählst?«

»Na hör mal!«

»Tut mir Leid«, sagte er. »Aber was du mir gesagt hast, reicht mir nicht.«

»Na gut. Keiner zwingt dich. Du kannst auch nach Hause fahren und alles vergessen. Ich würde dich dann aber bitten, es wirklich gründlich zu tun. Das mit dem Vergessen, meine ich.«

»Wie kannst du so sicher sein, dass das Geld nicht ... kaputtgegangen ist? Liegt das Versteck unter freiem Himmel?«

»Wie gesagt: Ich denke, dass es die Zeit einigermaßen überstanden hat.«

»Gib mir einen Hinweis.«

»Nein.«

»Vertraust du mir nicht?«

»Du musst mir vertrauen.«

»Ich hätte damals das Geld mitgenommen. Es steht mir sowieso zu.«

»Juristisch gehört es keinem von uns beiden.«

»Trotzdem.«

»Glaubst du, es hätte dich glücklich gemacht? Mit siebzehn Jahren? Überleg mal, was aus dir geworden wäre. Wahrscheinlich wärst du noch im Knast gelandet. Wegen Unterschlagung von Beweismitteln oder so was.«

»Dafür stecken sie Minderjährige nicht in den Knast.«

»Du weißt ja gut Bescheid.«

Mike seufzte, und Carola schwieg. »Mir kommt das alles so unwirklich vor«, sagte er leise.

»Das verstehe ich.« Sie nagte einige Momente an ihrer Unterlippe. »Gut«, sagte sie dann. »Ich gebe dir einen Hinweis. Ich hoffe, der überzeugt dich. Auf der Klettertour, auf der ich den Koffer versteckt habe, wurde ich beobachtet.«

»Und?«

»Die Sache stand etwas später in der Zeitung.«

»Was? Dann ist das Geld doch garantiert weg. Wenn die Zeitung dahinter gekommen ist.«

»Ich wurde nicht erkannt. Es haben nur ein paar Leute die Polizei gerufen. Die Polizisten haben mich von weitem gesehen, als ich die Tour schon fast hinter mir hatte. Und dann bin ich abgehauen. Niemand weiß, dass ich dabei etwas versteckt habe.«

»Hast du es etwa im Denkmalsockel am Deutschen Eck deponiert?«, fragte Mike.

»Nur weil ich damals da rauf bin? Ganz kalt. Da müsste man ja damit rechnen, dass es bei irgendwelchen Umbauarbeiten gefunden wird. Mehr sage ich nicht. Entscheide dich.«

»Was soll denn das für ein Hinweis sein? Zeig mir den Zeitungsartikel.«

»Nein. Dann weißt du, wo es ist.«

»Ist das dein letztes Wort?«

»Ja.«

»Und was erwartest du jetzt von mir?«

»Dass du versprichst, mir zu helfen, und die Sache durchziehst.«

»Zeigst du mir den Artikel, wenn ich zusage?«

»Vielleicht.«

»Und wenn ich mich dann aus dem Staub mache?«

Carola sah ihn ruhig an. »Das machst du nicht. Da müsste ich mich schon sehr in dir täuschen.«

Plötzlich überkam ihn ein Gefühl, das er damals oft empfunden hatte, das aber in Vergessenheit geraten war. Das Gefühl, dass Carola viel mehr über sein Innenleben wusste als er über ihres. Mein Gott, was war das nur für eine Frau. Sie wusste, was sie wollte, und sie machte es möglich. Sogar, nachdem sie durch den Unfall die Niederlage ihres Lebens hatte einstecken müssen.

»Warum traust du mir dann jetzt nicht und erzählst mir alles?«, fragte er.

»Weil du mir schon ein bisschen entgegenkommen musst.«

Mike fiel etwas ein. »Du hast mir noch nicht gesagt, warum du Erkundigungen über mich eingeholt hast.«

»Ich musste dich finden. Ich musste überlegen, ob es überhaupt Sinn hat, dich anzurufen.«

Er nickte. Das war eine Erklärung. »Wie lange müsste ich in Koblenz bleiben?«

»Weiß ich nicht genau. Ich hoffe, dass in einer Woche alles über die Bühne ist.«

»So lange?«

Carola sah Mike prüfend an. »Riskier es«, sagte sie. »Riskier endlich mal was in deinem Leben. Du bist doch ein Schängel, oder?«

»Was?«

»Du bist in Koblenz geboren. Also bist du ein Schängel.«

»Und was hat das damit zu tun?«

Ihr Blick änderte sich. Plötzlich grinste sie hintergründig. »Du kennst doch das schöne Lied ›Dat Kowelenzer Schängelche‹.«

»Wer kennt das nicht? Hör mir doch damit auf.« Sie wollte ihn auf den Arm nehmen, und er konnte nichts dagegen tun.

Carola lächelte ihn verschwörerisch an und sang die Melodie, die Mike seit Ewigkeiten nicht mehr gehört hatte. Schließlich kam sie an die Stelle, wo es heißt: »Es es vur kainem bang, / On singt sei Lewe lang …« Dann lachte sie und sagte: »Singen tust du zwar nicht, aber dafür spielst du Klavier – das kann man gelten lassen. Aber deine Bangigkeit; die solltest du als echter Schängel endlich mal loswerden.«

Mike schwieg betreten. Und Carola machte weiter. Sie hob den Zeigefinger. »Und was ist mit der Stelle? Pass auf: ›Et niemols dä Humor verleert, / Dä Kopp nie hänge lässt. / Et singt on pfeift, es kreuzfidel, / On heppt grad wie en Spatz, / On wer met imm käi Spaß verstieht, / Dat es en Bullewatz‹.« Sie senkte den Finger wieder. »Ich glawe, dau bes en Bullewatz, Mike.«

Mike seufzte. Tatsächlich. Das war die alte Carola.

Wie hatte er daran nur zweifeln können?

Eine Viertelstunde später saßen sie in Carolas VW Passat-Kombi und fuhren zur Mosel hinunter. Mike hatte gestaunt, wie geschickt sie mit Hilfe von zwei Krücken aus dem Rollstuhl gestiegen war, ihn zusammengeklappt ins Auto verfrachtet und sich dann hinter das Steuer gesetzt hatte. Neben dem Lenkrad sah Mike ein paar Spezialhebel. »Behindertengerecht«, erklärte Carola nur, als sie seinen Blick sah.

»Wo wir uns so lange nicht gesehen haben, sollten wir wenigstens zur Feier des Tages essen gehen«, hatte Carola gesagt. Zum Glück war sie wieder auf Hochdeutsch umgeschwenkt. Mike mochte den Koblenzer Dialekt nicht besonders, aber er verstand ihn. Und er wusste auch, was ein »Bullewatz« war. Er war einer, da hatte Carola Recht.

Carola bog in das Straßengewirr ein, in dem sich Mike beim Hinweg fast verirrt hätte. »Die Brücke ist neu, oder?«, fragte er.

»Sie wurde 1990 eingeweiht. Sie heißt Kurt-Schumacher-Brücke. Nicht gerade ein architektonischer Glanzpunkt. Und das Todesurteil für die alte romantische Gülser Fähre.« Sie gelangten auf die andere Moselseite, dann ging es an Weinbergen vorbei in Richtung Güls.

»Ich habe im Moselstübchen einen Tisch bestellt«, sagte Carola. »Ich dachte, wenn du nach so langer Zeit nach Koblenz kommst, steht dir der Sinn nach Hausgemachtem. Und vielleicht gefällt's dir ja auch, in dem Stadtteil zu essen, in dem du aufgewachsen bist.«

Carola lenkte den Wagen auf den Parkplatz, und wie am Burgweg lehnte sie jede Hilfe ab. Während sie den Rollstuhl herausholte, ging Mike die paar Schritte zur Uferstraße.

Es war schon etwas dämmrig; trotzdem konnte er auf der gegenüberliegenden Seite gut den Hang der Karthause erkennen. Die Häuser am Burgweg beschrieben eine diagonale Linie den Berg hinauf. Der Hang darüber, wo es früher nur Felder und Grundstücke mit Obstbäumen gegeben hatte, war mit einer neuen Siedlung zugebaut. Dahinter erhob sich der dunkle, bewaldete Hunsrück, aus dem der Fernmeldeturm auf dem Kühkopf herausragte. Mikes Blick wanderte zum grüngrauen Steilhang über der Mosel hinunter. Ziemlich weit oben war eine helle Stelle zu erkennen. Das war die Felsnase, die wie ein winziger Balkon hervorragte. Wo sie so oft gesessen hatten.

Plötzlich kam Mike eine Idee. Er wandte sich zu Carola um, die im Rollstuhl saß und herangefahren kam. »Du hast das Geld an unserem Geheimplatz versteckt, oder?«, fragte er. »Du bist da oben herumgeklettert, und von hier unten hat dich jemand beobachtet.«

Carola schüttelte den Kopf. »Wieder ganz kalt. Denk nicht so viel darüber nach. Ich schlage vor, wir reden heute nicht mehr darüber. Entscheide dich bis morgen früh. Okay?«

*

Er hat noch einmal überprüft, wie alt die E-Mail ist. Sie ist vor zwei Tagen abgeschickt worden, vielleicht auch vor drei. Der alte Mann rechnet nach und kommt mit der Zeitverschiebung etwas durcheinander.

Nach der ersten Aufregung hat er sich gezwungen, systematisch vorzugehen. So, wie er es gelernt hat, ist er im Internet weiteren Informationen nachgegangen. Vielleicht war das, was in der Mail stand, ja auch eine Lüge. Vielleicht wollte ihn jemand foppen.

Doch dann ist alles ganz leicht gewesen. Das Suchprogramm förderte immer mehr Seiten zutage, die das, was in der Mail steht, beweisen. Und nicht nur das: Das Ganze scheint noch nicht einmal etwas Besonderes zu sein. Vor den Augen der ganzen Welt hat es sich bereits vor Jahren ereignet, und der alte Mann hat es nicht mitbekommen. Warum nicht? Er denkt nach, und ihm fällt ein, dass er zu dieser Zeit im

Krankenhaus war. Außerdem hat er noch keinen Internetanschluss gehabt. Und in den hiesigen Zeitungen wurde darüber natürlich nicht berichtet. Der alte Mann spürt einen Schmerz aufsteigen, den er schon lange kennt. Den Schmerz der Missachtung seiner Heldentat. Das Gefühl von Ungerechtigkeit.

Er versucht, das Gefühl zu verdrängen und sich auf das zu konzentrieren, was er da sieht. Es gibt keinen Zweifel. Die Fotografien müssen echt sein. Sie sind in Farbe, und die Menschen, die darauf zu sehen sind, tragen moderne Kleidung. Er ist erschüttert.

Es ist dunkel geworden. Die Zeit vergeht plötzlich sehr schnell. Und Zeit hat er nicht zu verlieren.

*

Mike hatte ein Schnitzel mit Bratkartoffeln auf dem Teller, Carola Sülze mit Kartoffelsalat. Dazu teilten sie sich eine Flasche Gülser Bienengarten. Hinter dem Fenster wurde es langsam dunkel.

»Ich glaube, das ist das erste Mal, dass ich Gülser Wein trinke«, sagte Mike.

Carola nickte. »Mir geht's genauso.«

»Wir haben uns dafür früher nicht interessiert. Eher für ein gepflegtes Königsbacher.«

»Noch nicht mal dafür«, sagte Carola und schob eine Gabel Sülze in den Mund. Natürlich, dachte Mike. Carola war Vegetarierin gewesen. Alkohol hatte sie auch keinen getrunken. Und heute aß sie Sülze, trank Wein und rauchte.

»Jetzt haben wir so viel von mir gesprochen«, sagte Carola. »Was hast du denn so gemacht in all der Zeit? Du hast dich ganz schön verändert.«

»Wie meinst du das?«

»Hm – ich sehe Geheimratsecken. Und einen Bauch.«

»Damals habe ich vielleicht siebzig Kilo gewogen, heute sind es hundertzwanzig. So ist das Leben.«

»Und dann dieser Anzug. Du siehst aus wie der Typ aus ›Tod in Venedig‹.«

»Das ist meine Arbeitskleidung. Weißer Anzug, schwarzes Hemd, schwarzes Einstecktuch.«

»Jetzt hast du aber frei.«

»Musiker bin ich rund um die Uhr.«

»Hast du auch einen Panamahut?«

»Er liegt in meinem Wagen.«

Carola verdrehte die Augen.

Dann erzählte er, wie es ihm ergangen war. Vom Tod seines Vaters 1984, vom vergeblichen Versuch, das Abitur zu bestehen, vom Umzug nach Köln.

»Warum gerade nach Köln?«, fragte Carola.

Mike zuckte mit den Schultern. »Irgendjemand hat mir erzählt, das wäre eine gute Stadt für Musiker. Ich wollte ja eigentlich Musik studieren.«

»Ohne Abi?«, fragte Carola.

»In Ausnahmefällen geht das. Aber ich hatte Schiss vor der Aufnahmeprüfung und bin gar nicht erst hingegangen. Danach habe ich in Plattenläden gejobbt, zwischendurch auch bei einer Plattenfirma, aber da musste ich nur das Archiv sortieren. Irgendwann fing das dann mit der Klavierspielerei in Bars an. Als ich merkte, dass man damit ganz gut Geld verdienen kann, habe ich mich hingesetzt und zwanzig, dreißig Stücke einstudiert. Das ist jetzt mein Repertoire. Damit komme ich den ganzen Abend hin. Und den Leuten gefällt's. Als der Bergische Hof mein Stammkunde wurde, bin ich nach Düsseldorf gezogen.«

»Hast du nicht mal dran gedacht, eine Platte aufzunehmen?«

»Doch. 1991 bekam ich sogar ein Angebot.«

»Tatsächlich?«

»Ja, aber der Produzent war ein Windhund. Erst tat er ganz begeistert. Er erzählte, er wolle einen zweiten Richard Clayderman aus mir machen.«

»Richard Clayderman – das ist doch der mit diesem berühmten Schmusestück?«

»Ballade pour Adeline, genau.«

»So was wolltest du spielen? Du als Klassik-Freak? Obwohl – wenn du damals schon den weißen Anzug getragen hast …«

Mike machte ein ernstes Gesicht. »Damals war ich fast am Ende mit meiner Klavierspielerei. Ich bekam keine Jobs, und in der Plattenfirma zu arbeiten befriedigte mich überhaupt nicht.«

»Aber du hast doch an der Quelle gesessen. Hättest du da nicht ein paar Kontakte machen können?«

»Die hatten nur internationales Business im Sinn. Keine Chance. Dieser so genannte Produzent jedenfalls ließ mich einen Vertrag unterschreiben, der mir fast das Genick gebrochen hat. Ich musste einen Großteil der Produktion selbst bezahlen, und eine CD ist auch nie daraus geworden. Alles in allem hat mich das etwa zwanzigtausend gekostet. D-Mark damals noch.«

»Wo hattest du denn so viel Geld her?«

»Das war der letzte Rest aus der Lebensversicherung meines Vaters.«

»Puh«, machte Carola.

»Insgesamt geht's mir heute aber gut. Ich hab mich so eingerichtet. Ich habe Zeit zum Musikhören. Ich komponiere ein bisschen, und manchmal kann ich in der Hotelbar auch ein eigenes Stück einschmuggeln. Oder was Klassisches.«

Carola lächelte. »Und wie sieht's mit Frauen aus? Verheiratet bist du ja nicht.«

»Woher weißt du das schon wieder?«

»Ich sehe keinen Ehering an deinen Händen.«

»Gut beobachtet.«

»Und sonst?«

Mike zuckte mit den Schultern. »Ab und zu mal eine Hotelbekanntschaft.«

»Ach?«

»Klavier spielen macht Männer sexy. Wusstest du das nicht?«

Sie verzog den Mund. »Ist mir völlig neu.«

Gegen Mitternacht fuhren sie zurück. Carola öffnete mit der Fernsteuerung die Doppelgarage und fuhr so hinein, dass links und rechts des Wagens sehr viel Platz blieb. »Meine Eltern haben die Garage so groß bauen lassen, weil sie unbedingt zwei Autos haben wollten. Jetzt ist sie mein privater Behindertenparkplatz«, sagte sie.

Mike spürte die sommerliche Wärme der Nacht. Die Luft duftete. »Ich bin noch nicht müde«, sagte er. »Ich würde gern noch eine Runde spazieren gehen. Es war doch ein bisschen viel auf einmal. Ich muss erst mal alles sortieren.«

»Kein Problem«, sagte Carola. »Hier ist der Hausschlüssel. Ich gehe schon schlafen. Das Gästezimmer ist gleich neben dem Arbeitszimmer.«

»Alles klar.«

»Schlaf gut. Morgen lasse ich die Katze aus dem Sack. Wenn du dabei bist.«

Mike nickte. »Man kann ja kaum widerstehen – so spannend, wie du das machst.«

»Soll das heißen, du sagst zu?«

»Ich denke, wir reden heute nicht mehr darüber?«

»Stimmt. Aber weißt du was?«

»Was denn?«

»Ich freue mich, dass wir wieder Freunde geworden sind.«

Mike nickte. »Wir sind Freunde geblieben.«

»Genau. Und wenn wir das zusammen durchziehen, bleiben wir für immer welche.«

»Und im anderen Fall?«

»Wer weiß?«

Carola rollte langsam in den dämmrigen Flur hinein. Mike schloss hinter ihr die Haustür und ging den nächtlichen stillen Burgweg hinunter.

Ein paar Minuten später stand er an der Moselbrücke, und ihm war, als sei alles gestern passiert. Erst nach und nach fielen ihm ein paar Veränderungen auf. Die Anlegestelle der nicht mehr vorhandenen Fähre war nun mit Pfählen abgesperrt, und neben der Brücke, genau dort, wo sie damals an den Fluss gelaufen waren, um den verdächtigen Geräuschen nachzugehen, stand ein kleines Toilettenhäuschen. Offenbar hatte man bei der KEVAG dazugelernt. Auf die Steine des ersten Pfeilers neben der Straße hatte jemand mit weißer Farbe »SPD« geschrieben. Mike fiel ein, dass es diese Aufschrift schon vor zwanzig Jahren gegeben hatte.

Jetzt, wo er in Ruhe über Carolas Vorhaben nachdenken konnte, kam ihm das Ganze völlig irrsinnig vor. Er konnte sich nicht vorstellen, unter die Detektive zu gehen und eine Mordgeschichte aufzudecken. Das war vielleicht Carolas Sache, seine nicht.

Aber in der Nacht damals hatte er auch nicht damit gerechnet, dass die Besteigung des Denkmalsockels gelingen würde, dachte er. Und Carola hatte es geschafft. Trotz ihres Unfalls, trotz der vielen Schwierigkeiten hatte sie ein Studium absolviert und arbeitete in ihrem Job. Sie ließ sich nicht unterkriegen. Selbst jetzt, wo ihre Ehe am Ende war.

Und ich habe noch nicht mal das Abi geschafft, dachte Mike. Zur Aufnahmeprüfung an der Musikhochschule bin ich nicht erschienen. Nur aus Angst, durchzufallen.

Riskier endlich mal was, Michael. Mit diesem Satz hatte sie den Kern getroffen.

Mike hob einen Stein auf und warf ihn in das dunkle Wasser. Die Lichter, die sich auf der Fläche spiegelten, platzten auseinander.

Was habe ich denn zu verlieren?, fragte er sich. Eigentlich nichts. Ich würde Carola helfen, und wir würden reich werden. Und wenn nicht, geht alles so weiter wie bisher. Das ist das Schlimmste, was passieren kann.

Plötzlich kam ihm ein anderer Gedanke. War er nicht sogar moralisch verpflichtet, Carola zu helfen?

Merkwürdige Idee, fand er. Er war zu gar nichts verpflichtet. Aber andererseits bemühte sie sich so sehr. Er stellte sich vor, wie es wäre, wenn er jetzt einfach nach Hause fahren würde. Er käme sich wie ein Schuft vor. Er konnte sie mit diesem ganzen Kram nicht allein lassen. Er musste ihr eine Chance geben. Und sich selbst auch. Immerhin war es die zweite Möglichkeit, an das Geld zu kommen. Wer hatte schon so viel Glück, zwei Chancen zu bekommen? Zwei Chancen! Du bist ein Glückspilz, sagte er sich.

Warum fühlte er sich dann nicht wie einer?

Ab und zu kam ein Wagen vorbei, die Stille danach war noch intensiver. Mike bekam plötzlich Lust, Musik zu hören. Sein Discman und ein paar CDs waren in seinem Gepäck, das sich immer noch im Wagen befand.

Er ging neben der Brücke den Fußweg hinauf. Noch bevor er an der Einmündung angekommen war, bemerkte er einen immer heller werdenden Lichtschein. Ein Wagen kam aus dem Burgweg herausgeschossen, überquerte die Bahnlinie und verschwand in Richtung Moselweiß. Dann war wieder alles ruhig. Da hat es aber jemand eilig, dachte Mike.

Langsam ging er weiter. Die Straße war völlig still. Als er an Carolas Haus angekommen war, holte er seine Tasche aus dem Wagen, schloss die Haustür auf und betrat den kleinen Flur. Er tastete nach dem Lichtschalter. Eine Neonleuchte flackerte auf. Ungemütlich, dachte Mike.

Sein Blick fiel auf den Eingang des Arbeitszimmers, in dem er mit Carola gesprochen hatte. Die Tür stand halb offen, und es brannte Licht. Mike sah in dem schmalen Ausschnitt ein Stück beleuchtete Raufasertapete und darauf einen schmalen, scharfen Schatten. Er ging bis ans Ende durch, stellte die Reisetasche ab und blickte in den Raum.

Carola saß hinter ihrem Schreibtisch, von einer Stehlampe beleuchtet. Ihre Hände bedeckten die Tastatur. Ihr Kopf war auf der Lehne des Rollstuhls zur Seite gesunken. Über dem Ohr war ein glänzender, dunkler Fleck zu sehen, von dem etwas bis hinunter auf den Hals gelaufen war. Ihre Augen waren weit aufgerissen und starrten Mike an. Der Blick war voller Angst.

Als hätte Carola gehofft, dass Mike jeden Moment zur Tür hereinkäme, um ihr zu helfen.

3.

Er war wie vom Donner gerührt. Dann überwand er seine Erstarrung, rannte zum Schreibtisch und packte Carola an der Hand. Sie war warm.

Während sich sein Herzschlag beschleunigte, suchte er im Zimmer hektisch nach einem Telefon. Endlich fand er einen Apparat auf dem Teppichboden neben dem Schreibtisch. Er tippte die Notrufnummer.

Es kam kein Rufzeichen. Die Leitung war tot. Er folgte dem Kabel. Das Telefon war gar nicht angeschlossen. Mike sah sich suchend um. Es gab kein anderes. Ein Handy besaß er nicht.

Er suchte die Wände ab und fand schließlich eine Telefonbuchse, die mit dem Laptop verbunden war. Mike zog den Stecker heraus, fummelte nervös den Anschluss vom Telefon hinein und bekam das Freizeichen. Er wählte 110, und eine Männerstimme meldete sich.

»Eine Verletzte. Vielleicht ist sie auch tot«, keuchte Mike.

»Geben Sie bitte Ihren Standort durch.«

»Moselweiß, Burgweg.«

»Die Hausnummer.«

Mike dachte nach, aber sie wollte ihm nicht einfallen. »Ich weiß nicht«, sagte er. »Ziemlich weit oben. Ich komme auf die Straße und warte auf Sie.«

Als er aufgelegt hatte, breitete sich in seinen Ohren ein Rauschen aus. Das Zimmer verschwand langsam hinter einem Gestöber aus schwarzen Pünktchen. Mike setzte sich auf den Boden, direkt neben das linke Rad von Carolas Rollstuhl.

Er atmete tief durch. Es war stickig hier drin. Er rappelte sich auf und wollte nach dem vergitterten Fenster neben dem Schreibtisch greifen. Es stand sperrangelweit offen. Mike stützte sich auf dem Schreibtisch ab.

Ein kleines grünes Lämpchen unter dem Bildschirm blinkte in längeren Abständen. Der Monitor war jedoch schwarz. Neben dem Computer lag ein kleiner Block gelber Klebezettel. Auf dem obersten Blatt war etwas notiert.

In Mikes Kopf überschlugen sich die Gedanken. Du musst Ruhe bewahren, sagte er sich. Die Polizei wird gleich da sein. Ihm fiel ein, dass sie ja die Adresse nicht wussten, und er stolperte hinaus auf die Straße.

Dort war alles still. Der Burgweg lag genauso verlassen da wie vorhin. Mike spürte, wie angesichts dieser nächtlichen Reglosigkeit seine Unruhe noch wuchs. Er rannte ins Haus zurück. Carola starrte ihn immer noch an.

Warum?, hämmerte es in seinem Kopf. Was war hier los?

Ein Wagen bremste. Im Flur flackerte blaues Licht. Eine Tür klappte. »Hallo?«, rief eine Männerstimme. Er blickte auf die Schreibtischplatte und sah wieder das gelbe Blöckchen. »Hallo?«, rief wieder jemand.

Dann näherten sich Schritte.

Mike sah aus dem Fenster des Polizeipräsidiums. In der Ferne war der Felsen von Ehrenbreitstein zu erkennen. Die Festung war dramatisch beleuchtet; die rissige, steile Wand warf scharfe Schatten. Der Blick war nicht ganz vollständig. Er wurde von dem Zifferblatt einer gigantischen Uhr verstellt, das sich emsig drehte. Es wechselte sich stetig mit dem knallroten Sparkassensymbol auf der Rückseite ab. Die Uhr zeigte kurz nach halb vier.

»Sie sagen, Sie haben Frau Zerwas über zwanzig Jahre nicht gesehen.«

Mike nickte. »Einundzwanzig genau.«

»Und nun besuchen Sie sie nach der langen Zeit, und genau an diesem Abend wird sie ermordet.«

Mike nickte wieder. Der Mann, der sich als Kommissar Nickenich vorgestellt hatte, lehnte sich in seinem Stuhl zurück. »Halten Sie das nicht auch für einen großen Zufall?«

»So ist es nun mal«, sagte Mike.

Die letzten Stunden hatte er vollkommen passiv erlebt, und er war noch immer wie gelähmt. Alles um ihn herum – die Polizisten, die Befragungen, die Formalitäten – hatte er über sich ergehen lassen und kaum richtig wahrgenommen. Alles kam ihm wie ein böser Traum vor.

»Haben Sie keine Erklärung dafür?«

Mike schüttelte langsam den Kopf.

»Na gut«, sagte der Hauptkommissar und stand auf. Obwohl es mitten in der Nacht war, sah Nickenich keineswegs müde aus. Er trug schwarze Jeans, ein violettes Hemd und einen dunklen Schlips. Sein schwarzer Bart, der die gesamte untere Hälfte des Gesichts bedeckte, war sauber gestutzt. Die dichten schwarzen Haare wirkten, als käme er gerade vom Frisör. »Dann wollen wir das Ganze noch mal durchgehen. In welchem Verhältnis standen Sie zu der Toten?«

»Das habe ich schon gesagt. Wir sind zusammen zur Schule gegangen. Wir haben uns seit zwanzig Jahren nicht gesehen ...«

»Einundzwanzig. Wie kam es zu dem Wiedersehen?«

»Sie hat mich vor ein paar Tagen angerufen. Sie hat gesagt, sie würde wieder in Koblenz wohnen.«

»Wo hat sie vorher gewohnt?«

»Soviel ich weiß, in Berlin.«

Nickenich griff in eine Klarsichthülle, in der verschiedene Unterlagen steckten, und holte etwas heraus. Es war ein Personalausweis.

»Stimmt«, stellte er fest und warf das Plastikkärtchen hin. »Wohnsitz Berlin. Weiter.«

»Wie weiter?«

»Warum ist sie nach Koblenz gekommen?«

»Sie sagte, sie habe Probleme in ihrer Ehe gehabt ... Glauben Sie, dass der Mann dahinter steckt?«, fragte Mike. »Ja, das könnte doch sein. Ein Eifersuchtsdrama oder so was. Sie müssen den Mann befragen.«

»Wir werden dem nachgehen«, erklärte Nickenich ruhig. »Kennen Sie den Ehemann von Frau Zerwas?«

»Ich weiß ja noch nicht mal, wie er heißt. Zerwas war ... ist Carolas Mädchenname. Das heißt ... Moment – mit Vornamen heißt er Frank.«

Nickenich überprüfte wieder den Personalausweis. »Den Mädchennamen hat sie behalten«, sagte er.

»Es kann ja sein, dass sie einen alten Schulkameraden geheiratet hat«, spann Mike den Faden weiter. »Dann kenne ich ihn vielleicht von früher ... Mir fällt aber niemand ein, der Frank hieß.«

»Zurück zu Ihnen«, unterbrach Nickenich. »Wann sind Sie in Koblenz angekommen?«

Mike versuchte, das Puzzle in seinem Kopf zu ordnen. »Ich weiß nicht mehr genau. Vielleicht so um sieben.«

»Worüber haben Sie gesprochen?«

Mike legte die Hände auf die Knie. »Über alte Zeiten.«

»Ist Ihnen etwas Außergewöhnliches aufgefallen?«

»Kann ich nicht sagen. Wenn man sich so lange nicht gesehen hat ... Carola hat sich jedenfalls verändert.«

»Inwiefern?«

»Sie rauchte, sie aß Fleisch und trank Alkohol. Als Schülerin war sie sehr sportlich und lebte sehr gesund. Sie war Vegetarierin. Das hat aber einen ganz einfachen Grund.« Mike erzählte, was er über Carolas Unfall erfahren hatte.

»Hatte sie in Koblenz etwas Bestimmtes vor?«

»Etwas Bestimmtes?«

»Hat sie Leute getroffen? Was waren ihre beruflichen Pläne?«

»Keine Ahnung.«

Der Kommissar trommelte mit dem Stift aufs Papier. »Hat sie vielleicht noch mit anderen früheren Klassenkameraden gesprochen?«

»Nicht, dass ich wüsste.«

»Auf welche Schule sind Sie noch mal zusammen gegangen?«

»Gymnasium auf der Karthause.«

»Welcher Abiturjahrgang?«

»Ich bin 1984 durchgefallen.«

»Und Frau Zerwas?«

»Sie hat die Schule nach ihrem Unfall gewechselt. Sie war dann in den letzten Schuljahren auf irgendeinem Internat. Ich glaube, in Bonn. So haben wir uns auch damals aus den Augen verloren.«

Der Kommissar schrieb etwas auf. Dann dachte er einen Moment nach. »Halten Sie es für möglich, dass Frau Zerwas in eine Straftat verwickelt war?«

»Was?«

»Gibt es irgendetwas, das sie Ihnen anvertraut hat? Hat sie Andeutungen gemacht? Denken Sie nach. Der kleinste Hinweis kann wichtig sein.«

Mike stockte. Was sollte er sagen? Er starrte den Kommissar an. Irgendetwas in ihm sperrte sich.

»Nun, Herr Engel?«

Mike schüttelte den Kopf.

»Und Sie wissen auch nicht, woran sie gerade gearbeitet hat? Als Journalistin?«

Mike zögerte kurz. »Darüber haben wir nicht gesprochen«, sagte er fest.

»Sondern?«

»Habe ich doch gesagt. Über alte Zeiten.«

»Das habe ich verstanden. Aber was heißt das genau?«

»Lehrer, Erlebnisse. Wir ...«

»Ja?«

»Wir waren mal befreundet.«

»Und?«

»Wir haben eben darüber gesprochen, was wir damals so unternommen haben. Gemeinsame Erlebnisse. Sie wissen schon.«

Der Kommissar sah Mike prüfend an und nickte.

»So«, sagte er. »Kommen wir mal zum Entscheidenden. Wo sind Sie hergekommen, als Sie die Tote fanden?«

Mike berichtete von dem Besuch im Moselstübchen. Nickenich schrieb wieder etwas auf seinen Zettel.

»Ich hatte noch Lust, ein bisschen rumzulaufen«, sagte Mike. »Ich bin es nicht gewohnt, so früh schlafen zu gehen.«

»Sie haben gesagt, Sie seien Musiker.«

»Ich spiele Klavier im Düsseldorfer Hotel Bergischer Hof.«

»Und wo sind Sie heute gewesen?«

»Ich ging runter zur Gülser Brücke. Nicht lange. Insgesamt war ich vielleicht eine Dreiviertelstunde unterwegs.«

»Haben Sie irgendwas gesehen? Jemand, der in der Straße war?«

Mike versuchte sich seinen Spaziergang wieder vor Augen zu führen. »Ja. Mir fällt etwas ein. Als ich den Fußweg von der Brücke zum Burgweg raufging, kam ein Auto.«

»Woher?«

»Es kam aus dem Burgweg und fuhr dann nach Moselweiß runter. Über die Bahnüberführung. Ziemlich schnell.«

»Haben Sie etwas erkennen können? Wagentyp, Farbe, Kennzeichen?«

»Nein.«

»Und Sie haben vorher auch keinen Schuss gehört?«

»Nein.«

»Wie ging es weiter?«

Mike berichtete, wie er in die Wohnung kam und Carola fand.

»Wer hat Ihnen denn die Tür aufgemacht?«

»Carola hatte mir einen Schlüssel gegeben. Sie sagte, sie würde schlafen gehen.«

»Was ist mit dem Schlüssel passiert?«

»Ich glaube, ich habe ihn stecken lassen. Oder im Arbeitszimmer irgendwo hingelegt.«

Wieder schrieb der Kommissar.

»Gut. Weiter«, sagte Nickenich. »Als Sie ins Arbeitszimmer kamen und die Tote fanden – hatten Sie da den Eindruck, dass etwas anders war als vorher? Fehlte etwas, oder war etwas sonst irgendwie verändert?«

»Das Fenster war offen«, sagte Mike. »Außerdem war das Telefon nicht angeschlossen. An der Buchse steckte der Computer. Ich musste alles erst umstöpseln, damit ich Hilfe holen konnte. Und dann habe ich Sie angerufen.«

»Warum waren Sie nicht auf der Straße, als die Beamten kamen? Sie hatten gesagt, Sie wollten auf der Straße warten.«

Mike zuckte mit den Schultern. »Mir war plötzlich schlecht geworden. Ich musste mich einen Moment auf den Boden setzen. Als ich dann den Wagen hörte, habe ich mich zusammengerissen und bin rausgegangen.«

Es klopfte, und ein uniformierter Polizist kam herein. Wortlos legte er Nickenich eine Akte vor und ging wieder.

Der Hauptkommissar begann zu blättern. »Das macht die Sache auch nicht leichter«, sagte er.

Mike spürte plötzlich, dass er durstig war. »Entschuldigen Sie – hätten Sie vielleicht was zu trinken für mich?«

»Sie können jetzt sowieso gehen. Das hier ist die Schmauchspurenanalyse Ihrer Hände. Wir wissen jetzt, dass Sie keinen Schuss abgegeben haben.«

»Haben Sie mich deshalb so lange dabehalten? Weil Sie mich verdächtigt haben?«

»Wir müssen jeder Möglichkeit nachgehen. Besitzen Sie Handschuhe?«

»Nein, aber … Ist sie denn tatsächlich erschossen worden?«

Der Hauptkommissar nickte. »Wahrscheinlich von draußen. Durch das offene Fenster. Ich kann nur hoffen, dass wir weitere Spuren in ihren Unterlagen finden. Im Computer und so weiter.«

Mike sagte nichts.

»Was haben Sie jetzt vor?«, fragte Nickenich. »Fahren Sie wieder zurück nach Düsseldorf?«

»Ich weiß nicht«, sagte Mike. »Aber ich denke schon. Wahrscheinlich. Was soll ich hier noch.«

Nickenich stand auf. »Falls wir noch Fragen haben, wissen wir ja, wo wir Sie erreichen können.«

Er brachte Mike zur Tür. »Ach ja«, sagte er. »Wenn Sie möchten, bringt Sie ein Streifenwagen zum Burgweg. Dort ist ja Ihr Wagen.«

Mike fuhr mit dem Aufzug ins Erdgeschoss. Unten auf dem Parkplatz warteten bereits zwei Uniformierte, die ihm die Tür eines Polizeiwagens öffneten. Mike stieg ein und setzte sich auf die Rückbank.

Der Wagen fuhr an. Mikes Hände waren immer noch feucht vom Schweiß. Er wischte über seine Hose und spürte etwas in der Hosentasche. Er brauchte nicht danach zu tasten, um zu wissen, was es war. Was da kniff, war der kleine gelbe Block von Carolas Schreibtisch, den er mitgenommen hatte.

Mike stieg in seinen Wagen und fuhr voller kreisender Gedanken ziellos kreuz und quer durch das nächtliche Koblenz. Irgendwann verschlug es ihn auf die B 9, wo er ohne groß darüber nachzudenken auf die Autobahn Richtung Köln abbog.

Du kannst nach Hause fahren und alles vergessen. Das hatte Carola gesagt.

Oder du kannst die zweite Chance nutzen, um an das Geld zu kommen, sagte er sich.

Du hast dich entschieden, mitzumachen. Aber jetzt …

Mike fuhr und fuhr, während sich die Gedanken immer weiter drehten. Schließlich bog er in eine Tankstelle ein. Der Morgen dämmerte bereits. Die Luft war noch kühl und frisch, aber voller Verheißung auf einen heißen Sommertag. Mike schob den Stutzen in die Tanköffnung und ließ den Sprit fließen.

Natürlich hatte er sich entschieden. Aber jetzt sah alles ganz anders aus. Mike spürte plötzlich, wie eine bleierne Müdigkeit von ihm Besitz ergriff. Er zahlte das Benzin und lenkte den Wagen auf den Parkplatz.

Lkws rangierten schwerfällig aus den Parktaschen und schoben sich dröhnend in Richtung Autobahn. Mike sah ihnen eine Weile teilnahmslos zu, bis er in einen unruhigen Schlaf fiel.

Irgendetwas in seinem Traum erschreckte ihn so sehr, dass er zusammenzuckte und schlagartig wach wurde. Ein Blick auf die Uhr sagte ihm, dass er eine gute halbe Stunde lang eingenickt war. Er kurbelte das Seitenfenster herunter und ließ frische Luft hinein. Dann griff er in die Hosentasche und holte das gelbe Blöckchen hervor.

Es stand nicht viel darauf. Carola hatte mit schwarzem Kugelschreiber eine Koblenzer Telefonnummer notiert; außerdem ein Wort, das Mike für eine Straßenbezeichnung hielt. Langendorfer Feld. Eine Hausnummer war nicht angegeben. Die beiden Informationen gehörten offenbar zusammen.

Aus alter Gewohnheit übersetzte Mike die Telefonnummer in Musik. Die Melodie, die in seinem Kopf entstand, war eigenartig. Die erste Ziffer war eine Zwei, also begann die Melodie mit der zweiten Note der Tonleiter, einem D. Dann schwang sie sich über die Sext hinauf in die Oktave, dann runter zur Quarte, über die Sexte und Quinte wieder zur Sekunde. Eine abenteuerliche Berg- und Talfahrt von Tönen. Gar nicht einfach zu harmonisieren. Man musste manche Noten deutlich länger machen und dann eine raffinierte Harmonik entwickeln, um dem Ganzen einen Sinn zu geben …

Gewaltsam riss er sich los. Du verdammter Idiot, schalt er sich. Was machst du hier eigentlich? Carola ist ermordet worden, und du spielst deine Musikspielchen.

Er musste etwas unternehmen.

Hinweise gab es ja. Wo das Geld steckte, stand sogar in der Zeitung. Er musste nur den Artikel finden. Eine zwanzig Jahre alte Zeitung musste doch aufzutreiben sein.

Wann hatte Carola das Geld wohl versteckt? Es konnte nur zwischen April 1982, dem Abend, an dem sie den Koffer gefunden hatten, und ihrem Unfall gewesen sein. Und der hatte sich in den großen Ferien danach ereignet. Wenn die Sommerferien im Juni begonnen hatten, musste er nichts weiter tun, als drei Monate der Zeitungen von damals durchzublättern und dabei auf eine Meldung über eine Kletterin zu achten. Schon wusste er das Versteck. Gar kein Problem.

Und vielleicht gab es ja noch andere Spuren. Carola hatte möglicherweise auch mit anderen alten Bekannten gesprochen. Es konnte sein, dass sie eine Bemerkung darüber fallen gelassen hatte, wo sie damals geklettert war.

Gehörte die Telefonnummer auf dem gelben Block jemandem, mit dem sie sich in den letzten Tagen getroffen hatte? War die Bezeichnung »Im Langendorfer Feld« die Adresse des Verstecks? Mike spürte, wie ihn Nervosität ergriff. Die Lösung des Rätsels war so nah, dass er nur mit der Hand danach zu greifen brauchte!

Dann ließ ihn wieder etwas zögern. Das Geld. Er hatte nur darüber nachgedacht, wie er an das Geld kommen konnte. Was war mit Carolas Mörder? Er überlegte eine Weile. Ob das überhaupt alles zusammenhing? Carolas Pläne, das Geld zu bergen. Ihre Recherchen in der geheimnisvollen Sensationsgeschichte. Ihr Tod …

Wenn ja, musste er Nickenich reinen Wein einschenken. Es war ein Fall für die Polizei. Darüber hatte er schon mit Carola gesprochen. Was hatte sie noch gesagt? *Wenn sich die Polizei darum kümmert und alles herausfindet, dann wäre die Geschichte nicht mehr so sensationell.*

Mike atmete tief durch und wühlte im Handschuhfach. Nach kurzem Überlegen schob er eine CD in den Player. Schwere Klavierakkorde klangen aus den Boxen, dann erfüllte eine weit ausschwingende Melodie den Innenraum des Peugeots. Mike fuhr los. Der erste Satz des zweiten Rachmaninow-Klavierkonzerts war noch nicht verklungen, da sah er wieder die weite Ebene vor sich. Das Rheintal.

Wo Koblenz lag.

4.

Als Mike noch in der Schule gewesen war, hatten sie mit der Klasse einmal das Stadtarchiv besucht. Es befand sich in der Alten Burg, einem mittelalterlichen Gebäude, das gleich neben der Balduinbrücke lag. Vor allem der Lehrer hatte sich dafür begeistert. Mike und seine Klassenkameraden, alle so um die zwölf, dreizehn Jahre alt, hatte die Besichtigung eher gelangweilt.

Merkwürdig, dachte Mike. Zwanzig Jahre habe ich kaum an Koblenz und noch weniger an das Stadtarchiv gedacht, und jetzt fällt mir alles wieder wie auf Kommando ein.

Die Zeitung, die er durchblättern musste, war mit Sicherheit die Rhein-Zeitung. Die einzige Tageszeitung am Ort. Damals jedenfalls. Keine Ahnung, wie das heute war. Aber darauf kam es ja nicht an.

Es musste natürlich nicht unbedingt das Stadtarchiv sein. Er könnte sich auch direkt an den Verlag wenden und das Archiv der Zeitung dort durchforsten. Doch diese Variante gefiel Mike nicht. Abgesehen davon, dass irgendeinem dieser Sensationsreporter schnell auffallen könnte, dass der Hauptzeuge des Mordes im Verlagshaus herumspazierte, wollte Mike weitere Befragungen auf jeden Fall vermeiden. Sollte dieser Nickenich jedoch herausbekommen, dass er im Stadtarchiv gewesen war, konnte er sich leicht herausreden. Er konnte sagen, dass er etwas über die Stadtgeschichte nachlesen wollte.

Er fuhr über die Moselbrücke und nahm im Kreisel am Saarplatz die Ausfahrt Richtung Altstadt. Als er an der Alten Burg vorbei zum Florinsmarkt gelangte, prasselte das Kopfsteinpflaster unter den Reifen. Der kleine Platz war wie eh und je mit Autos voll geparkt, und Mike musste ein ganzes Stück in Richtung Deutsches Eck weiterfahren, bis er eine Lücke fand. Es war erst kurz vor sieben. Für das Archiv sowieso noch viel zu früh.

Er holte seinen Panamahut von der Ablage, setzte ihn auf und schloss den Wagen ab. Langsam ging er zurück zur Florinskirche. Die Erinnerungen kamen Stück für Stück. Das Mittelrhein-Museum unter dem Augenroller. Daneben die Musikbibliothek, in der Mike neben dem Regal mit den Klaviernoten viele Nachmittage verbracht hatte.

Am Eingang zur Alten Burg zeigte ihm eine Hinweistafel, dass das Archiv erst um 14 Uhr öffnen würde. Auch gut. Bis dahin konnte er die geheimnisvolle Telefonnummer anrufen und herausfinden, wo das Langendorfer Feld war. Und dafür musste er zunächst mal eine Telefonkarte erstehen.

Er wählte den Weg durch die Mehlgasse und betrachtete die Wanddekoration eines Lebensmittelgeschäfts, die der Krieg verschont hatte. Früher hatte sie tatsächlich noch wie ein Rest aus einer alten Zeit ausgesehen. Jetzt hatte man den bunten Schriftzug restauriert, und er wirkte wie neu gemalt. Mike kam an der Liebfrauenkirche heraus und vermisste die Pizzeria »La Mamma«, die es hier früher gegeben hatte. Er konnte sich jedoch nicht mehr daran erinnern, in welchem Haus sie gewesen war.

Am Jesuitenplatz gab es jedenfalls noch das Eiscafé Brustolon. Dort hatte Mike mit fünfzehn sein erstes Rendezvous gehabt. Sie hieß Monika und war ein Jahr jünger als er. Sie hatte seine großzügige Einladung hemmungslos ausgenutzt und sich den teuersten Eisbecher bestellt. Als sie ihn geleert hatte, musste sie plötzlich nach Hause, und Mike hatte erst wieder von ihr gehört, als sie mit einem Typen aus seiner Klasse ging. Jürgen Lange. Der Sohn seines Musik- und Geschichtslehrers. Er war mit sechzehn schon Kettenraucher gewesen und hatte als Erster in der Klasse ein Moped gehabt. Wie Monika genau ausgesehen hatte, wusste Mike nicht mehr. Er hatte aber noch deutlich das Bild von dem bunten Eisbecher vor Augen, der fast sein gesamtes Taschengeld gekostet hatte. Für ihn hatte es nur noch für eine Cola gereicht.

Den Görresplatz hätte er kaum wiedererkannt. Der ganze Platz war Fußgängerzone, für die Autos gab es jetzt eine Tiefgarage, und in der Mitte stand ein Brunnen, in dessen Wasserbecken sich aus der Nachbildung eines Bootes eine riesige Säule erhob. Mike versuchte, aus den aufeinander getürmten Figuren und Häuschen schlau zu werden, und er verstand, dass das Ganze die Geschichte der Stadt darstellen sollte – von den burgähnlichen Stadtmauern bis hin zur Wiederauferstehung aus den Trümmern des Zweiten Weltkrieges.

Er sah auf die Uhr. Noch nicht mal halb acht. Er setzte sich eine Zeit lang auf eine der Bänke, die es früher ebenfalls noch nicht gegeben hatte, und zog ein kleines Noten-Notizbuch und einen Stift aus der Jackentasche. Er schrieb die Melodie der Telefonnummer auf, die auf Carolas Block gestanden hatte, und versuchte, das Thema ein wenig zu variieren. Als er ein paar Seiten voll geschrieben hatte, ging es auf halb neun zu.

Plötzlich überkam ihn Ungeduld. Er stand auf und gelangte in die Löhrstraße, die ihm viel schmaler vorkam, als er sie in Erinnerung hatte. Am Wöllershof fand er eine Post mit Telefonzellen davor. Er kaufte eine Telefonkarte und rief die Nummer an. Das Rufzeichen tutete sehr lange, dann wurde abgehoben.

»Hoffmann«, meldete sich eine Frauenstimme.

»Guten Morgen, mein Name ist Engel. Entschuldigen Sie die Störung, aber ich hätte eine Frage an Sie.«

»Was?« Die Frau wirkte sehr müde; ihre Stimme klang matt. Mike hatte sie wahrscheinlich aus dem Schlaf gerissen.

»Ich bin ein Bekannter von Carola Zerwas. Ich habe Ihre Telefonnummer von ihr. Ich wollte Sie fragen, ob Sie vor kurzem mit Carola Zerwas gesprochen haben.«

Mike hörte ein Rascheln. Es klang nach Bettzeug.

»Was?«, fragte sie wieder, diesmal war ihre Stimme etwas deutlicher. »Wer sind Sie?«

»Engel. Michael Engel. Ich wollte Sie etwas wegen Carola Zerwas fragen.«

»Zerwas?«

»Kennen Sie den Namen nicht?«

»Hm.«

»Wohnen Sie im Langendorfer Feld?«

Wieder Rascheln. »Was haben Sie gesagt, wie Sie heißen?«

Mike hatte das Gefühl, als sei die Frau jetzt erst richtig wach geworden. Geduldig fing er wieder von vorne an. »Es geht um Carola Zerwas.«

»Ja«, sagte die Frau. »Carola Zerwas.«

»Haben Sie sie in letzter Zeit getroffen? Oder mit ihr telefoniert?«

»Warum fragen Sie mich das?«

»Wir sind zusammen zur Schule gegangen, und ich habe sie gestern Abend besucht. Hören Sie …« Mike stockte. Es war sicher nicht so gut, mit der Tür ins Haus zu fallen und zu erzählen, dass Carola tot war. »Kann ich vielleicht mit Ihnen persönlich reden? Ich meine, nicht am Telefon. Kann ich Sie besuchen? Wo ist denn das Langendorfer Feld?«

»Langendorfer Feld?«

»Ist das nicht Ihre Adresse?«

»Ich wohne in der Rheinstraße.«

»Welche Hausnummer?«

»Das Hochhaus.«

In Mike keimte eine Erinnerung. »Das Haus, in dem es unten ein Restaurant gibt? Ja, das kenne ich. Wie hieß es doch gleich …«

»La Gondola«, sagte die Frau.

»Wann könnte ich vorbeikommen? Es dauert nicht lange.«

»Ich verstehe immer noch nicht, was Sie von mir wollen.«

»Nur eine Auskunft. Oder sagt Ihnen der Name Carola Zerwas gar nichts?«

»Doch, doch … Also gut. Kommen Sie um ein Uhr.«

»Wie war Ihr Name noch mal?«

»Hoffmann. Anita Hoffmann.«

Mike legte auf. Die Geschäfte in der Löhrstraße öffneten gerade. Verkäufer waren damit beschäftigt, Auslagen aufzubauen. Die ersten Kunden spazierten durch die Fußgängerzone, dazwischen sah Mike Gestalten mit Käppis und Rucksäcken. Die Frühaufsteher unter den Touristen. Mike orientierte sich kurz und ging in die nächste Buchhandlung. Sein Ziel war die Abteilung mit den Stadtplänen.

*

Im Wohnzimmer des alten Mannes hat es noch nie eine solche Unordnung gegeben. Fotoalben, Jahrbücher und Bildbände liegen verstreut auf dem Teppich herum, die meisten aufgeschlagen. Es sieht aus, als hätte ein Wirbelsturm gewütet.

Der alte Mann blättert verbissen durch die Bände. Plötzlich lässt er das Buch, das er gerade in der Hand hat, fallen. Er geht in den Keller hinunter, wo Akten in schweren Eisenregalen lagern. So viele Ordner er tragen kann, bringt er ächzend nach oben. Er gönnt sich eine Verschnaufpause; dann beginnt die Blätterei wieder.

Die ersten Abrechnungen seiner Firma. Alte Jahreszahlen: 1956, 1957, 1958. Dokumente von Anteilsan- und -verkäufen, von Übertragungen; erst stückweise, dann immer häufiger auf den Namen seiner Tochter. Kolonnen von Zahlen. Sauber in Paragraphen unterteilte Verträge. Das ist nicht das, was er sucht.

Er geht wieder in den Keller hinunter, stöbert im Licht der matten Glühbirne in alten Kalendern und Adressbüchern.

Bis er endlich den Namen findet. Den Namen, den er braucht.

*

Mike stellte sich vor, mal eben das Straßenverzeichnis eines Koblenzer Stadtplans aufzufalten und nachzusehen, wo »Im Langendorfer Feld« war. Aber Fehlanzeige. Die Adresse gab es in Koblenz nicht.

Verwirrt suchte er weiter. Er probierte, ob die Straße vielleicht einfach nur »Langendorfer Feld« oder auch »Langendorfer Weg« hieß. Auch das brachte nichts.

Den Stadtplan in der Hand, stand er da und fragte sich, ob Carola vielleicht gar keine Adresse notiert hatte, sondern eine Ortsbezeichnung, die wörtlich gemeint war. Vielleicht hatte sie sich mit jemandem auf einem Feld in Langendorf verabredet. Mike versuchte sich das vorzustellen: Carola in ihrem Rollstuhl irgendwo auf dem Land bei einem konspirativen Treffen …

»Kann ich Ihnen helfen?« Die Stimme gehörte einer Verkäuferin. Mike sah sich um. Im Laden war um diese Zeit noch wenig los, und so war die Fachkraft auf den einzigen Kunden losgegangen. Mike erklärte, dass er eine bestimmte Adresse suche, sie aber in Koblenz nicht gefunden habe. »Zeigen Sie mir einen Stadtplan, auf dem es die Straße ›Im Langendorfer Feld‹ gibt, und ich kaufe ihn«, sagte er und versuchte ein Lächeln.

»Sind Sie denn sicher, dass Sie in Koblenz suchen müssen?«, fragte sie.

Mike schüttelte den Kopf. Das war ja das Problem.

»Versuchen Sie es doch mal mit angrenzenden Ortschaften. Das hier ist ganz gut geeignet.«

Sie zog einen großformatigen Straßenatlas vom Großraum Köln-Bonn-Koblenz aus dem Regal und hielt ihn Mike hin.

Er begann im Index zu blättern. Erst durchsuchte Mike die Orte in alphabetischer Reihenfolge. Alfter, Andernach, Bad Breisig, Bad Hönningen. Dann ging er dazu über, geographisch zu suchen, und sah bei den Nachbargemeinden nach. Bendorf, Kettig, Lahnstein, Mülheim-Kärlich. Nichts.

Dann Neuwied. Bingo. Da stand es schwarz auf weiß. »Im Langendorfer Feld«. Er suchte noch sporadisch weiter, fand in anderen Orten nichts und ging mit dem Atlas zur Kasse.

»Na, hat es geklappt?«, fragte die Verkäuferin.

»Ich denke schon.«

Kurz darauf saß Mike im Wagen, den aufgeschlagenen Atlas neben sich. Die Straße lag ziemlich weit außerhalb. Auf dem Plan führte sie über eine blassgrüne Fläche; dazwischen waren blaue Flecken eingezeichnet – Baggerseen. An einigen Stellen war der Vermerk »Kies« zu lesen. Eine Gegend, die als Versteck für das Geld in Frage kam? Warum nicht? Mike spürte wieder, wie ihn Nervosität erfasste.

Er fuhr auf die B 9, überquerte den Rhein und bog nach Neuwied ab. Dort hielt er sich ostwärts. Die Gegend wurde unansehnlich. Brachland, etwas Industrie. Ein Betonwerk tauchte auf; Mike las den Schriftzug Dyckerhoff. Dann war ein Yachthafen ausgeschildert, und am Ende fand sich Mike an einer trostlosen Kreuzung schmaler Straßen wieder.

Hier schien die Welt zu Ende zu sein. Auf der einen Seite erhob sich ein Bürogebäude, das im Plan als »Stadtwerke« eingetragen war, auf der anderen gab es weitere Industrieanlagen. Ansonsten erstreckte sich vor ihm nur freies Feld. Dahinter ragte der Kühlturm des Kernkraftwerks Mülheim-Kärlich in die Höhe. Bedrohlich nahe, obwohl er sich auf der anderen Rheinseite befand.

Als Mike die Tür des Wagens öffnete, schlug ihm staubige, warme Luft entgegen, vermischt mit einer Lärmwolke aus Röhren und Donnern. Der Krach kam von einer weiteren Betonfabrik, neben der sich ein paar flache Gebäude duckten. Die Straße ging zwischen kleinen Bäumen und Büschen auf der einen und dem Feld auf der anderen Seite schnurgerade in die Ferne.

Mike stieg wieder ins Auto und fuhr die Strecke ab. Einmal musste er einem Lkw ausweichen, der ihm auf der schmalen Fahrbahn entgegenkam. Mike stoppte und kontrollierte noch einmal die Karte. Hier gab es nichts als Kiesgruben. Er wendete, kehrte zur Kreuzung zurück und parkte den Wagen.

Vor einem der letzten Häuser stand ein verbeulter Briefkasten neben der Einfahrt. Das Namensschild war einmal mit schwarzem Filzstift geschrieben worden, jetzt war von der Schrift nur noch blasses, unleserliches Gekrakel zu sehen. Neben einem großen Rolltor gab es eine Haustür aus blickdichtem Glas, daneben einen Klingelknopf. Mike versuchte sein Glück. Er wartete eine Weile; niemand öffnete.

Nebenan dröhnte die Betonfirma. Feiner Staub kam beständig herübergeweht. Mike fragte sich, wer in so einer Umgebung wohnen mochte. Er spürte, wie er zu schwitzen begann. Die Sonne war schon ziemlich kräftig. Mike zog das schwarze Einstecktuch aus der Jacke und wischte sich über die Stirn.

Die Hoffnung, dass sich hier das Versteck des Geldes befinden konnte, hatte Mike bereits begraben, als er angekommen war. Es gab nichts zu erklettern. Mike erinnerte sich, dass Carola von alten Mauern angetan war, von Brückenpfeilern oder von den Abhängen an Flusstälern, von denen es rund um Koblenz so viele gab. Diese Landschaft hier passte überhaupt nicht dazu. Die Gegend war flach. Carola war sicher nicht an der Fassade der Neuwieder Stadtwerke hochgeklettert, und auch nicht an den Anlagen der Firma nebenan. Vielleicht war das Versteck ein Baum? Das war ein ganz neuer Gedanke. Aber auch damit konnte das Langendorfer Feld nicht dienen.

Plötzlich mischte sich Motorengeräusch in das Gedröhne. Ein knatterndes Mofa bog um die Ecke und kam auf das Haus zu. Der Fahrer stoppte sein Gefährt neben dem Eingang, keine zwei Schritte von Mike entfernt. Auf dem Gepäckträger hatte er mit Gummiseilen einen Kasten Königsbacher Bier befestigt, am Lenker baumelte ein Jutesack, aus dem Schnapsflaschen ragten.

Der Mann stellte den Motor aus, blieb aber auf seinem Gefährt sitzen.

»Was wollen Sie denn hier?«, fuhr er Mike an. »Das ist Privatbesitz.« Er schwang sich vom Sattel. »Was ist? Red ich Chinesisch?«

So, wie der Mann aussah, hatte sich Mike immer Rübezahl vorgestellt. Hellgraue Augen funkelten aus einem Gesicht, das fast vollständig von einem rötlichen Krausbart bedeckt war. Die schütteren Haare waren in derselben Farbe und reichten bis auf die Schultern.

»Ich habe nur eine Frage«, sagte Mike.

Der Mann ging auf das Haus zu und schloss die Tür auf. Ohne Mike weiter zu beachten, räumte er seinen Einkauf in einen schmalen Flur und ging hinein. Die Tür fiel knallend ins Schloss, und Mike stand wieder allein da – mit dem einzigen Unterschied, dass er den asphaltierten Platz vor dem Haus nun mit einem Mofa teilte.

Plötzlich setzte sich das Rolltor in Bewegung. Scheppernd wanderte die Metallwand nach oben und enthüllte einen großen Raum, in dem Mike merkwürdige Gebilde erkannte. Metallene Skulpturen, die ihn an Gerippe irgendwelcher Phantasiewesen erinnerten. Sie besaßen vier, sechs oder acht Arme, die sie in alle Richtungen streckten. An den Wänden lehnten großflächige Gemälde mit abstrakten Farbflächen.

Der Mann kam heraus. »Sie sind ja immer noch da.«

»Kennen Sie Carola Zerwas?«, fragte Mike.

Der Mann befreite eine Packung Marlboro vom Zellophan, öffnete die Schachtel, zog eine Zigarette heraus und steckte sie an.

»Wer soll das sein?«

»Sie hat vielleicht in den letzten Tagen mit Ihnen telefoniert.«

»Ich habe keinen Anschluss«, brummte er und ging zurück in das Lager mit den Kunstwerken.

»Warten Sie doch mal«, rief Mike.

Der Mann drehte sich um, plötzlich fuchsteufelswild. »Wenn Sie jetzt nicht abhauen, hole ich die Polizei!«

Wie will er das ohne Telefon machen, dachte Mike. »Es ging um Ihre Bilder«, behauptete er. »Sie sind doch Maler, oder?«

»Und Bildhauer. Und Fotograf. Was dagegen?«

Mike betrat die Halle. Obwohl der Mann ziemlich abweisend wirkte, unternahm er nichts. Mike sah sich ein Bild an, auf dem ockerfarbene und blaue Seen ineinander zu fließen schienen. Unten rechts las er eine deutliche schwarze Signatur. »Wenzeslaus '99«.

»Sind Sie Wenzeslaus?«

»Lesen können Sie. Das Bild kostet zweitausend Euro. Ihre Carola Zerwas kenne ich aber trotzdem nicht.«

»Wirklich nicht? Ich dachte, sie wäre hier gewesen. Zum Beispiel wegen Ihrer Bilder.«

»War sie nicht.«

»Vielleicht erinnern Sie sich nur nicht. Sie sitzt im Rollstuhl.«

»Ich habe seit Monaten keinen Besuch mehr gehabt.«

Mike tat so, als wollte er sich auch noch eine der Metallskulpturen ansehen. Im Hintergrund des Raumes bemerkte er ein paar Stühle und einen Tisch. Daneben stand eine Tür offen, dahinter war es dunkel. Ob dieser Typ hier wirklich lebte?

»Also gut. Sagt Ihnen der Name Hoffmann etwas?«

»Wollen Sie Bilder kaufen oder mich weiter stören?«

»Frau Hoffmann aus der Rheinstraße?«

»Keine Ahnung.«

Mike ging zurück zur Straße. Er arbeitete sich durch den Staub zu einem der Arbeiter der Betonfirma nebenan. Dort erfuhr er, dass sonst niemand in der Straße wohnte.

»Was ist das für ein Kerl da hinten?«, fragte Mike.

Der Arbeiter winkte ab. »Das ist nur der Wenzes.«

»Ein Künstler, oder? Ziemlich kratzbürstig.«

»Der will nur seine Ruhe haben.«

Und das bei dem Krach, dachte Mike.

»Eine andere Frage: Haben Sie hier in letzter Zeit eine Frau im Rollstuhl gesehen?«

Mike erntete einen erstaunten Blick und Kopfschütteln.

Er drückte sich noch eine Weile bei den anderen Gebäuden herum, aber er fand niemanden, den er fragen konnte. Das Haus von Wenzes war das Einzige, das bewohnt war.

Es hatte keinen Zweck. Am Auto klopfte sich Mike den Dreck aus dem Anzug und fuhr zurück nach Koblenz.

Um zwanzig vor eins aß er an einer Imbissbude in der Firmungsstraße eine Currywurst. Dann ging er das kurze Stück zu dem Hochhaus hinüber, wo Frau Hoffmann wohnte.

Es war ein kastenförmiger Betonblock mit einem Gerippe von Balkonen, der sich zwischen Altstadt und Rheinufer breit machte.

Am Eingang wiesen Aluminiumschilder darauf hin, dass das Gebäude nicht nur Privatwohnungen, sondern auch Rechtsanwaltspraxen und ein paar undefinierbare Firmen beherbergte. In den beiden langen Spalten von Klingelknöpfen fand Mike den Namen, den er suchte. Die Tür öffnete sich sofort, nachdem er gedrückt hatte.

Mike ließ sich vom Aufzug in die elfte Etage tragen. Frau Hoffmann bot ihm einen unerwarteten Empfang. Sie war barfuß und trug einen hellgelben Bademantel, der bis knapp auf die Oberschenkel reichte. Zuerst war er von ihren langen nackten Beinen abgelenkt. Die Frau registrierte es mit einem Lächeln und wischte sich die lockigen hellroten Haare aus dem Gesicht. Sie wirkten feucht; offenbar hatte sie gerade geduscht.

»Herr Engel, nehme ich an.«

Mike nickte, und sie hielt ihm die Hand hin. Sie war warm und rutschig, wahrscheinlich von Creme.

»Ich bin gerade erst aufgestanden«, sagte sie. »In meinem Beruf wird es manchmal etwas spät.«

Mike konnte sich täuschen, aber sie schien für einen Moment unsicher zu wirken. Ihr Blick ging kurz an Mike vorbei in den Flurbereich hinter ihm. Als ob sie damit rechnete, dass er nicht allein gekommen war.

»Dann habe ich Sie heute Morgen aus dem Bett geklingelt«, sagte er. »Das tut mir Leid. Aber wie gesagt, ich muss Sie wegen Carola Zerwas sprechen.«

Sie zuckte mit den Schultern. »Nicht so schlimm. Normalerweise stelle ich das Telefon ab. Als ich heute Nacht nach Hause kam, hatte ich es einfach vergessen. Was ist mit Carola?«

Sie drehte sich um und ging in die Wohnung voran. Sie gelangten in ein helles, großzügiges Wohnzimmer. Hinter weißen Gardinen zeichneten sich die Dächer von Koblenz ab, aus denen die markanten Kirchtürme herausragten. Nach hinten ging der Blick bis zu den Hochhäusern über Metternich. Wie hieß diese Gegend noch? Genau – Eulenhorst. Mike staunte. Von außen betrachtet sah das Haus ziemlich nüchtern aus und passte kaum in die Koblenzer Altstadt. Wer jedoch darin wohnte, lebte mit einer herrlichen Aussicht über die Stadt.

»Was kann ich denn nun für Sie tun?«, fragte sie.

Sie wies auf eine helle lederne Sitzgruppe; Mike setzte sich auf einen Sessel, und sie ließ sich in der Couch nieder.

»Kennen Sie Carola? Haben Sie in letzter Zeit mit ihr gesprochen?«

»Was interessiert Sie das?«

»Ich bin mit ihr befreundet.«

»Ja und? Ich auch.« Sie wischte sich eine Strähne ihrer gelockten Haare aus dem Gesicht. »Wir haben uns getroffen. Vor ein paar Tagen. Ich glaube, es war am Freitag. Warum wollen Sie das denn wissen?«

»Wir sind zusammen zur Schule gegangen«, begann Mike.

»Ich auch. Ich habe sie aber sehr lange nicht gesehen. Und dann rief sie plötzlich an.«

Sie schlug die Beine übereinander. Mike kannte so etwas zur Genüge aus der Hotelbar. Dort trugen die Frauen allerdings Kleider oder Kostüme.

Er beschloss, nicht lange um den heißen Brei herumzureden. »Sie ist tot«, sagte er.

Frau Hoffmann runzelte ungläubig die Stirn. »Wie – tot?«

»Sie ist heute Nacht ermordet worden.«

»Was?«

»Ja, ich weiß, das hört sich seltsam an. Aber es ist so. Ich habe sie gefunden. Die Polizei hat mich die ganze Nacht befragt.«

»Wie ist das denn passiert?«

»Jemand hat sie erschossen. Zu Hause.«

»Erschossen?«

»Ja, im Haus ihrer Eltern. Dort hat sie seit einiger Zeit gewohnt.«

Frau Hoffmann nickte, doch ihr Blick verriet, dass sie Mikes Nachricht noch immer nicht so recht Glauben schenken wollte. »Möchten Sie vielleicht einen Kaffee mittrinken?«, fragte sie plötzlich.

Mike nickte. »Gute Idee.« Sie stand auf und verschwand in einem anderen Raum. Mike hörte sie mit Wasser und Geschirr hantieren. In der Zwischenzeit sah er sich im Zimmer um. Es war geschmackvoll eingerichtet. Um nicht zu sagen nobel. Neben der Sitzgruppe erhob sich eine Stehlampe mit glänzendem Schirm, auf der anderen Seite stand eine große Porzellankatze. Mike bemerkte einen Fernseher im Riesenformat – so groß wie eine quer gestellte Tür und genauso flach. Daneben ein Gemälde. Die Farben flossen ineinander. Mike kannte den Stil. Er war nicht überrascht, als er die schwarze Signatur unten rechts las.

Er hörte Schritte; Frau Hoffmann kam zurück. Sie hielt ein Tablett mit Geschirr in der Hand.

»Sind Sie aus Koblenz?«, fragte sie, während sie Tassen, Milch und Zucker verteilte.

»Aufgewachsen, ja. Aber ich lebe seit fast zwanzig Jahren nicht mehr hier. Wissen Sie, mich hat Carola auch letzte Woche angerufen. Es sollte so eine Art Wiedersehen sein.«

»Aber was kann ich für Sie tun?«, fragte sie. »Warum kommen Sie überhaupt zu mir?«

Mike hatte sich eine möglichst glaubwürdige Geschichte zurechtgelegt. »Carola war Journalistin, wie Sie sicher wissen. Und als wir gestern Abend essen gingen, erzählte sie mir, dass sie an einer sehr sensationsträchtigen Story gearbeitet hat.«

»Ach. Und?«

»Ich dachte, sie hätte Ihnen vielleicht etwas davon erzählt. Ich wüsste nämlich gern, worum es da geht. Möglicherweise hängt ihr Tod damit zusammen.«

»Glauben Sie? Nein. Von einer Story hat sie nichts gesagt.«

»Worüber haben Sie denn gesprochen?«

Sie verzog das Gesicht. »Über alte Zeiten.«

Mike fiel ein, dass er dieselbe Formulierung gegenüber Hauptkommissar Nickenich verwendet hatte, um sich herauszureden. Und wie dieser fragte er: »Und was heißt das genau?«

Frau Hoffmann zuckte mit den Achseln. »Die Schulzeit.«

»Waren Sie auch auf dem Gymnasium auf der Karthause?«

Sie nickte. »Sie auch? Wann haben Sie Abitur gemacht?«

»Ich bin … vor dem Abi von der Schule gegangen. Das war 1984.«

Frau Hoffmann winkte ab. »Ich bin schon ein etwas älterer Jahrgang«, sagte sie. »1981.«

»Sie kommen mir auch gar nicht bekannt vor.«

»Wir hatten über zweihundert Leute in der Jahrgangsstufe«, sagte sie. »Da kennt man nicht jedes Gesicht. Schon gar nicht nach so langer Zeit.«

Sie holte den Kaffee und schenkte ein. Mike genoss den ersten Schluck.

»Ich kann das mit Carola nicht glauben«, sagte Frau Hoffmann.

Mike berichtete, wie er von dem nächtlichen Spaziergang zurückkam und Carola fand.

»Sie haben ein Auto wegfahren sehen?«

Mike nickte.

»Und Sie konnten gar nichts erkennen? Noch nicht mal den Wagentyp oder so was? Die Farbe?«

»Ich habe nicht richtig hingesehen. Ich wusste ja nicht, dass es von Bedeutung sein würde.«

»Wie sind Sie eigentlich auf mich gekommen?«

»Was?«

»Woher haben Sie die Verbindung zu mir? Ich meine, wenn Sie mich angerufen haben, dann müssen Sie doch meine Nummer irgendwo hergenommen haben.«

Mike stellte die Tasse ab. »Ich muss gestehen, ich habe ein bisschen spioniert. Ihre Nummer stand auf einem Notizblock, der auf Carolas Schreibtisch lag.«

»Und die haben Sie sich gemerkt?«

»Ich habe den Zettel einfach mitgenommen«, sagte er.

»Wie bitte? Warum das denn?«

Mike wurde bewusst, dass er einen Fehler gemacht hatte.

»Na ja, wie ich schon sagte. Ich wollte hinter die Story kommen ...«

»Und deswegen haben Sie etwas von Carolas Schreibtisch mitgenommen?«

Jetzt hatte er sich verrannt.

»Carola sagte, es sei eine wirklich sensationelle Geschichte.«

»Was denn für eine?«

»Ich weiß es doch nicht. Aber sie hat es selbst gesagt.«

Frau Hoffmann war nachdenklich geworden. »Ich frage mich wirklich, was dahinter steckt. Sie erzählen mir hier nicht irgendwelchen Blödsinn, oder?«

»Sie werden es in der Zeitung lesen können«, sagte Mike.

»Die habe ich schon gelesen. Es steht nichts drin.«

»Natürlich erst morgen. Es ist ja heute Nacht passiert.« Er rieb sich mit der Hand über das Kinn. »Sagen Sie, hat Ihnen Carola eigentlich etwas über ihre zerrüttete Ehe erzählt?«

»Ihre Ehe?«

»Ja. Sie ist doch wieder nach Koblenz gekommen, weil sie sich von ihrem Mann getrennt hat. Wussten Sie das nicht?«

»Nein. Das ist ja komisch. Sie hätte es mir bestimmt gesagt …«

»Kennen Sie die Adresse ›Im Langendorfer Feld‹?«

Sie sah ihn an. »Das haben Sie heute Morgen schon mal erwähnt, hab ich Recht?«

Er nickte. »Die Straßenbezeichnung stand auch auf Carolas Block. Genau unter Ihrer Telefonnummer. Ich dachte erst, beides gehört zusammen.«

»Nein. Das sagt mir nichts. Wo ist das denn?« Sie trank einen Schluck Kaffee und lächelte Mike verschwörerisch an. »Wie ich Sie kenne, haben Sie das doch auch schon rausgefunden.«

»Es ist in Neuwied. Und wissen Sie, wer dort wohnt?«

»Sie werden es mir gleich sagen.«

»Der Mann, der das Bild gemalt hat, das neben Ihrem Fernseher hängt.«

Sie stellte die Tasse hin. »Wenzes? Natürlich! Langendorfer Feld. Ja, Wenzes kenne ich. Wissen Sie denn nicht, wer das ist?«

»Nein.«

»Manfred Wenzes. Er nennt sich Wenzeslaus. Auch ein alter Schulkamerad. Das Bild habe ich mal von ihm gekauft. Wir haben uns wiedergetroffen, als wir zehnjähriges Abschlussjubiläum hatten. Sie müssten ihn doch kennen.«

Ein Schulkamerad? Dafür hatte der Typ ziemlich alt ausgesehen.

»Heißt er Wenzes oder Wenzeslaus?«

»Wenzeslaus ist sein Künstlername. Er ist ein bisschen verrückt.«

»Das kann man wohl sagen. Ich frage mich, wie seine Adresse auf Carolas Zettel kommt.«

»Vielleicht war sie bei ihm.«

»Er konnte mit dem Namen nichts anfangen.«

»Dann hatte sie eben noch vor, zu ihm zu fahren.«

Mike nickte. Das war eine mögliche Erklärung. Er überlegte, wie er jetzt am raffiniertesten das Thema wechselte. Ihm fiel keine elegante Lösung ein.

»Vor ihrem Unfall ist Carola ja viel geklettert«, sagte er. »Das wissen Sie doch sicher.«

»Schon.«

»Die Geschichte, hinter der sie her war, hat vielleicht was mit ihrer Kletterei zu tun.«

»Das kann doch gar nicht sein. Sie ist doch nicht mehr in der Lage dazu. Schließlich sitzt sie im Rollstuhl.«

»Hat sie nicht irgendwas darüber gesagt, wo sie früher unterwegs war?«

»Davon weiß ich nichts.«

Mike stockte. Ihm kam die ganze Situation komisch vor. Diese Frau Hoffmann wirkte zwar erstaunt, aber irgendwie nicht erstaunt genug. Wie würde er reagieren, wenn jemand auftauchte und ihm von Carolas Tod erzählte? Kurz nachdem er sie getroffen hätte? Er wusste es nicht.

»Ich glaube«, sagte Frau Hoffmann, »Sie waren mit ihr viel enger befreundet als ich.«

Mike nickte. »Wir haben früher eine Menge zusammen unternommen.«

»Ja, sehen Sie. Ihr Besuch bei mir war dagegen eher zufällig. Sie scheint einfach alle Kontakte wahrgenommen zu haben, die sie noch aufwärmen konnte.«

»Und wann haben Sie sie zuletzt gesehen?«

»Am Freitag, habe ich doch gesagt.«

»Nein, ich meine davor. Haben Sie sie in Berlin besucht? Oder ist sie zwischendurch mal hier gewesen?«

»Nein, nein, das muss Jahre her sein, dass ich sie das letzte Mal gesehen habe. Ende der Achtziger vielleicht. Ja, ich glaube, da habe ich sie mal auf der Straße gesehen. Da hat sie mir auch von der Kletterei erzählt.«

»War das hier in Koblenz?«

»Ja. Ich weiß sogar noch, wo. Am Zentralplatz. Wir haben uns aber kaum unterhalten. Sie musste einen Bus kriegen. Und ist schnell eingestiegen.«

»Schnell eingestiegen?«

»Ja. Der Bus wollte schon zumachen, da hat sie sich von mir verabschiedet und ist schnell rein.«

»Ende der Achtziger?«

Sie nickte.

»Soviel ich weiß«, sagte Mike, »sitzt sie seit 1984 im Rollstuhl. Sie hat seitdem nie mehr schnell in einen Bus einsteigen können.«

Frau Hoffmann lehnte sich zurück. »Vielleicht habe ich mich auch geirrt. Vielleicht ist es früher gewesen. Man vertut sich da sehr leicht.«

Mike sah gedankenverloren vor sich hin. Sein Besuch hier brachte ihn nicht weiter. Carola hatte auf dem Zettel Informationen über alte Bekannte notiert. Das war alles.

»Was werden Sie jetzt machen?«, fragte sie. »Bleiben Sie noch eine Weile in Koblenz? Zum Detektivspielen?«

Seine letzte Chance war das Stadtarchiv. Nur wenn er dort einen Hinweis auf das Geldversteck fände, könnte er das Geld bergen. Das würde er heute sicher nicht schaffen …

»Wissen Sie ein schönes Hotel für mich?«, fragte er.

Sie hatte sich eine Zigarette angezündet und pustete den Rauch in die Luft. »Worauf legen Sie denn Wert?«, fragte sie.

»Große Badewanne«, sagte er. »Das ist das Wichtigste.«

»Das wäre auch meine Antwort«, sagte sie lächelnd. »Nehmen Sie das Mercure.«

»Wo ist das?«

»Direkt neben der Rhein-Mosel-Halle.«

Mike runzelte die Stirn. »Da gibt's ein Hotel?«

Mike ging durch die Mittagshitze zur Alten Burg. Ob er Detektiv spielen wolle, hatte Frau Hoffmann gefragt. Sie hatte den Nagel auf den Kopf getroffen. Natürlich suchte er nicht nur das Geld. Er wollte wissen, wer Carola umgebracht hatte. Und warum. Ob es mit der alten Geschichte zusammenhing. Oder ob vielleicht der Ehemann …

Das kriegst du niemals raus, sagte eine Stimme in seinem Inneren. Du hast keine Ahnung, wie Carola gelebt hat. Du weißt nicht, wen sie kannte. Du weißt nicht, welche Feinde sie hatte. Du weißt nicht, welche Motive da eine Rolle spielen können.

Eines war jedenfalls sicher. Der Mörder hatte es ganz vorsätzlich auf Carola abgesehen. Er war nicht eingebrochen, und er hatte nichts gestohlen. Er hatte noch nicht mal das Haus betreten. Er hatte Carola ganz gezielt und kaltblütig aus dem Weg geräumt.

Als er den schmalen Durchgang am Irish Pub durchquerte und die Alte Burg in Sichtweite kam, erinnerte er sich an seinen Vater, der immer wieder im schönsten Kowelenzer Platt seine Sprüche geklopft hatte: »Et es besser, wemmer die Aue zomischt on net nix seht«, sagte er, wenn die Mutter abends irgendeine Skandalgeschichte aus der Nachbarschaft erzählte. Zum Beispiel, dass die sechzehnjährige Tochter des unter ihnen wohnenden pensionierten BWB-Beamten schwanger war. Oder dass der siebzehnjährige Sohn des Lehrers zwei Häuser weiter angezeigt worden war, weil er mit der väterlichen Limousine eine Tour durch die Eifel unternommen hatte. Manchmal kommentierte Mikes Vater solche Vorkommnisse auch mit einem anderen Sprichwort: »Et get käi grießer Leid, als dat mer sich selwer andeit.« Dann hatte er nachdenklich genickt und an seiner Zigarre gezogen.

Diese Worte gingen Mike immer noch im Kopf herum, als er durch die schmale Tür des Stadtarchivs trat und über die steinerne Wendeltreppe des Turms zum Lesesaal gelangte.

Der Archivar legte Mike zwei weiße Pappschachteln mit Filmrollen hin und erklärte ihm, wie man das Mikrofilmlesegerät bediente. Dann zog er sich wieder hinter seinen Schreibtisch zurück.

Mike legte den ersten Film ein, zog an dem Schieber und stellte das Gerät scharf. Auf dem Monitor tauchten die Zeitungsseiten aus dem Jahr 1982 vor ihm auf – weiß auf schwarz, im Negativ. Der Archivar hatte ihm versichert, er könne sich von ausgewählten Seiten Positiv-Kopien machen lassen.

Mike begann Mitte April 1982 und verzettelte sich sofort in einem Wust aus Weltpolitik, Lokalnachrichten, Werbung, Fernsehtipps und jeder Menge anderem Kleinkram.

Falkland-Krieg, Nicoles »Ein bisschen Frieden« beim Grand-Prix. Die brennende Frage in der Serie »Dallas« hieß »Wer schoss auf J.R.?«. Schnell war Mike im Mai angekommen. Großbritannien hatte nach Drohungen den Kampf auf die Falkland-Inseln eröffnet, und am 22. meldete die Rhein-Zeitung: »Briten verloren 5 Schiffe.« Mike stutzte; er hatte gar nicht in Erinnerung, dass dieser Krieg am Rande der Welt solche Ausmaße erreicht hatte.

Anfang Juni wurde Romy Schneider in Paris beigesetzt; am selben Tag meldete die Zeitung, dass Vierzehnjährige ab sofort in die Disco dürfen.

Mike konzentrierte sich mehr auf die Lokalnachrichten. Am 17. Mai, einem Montag, überfielen Bankräuber die Gülser Filiale der Raiffeisenbank und erbeuteten einhundertvierzigtausend Mark. Am Samstag darauf wurden sie verhaftet. Komisch. Obwohl er in Güls gewohnt hatte, konnte er sich daran nicht erinnern.

Er zwang sich, systematisch vorzugehen. Alles, was er durchsehen musste, waren die Lokalnachrichten zwischen Ende April und Juli. Den überregionalen Teil konnte er vergessen, da stand sicher nichts über Carolas Kletterausflug.

Er zog den Film zurück in den April. Er musste mit der Suche genau an dem Tag beginnen, als sie auf das Denkmal geklettert waren. Aber welches Datum war das? Er suchte eine Weile, dann fand er den richtigen Ausschnitt.

Mahnmal zeigte falsche Flagge

Da staunte der aufmerksame Beobachter am Dienstag-Morgen nicht schlecht: Über Nacht hatte das Banner auf dem Mahnmal der Deutschen Einheit am Deutschen Eck seine Farbe gewechselt. Statt der gewohnten schwarz-rot-goldenen Flagge wehte eine etwa 2 x 3 Meter große weiße Fahne im morgendlichen Wind.

Bei näherem Hinschauen entdeckten frühe Spaziergänger darin ein mit roter Sprühfarbe aufgemaltes Symbol, das jeder tieferen psychologischen Bedeutung entbehrte. Mehr menschlichen Inhaltes war das Ding, das sich leuchtend rot von seinem weißen Untergrund abhob. Von der Traditionsfahne (Stückpreis: 530 Mark) indes fehlte jede Spur. Die Feuerwehr, die sich in Amtshilfe für das Kulturamt der Stadt um den Fahnenschmuck am Deutschen Eck kümmert, rückte aus, nachdem sie kurz nach acht von aufgebrachten Bürgern über das sittenlose Machwerk informiert wurde.

Die nächtlichen Unholde hatten ganze Arbeit geleistet. Mit Karabinerhaken war das weiße Banner ordentlich am Mast befestigt worden. Wie das geschehen konnte, bleibt vorerst ein Rätsel.

Am Abend zuvor hatte der Beauftragte für die ordnungsgemäße Sicherung des Monuments gegen 19 Uhr den Zugang verschlossen. Zu diesem Zeitpunkt wehte die Bundesflagge noch an Kaisers

Stelle. In waghalsigen Kletteraktionen oder mit der Hilfe von Leitern – von langer Hand vorbereitet –, so mutmaßt die Feuerwehr, müssen die Täter zum Fahnenmast vorgedrungen sein …

Mike musste unwillkürlich grinsen, als er sich die aufgebrachten Bürger und die ratlose Feuerwehr vorstellte. Carola war eine Pionierin des Freeclimbing gewesen. Vor zwanzig Jahren kannte man diesen Begriff noch gar nicht. Aber sie hatte es schon betrieben.

Er konzentrierte sich wieder auf die Suche, und sein Blick fiel gleich daneben auf den zweiten Beitrag über das nächtliche Abenteuer.

Mysteriöser Todesfall an der Gülser Brücke.

22jähriger Soldat erschossen.

Ein mysteriöser Todesfall beschäftigt seit gestern die Koblenzer Kripo. Ein Busfahrer fand am frühen Dienstagmorgen auf der Moselweißer Seite in der Nähe der KEVAG-Haltestelle die Leiche des 22jährigen Bundeswehr-Unteroffiziers Wilfried R. Der Mann hatte im Uferbereich im Wasser gelegen.

Wie die Polizei mitteilte, war der Soldat erschossen worden. Der Schütze hatte wahrscheinlich eine Pistole vom Typ P 1, einer gängigen Bundeswehrwaffe, benutzt. Anwohner aus der Nachbarschaft haben ausgesagt, daß sie in der Nacht deutlich Lärm von an- und abfahrenden Motorrädern gehört hätten. Weitere Hinweise gibt es nicht. Die Polizei vermutet, daß der Tote zuerst erschossen und dann ins Wasser geworfen wurde. R. war am Dienstag nicht zum Dienst erschienen. Als seine Einheit vergeblich versuchte, Wilfried R. zu erreichen, wurde der Fall den Feldjägern übergeben. Die Mutter des Soldaten identifizierte den Getöteten schließlich. Inge R. erlitt einen Nervenzusammenbruch. Die Polizei geht davon aus, daß R. zwischen Mitternacht und 3 Uhr morgens ums Leben kam. Um weitere Zeugenaussagen wird dringend gebeten. Hinweise nimmt jede Polizeidienststelle entgegen.

»Na, da haben Sie sich ja einen spannenden Fall ausgesucht.«

Mike erschrak. Er drehte sich um; hinter ihm stand der Archivar. Er blickte interessiert auf den Monitor und überflog die Zeilen.

»Hat man jemals rausgekriegt, was dahinter steckte?«, fragte Mike.

Der Mann nickte nachdenklich. »Erst haben sie geglaubt, es hätte was mit der Bundeswehr zu tun gehabt. Waffenhandel, haben sie gesagt. Dann haben sie die Freundin des Toten in der Mangel gehabt. Und die Mutter.«

»Haben sie gedacht, die Mutter hätte ihren Sohn ermordet?«

»Die wussten nicht, was sie machen sollten. Dabei hat die Frau ganz sicher keinem was getan. Die ganze Stadt hat sich damals darüber aufgeregt.«

»Wofür steht eigentlich das R.? Wenn darüber so viel berichtet wurde, weiß man doch sicher auch den Namen.«

Der Mann kratzte sich am Kopf. »Fällt mir nicht mehr ein«, sagte er. »Aber warten Sie mal kurz, ich frag die Kollegin. Die weiß das sicher noch.«

Er wollte gehen. »Einen Moment«, sagte Mike. »Haben Sie die Artikel aus der Rhein-Zeitung auch stichwortartig erfasst? So dass man bestimmte Themen suchen kann?«

Der Archivar schüttelte den Kopf. »Nein, tut mir Leid. Kann sein, dass die so was bei der Rhein-Zeitung haben. Da müssten Sie sich an den Verlag wenden.«

Mike bedankte sich. Ihm ging auf, dass ein Stichwortverzeichnis auch nichts genutzt hätte. Nach welchem Wort sollte er denn suchen?

Er arbeitete sich noch einmal durch die Lokalteile. Nach einer Weile wusste er, wie die Zeitung aufgeteilt war, und es ging schneller. Etwas schwierig wurde es bei den Wochenendausgaben mit den Massen von Kleinanzeigen.

Als der Archivar zurückkam, war Mike bei Mitte Juni angekommen und hatte immer noch nichts gefunden.

»Ramann hieß der Uffz, der damals umkam. Die Mutter wohnte in Ehrenbreitstein.«

Mike registrierte den Namen, bedankte sich und suchte weiter. Doch so sehr er auch zwischen dem ersten Baggeraushub des Löhrcenters, der Einweihung des neuen Gemeindezentrums auf dem Asterstein, der Eröffnung des Pavillons auf dem Zentralplatz, dem 2,5-millionsten Besucher des Landesmuseums und der Wahl des neuen Kulturdezernenten suchte: Carola oder eine unbekannte Kletterin kam in der Zeitung nicht vor. Bei der Ausgabe Ende August gab Mike die Suche auf. Die letzte Meldung, die er prüfte, war die Enthüllung einer Bronzetafel zu Ehren des ehemaligen Ministerpräsidenten Dr. Peter Altmeier.

Er suchte noch einmal den Artikel über den toten Soldaten. Dann fiel ihm ein Fetzen aus dem Gespräch mit Carola ein.

Ich habe mit Leuten geredet, die das Opfer gekannt haben, hatte sie gesagt.

Ob sie sich auch mit Frau Ramann getroffen hatte?

*

Es ist dunkel, und er starrt in das Nichts über seinem Kopf. Hat er geschlafen? Er weiß es nicht. Er ist zu matt, um den Kopf zu drehen und auf die Uhr zu schauen.

Er schließt die Augen, und plötzlich ist es hell. Blitze flammen auf, und Sekunden später kommt der Donner. Der Himmel ist klar. Es ist früh im Jahr, und die Luft könnte schon nach Frühling duften. Aber etwas anderes hat jedes Gefühl für die aufbrechende Natur zerstört.

Er reißt die Augen auf. Um ihn herum ist es still. Plötzlich dringt ein leiser Ton von irgendwoher.

Er setzt die Beine aus dem Bett und steht auf. Ohne Licht zu machen tritt er hinaus in den Flur und geht im Dunkeln hinüber ins Wohnzimmer. Die Fläche des Computerbildschirms leuchtet wie ein großes geheimnisvolles Auge in den Raum hinein.

Er geht näher heran.

Oben rechts blinkt die Grafik eines kleinen Briefumschlags.

Er setzt sich in den Sessel. Ohne das Blinken aus den Augen zu lassen, greift er zur Maus und öffnet die Mail.

5.

Mike ging zur Post am Wöllershof zurück, ließ sich ein Koblenzer Telefonbuch geben und blätterte bei R. Der Archivar hatte richtig gelegen. Mike fand eine Inge Ramann, die in der Friedrich-Wilhelm-Straße wohnte. Das war in Ehrenbreitstein. Mike beschloss, einfach hinzufahren.

Als er zum Wagen ging, ertappte er sich dabei, wie er eine Melodie vor sich hin summte. Es waren die Noten, die er aus der Telefonnummer von Frau Hoffmann abgeleitet hatte. Sie wollten ihm nicht mehr aus dem Kopf gehen. Er stellte sie sich mal jazzig-beschwingt vor, dann ernst und feierlich, dann cool als Techno, oder er verlieh ihnen durch Schnörkel und Verzögerungen eine verführerische Note.

Wie würde Frau Ramann wohl reagieren, wenn er nach so langer Zeit mit der alten Mordgeschichte ankam? Ob sie an den Tod ihres Sohnes überhaupt erinnert werden wollte? Wenn Carola bei ihr gewesen war, dann ließ sich an dieses Gespräch sicher anknüpfen. Wenn nicht …

Wie sollte er sich legitimieren? Er konnte sich ja kaum als Polizist ausgeben.

Im Wagen war es heiß. Während Mike die schnurgerade Strecke in Richtung Rheinbrücke entlangfuhr, kurbelte er das Seitenfenster herunter; die hereinströmende Luft war warm wie ein Föhn. Die Rhein-Mosel-Halle kam in Sicht; daneben erhob sich ein graues Hochhaus. Das Hotel Mercure, das ihm Frau Hoffmann empfohlen hatte. Mike fragte sich, ob da auch ein Barpianist beschäftigt war.

Als er auf die Brücke kam, nahm er unwillkürlich den Fuß vom Gas. Der Hang auf der gegenüberliegenden Seite war eine gigantische Baustelle. Zwei kreisrunde Betonröhren ragten aus dem Felsen und gähnten Mike entgegen. Davor wurde der Verkehr über schmale Spuren abgeleitet. Die Baustelle setzte sich bis hinunter zum alten Ortskern von Ehrenbreitstein fort. Früher war das mal ein ganz beschaulicher Stadtteil gewesen; jetzt sah es so aus, als hätten die Stadtplaner versucht, gewaltsam eine Autobahn hindurchzuquetschen.

Der Kapuzinerplatz sah heruntergekommen aus. Die Reste der

alten Fassaden gegenüber der Bahnlinie wirkten trostlos und schienen auf die Abrissbirne zu warten. Die alte eiserne Fußgängerbrücke, die über die Hauptstraße führte, war mehr von Rost zerfressen, als Mike es in Erinnerung hatte.

Er bog am Eingang der Kapuzinerkirche rechts ab, fand einen Parkplatz und ging zu Fuß durch die schmalen Gassen weiter, vorbei an Fensterläden, von denen die Farbe abblätterte, Dächern, die mit Plastikplanen geflickt waren, und Hauswänden mit abgeplatztem Putz. In schmutzigen Schaufenstern standen Schilder »Zu Verkaufen« oder »Zu Vermieten«.

In der Wambachstraße erstrahlte inmitten des Elends ein gelbes Gebäude in rekonstruiertem Glanz. Es war das Geburtshaus von Beethovens Mutter, mit dem sich Koblenz seit Jahren ein Scheibchen vom Ansehen des Genies sicherte. Auch wenn der berühmte Komponist selbst nicht hier, sondern in Bonn geboren worden war.

Das Haus in der Friedrich-Wilhelm-Straße gehörte wieder mehr zu den sanierungsbedürftigen Kandidaten. Die ehemals weiße Fassade war nachgedunkelt und hatte eine triste graue Färbung angenommen. Die Haustür war zerkratzt. Neben dem Eingang lehnten Fahrräder. Ein Klingelschild im Parterre trug den Namen Ramann.

Mike drückte auf den Knopf und wartete. Niemand öffnete. Er stand unschlüssig herum. Plötzlich zog jemand die Tür nach innen, und zwei Mädchen kamen heraus. Mike schätzte sie auf etwa dreizehn Jahre. Sie trugen bauchfreie T-Shirts, Bauchnabel-Piercing und Jeans mit Schlag.

»Wisst ihr, ob Frau Ramann zu Hause ist?«, fragte Mike.

»Was willste denn von der verstrahlten Alten?«, sagte das eine Mädchen, ohne seinen arroganten Gesichtsausdruck auch nur im Geringsten zu verändern.

»Ist sie da oder nicht?«

»Die ist doch immer da«, sagte die andere, und die beiden machten sich im Gleichschritt davon.

Mike fing die Tür ab, bevor sie ins Schloss fiel. Im Treppenhaus war es kühler, dafür stank es nach Kartoffelkeller und Küchenmief. Mike fand die richtige Wohnungstür und lauschte. Er hörte Stimmen. Es klang wie ein Fernseher. Er suchte eine Klingel, fand keine und klopfte auf das dunkle Holz.

»Frau Ramann?«, rief er. »Hallo?«

Der Fernseher wurde leiser gestellt.

»Frau Ramann …?«

Niemand antwortete. Dafür ging die Lautstärke wieder nach oben.

Wie hatte er nur glauben können, hier drin sei es kühl? Es war eher wie in einer Waschküche.

»Ich möchte Sie nur was fragen«, rief Mike. »Frau Ramann, hören Sie mich?«

Mike lauschte an der Tür. Es kam keine Antwort.

»Frau Ramann?«

»Gehen Sie weg«, kam es von innen.

Plötzlich ging die Tür auf, und eine kleine alte Frau starrte Mike misstrauisch an.

»Entschuldigen Sie die Störung, Frau Ramann. Mein Name ist Engel.«

»Ja, und?«

Mike zögerte. Es war am besten, gleich nach Carola zu fragen.

»Ich müsste wissen, ob eine gewisse Frau Zerwas bei Ihnen war. Das ist eine Bekannte von mir, die sich mit Ihnen treffen wollte.«

»Zerwas? Die Frau im Rollstuhl?« Sie nickte langsam.

Bingo.

»Kommen Sie rein«, murmelte sie.

Mike durchquerte mit zwei Schritten eine Minidiele und betrat ein winziges Wohnzimmer.

Die Frau wies auf einen abgeschabten Sessel neben dem leise gestellten Fernseher. Auf dem Bildschirm lief eine Verkaufssendung. Ein Mann nahm gerade eine Bohrmaschine aus einem Werkzeugkasten und setzte die Spitze auf ein Sperrholzbrett.

Mike setzte sich in den Sessel. Als er an den Couchtisch stieß, klirrte eine Batterie von Bierflaschen. Es war verdammt eng.

»Was trinken?«, fragte Frau Ramann.

Mike schüttelte den Kopf. »Ich möchte Sie nicht lange aufhalten.«

»Das ist doch das Beste bei dem Wetter«, sagte sie. »Prost.« Sie nahm eine der Flaschen und trank glucksend. Strähnen ungepflegter aschblonder Haare rutschten nach hinten, als sie den Kopf in den Nacken legte. Ihre Augen waren rot geädert. Es war ein Ausdruck darin, als hätte sie gerade geweint.

»Sie haben also mit Frau Zerwas gesprochen«, sagte Mike, der nicht wusste, wie er anfangen sollte.

»Sind Sie auch von der Zeitung?«

Mike nickte. Sich als Carolas Kollege auszugeben war das Einfachste.

»Wo ist denn Frau Zerwas?«, fragte sie. »Sie wollte doch mitkommen.«

»Heißt das, Sie haben sie erwartet?«

Sie nickte. »Diese Woche wollte sie noch mal kommen. Sie hat gesagt, dass sie jemanden mitbringen wollte.«

Damit hat sie wohl mich gemeint, dachte Mike. Sie hat fest damit gerechnet, dass ich zusage und ihr helfe. »Frau Zerwas ist ... leider verhindert.«

Frau Ramann nickte nur und starrte vor sich hin.

»Sie haben doch mit Frau Zerwas über Ihren Sohn gesprochen, oder?«

Sie nickte weiter.

»Es wäre gut, wenn Sie mir da noch mal auf die Sprünge helfen könnten ...«

Sie sah Mike immer noch nicht an, sondern hielt den Blick auf die Bierflasche in ihrer Hand geheftet.

»Ich denke manchmal, es ist gar nicht so gut, wenn man die alte Geschichte wieder ausgräbt«, meinte sie.

»Was hat Frau Zerwas wissen wollen?«

»Sie hat ein paar Fragen gestellt, was er beruflich gemacht hat und so ...«

»Er war Soldat.«

Sie nickte. »Unteroffizier im Sicherungszug des Dritten Korps.«

Mike sagte das nichts. Koblenz war eine große Garnisonsstadt. Aber er selbst hatte keine Ahnung von Bundeswehrstrukturen und Dienstgraden. Er war zum Glück untauglich für den Militärdienst gewesen. Dank einer Haselnussallergie.

Frau Ramann stand auf und deutete auf die Wand gegenüber. »Schauen Sie.«

Mike hob sich aus dem Sessel und achtete darauf, nichts umzuwerfen.

An der Wand hingen Fotos. Manche eingerahmt, andere mit Reißzwecken einfach an die Tapete gepinnt. Ein blondes Kind – fröhlich lachend, mit großen Zähnen. Dann immer derselbe junge Mann. Manche Bilder waren beim Fotografen aufgenommen und wirkten steif. Auf den späteren Fotos lachte er nicht mehr; er machte einen verschlossenen Eindruck. Das jüngste war in Farbe, es zeigte ihn als Soldat: graue Uniformjacke, schwarze Hose, auf dem Kopf ein dunkelgrünes Barett mit goldenem Emblem. Auch hier lachte er nicht.

Weiter unten hing etwas Gemaltes. Eine bunte Kinderzeichnung. Ein Viereck mit einem Dreieck darauf – ein Haus. Fliegende Dreien – Vögel. Ein Schiff mit Schornstein, aus dem Kringel quollen. Merkwürdigerweise war der stilisierte Rauch nicht schwarz oder grau, sondern rot.

»Das hat Wilfried gemalt, als er sieben Jahre alt war«, sagte Frau Ramann und sah versonnen die Wand an. Es war, als sei sie es und nicht Mike, die zum ersten Mal diese Bilder sah. Er setzte sich wieder.

»Die Frage wurde Ihnen sicher schon oft gestellt«, sagte Mike. »Aber können Sie sich vorstellen, wer Ihren Sohn auf dem Gewissen hat?«

»Nein.«

»War denn irgendetwas anders als sonst in dieser Zeit? Hat er, kurz bevor er umkam, irgendetwas Besonderes getan? Besondere Leute kennen gelernt?«

»Das hat mich Frau Zerwas auch gefragt. Was ist denn mit ihr? Ist sie krank?«

»Sie … sie kann heute nicht. Sie hat mich gebeten, zu Ihnen zu fahren«, sagte er einfach. »Und ich konnte auch nicht lange mit ihr sprechen. Aber sie wollte die Verabredung unbedingt einhalten«, fügte er hinzu.

Frau Ramann nickte wieder. »Also, das ist so«, sagte sie. »Ich habe das auch schon Frau Zerwas erzählt. Er hat im Jahr vor seinem Tod seinen Vater besucht.«

»Und?«

»Wilfried hat den Richard nicht gekannt. Und er wollte unbedingt hinfahren. Wie er achtzehn wurde, wollte er alles wissen. Ganz plötzlich.« Sie machte eine Pause. »Aber das hat ja damit nichts zu tun.«

Sie trank die Flasche leer und öffnete mechanisch eine neue.

»Vielleicht doch«, meinte Mike.

»Das hat Frau Zerwas auch gesagt. Und ich hab gesagt, dass das Blödsinn ist, darüber zu schreiben. Aber was sollte ich machen. Frau Zerwas wusste ja schon alles ...«

»Was wusste sie?«

»Wer der Vater vom Wilfried war.«

Mike war verwirrt, ließ sich aber nichts anmerken. Einfach darauf eingehen, dachte er.

»Waren Sie mit ihm verheiratet?«

»Ach, das ist furchtbar lange her. 1960. Da wurde der Wilfried geboren. Richard war dann schon wieder weg. Er hat mich allein gelassen. Mit nicht mal zwanzig Jahren. Verstehen Sie?«

Mike verstand. Zumindest ein bisschen.

»Das ging nur kurz. Kurz, und weg war er. Bis ich merkte, dass der Wilfried kam, war er schon weg. Nach Amerika.«

»Ist er ausgewandert?«

»Nein, der war von da. Ist auf dem Rhein gefahren, auf der Köln-Düsseldorfer. Ich war Kellnerin auf dem Schiff. Da hab ich den Richard kennen gelernt ...« Sie trank. Mike wartete, bis sie die Flasche absetzte.

»Wie hieß er mit vollem Namen?«

»Richard Nair. Mit ›ai‹.« Frau Ramann sprach den Vornamen deutsch aus. »Wilfried ist hingefahren. Nach Kalifornien. Fast zwanzig Jahre nichts von ihm gehört, und der Wilfried fährt da hin. Nichts zu machen. Er wollte es nun mal so.«

Frau Ramann zog von irgendwoher eine Zigarette hervor und steckte sie an. Kurz darauf stand blauer Dunst in dem engen Zimmer. Mike brach der Schweiß aus.

»Und das haben Sie alles Frau Zerwas erzählt?«

»Sie wusste das schon. Sonst hätte ich nichts gesagt. Es ist nicht gut, die alten Geschichten zu schreiben. Aber was soll man machen ...« Sie starrte vor sich hin und zog an der Zigarette. »Wissen Sie, sie hat Richards Namen ja in diesem Netz gefunden.«

»In welchem Netz?«

»Na, dieses Netz. Im Computer.«

»Sie meinen das Internet.«

Sie nickte. »Genau. Da hat irgendwas über den Richard dringestanden. Hat Frau Zerwas jedenfalls gesagt.«

»Und was stand da?«

»Irgendwas. Dass er halt reich ist und so was.« Sie streifte die Zigarette an der Öffnung der leeren Bierflasche ab. »Und da stand auch was ganz Komisches.« Sie dachte einen Moment nach. »Ich frage mich, was der Wilfried damit zu tun hatte …«

»Was meinen Sie genau?«, fragte Mike.

»Was?«

»Womit soll Ihr Sohn was zu tun gehabt haben?«

»Hat Ihnen Frau Zerwas nichts erzählt?«

»Was denn?«

»Na, die Sache mit dem Kaiser.«

»Wie bitte?«

»Es ist um den Kaiser gegangen«, sagte Frau Ramann.

»Welchen Kaiser?«

Sie sah auf. »Na, das müssten Sie doch wissen. Um den Kaiser auf dem Deutschen Eck.«

»Was?«

»Das Denkmal!«

Mike sah sie erstaunt an. »Carola hat über das Denkmal auf dem Deutschen Eck recherchiert?«

Frau Ramann nickte. »Das hat auch was mit diesem Netz zu tun. Richard und Wilfried und der Kaiser.«

»Das verstehe ich nicht.«

Sie griff nach der Flasche, nahm einen Schluck und sah Mike ratlos an. »Mich dürfen Sie nicht fragen. Reden Sie noch mal mit Frau Zerwas.«

Entlang der Baustelle konnte er nur schleichen. Quälend langsam ging es in Richtung Rheinbrücke. In der Innenstadt angekommen, parkte Mike den Wagen in der Tiefgarage am Görresplatz und freute sich jetzt schon darauf, dass es später in dem Peugeot schön kühl sein würde. Dann suchte er die Fußgängerzone ab.

Am Altlöhrtor wurde er fündig. Die Buchhandlung Reuffel unterhielt hier ein Internet-Café. Das sagte zumindest ein Schild am Eingang über den Ramschtischen.

Mike betrat das Geschäft und ging über eine geschwungene Treppe in den ersten Stock. Über einem Grüppchen von vier Computerbildschirmen hing ein weiteres Schild. Eine halbe Stunde Internet kostete zwei Euro fünfzig. Das war zu verkraften. Er brauchte nur noch jemanden, der ihm beim Surfen half.

Im Moment ging sowieso nichts. Alle vier Rechner waren besetzt. An dreien saßen Jugendliche, an dem vierten war ein Mann mit einem Jungen zugange und gab Internet-Unterricht.

»Schön die Maus bewegen, Heinz. Und jetzt – Klick.«

Der höchstens acht Jahre alte Heinz klickte, und auf dem Bildschirm erschien so etwas wie die Zeichnung einer Schatzinsel – mit Schloss in der Mitte und kleinen Dörfern drum herum.

Mike tat so, als würde er sich für die Schulbücher neben den Computerterminals interessieren, und blickte den beiden über die Schulter. Sie waren auf der Website von Disneyland Paris. Mike ging auf die andere Seite und sah den drei anderen Surfern zu. Sie waren auf irgendwelchen englischen Seiten, die blitzschnell wechselten. Den Blick fest auf die Monitore gerichtet, bedienten die Jugendlichen die Mäuse so schnell wie ein Funker sein Morsegerät. Sie bemerkten Mike gar nicht.

Endlich war für das Vater-Sohn-Duo die halbe Stunde herum. Mike sprach mit einer Verkäuferin, beantragte ebenfalls dreißig Minuten und stand dann ratlos vor dem Bildschirm.

»Kannst du mir vielleicht helfen?«, sprach er einen der drei Jungs an. Er war blass und etwa fünfzehn Jahre alt.

»Meinen Sie mich?« Er nahm den Blick nicht vom Schirm. Mike nickte, obwohl der Junge es wahrscheinlich gar nicht richtig wahrnahm.

»Ich suche eine bestimmte Information, aber ich weiß nicht, wie das funktioniert.«

Der andere morste weiter. »In ein paar Minuten ist meine Zeit hier um, dann komme ich rüber.«

Mike wurde ungeduldig. Er wollte endlich aus dem Gerede der Frau schlau werden. »Komm sofort, und ich drück dir drei Euro in bar in die Hand.«

»Erst sehen.«

Mike ging auf die andere Seite und legte dem Jüngling eine Münze auf die Tastatur.

»Das ist nur ein Euro.«

»Den Rest gibt's, wenn du mir geholfen hast.«

Ohne den Blick vom Bildschirm zu nehmen, griff er mit der Linken nach dem Geldstück und ließ es in der Hosentasche verschwinden. »Und – finito.«

Er kam zu Mikes Computer. »Was suchen Sie denn?«

Mike erklärte ihm, dass es eine Internetseite eines gewissen Richard Nair geben müsse. »Das ist wahrscheinlich ein Industrieller aus den USA.«

»Absolut easy. Versuchen wir es erst mal mit Google.«

Mike konnte nicht nachvollziehen, was der Junge da alles eintippte und wo er sich durchklickte.

Es ging rasend schnell. »Hallo!«, sagte er, kaum dass er angefangen hatte. »Da haben wir was. Das ist es.«

Er hielt die Hand auf. Mike ignorierte ihn. Im oberen Bereich des Bildschirms waren in schwungvoller Schrift die Worte »Fantasy World« zu lesen. Dann begann, von Fotos durchsetzt, ein längerer Text in englischer Sprache.

»Was ist jetzt mit dem Geld?«, drängte der Junge.

»Kann man das irgendwie ausdrucken?«, fragte Mike.

»Kein Problem. Nur hier oben auf das Druckersymbol klicken. Und hier an der Seite können Sie weiter nach unten rollen. Die unterstrichenen Felder bringen Sie weiter. Auf andere Seiten. Alles klar? Ich muss jetzt weg.«

Mike gab ihm ein Zwei-Euro-Stück, und der Junge verschwand.

So weit Mike den Text verstand, war »Fantasy World« die Firma, die Richard Nair in den fünfziger Jahren gegründet hatte. Was hier stand, war die Firmengeschichte. »Fantasy World« sorgte für die Ausstattung bei großen Filmproduktionen.

Die Fotos zwischen den Textabsätzen zeigten Szenen hinter den Kulissen. Mike erkannte Gerüste mit aufgemalten Landschaften, davor Techniker, Kameraleute und kostümierte Schauspieler.

Weiter unten erschien ein großes Foto. Das war er. Richard Nair. Ein faltiges Gesicht mit lebendigen, sehr hellen Augen. Schneeweiße, dichte Haare. Der Firmengründer. Alt, aber vital. Mike klickte auf den unterstrichenen Link »Biography«, wie es ihm der Jugendliche erklärt hatte.

Wieder erschien Text, verbunden mit ein paar Bildern, auf denen Nair zu sehen war. Als junger Mann in Uniform. Vor einer Filmkulisse. Hinter einem Schreibtisch. Zusammen mit anderen Männern mit geschäftlicher Miene. Mike überflog den Text und erfuhr, dass Nair 1925 zur Welt gekommen war. 1955 hatte er seine Firma gegründet. 1961 hatte er geheiratet. Auch das Hochzeitsbild stand im Internet, ebenso das Bild der ein Jahr später geborenen Tochter. Wie der Text verriet, hieß sie Deborah.

Mike verstand nicht, was daran so aufregend war. Hatte Carola wirklich diese Internetseite besucht? Wo war die journalistische Sensation? Dass Nair einen unehelichen Sohn hatte?

Mike verfolgte auch diese Seite bis ganz nach unten, und hier gab es wieder einen unterstrichenen Link. Das Wort, das da stand, kam ihm fremd vor, doch die Übersetzung war für einen Koblenzer das Geläufigste, was man sich vorstellen konnte: German Corner – Deutsches Eck.

Mike klickte. Die Seite, die aufging, war genauso gelayoutet wie die vorherigen. Text und Fotos, allerdings keine Aufnahmen von Nair. Dafür welche vom Reiterstandbild am Deutschen Eck. Wie es vor dem Krieg ausgesehen hatte – in mehreren Ansichten. Dann folgte eine Aufnahme, die Mike schon mal in einem Buch gesehen hatte. Pferd und Kaiser standen nicht mehr auf dem Sockel, sondern hingen zerstört an der Seite.

Mike las den Text. Er begriff so viel, dass die 87. US-Infanteriedivision im Zweiten Weltkrieg in Koblenz gekämpft hatte. Ein Datum stand daneben. 16. März 1945. Mike verstand: Nair hatte zu der Einheit gehört.

Mike überflog Lobhudeleien auf die Armee und auf einen amerikanischen General namens Patton. Ganz am Schluss folgte ein letztes Bild. Es war als Einziges in Farbe. Es zeigte einen Haufen Schrott. Mike erkannte Teile des Pferdes – zwei Beine, den Schwanz, den dicken Bauch. Ein Kopf mit Helm. Alles wüst durcheinander auf einem Haufen. Offenbar auf einem Industriegelände.

Das waren wohl die Teile des zerstörten Denkmals; irgendwann später fotografiert. Neben dem Schrotthaufen stand ein blonder junger Mann mit ernstem Gesicht. Mike erkannte ihn sofort. Die Bildunterschrift bestätigte es. Sie lautete übersetzt: »Die Überreste des Kaiserdenkmals vom Deutschen Eck. Daneben Wilfried Ramann, der die Reste gefunden hat.«

Aufgenommen im Jahr 1982.

6.

Die ausgedruckten Blätter in der Hand, verließ Mike den Laden und bog in die Pfuhlgasse ein. Als er am Parkhaus ankam, war er es leid, das Papier ständig mit sich herumzuschleppen, und er beschloss, sie im Auto zu deponieren. Danach ging er zu Fuß weiter.

Er hatte darüber in der Zeitung gelesen. Wie lange war das her? Zehn Jahre? Zwölf?

Egal. Sicher war: Wo damals, als Carola hinaufgeklettert war, nur eine dürre Deutschlandflagge geweht hatte, stand jetzt wieder der Kaiser mit Pferd in ganzer Pracht. Das musste er sich unbedingt ansehen.

Mike marschierte am Gerichtsgebäude vorbei, und als er an der Kastorkirche angekommen war, sah er den bronzenen Monarchen schon hinter der Mauer des Blumenhofes aufragen. Das dunkle Grün des Standbilds hob sich farblich kaum von dem dahinter liegenden Ehrenbreitsteiner Hang auf der anderen Rheinseite ab. Es wirkte gespenstisch. Wie eine Erscheinung aus einer anderen Zeit.

Mike betrat den bugförmigen Vorplatz, der von Touristen bevölkert war, und blickte zu dem Standbild hinauf, das sich fast drohend erhob. Der Kaiser saß auf einem gigantischen Pferd, neben ihm schritt eine Frau in antiker Kleidung. Das Denkmal zeichnete sich scharf vor dem blauen Himmel ab.

Als Kind hatte Mike geglaubt, dass das dunkle, kastenförmige Gebäude mit seinen kantigen Pfeilern bereits das Denkmal sei. Im Sprachgebrauch war es einfach »das Deutsche Eck« gewesen. Erst in der Schule hatte er irgendwann alte Fotos vom Originalzustand aus der Vorkriegszeit gesehen und mitbekommen, dass es sich nur um den gewaltigen Sockel handelte. Einen Sockel zwar, der so groß wie ein Haus war, aber trotzdem nur die Plattform für den metallenen Monarchen selbst. Wie das alles mal ausgesehen hatte, blieb ihm trotzdem fremd. Jetzt stand Mike da, sah zum ersten Mal die Rekonstruktion, und plötzlich kam ihm das alles nicht mehr echt vor. Es wirkte auf ihn wie eine Übertünchung, wie eine unangemessene, übertriebene Verzierung. Ein Fremdkörper.

Mike hörte neben sich die Stimme eines Reiseführers, der versuchte, seine Gruppe mit Witzchen bei Laune zu halten.

»Und im Jahre neunzehnhunnertunndreieneunzisch haben se ihn dann wieder druffgestellt, den aale Kaiser. An der Seite mit 'nem Genius, der neun Meder huh ist. Die Schuhgröß vom Wilhelm ist zwei Hunnert, und das zeigt, dat wir et hier mit einem der größten Kaiserstandbilder zu tun hann ...« Der Mann unterlegte seine Ausführungen mit wilden Gesten. Die Gruppe brach wie kalkuliert in Gelächter aus.

Mike erklomm die breite Treppe. Er las die in altmodischen Lettern eingemeißelte Inschrift am Fuß der Granitmauer, über die sie damals schon in der Schule diskutiert hatten: »Nimmer wird das Reich zerstöret, wenn ihr einig seid und treu.« Fetzen aus den Diskussionen von damals gingen Mike durch den Kopf. Treu wem gegenüber? War Treue nicht undemokratisch, wenn es sich auf Staatsführungen bezog? Und was hieß eigentlich Einigkeit? Damals hatte es zwei deutsche Staaten gegeben. Hatte nicht jeder davon seine Berechtigung?

Nein, hatte Dr. Lange gesagt. Der Musik- und Geschichtslehrer hatte mal eine Geschichtsstunde hier ans Eck verlegt. Er hatte versucht, den Schülern zu erklären, wer das eigentlich war, der da oben auf dem Sockel gestanden hatte. Und warum es das Denkmal überhaupt gab. Er wollte erläutern, dass es sich bei diesem Denkmalsockel um das Mahnmal der deutschen Einheit handelte. Manche hatten auf den Begriff »deutsche Einheit« mit einem Pfeifkonzert reagiert. Am Ende hatte Dr. Lange mit zitternder Stimme prophezeit, dass es eines Tages eine Wiedervereinigung geben werde. Die meisten hatten einfach gelacht. Die anderen hatten den Lehrer ignoriert und sich zu den Eisbuden am Rheinufer verdrückt.

Wie alt waren sie da gewesen? Siebzehn? Merkwürdig – das musste doch in der Zeit gewesen sein, als Mike mit Carola hier geklettert war. Warum kamen ihm die beiden Ereignisse heute so verschieden vor? So weit auseinander?

Mike erreichte den gewaltigen Granitkasten. Besucher, die das Denkmal besichtigen wollten, drängten sich hinauf. Manche hielten Reiseführer in der Hand: »The Rhine«. »Coblence«.

Auf der Rückseite befand sich die Stelle, wo sie damals geklettert waren. Alle vier Eckpfeiler waren genau gleich gebaut und zum Klettern gleich schwierig. Aber Carola hatte dafür plädiert, die Rückseite zu nehmen, weil einem dort die Höhe nicht so viel ausmachte wie über der vorn gelegenen, abfallenden Freitreppe. Mike betastete den Stein. Auf diesem Wappen hatte er versucht, Halt zu finden, und er hatte es sogar bis zu dem Wasserablauf dort oben geschafft. Immerhin.

Er betrat den unteren Eingang, fand den engen Wendeltreppenaufgang und erreichte den rundum laufenden Balkon, vor sich den grandiosen Ausblick auf die Moselmündung. Während er sich mit dem Hut Luft zufächelte, bewunderte er die Aussicht.

Von hier oben wirkte der bugförmige Kiesplatz wie ein riesiges Schiff. An den beiden schrägen Flussufern flatterten Fahnen an spalierstehenden Masten. Auf dem dunklen Wasser, wo sich die Flüsse trafen, wo die Mosel nicht mehr Mosel, aber auch noch nicht Rhein war, schwammen Möwen schaukelnd auf der Oberfläche. Wind kam auf und brachte den typischen süßlichen Geruch mit, den Mike schon als Kind untrennbar mit Spaziergängen am Deutschen Eck verbunden hatte.

Hier oben hatte er schon oft gestanden, aber zum ersten Mal wurde ihm klar, dass da unten nicht nur zwei Flüsse zusammenflossen, sondern auch zwei verschiedene Landschaften zusammentrafen. Auf der rechten Seite ragte der aufgefaltete Felsen von Ehrenbreitstein in die Höhe. Darauf duckte sich die alte Festung mit ihren bräunlichen Kasemattenmauern und winzigen Reihen von Fensteröffnungen, die wie kalte Augen in die Landschaft starrten. Auf der anderen Seite, jenseits der Mosel, war das Gelände flach. Am Ufer standen Wohnwagen und Zelte. Dort war der Campingplatz derjenigen, die unbedingt ganz nahe am Deutschen Eck Urlaub machen wollten.

Mike ging wieder hinunter. Am Fuß des Sockels fiel ihm eine unscheinbare Metallplatte auf. Die Inschrift informierte darüber, dass das Deutsche Eck seit 1993 wieder hergestellt war; durch die Privatinitiative eines gewissen Ehepaars Theisen.

Mike schritt über den Kies bis zur Bugspitze. Hier hatten sie damals gestanden und die Flagge im Wasser versenkt.

Er lehnte sich an das Geländer und sah den Möwen zu. Carola

hatte über das Denkmal recherchiert. Ein Denkmal, das viele Leute auf der Welt interessierte. Nicht nur die Touristen, die sich ständig hier herumtrieben, sondern auch einen gewissen Richard Nair, der Fotos des Denkmals auf seiner Homepage sammelte. Was war daran so interessant? Als der Kaiser 1993 ein zweites Mal an seinen Platz kam, dürfte die Presse Kopf gestanden haben. Aber heute? Jetzt war der metallene Monarch wieder eine schöne Sehenswürdigkeit und fertig. Wo war die Story?

Er musste mehr über das Denkmal und seine Geschichte wissen. Vielleicht gab es ja Dr. Lange noch. Mike grauste bei dem Gedanken ein wenig, aber es war sicher am besten, mit ihm zu sprechen.

Mike ging zurück in Richtung Kastorkirche. Durch das Stimmengewirr der Touristen drang Musik an sein Ohr. Am Rheinufer saß ein Mann und spielte Geige, begleitet von einem CD-Player. Mike erkannte eine jazzige Variante von »Tea for Two«. Als er das Deutsche Eck hinter sich gelassen hatte, ertappte er sich dabei, wie er die Melodie vor sich hin pfiff.

Die Stimme klang hektisch und kurzatmig, als sei der Mann im Laufschritt ans Telefon gekommen.

»Ja, hier Lange?«

»Guten Tag, Herr Dr. Lange. Hier ist Michael Engel. Vielleicht erinnern Sie sich an mich. Sie sind in der Oberstufe mein Lehrer gewesen.«

»Engel? Martin Engel?«

»Nein. Michael Engel. Ich hatte bei Ihnen Geschichte und Musik.«

»Haben Sie Klavier gespielt?«

»Ja, genau. Wissen Sie noch, wer ich bin?«

»Ich erinnere mich, ja, ja. Wie geht's Ihnen denn?«

»Ganz gut. Wissen Sie, ich bin gerade in Koblenz, und ich wollte Sie was zur Stadtgeschichte fragen ...«

»So, so, interessant, ja ...«

»Hätten Sie vielleicht Zeit für mich?«

»Ja, also, Zeit, ja, Zeit habe ich eigentlich gar nicht ...«

»Nur ein paar Minuten. Wissen Sie, ich wandele sozusagen auf alten Pfaden. Und da ist mir doch so manches durch den Kopf gegangen.«

»Ja, ja …«

»Heute war ich zum Beispiel am Deutschen Eck. Wie toll das da renoviert wurde.« Es klang ziemlich gezwungen, aber er musste an Lange irgendwie herankommen. »Es wurde ja wirklich Zeit, dass der Kaiser wieder zurückkommt …«

»Das sagen Sie. Nicht alle waren früher dieser Meinung. Wissen Sie, das hat mich ziemlich viel Kraft gekostet, diese Diskussionen damals …«

»Das habe ich mir auch schon gedacht. Aber umso besser ist es, dass man jetzt das Denkmal wieder im Original bestaunen kann.«

Lange lachte kurz. »Original? Was da steht, ist eine Rekonstruktion, mein Lieber.«

Mike dachte an die Fotos auf Nairs Internetseite. Ganz am Schluss war die Aufnahme aus dem Jahr 1982 zu sehen gewesen. Das Denkmal, auseinander genommen auf einem Schrottplatz.

»Hat man es nicht einfach … repariert?«, fragte er.

Lange lachte wieder. »Wie kommen Sie denn darauf? Kein Mensch weiß doch, was aus dem Denkmal geworden ist.«

»Nicht? Aber es hat doch die Überreste gegeben.«

»Na, das wäre ja das Allerneueste. Wissen Sie – die Frage, was aus dem Denkmal geworden ist, dürfte eines der ganz großen Geheimnisse der Stadtgeschichte sein.«

»Tatsächlich?«

»Aber ja. Also, wissen Sie, das war so. Im März 1945 nahmen die Amerikaner Koblenz ein …«

»Entschuldigung, könnten Sie mir das vielleicht bei einem Treffen erzählen? Meine Geldkarte ist gleich leer.«

Lange sagte nichts. Wahrscheinlich wog er die Verlockung, ein bisschen über das Denkmal zu reden, gegen seine mangelnde Zeit ab.

»Wann wollen Sie kommen? Heute noch?«

»Wenn es Ihnen recht wäre.«

»Dann kommen Sie mal, junger Freund. Wissen Sie, wo ich wohne?«

»Ehrlich gesagt, nicht.«

»Wie damals. Karthause.« Er nannte eine Adresse in der Cottbusser Straße.

Mike hängte ein und trat aus dem engen, miefigen Telefonhäuschen hinaus auf die Straße. Vor dem Telefonat hatte ihn plötzlich die Müdigkeit eingeholt. Die Aussicht, mit seinem alten Lehrer reden zu müssen, war nicht gerade aufmunternd gewesen. Doch jetzt war er sehr gespannt auf das Gespräch. Hätte ihm das jemand vor zwanzig Jahren gesagt, er hätte ihn für völlig verrückt erklärt.

7.

Der Weg auf die Karthause kam Mike verändert vor. Hinter dem Bahnhof gab es neuerdings ein Parkhaus. Die Abzweigung der Simmerner Straße den Berg hinauf war zu einem riesigen Straßendreieck gewuchert. Irgendetwas fehlte. Mike musste überlegen, was es war. Dann fiel es ihm ein: der alte Wasserturm. Er war wohl dem Straßenausbau zum Opfer gefallen.

Die Neukarthause selbst dagegen war immer noch eine trostlose Trabantenstadt aus weißen und grauen Schuhschachtelhäusern in verschiedenen Variationen: Es gab Hochhäuser, lang gestreckte Mietskästen, aber auch kleine, wie Klötzchen nebeneinander liegende Behausungen. Um zu ihnen zu gelangen, musste man von den Hauptstraßen, die durch das Einerlei gesäbelt waren, die richtigen Abzweigungen finden. Dann gelangte man auf kleine Wendehämmer mit Parkplätzen und konnte sich leicht in einem Labyrinth aus Fußwegen verirren, die an halb hohen Gartenzäunchen und an langen Reihen immer gleicher Hauseingänge entlangführten.

Mike kannte das Viertel ganz gut, weil hier viele seiner Klassenkameraden gewohnt hatten – fast alle Söhne und Töchter von BWB-Beamten, Soldaten oder Lehrern. Außerdem war die Strecke durch diese Gegend immer der letzte Teil seines Schulwegs gewesen. Das Gymnasium war nur ein paar hundert Meter entfernt.

Dr. Langes Haus kannte Mike nicht. Er hatte nicht zur Clique seines nervigen, angeberischen Sohnes gehört und war deshalb im Hause Lange auch nie auf Partys eingeladen gewesen. Was Jürgen wohl heute machte? In der Schule hatte er immer davon geredet, später Medizin zu studieren, um »dicke Kohle zu machen«.

Da war auch noch eine Frau gewesen – Langes Ehefrau. Auch Lehrerin, aber nicht am Gymnasium, sondern in der angrenzenden Grundschule. Sie war der Typ Schnepfe. Spitznasig, mit großer Hornbrille und herabgezogenen Mundwinkeln. Verrückt, wie manche Lehrer in der Erinnerung zu Karikaturen mutieren, dachte Mike. Und verrückt, was einem alles in den Kopf kam, wenn man an die alten Plätze zurückkehrte. Jahrzehntelang hatte man an die alten Zeiten nicht mehr gedacht, aber irgendwo in den tiefen Windungen des Gehirns blieb alles gespeichert. Man konnte eben nichts vergessen. Alles schlummerte irgendwo. Manchmal wurde es wieder aufgeweckt. Manchmal nicht.

Mike ging eine Reihe von Klötzchenhäusern ab und fand die richtige Adresse. Er öffnete eine Gartentür aus dunkelbraunem Holz und betrat einen zwergenhaften Vorgarten. Trotz der Enge hatte jemand vor dem Haus zwei Stühle und einen Grill aufgebaut. Daneben stand eine fahrbare Gartenschlauchrolle parat. Sie wirkte angesichts der Liliput-Dimensionen großkotzig.

Kurz nach Mikes Klingeln wurde hinter der Milchglasscheibe der Eingangstür eine Gestalt sichtbar, und die Tür schwang auf. Mike dachte einen Moment, er sei vielleicht doch an die falsche Tür geraten. Er hatte Dr. Lange als großen Mann in Erinnerung, der durch seine aristokratische Distanz immer Respekt ausstrahlte. Und das schon durch seine Kleidung. Blütenweißes Hemd, Anzug und Krawatte – anders war er nie in der Schule erschienen. Was nun vor ihm stand, war ein glatzköpfiges, gebeugtes Männlein in T-Shirt, khakifarbenen Shorts und Sandalen. Erst als der Mann lächelte, erkannte Mike in den Falten irgendwo den alten Lehrer wieder.

»Guten Tag, Herr Engel«, sagte er mit brüchiger Stimme. Die kleinen Papageienaugen wanderten hin und her. »Nett, dass Sie mich mal besuchen.«

Er hielt ihm die Hand hin. Mike nahm sie; sie war kalt wie ein Fisch.

»Guten Tag, Herr Dr. Lange.«

Der alte Mann ließ Mikes Hand nicht los und sagte: »Wie lange ist das jetzt her? Fünf Jahre?«

»Fast zwanzig«, sagte Mike.

Dr. Lange senkte den Blick und nickte. »Kommen Sie doch herein.«

Er führte Mike ein paar Stufen zum Wohnzimmer hinunter, hinter dessen Scheiben im Licht des Spätnachmittags das fast künstliche Grün des hinteren Minigartens leuchtete.

»Setzen Sie sich, junger Freund. Nur zu. Nehmen Sie Platz.«

Mike erschrak, als er die Sitzgarnitur sah. Die Sessel und die Couch waren mit dreckiger Wäsche überhäuft. Vor der Schrankwand stand ein Bügelbrett, von dem ein Hemd herabhing. Auf dem Couchtisch drängte sich Verpackungsmaterial von McDonald's. Dazwischen türmten sich kleine Schachteln. Verpackungen von Medikamenten.

Dr. Lange kam zurück und brachte eine Sodastream-Flasche und zwei Gläser mit.

Mike setzte sich neben eine Lage T-Shirts. Der Lehrer nahm lächelnd einfach auf der Wäsche Platz, schob die Pappreste mit dem großen gelben »M« zur Seite und goss die Gläser voll. »Wir machen unser Wasser selbst«, sagte er und grinste. »Ach, entschuldigen Sie die Unordnung. Es ist ein bisschen drunter und drüber, seit ich hier in einem Junggesellenhaushalt lebe.«

»Junggesellenhaushalt?«

»Ja, ich wohne mit meinem Sohn zusammen, wissen Sie. Vor drei Jahren ist meine Frau gestorben, und ich komme allein nicht so gut zurecht. Ich hatte auch einige unangenehme Dinge zu verkraften – gesundheitlich. Das wird sich auch nicht mehr geben.«

Das war die Erklärung. Nicht Dr. Lange, sondern Jürgen aß die Hamburger. Das passte zu ihm.

»Ist Ihr Sohn zu Hause?«, fragte Mike.

»Er arbeitet.« Dr. Lange sah auf seine Armbanduhr. »Aber eigentlich müsste er bald hier sein. Seine Schicht ist gleich zu Ende.«

»Arbeitet er im Krankenhaus?«

Dr. Lange hob den Kopf. »Wieso?«

»Er hat früher immer gesagt, dass er Arzt werden wollte.«

»Das hat leider nicht geklappt. Zuerst hat er es an der Universität regulär versucht, dann über die Bundeswehr. Die Prüfungen waren aber offenbar nicht so ganz leicht.«

»Was macht Jürgen denn jetzt?«

Dr. Lange winkte ab. »Lassen Sie uns von was anderem reden.«

»Sind Sie noch an der Schule?«

»Schon lange nicht mehr. Frühpensioniert. Krankheitsbedingt.«

Mike trank etwas von dem Wasser. Als er das Glas abstellte, bemerkte er Kalkflecken.

»Und – was ist aus Ihnen geworden?«, wollte Dr. Lange wissen. »Sie haben doch nicht etwa Geschichte studiert? Und sind gar Lehrer geworden?«

Dr. Lange hatte offenbar ein schlechtes Gedächtnis. Mike war in Geschichte grundsätzlich an einer Fünf entlanggeschrammt und hatte, wie man ihm oft bescheinigte, sehr, sehr wenig Interesse gezeigt. Letztendlich war er ja auch deshalb hier. »Wie kommen Sie denn darauf?«, fragte Mike.

Der alte Lehrer lächelte. Wie er so dasaß, erinnerte er Mike an einen indischen Weisen.

»Na, ich dachte, wenn Sie sich doch jetzt für die Koblenzer Stadtgeschichte interessieren. Wer kümmert sich schon darum und ruft auch noch seinen alten Lehrer an?« Man konnte seinem strahlenden Gesicht ansehen, dass er das für ein kleines Wunder hielt. »Kaum jemand lässt von sich hören, wissen Sie.«

»Sie werden es nicht glauben«, sagte Mike. »Aber ich bin Musiker.«

Dr. Lange riss die Augen auf. »Tatsächlich? Pianist?«

Mike nickte und fühlte fast ein wenig Stolz. Er musste Dr. Lange ja nicht auf die Nase binden, dass er nur in einem Hotel spielte.

»Wo treten Sie denn auf? Haben Sie schon mal in der Rhein-Mosel-Halle gespielt?« Dr. Lange legte Mike die Hand auf die Schulter. »Sie müssen etwas spielen, kommen Sie. Es ist sowieso besser, wir verlegen das Gespräch nach oben. Ich habe dort mein kleines Reich.«

Sie gingen eine Treppe hinauf. Dr. Lange öffnete die Tür zu einem winzigen Zimmerchen, das dermaßen mit Regalen, Tischen und allem möglichen Papierkram voll gestopft war, dass man sich kaum umdrehen konnte. An der Längsseite war in all der Enge ein Klavier untergebracht, das jedoch ebenfalls als Ablage diente. Das einzige Fenster wurde von weiteren Stapeln dicker Bände fast vollständig verdeckt. Mike las die großen Lettern auf den Rücken und erkannte Notenausgaben. Klaviermusik von Mozart, Beethoven, Chopin und Liszt.

»Leider kann ich selbst kaum noch spielen«, sagte Dr. Lange schwer seufzend und nahm einen riesigen Stapel Papier vom Klavierhocker. Mike fragte sich, an welcher Krankheit er wohl litt. »Setzen Sie sich am besten gleich hierhin.« Auch die Klappe über der Tastatur war mit Büchern und Papierkram überhäuft. Dr. Lange musste erst umständlich Platz machen.

Mikes Blick fiel auf einen Manuskriptstoß. Das oberste Blatt trug den Titel »Koblenzer Sprichwörter, gesammelt von Dr. Erwin Lange«.

»Was ist das denn?«, fragte er.

»Ein Projekt, an dem ich gerade arbeite«, sagte der Lehrer, ohne das Aufräumen zu unterbrechen. »Es soll ein Beitrag zur Erforschung der Koblenzer Mundart werden, wissen Sie. Und als Buch erscheinen.«

Dr. Lange schob an einem schmalen Schreibtisch eine Schreibmaschine nach hinten und brachte den Papierkram schwer atmend auf dem frei gewordenen Platz unter. Dann ließ er sich auf den Bürostuhl fallen.

»Die Koblenzer Mundart ist was Interessantes«, sagte er, zog ein Taschentuch hervor und wischte sich den Schweiß aus dem Gesicht. »Wussten Sie zum Beispiel, dass bestimmte Wörter schon in der Koblenzer Altstadt anders ausgesprochen werden als in den Vororten?«

Mike zuckte mit den Schultern. So interessant fand er das nicht, aber Dr. Lange fuhr unbeirrt fort. »Das hochdeutsche Wort für ›erzählen‹ heißt zum Beispiel in der Koblenzer Altstadt ›verzehle‹, in Immendorf aber heißt es schon ›verzelle‹. Aufregend, was?«

»Na ja ...«

»Sie kommen doch aus Güls, oder?«

»Geboren bin ich in Neuendorf. Eigentlich im Kemperhof in Moselweiß. Aber meine Eltern haben damals in Neuendorf gewohnt.«

»Wann sind Sie nach Güls gezogen?«

»Da war ich so drei, vier Jahre alt.«

»Jung genug. Sehr gut.« Dr. Lange sah Mike auffordernd an. »Wie würden Sie in der Mundart das Wort ›Fisch‹ aussprechen?«

»Hm. Fisch ...« Mike dachte nach. »Gar nicht so einfach. Ich glaube, es heißt ›Fesch‹. Das Sprichwort lautet doch ›Bodder bei de Fesch‹. Oder?«

Dr. Lange schlug sich auf die Knie. »Hochinteressant! Sie haben das Wort aus der Koblenzer Altstadt benutzt. In Güls sagt man nämlich ›Fösch‹. Mit ›ö‹! Stellen Sie sich das mal vor!«

»Und was bedeutet das nun?«

»Dass Sie sich schon als Kind mehr zur Innenstadt hin orientiert haben. Oder dass Ihre Eltern die Mundart der Altstadt gesprochen haben und Sie sich eher von ihnen beeinflussen ließen als zum Beispiel von Ihren Klassenkameraden auf der Grundschule in Güls. Mit ›Bodder bei de Fesch‹ haben Sie genau das richtige Stichwort geliefert. Ich sammele solche Sprichwörter. Daran kann man einiges ablesen, wie Sie sehen.« Er lächelte zufrieden.

»Sollten wir das Sprichwort jetzt nicht mal beim Schopf packen?«, fragte Mike.

»Ein sehr mangelhaftes Sprachbild, das Sie da aufbauen!«

»Ich meine, ich wollte ja etwas über das Kaiserdenkmal erfahren.«

»Ja sicher.« Dr. Lange lehnte sich lächelnd zurück, und Mike musste einen Moment nachdenken. Das Gespräch über die Koblenzer Mundart hatte ihn etwas aus dem Konzept gebracht.

»Also, wie war das jetzt mit der Rekonstruktion des Denkmals? Ich erinnere mich, dass wir früher in der Schule viel darüber diskutiert haben, ob man den alten Kaiser überhaupt wieder auf seinen Sockel stellen soll.«

Dr. Lange winkte ab. »Das waren Scheingefechte, angeführt von irgendwelchen Berufsnörglern. Und, wie ich hinzufügen möchte: linken Berufsnörglern. Sie haben damals allen Ernstes behauptet, das Denkmal wieder hinzustellen hieße, sich mit den politischen Zielen Kaiser Wilhelms I. zu identifizieren. Das ist natürlich Blödsinn.«

Mike überlegte. »Moment – Kaiser Wilhelm I. ist der Kaiser, der auf dem Sockel steht.«

»Genau.«

»Und wer hat das Denkmal gebaut? Waren das nicht die Nazis oder so?«

Dr. Lange schrie plötzlich auf, und Mike zuckte vor Schreck zusammen. »Das darf doch nicht wahr sein! Herr Engel! Sie wissen ja überhaupt nichts! Das muss ich schon sagen. Wann haben Sie doch gleich Abitur gemacht?«

Mike spürte, wie ihm die Röte ins Gesicht stieg. Was hatte er denn gesagt, dass Dr. Lange plötzlich böse wurde? »Ich bin 1984 durchgefallen«, murmelte er.

»Offenbar zu Recht! Ich werde Ihnen jetzt mal was über das Kaiserdenkmal erklären. Schreiben Sie es sich hinter die Ohren! Von wegen Nazis. Das darf ja nicht wahr sein«, wiederholte er.

»Erklären Sie es mir«, sagte Mike und bemühte sich, seine Stimme möglichst fest klingen zu lassen.

Dr. Lange nickte und sah eine Weile schweigend vor sich hin. Er schien einen Anfang zu suchen.

»Zunächst mal«, begann er, und seine Stimme war wieder ruhig, »Wilhelm I. wurde erst 1871 Kaiser. Auf Betreiben von Bismarck übrigens, nach einem gewonnenen Krieg gegen Dänemark, Bayern und Frankreich. Sicher kennen Sie das berühmte Gemälde, das die Kaiserproklamation im Spiegelsaal von Versailles zeigt.«

Mike kannte das Bild nicht, sagte aber nichts. Er verstand den Zusammenhang nicht, aber er würde sich schon irgendwie ergeben.

»Lange bevor er Kaiser oder überhaupt preußischer König wurde, in den Jahren 1850 bis 1857, war Wilhelm Gouverneur der Rheinprovinz, deren Hauptstadt, na ...?«

Mike stutzte. Dann ging ihm auf, dass Dr. Lange von ihm die Fortsetzung hören wollte. Ihm kam vage in den Sinn, dass ihm diese Art schon in der Schule auf die Nerven gegangen war.

»Die Hauptstadt der Rheinprovinz?«, fragte er. »War das Koblenz?«

»Ganz genau. Er und seine Frau Augusta haben Koblenz sehr geliebt. Nach der späteren Kaiserin Augusta wurden übrigens auch die Rheinanlagen benannt. Klar?«

»Klar. Die Kaiserin-Augusta-Anlagen.« Das sagte Mike etwas.

»1888 starb Wilhelm, und die Bürger der Rheinprovinz wollten ihm ein Denkmal setzen. Nach langem Hin und Her wählte man als geeigneten Platz den Zusammenfluss von Rhein und Mosel. Den dreieckigen Vorplatz hat es zu diesem Zeitpunkt noch nicht gegeben. Dort war eine Untiefe, eine Art Sandbank, die man aufschüttete. So hat man dann den ganzen Ort neu gestaltet und das Denkmal 1897 eingeweiht. Kaiser war jetzt der Sohn. Wilhelm II.«

»Also gut«, sagte Mike. »So ist es also dazu gekommen. Warum haben sich dann in unserer Schulzeit viele so darüber aufgeregt, als die Idee aufkam, es zu rekonstruieren?«

»Weil die Leute etwas verwechseln. Dazu müssen Sie aber etwas über die Geschichte der Bundesrepublik Deutschland wissen. Zunächst mal: Das Denkmal wurde im Zweiten Weltkrieg zerstört.«

Mike nickte. »Das weiß ich. Es gibt diese berühmten Fotos, auf denen der Kaiser auf der Seite hängt, weil ihn eine Granate getroffen hat.«

Dr. Lange nickte. »Auch diese Geschichte ist gar nicht so genau geklärt.«

»Nicht?«

»Man weiß, dass das Denkmal am 16. März 1945 von den Amerikanern bei der Einnahme von Koblenz abgeschossen wurde. Man weiß aber nicht, warum das geschah.«

»Weil eben Krieg war«, wandte Mike ein. »Reicht das nicht? Vielleicht haben sie auch gedacht, es sei eine Hitlerfigur oder so was.«

»Gar keine schlechte Theorie. Für die Amerikaner war der Kaiser nämlich so eine Art Hitler-Vorläufer. Er war das Symbol für den preußischen Staat und damit für den deutschen Militarismus. Und es könnte natürlich sein, dass irgendein Artillerist dabei war, der das auch so sah. Man weiß, dass die Amerikaner von Süden, also aus dem Hunsrück, und von Westen, also aus der Gegend der Rübenacher Höhe, gegen Koblenz vorrückten.« Dr. Lange grinste. »›Wo gehaue werd, do get et Spähn‹, sagt der Koblenzer. Angeführt wurden die Amerikaner übrigens von dem äußerst motivierten General Patton, der unbedingt nach Cäsar der Erste sein wollte, der in einem Krieg den Rhein überquert. Er hat alles mobilisiert, um dieses Ziel vor den anderen Alliierten zu erreichen. Und er hat es auch geschafft. Der hat es em Greff gehat wie dä Beetelmann die Laus!«

Dass Dr. Lange Beispiele aus seiner Sprichwortsammlung präsentierte, nervte Mike. Er dachte über die Information auf der Internetseite nach. »Dann lag ich mit den Nazis eben also gar nicht so falsch«, sagte er. »Wenn die Amerikaner das Denkmal so eingeschätzt haben.«

»Es kann auch sein, dass sie von der Rübenacher Höhe aus die Festung beschossen haben und ihnen dabei das Denkmal einfach im Weg war. Wenn sie es aber gezielt runtergeschossen haben, dann waren sie schlechte Schützen.«

»Warum das denn?«

»Weil sie es nicht getroffen haben. Das Denkmal wurde wahrscheinlich nur von einem Geschoss gestreift, sonst wäre da nicht mehr viel übrig geblieben.«

»Weiß man eigentlich, wer damals geschossen hat?«

Dr. Lange schüttelte den Kopf. »Den Schützen haben die Militärhistoriker noch nicht ermitteln können. Aber was viel interessanter ist ... Die ganze Sache ist natürlich eine Lektion über die Bedeutung von Denkmälern ... Ja, das ist es.«

»Was?«

»Es ist eine ziemlich oberflächliche Betrachtung. Aber Kaiser Wilhelm ist der Monarch, den man mit dem deutschen Nationalismus in Verbindung bringt. Er war, wie man so sagt, das Symbol für die deutsche Einheit und die deutsche Größe. Einfach ausgedrückt ...«

»Aber haben die Gegner denn dann nicht Recht, wenn sie sagen, man solle sich mit so einem Denkmal nicht identifizieren?«

»Das ist ja genau der Punkt. Wer identifiziert sich denn? Wenn man ein Denkmal rekonstruiert, kommt man automatisch in die Zwickmühle: Folge ich zwangsläufig dem Geist, unter dem das Denkmal entstanden ist, oder stelle ich einfach nur das historische Stadtbild wieder her? Folge ich dem Geist des absolutistischen Kurfürsten Clemens Wenzeslaus, wenn ich sein Schloss restauriere? Erkläre ich mich dann mit einer absolutistischen Staatsführung einverstanden? Oder erhalte ich einfach nur ein künstlerisch wertvolles Gebäude? Was ist überhaupt ein Denkmal? Muss ich es zerstören, wenn neue Zeiten anbrechen? Die Leute, die verhindern wollten, dass das Denkmal auf den Sockel kommt, hätten konsequenterweise auch verlangen müssen, dass man die ganze Anlage abreißt, die alte Sandbank wieder herstellt und alles so herrichtet, wie es davor war. Wenn man so denkt, kommt man natürlich nicht weiter. ›Wat häit rechdisch es, kann morje verkiehrt säin‹, sagen die Koblenzer.«

»Wie kommen Sie eigentlich jetzt auf Wenzeslaus?«, fragte Mike.

»Eine weitere Persönlichkeit der Koblenzer Stadtgeschichte, Herr Engel.« Dr. Langes Stimme war tadelnd.

»Ich habe einen Maler kennen gelernt, der Wenzeslaus heißt. Er wohnt in Neuwied ... Es war aber sein Künstlername.«

»Möglich«, sagte der Lehrer. »Ich meine jedenfalls den Kurfürsten, der Koblenz das Theater, das Schloss und vieles andere gebracht hat.«

Mike nickte. »Gut. Zurück zum Denkmal. Man hat sich also durchgerungen, es sozusagen zu reparieren.«

»Man hat den Kaiser völlig neu anfertigen lassen und ihn nach ein paar politischen Querelen 1993 endlich wieder an seinen Platz gestellt. Fazit: Jetzt ist Koblenz um eine Attraktion reicher, und keinen Menschen juckt mehr die Diskussion, ob man ihn besser nicht aufgestellt hätte.«

»Was ist denn aus dem echten Kaiser geworden? Auf den alten Fotos hängt er zwar kopfüber an der Seite, aber so kaputt sieht er gar nicht aus.«

»Auch darüber gibt es massenhaft Theorien. Aber niemand weiß es genau. Er hat wohl etwa ein Jahr da gehangen, dann ist er abtransportiert worden. Und verschwunden.«

»Einfach so?«

»Es waren die ersten Monate nach dem Krieg. Da hatten die Leute andere Sorgen. Zum Beispiel fehlten Rohstoffe. Man nimmt an, dass das Metall zu Straßenbahnoberleitungen verarbeitet wurde. Es gab deswegen in Koblenz sogar ein geflügeltes Wort. Man sagte, der Kaiser sei das längste Denkmal der Welt. Wie dem auch sei: Das Original ist verschwunden. Eigentlich eigenartig. Wenn die Amerikaner den Symbolgehalt des Denkmals wirklich bedacht hatten, als sie es abschossen, dann hätten sie das Ding mitnehmen sollen. Eine bessere Kriegstrophäe gibt's gar nicht. Es ist eines der größten Reiterstandbilder der Welt.«

»Tatsächlich?«

»Tatsächlich. Und der Rest ist Nachkriegsgeschichte, die Sie sicher kennen. 1954 machte man aus dem Sockel das Mahnmal der deutschen Einheit. Das hieß: Man stellte eine Flagge drauf und hielt an der Stelle feierliche Gelöbnisse der Bundeswehr ab. Da fällt mir noch was ein. Wussten Sie eigentlich, dass Anfang der Achtziger mal jemand die Flagge geklaut und eine andere stattdessen gehisst hat?«

»Ich habe davon gehört«, sagte Mike schnell. »Und sonst ist nichts mehr davon aufgetaucht? Von dem Kaiser, meine ich.«

»Doch. Eigentlich sogar das Wichtigste.«

»Was denn?«

»Der Kopf.«

Mike war verblüfft. »Der Kopf?«

»Ein Privatmann hat ihn in seinem Besitz gehabt. Irgendwann ist das rausgekommen. Heute steht er im Mittelrhein-Museum.«

»Wie kommt das denn, dass ausgerechnet der Kopf aufgetaucht ist, der Rest aber nicht?«

Dr. Lange zuckte mit den Schultern. »Jemand wird ihn damals als Souvenir mitgenommen haben.«

»Meinen Sie nicht, dass dieser Privatmann auch den Rest hat?«

»Das ist ausgeschlossen. Wenn jemand heute mit dem ganzen original Kaiser ankäme, dann wäre das eine absolute Sensation. Wenn dieser Privatmann den Rest hätte, hätte er es längst gesagt.«

»Vielleicht wollte er den Rest nicht auch noch abgenommen bekommen.«

»Man hat ihn ihm nicht weggenommen. Der Kopf ist offiziell immer noch in seinem Besitz. Wenn er das ganze Denkmal hätte, wüsste man es. Ganz sicher.« Dr. Lange schaute fragend. »Ist Ihnen ein Teil davon begegnet?«

Nein, mir ist das ganze Ding begegnet, dachte Mike und wusste jetzt, an welcher Sensation Carola dran gewesen war. Sie hatte nicht übertrieben, als sie von einer Riesenstory sprach.

»Wie lange ist der Kopf denn schon im Mittelrhein-Museum?«, fragte Mike.

»Du meine Güte, Sie wollen es aber genau wissen.« Dr. Lange stand auf und fing an, in seinen Stapeln zu suchen. »Das müsste ich nachsehen. Ich glaube, seit Anfang der achtziger Jahre.«

»1982 vielleicht?«

Dr. Lange zog einen schmalen Band aus einem der Hängeregale und hätte dabei beinahe einen Turm von Papieren zum Einsturz gebracht.

»Gleich hab ich's.« Er blätterte. »Hier. 1983 war das. Bis dahin hat der Kopf als Schmuck in einem privaten Garten gestanden. Angeblich neben dem Swimmingpool. Die Leute haben Geschmack. Und hier steht noch: Es war die Witwe des Besitzers, die dafür sorgte, dass das Ding ins Museum kam. Sehr interessante Jahreszahl übrigens.«

»Wieso?«

»Na ja, es geht alles im Zehn-Jahres-Rhythmus. '83 kam der Kopf ins Museum, '93 kam die Rekonstruktion auf den Sockel, und das ist bald auch wieder zehn Jahre her. Im September, um genau zu sein.« Er steckte das Buch vorsichtig wieder an seinen Platz und setzte sich.

»So, ich glaube, nun wären Sie für eine mündliche Abiturprüfung über das Thema gewappnet. Und jetzt lassen wir die alten Geschichten. Spielen Sie doch mal was Schönes am Klavier.«

Er stand auf und hob einen der Notenstapel an, die auf dem Instrument lagen. »Worauf haben Sie Lust? Chopin, Liszt?«

Mike schluckte. Er hatte seit Jahren nicht mehr richtig geübt, und im Grunde konnte er Dr. Lange nichts anderes bieten als seine Barschlager. Die waren hier jedoch fehl am Platz.

»Vielleicht was Selbstkomponiertes?«, fragte Mike.

»Sie komponieren auch? Da bin ich neugierig. Dann mal los.« Dr. Lange klappte den Deckel auf. Mike zog sein Büchlein hervor und blätterte darin.

Nichts von dem, was er geschrieben hatte, war je fertig geworden. Es waren nur Ideen, Skizzen, ein paar Melodiefetzen. Manchmal setzte er sich ans Klavier und improvisierte, und dann hatte er das Gefühl, ein richtiges Stück zustande gebracht zu haben. Aber nie brachte er etwas Abgeschlossenes zu Papier.

Er stellte das Heftchen auf den Notenhalter und wischte über die Tastatur. Hoffentlich kriegte er jetzt was Ordentliches hin. Er spürte, wie er schlagartig nervös wurde.

»Wie heißt das Stück?«, fragte Dr. Lange.

»Es hat noch keinen Namen.«

Der alte Lehrer legte den Finger auf das Papier. »Was sind das denn für Zahlen? Sieht aus wie ein Generalbass.«

»Nein, das ist etwas anderes.«

»Kürzel für die Harmonik?«

»Auch nicht.«

»Erklären Sie es mir.«

»Ehrlich gesagt, es sind Telefonnummern.«

Dr. Lange lehnte sich zurück. »Sie verwandeln Telefonnummern in Musik? Ist das so eine ähnliche Methode wie die Zwölftontechnik?«

»Nein, nein, darum geht es nicht. Es müssen auch keine Telefonnummern sein. Ich kann aus jeder Ziffernfolge eine Melodie machen. Als ich das entwickelt habe, gab es die Tonwahl am Telefon noch gar nicht.«

»Und wie geht das?«

»Jede Zahl steht für eine Note in der Tonleiter einer bestimmten Tonart. Gehen wir mal davon aus, das Stück steht in C-Dur.«

»Ist ja auch am einfachsten.« Dr. Lange lächelte.

»Genau. Der Grundton C wäre die 1, der zweite Ton D die 2 und so weiter. Das geht dann rauf bis zur Oktave, das wäre die 8. Die 9 wäre die None, also das D eine Oktave höher.«

»Und die Null?«

»Die wird ausgelassen«, sagte Mike. »Das System ist mathematisch nicht konsequent und lässt viel Spielraum. Man kann ja sowieso noch viel ändern. An der Harmonik und am Rhythmus. Außerdem kann man Töne wiederholen.«

»Aber was bringt Ihnen das dann?«

Mike zuckte mit den Schultern. »Ein geistiges Sprungbrett für eingängige Melodien. Ich kann sie quasi aus dem Ärmel schütteln. Da, wo ich spiele, ist so was gefragt.«

Dr. Lange sah ihn prüfend an. Offenbar entdeckte er erst jetzt Mikes weißen Anzug. »So, so, da, wo Sie spielen.« Er kratzte sich am Kopf. »Dann zeigen Sie mal, was Ihre klingenden Telefonnummern wert sind.«

Mike fixierte das Notenheft und begann mit der linken Hand im Tenorbereich ein paar Noten zu spielen. Dann ließ er die Melodie in die Rechte wandern und fügte mit der Linken ein paar Akkorde hinzu. Als er das Motiv wiederholte, fand er automatisch neue Schattierungen in der Harmonik. Aus einer Wendung, die ihm plötzlich in die Finger kam, machte er einen netten Mittelteil; die Finger spielten von ganz allein weiter. Plötzlich bemerkte Mike, dass er Mittelteil und Hauptmelodie miteinander kombinieren konnte. Unten grummelte der Hauptgedanke, oben ließ er das andere Motiv wie in einem munteren Gespräch antworten. Aus den Augenwinkeln bemerkte er, wie Dr. Lange lächelte, und das beflügelte ihn, die Fäden weiterzuspinnen.

Bis auf einmal Lärm von draußen hereindrang, die Tür aufgerissen wurde und Jürgen Lange im engen Zimmer stand.

»Was ist denn hier für ein Krach! Alter, ich hab dir schon tausendmal gesagt ...«

Mike brach ab und starrte Jürgen an. Der hatte wohl keinen Besuch im Zimmer des Vaters erwartet, fing sich aber sofort und grinste breit. Er hatte sich überhaupt nicht verändert. Ein mit Sommersprossen übersätes Gesicht. Ein Grinsen. Ein so breiter Mund, dass Jürgen ohne weiteres mit einer Zigarette auf den Lippen ein Referat halten konnte. Er hatte das sogar mal getan. Der Lehrer, der dagegen protestierte, musste klein beigeben, als Jürgen sagte, man könne ihm zwar verbieten, die Zigarette anzumachen, nicht aber, sie kalt im Mund zu haben. Damals hatte er genauso gegrinst wie jetzt.

»Wen haben wir denn da?«, fragte er. Mike fiel auf, dass er merkwürdige Kleidung trug. Ein klein kariertes Hemd in Gelb und Blau. Irgendwo hatte er so was schon mal gesehen.

»Das ist Herr Michael Engel«, sagte Dr. Lange leise.

»Ich weiß, wer das ist! Der gute alte Mike. Na, wie geht's denn so, Kleiner? Wie stehn die Aktien?«

Auch das mit dem »Kleiner« hatte es früher schon gegeben. Dabei war Jürgen, wie Mike sich erinnerte, nur ein halbes Jahr älter.

»Er hat mich nur kurz besucht«, sagte Dr. Lange, und es klang, als würde er sich bei seinem Sohn entschuldigen.

»Was ist mit der Wäsche, Alter?«, fragte Jürgen plötzlich.

Mike glaubte erst, sich verhört zu haben.

»Ich habe es nicht geschafft«, murmelte Dr. Lange.

»Was soll das denn heißen?«, brüllte Jürgen. »Ich arbeite mir hier den Rücken krumm, und der Herr Vater, der nichts zu tun hat, kann sich noch nicht mal um den Haushalt kümmern.«

»Ich mach's nachher.«

»Nachher, nachher! Nachher will ich im Wohnzimmer fernsehen, und vielleicht kommt die Monika noch, und da unten sieht's aus wie Hund. Los ran jetzt hier. Ab mit dem Zeug in die Waschmaschine, bügeln kannst du dann später hier oben!« Jürgen drehte sich um und stürmte die Treppe hinunter.

Monika, dachte Mike. Ob etwa ...

Dr. Lange erhob sich wie ein geprügelter Hund und vermied es, Mike in die Augen zu schauen. »Ach, er hat sicher was zum Abendessen mitgebracht. Vielleicht möchten Sie ja noch bleiben ...«

»Ich will Ihnen auf keinen Fall zur Last fallen. Ich habe heute Abend sowieso noch was vor«, log Mike. »Vielen Dank, Sie haben mir wirklich sehr geholfen.«

Sie gingen hinunter. Im Wohnzimmer hatte sich Jürgen ins Sofa geflätzt und die störende Wäsche einfach zu einem Haufen zusammengeschoben. Er glotzte auf den Fernseher, wo ein Musikvideo lief. Mit beiden Händen hielt er einen Hamburger. Jetzt fiel Mike ein, was das für eine Kluft war, die er trug. Jürgen, der einst verheißungsvolle junge Arztaspirant, arbeitete bei McDonald's.

Die Luft war angenehm mild, die Hitze hatte nachgelassen. Langsam wanderte Mike durch die Gässchen zwischen den Schuhschachtelhäusern zum Wagen zurück.

Es musste so abgelaufen sein: Carola kam nach Koblenz, nachdem sie ihren Mann verlassen hatte. Hier suchte sie sich ein Thema, um journalistisch wieder anzufangen. Sie beschäftigte sich mit den Dingen, die sich in Koblenz verändert hatten, und kam dadurch auch auf das Kaiserdenkmal. Sie stellte fest, dass es bald das zehnjährige Jubiläum des neuen Kaiserstandbildes gab, beschloss, daraus etwas zu machen, und forschte im Internet nach. Vielleicht wollte sie wissen, was man im Ausland über das Deutsche Eck dachte, und dabei musste sie die Internetseite von Richard Nair gefunden haben. Und war über das Foto auf Wilfried Ramann gekommen. Im Artikel der Rhein-Zeitung hatten zwar nur der Vorname und das Kürzel R. gestanden, als es um das Mordopfer ging. Aber die ganze Stadt hatte offenbar gewusst, wie der Name lautete, warum also nicht auch Carola. Wie mochte sie gestaunt haben, als sie herausfand, dass just dieser Ramann damals an der Gülser Brücke ermordet worden war. Sie hatte mit der Mutter des toten Unteroffiziers Kontakt aufgenommen, und …

Ja – und was dann? Das konnte doch nicht alles gewesen sein!

Mike war in Gedanken vom Weg abgewichen und an die Stelle gelangt, wo der Burgweg nach der Strecke durch die Felder und an dem alten Geheimplatz vorbei auf der Karthause ankam.

Wie er schon von Güls aus gesehen hatte, war von den Feldern nichts mehr da. Alles war mit Einfamilienhäusern zugebaut. Eigenheime mit guter Aussicht über das Moseltal. Beste Lage.

Der Weg, der früher ein wilder Trampelpfad gewesen war, auf dem man nach Regenfällen im Schlamm ausrutschen und im Winter bei Schnee eine Rodelpartie auf dem Schulranzen hinlegen konnte, war ordentlich mit gelbem Kies bestreut. Mehr was für alte Leute, dachte Mike. Nichts für abenteuerlustige Jugendliche.

Nur die Talseite war unberührt. Das Gestrüpp gab es noch. Mike wanderte ein Stück hinunter und suchte die dornigen Hecken ab. Er wurde fündig. Er duckte sich, durchquerte eine dichte Wand von Büschen. Dornen rissen an seinem Anzug. Weiter hinten lichtete sich das Gebüsch am Ende eines Tunnels aus Zweigen und führte zu der Felsnase, die wie ein kleiner Balkon in das Moseltal hinausragte.

Mike hatte vergessen, wie bedrohlich steil der Hang in die Tiefe führte. Wenn man hier einen falschen Schritt tat ... Immerhin konnte man sich an verkrüppelten Bäumchen festhalten, die an der Kante wuchsen.

Vor ihm lag wunderschön ausgebreitet das Moseltal. Auf der anderen Seite Güls – eine Ansammlung von Häusern mit zwei spitzen Kirchtürmen darin. Alle winzig klein. Unwillkürlich suchte Mike das Haus, in dem er damals gewohnt hatte. Es war gleich rechts neben der Kirche, eine Straße weiter oben. Das Fenster seines alten Zimmers war deutlich zu sehen. Einmal hatten sie hier oben gesessen und gesehen, wie seine Mutter gerade die Scheibe geputzt hatte ...

Er setzte sich an dieselbe felsige Stelle, an der er damals beschlossen hatte, das Geld zu holen.

Das Geld. Gestern, als er von dem Restaurant in Güls aus hier heraufgeschaut hatte, war er auf die Idee gekommen, dass Carola das Geld hier oben versteckt haben könnte. Was hatte sie daraufhin gesagt? Er wusste es nicht mehr. Aber selbst wenn es so war – wo an diesem zugewachsenen Steilhang sollte er suchen? Der Koffer konnte ja schlecht hier irgendwo herumliegen. Wenn das Geld hier sein sollte, musste es eine Höhle oder so was geben. Aber wo sollte die sein? Er hatte früher oft genug von zu Hause aus mit dem Fernglas den Hang betrachtet. Eine Höhle war ihm nie aufgefallen.

Die Häuser auf der anderen Seite der Mosel wurden langsam von den Schatten der hinter ihm untergehenden Sonne verschluckt. Mike ließ das Panorama eine Zeit lang auf sich wirken, dann tat sich dort unten etwas. Blinkend gingen nach und nach die Straßenlaternen an.

Plötzlich spürte Mike, wie ihn Müdigkeit packte. Woran hatte er eben gedacht? Ach ja – Carola musste noch etwas anderes gewusst haben. Was fehlte, war die Verbindung zu dem Geld. Was hatte das Kaiserdenkmal mit den Dollars zu tun?

Mike lehnte sich zurück an den Felsen, der noch die Wärme der Sonne gespeichert hatte. Es war angenehm, so zu dösen. Der Sommer duftete herrlich. Plötzlich hatte er das Gefühl, inmitten des warmen Zwielichts, das ihn umgab, zu schweben.

»Ramann hatte das Kaiserdenkmal«, sagte Carola.

Er hatte sie aus den Augenwinkeln gesehen und wandte ungläubig den Kopf. Da saß sie. Der Wind spielte mit ihren blonden Haaren. Sie war jung wie damals. Und sie wirkte traurig.

»Unmöglich«, sagte er.

»Warum?« Sie rückte etwas näher zu ihm, und ihm fiel ein, dass sie gar nicht da sein konnte. Der Grund dafür war ihm entfallen. Egal.

»Auf dem Foto ist der Kopf«, sagte er. »Und der Kopf stand zu der Zeit, als das Foto gemacht wurde, auf einem Privatgrundstück.«

»Aber das Foto zeigt das Denkmal. Die Reste.«

»Hat es vielleicht noch eine Rekonstruktion gegeben?«

Carola wandte den Blick wieder dem Moseltal zu und schwieg. Lange saß sie so da, dann schüttelte sie langsam den Kopf.

»Mach's nicht noch komplizierter. Auf dem Bild ist das echte Denkmal. Ramann hat das Foto gemacht, und es ist irgendwie nach Amerika gelangt.«

»Weil Ramann Nairs Sohn war und ihn Anfang der Achtziger besucht hat.«

Sie nickte nachdenklich. »Du hast schon viel rausgekriegt. Du weißt jetzt im Grunde so viel wie ich.«

»Wo ist das echte Denkmal hingekommen?«, wollte Mike wissen. »Und wo ist das Geld?«

Carola wandte sich zu ihm und sah Mike lange traurig an. Ihm ging ein Schauer über den Rücken.

»Sie werden dich auch erschießen«, stellte sie fest. Es klang wie eine beiläufige Bemerkung.

»Wer sind sie?«

»Finde es heraus. Dann wirst du auch das Geld haben. Du wirst reich sein, Mike.«

»Was habe ich davon, wenn man mich erschossen hat?«

Sie schüttelte den Kopf. »So darfst du nicht denken. Fang an zu klettern, Mike. Es wird Zeit. Höchste Zeit.«

Wieder passierte lange Zeit gar nichts, und er war sich nicht sicher, ob Carola überhaupt noch da war.

Dann hörte er wieder ihre Stimme. Merkwürdigerweise war sie verschwunden. Der Platz am Abgrund war leer.

»Mike?«, sagte sie.

»Ja?«

»Ich bin froh, dass wir wieder Freunde sind.«

»Das hast du schon mal gesagt.«

Wie lange war das her? Fragen lagen Mike auf der Zunge, aber er fühlte sich wie gelähmt. Carolas Gegenwart schien sich zu verflüchtigen. Jetzt hörte er sie wieder sprechen, diesmal viel leiser.

»Ich habe es gesagt«, raunte sie. »Aber jetzt stimmt es.«

In diesem Moment legte unten im Tal die Gülser Kirche mit ihren Glockenschlägen los, und er erwachte.

8.

Tote Journalistin gibt Rätsel auf.

Ein Tötungsdelikt hat sich am späten Montagabend im Koblenzer Stadtteil Moselweiß ereignet. Das Opfer ist die 38-jährige Journalistin Carola Zerwas, die in der Nacht in ihrem Haus am Burgweg erschossen wurde. Ein Gast des Opfers fand die Tote in der Nacht zum Dienstag in ihrem Arbeitszimmer, nachdem er von einem Spaziergang zurückkam. Nach den Ermittlungen wurde die Frau gezielt getötet. Einen Raubmord schließt die Polizei aus. Die Untersuchungen ergaben, dass die Tatwaffe eine Pistole vom Typ P 1 gewesen sein muss …

Mike saß im Frühstücksraum des Mercure-Hotels, in dem er gestern Abend noch eingecheckt hatte. Der Bericht über den Mord an Carola stand gleich auf der Titelseite der Rhein-Zeitung. Was er gestern nur gemutmaßt und was ihn noch im Hotelzimmer bis in den Halbschlaf verfolgt hatte, war der Verdacht, dass die beiden Morde zusammenhingen. Nun bekam er auf dem Silbertablett die Bestätigung serviert. Carola war mit einer Waffe desselben Typs erschossen worden wie damals Ramann.

Mike starrte auf seinen Frühstücksteller, wo eine angebissene, mit Margarine und Nutella bestrichene Brötchenhälfte lag. Ihm war der Appetit vergangen.

Als er heute Morgen aufgewacht war, hatte Mike noch überlegt, was er tun sollte. Jetzt hatte er plötzlich eine Idee, und er wunderte sich, warum er nicht schon früher darauf gekommen war.

Er ließ das halbe Brötchen liegen und fuhr mit dem Aufzug in die achte Etage, wo sein Zimmer lag. Es war dämmrig darin. Er hatte den Raum verlassen, ohne die Vorhänge zurückzuziehen. Als Mike das jetzt nachholte, ging sein Blick über das kurfürstliche Schloss bis hinüber zur Festung. Die Sonne ließ den Rhein glitzern. Ein weißes Ausflugsschiff bahnte sich gemächlich seinen Weg zur Moselmündung und zog eine schaumige Spur hinter sich her. Mike sah eine Weile aus dem Fenster und dachte nach.

Besser wäre es natürlich, gleich mit ihm persönlich zu sprechen. Aber er hatte keine Telefonnummer. Außerdem musste es in Los Angeles jetzt mitten in der Nacht sein. Wenn Mike eine Mail schickte, würde es also Stunden dauern, bis er eine Antwort bekam. Falls sich dieser Nair überhaupt meldete. Ob Carola mit ihm Kontakt aufgenommen hatte?

Er musste es versuchen. Wer sonst konnte ihm sagen, wie das Bild von den Kaiserüberresten auf die Website kam? Und wo sich diese Überreste heute befanden? Und warum jemand, der danach suchte, ermordet wurde?

Er nahm den Ausdruck aus der Internetseite. Ganz am Ende stand Nairs E-Mail-Adresse.

Mike griff zum Telefon neben dem Bett und rief die Rezeption an. Eine Frauenstimme meldete sich.

»Hier ist Engel, Zimmer 834. Ich würde gern eine E-Mail verschicken. Geht das von hier aus?«

»Ja, sicher, Herr Engel. Wir haben ein Internet-Terminal hier unten in der Lobby. Kommen Sie einfach herunter, ich helfe Ihnen gern weiter.«

Zwei Minuten später stand Mike an der Rezeption einer jungen Frau gegenüber. Ein Namensschild an ihrer Bluse zeigte, dass sie Iris Mayer hieß. Sie erklärte ihm, wie er mit dem Mailprogramm umgehen musste. Mike erkundigte sich nach der Telefonnummer des Hotels. Dann schrieb er Nair eine Mitteilung in wenigen Zeilen: dass er Informationen über das letzte Foto auf Nairs Website brauche. Dass es sehr dringend sei. Und dass Nair ihn doch bitte im Hotel anrufen solle. Mike fragte sich, ob das Ganze vielleicht noch wirkungsvoller wäre, wenn er sich als Journalist ausgab. Er ließ es bleiben und klickte auf »Senden«.

Was konnte er jetzt tun? Nichts. Oder sich weiter über die Geschichte des Denkmals schlau machen. Er konnte zum Beispiel ins Mittelrhein-Museum gehen und den Kopf besichtigen.

Mike spazierte über die Auffahrt des Hotels hinunter zur Rhein-Mosel-Halle, wo der Schalenbrunnen plätscherte. Langsam aber sicher wurde es schwül. Plötzlich hörte er Schritte hinter sich. Jemand kam die Treppe vom Hotel herunter. Es war Iris Mayer, strahlend lächelnd.

»Herr Engel«, sagte sie. »Gut, dass ich Sie treffe. Sie haben einen Anruf bekommen.«

Das ging aber schnell, dachte Mike. »Von einem Mr. Nair?«, fragte er.

»Nein. Es war eine Frau Hoffmann. Sie bittet um Rückruf.«

»Und deswegen sind Sie extra hier runtergekommen? Woher wussten Sie denn, wo Sie mich finden?«, fragte Mike.

»Purer Zufall. Ich muss kurz in die Stadt. Eine Besorgung machen.«

Mike bedankte sich, und sie ging weiter. Es war so heiß, dass er schon auf dem kurzen Stück zurück zum Hotel ins Schwitzen kam. An der Rezeption fragte er nach einem Telefon. Er brauchte nicht auf den kleinen gelben Block zu schauen, den er noch immer in der Hosentasche hatte. Es reichte, an die Melodie zu denken, und schon hatte er die Telefonnummer im Kopf.

»Hoffmann.«

»Michael Engel hier.«

»Ach, hallo! Schön, dass Sie so schnell zurückrufen.«

»Was gibt's denn?«

»Das stimmt ja tatsächlich mit Carola.«

»Haben Sie daran gezweifelt?«

»Ehrlich gesagt – als Sie gestern zu mir kamen, habe ich es kaum glauben können. Ich verstehe das alles nicht. Wer kann so was tun?«

»Ich weiß es nicht.«

Sie seufzte. »Sie wundern sich vielleicht, warum ich Sie anrufe. Aber ich glaube, ich muss Ihnen etwas erzählen. Ich weiß, was Carola für eine Story im Sinn hatte.«

»Tatsächlich?«

»Wollen Sie es immer noch wissen?«

»Ja, sicher.«

Eine Pause entstand. Sie schien sich einen Ruck zu geben, bevor sie weitersprach. »Es ist das Denkmal.«

»Sie wissen es wirklich«, stellte Mike fest.

»Sie auch?«

»Ich habe mittlerweile einiges rausgekriegt. Aber warum haben Sie mir das nicht gestern schon erzählt?«

»Darüber sollten wir uns persönlich unterhalten. Kennen Sie die Kaffeewirtschaft am Münzplatz?«

»Ich kenne den Münzplatz, dann werde ich das Lokal auch finden.«
»Ich schlage vor, wir treffen uns da um eins.«

Nach zwei Stunden intensiver Rachmaninow-Berieselung über den Discman im Hotelzimmer brach Mike zum Münzplatz auf. Voller Tatendrang beschloss er, zu Fuß zu gehen. Er hatte das Schloss noch nicht erreicht, da musste er feststellen, dass es bei der Hitze doch zu weit für einen Marsch in die Innenstadt war. So nahm er den Wagen. Er parkte am Moselufer, stieg schnaufend die Treppen neben der Alten Burg hinauf und erreichte den Münzplatz durch die schmale Straße, die aus unerfindlichen Gründen »Paradies« hieß.

Auf dem Platz hatte sich jede Menge verändert. Das Burgtheater hatten sie abgerissen – das Kino, in dem es früher die berüchtigte »Palette« mit Pornofilmen gab. Unter den Halbwüchsigen war der Schuppen immer wieder Thema angeberischer Schulhofunterhaltungen gewesen. Vergleichbar nur mit dem »Goldenen Stern«, dem Koblenzer Traditionspuff im Altengraben. Mike fiel Jürgen Lange ein. Der hatte damals breit grinsend behauptet, jeden Film in der Palette gesehen zu haben, obwohl er gerade mal sechzehn war.

An der Stelle des Burgtheaters erhoben sich jetzt Gerüste um einen Rohbau. Ein Schild informierte, dass hier das »Altstadtdomizil am Münzplatz« entstand.

Die Kaffeewirtschaft hatte es früher auch nicht gegeben. Das Lokal war ein Straßencafé unter lang gestreckten Arkaden. Blaue Sonnenschirme beschatteten runde Tischchen und Rattansessel.

Weder auf der Terrasse noch im Innenraum war Anita Hoffmann zu entdecken. Mike setzte sich an einen der Tische. Der Platz war immer mit Autos voll gestellt gewesen. Jetzt war alles frei, und in der Mitte plätscherte ein Springbrunnen. Ein phantasievolles Gebilde aus Stahl, Beton und aufspritzenden Fontänen.

Mike bestellte einen Cappuccino und ein Käsebaguette. Der Kellner ging, und Mike fragte sich, was er von der Verabredung erwarten konnte.

Warum hatte diese Hoffmann nicht gestern schon gesagt, was sie wusste? Sie wird mir nicht getraut haben, dachte Mike. Wahrscheinlich hatte Carola ihr genau wie ihm gesagt, es handele sich um ein großes Geheimnis. Das konnte er akzeptieren. Es machte Anita Hoffmann sogar sympathisch. Erst als wirklich feststand, dass Carola tot war, war sie auch bereit, darüber zu sprechen. Gut.

Die nächste Frage war: Wusste sie etwas von dem Geld? Sicher nicht. Carola wird mit einer alten Bekannten vielleicht über ihre journalistische Arbeit gesprochen haben, aber dieses Geheimnis war tabu. Was natürlich nicht hieß, dass sie nicht doch eine Andeutung über das Versteck gemacht hatte. Vielleicht hatte sie eine auffällige Frage gestellt. Hatte wissen wollen, ob ein bestimmter Hang heute bebaut ist …

Mike musste Anita Hoffmann aushorchen. Möglichst vorsichtig natürlich.

»Ach, da sind Sie ja schon.«

Mike wandte den Kopf. Er hätte die Frau, die neben ihm stand und gerade die Sonnenbrille abnahm, beinahe nicht wiedererkannt. Sie trug ein kurzes Sommerkleid in knalligen Gelb-Rot-Tönen, ihre karottenroten, gelockten Haare drängten unter einem breitkrempigen, gelben Sonnenhut hervor. Über der Schulter trug sie eine sackförmige Umhängetasche in leuchtendem Orange. Mike bemerkte, dass das Kleid ihre Figur betonte. Nicht schlecht, dachte er.

Anita Hoffmann setzte sich, der Kellner kam und lud Mikes Bestellung ab.

»Möchten Sie auch was?«, fragte Mike.

Sie nickte. »Auch einen Cappuccino bitte.« Der Kellner verschwand.

»Wie haben Sie mich eigentlich im Mercure-Hotel aufgestöbert?«, fragte Mike.

»Ich habe es Ihnen doch selbst empfohlen«, sagte sie und lächelte. Das Rot ihres Lippenstifts passte perfekt zur Farbsinfonie ihres Kleides. Zu alledem holte sie auch noch eine rote Schachtel Marlboro heraus und steckte sich eine Zigarette an. »Sie wollten doch ein Zimmer mit großer Badewanne, wissen Sie nicht mehr?«

»Stimmt«, sagte Mike und biss in sein Baguette.

»Sie haben mich gefragt, warum ich Ihnen nicht schon gestern gesagt habe, an welchem Thema Carola gearbeitet hat.«

Mike nickte. Sie kam schnell zur Sache. Umso besser.

»Carola hat ein großes Geheimnis draus gemacht. Und ehrlich gesagt, ich habe Ihnen nicht so recht geglaubt, dass Sie mit ihr zur

Schule gegangen sind. Ich habe gedacht, Sie seien ein Journalistenkonkurrent oder so was, der auch hinter der Story her ist.«

»Damit haben Sie Recht gehabt. Das hätte durchaus sein können.« Mike nippte am Cappuccino.

»Sehen Sie.« Sie streifte die Asche ab und sah Mike auffordernd an. »Und, ist es so?«

»Ist was so?«

»Sind Sie Journalist? Wollen Sie die Sensationsgeschichte bringen? Thema: ›Historisches Kaiserdenkmal wieder entdeckt‹?«

»Wollten Sie mich deswegen treffen? Um das herauszufinden?«

»Vielleicht.«

»In der Zeitung stand, dass ich bei Carola zu Gast war.«

»Na und? Vielleicht wollten Sie bei ihr spionieren?«

»Ich bin ein alter Schulkamerad. Das sagte ich doch schon.«

»Das ist keine Erklärung dafür, dass Sie sich für Carolas Arbeit interessieren.«

»Nicht? Warum interessieren Sie sich denn dafür?«

Der Kellner brachte Anita Hoffmanns Cappuccino.

»Ich sehe schon«, sagte sie. »Sie sind genauso misstrauisch, wie ich es gewesen bin. In Ordnung. Ich mache den ersten Schritt. Aber sagen Sie mir vorher noch eins.«

»Was?«

»Haben Sie mit irgendjemandem darüber gesprochen, was Carola gesucht hat?«

»Nein.«

Sie sah ihn prüfend an, und er bemerkte, dass sie hellbraune Augen hatte. Ein Farbton wie Haselnüsse.

»Wirklich mit niemandem?«

»Nein.«

»Auch nicht mit Ihrer Frau oder Freundin?«

»Habe ich nicht.«

»Also gut.« Sie wartete einen Moment und schien sich genau zu überlegen, was sie sagen wollte. »Mir gehört ein kleines Restaurant hier in der Altstadt. Die Rhein-Eck-Stube in der Eltzerhofstraße. Weine aus der Region, ein bisschen regionale Küche und so weiter. Ich habe mir gedacht, wenn es noch ein Stück von dem alten Kaiser gäbe, dann wäre das eine tolle Attraktion.«

»Was? Sie wollen das Denkmal in Ihr Restaurant stellen?«

»Warum nicht? Nicht den ganzen Reiter natürlich. Der würde ja gar nicht reinpassen. Ein Stück reicht schon. Man muss den Gästen in der Gastronomie heutzutage was bieten, um die Nase vorn zu haben. Carola hat mir erzählt, dass der Kopf des Denkmals auch in Privatbesitz ist.«

»Er steht im Mittelrhein-Museum.«

»Richtig. Aber stellen Sie sich mal vor, ich hätte zum Beispiel den Kopf des Pferdes und könnte ihn irgendwo im Restaurant exponiert zeigen. Schon wäre ich in jedem internationalen Reiseführer. Kostenlos.«

Mike grinste. »Interessante Idee. Und jetzt wollen Sie von mir wissen, wo das Denkmal ist.«

»Um es kurz zu machen – ja. Ich würde dafür natürlich was springen lassen.«

»Ich habe aber keine Ahnung. Offiziell ist es eingeschmolzen worden. Man hat es zu Straßenbahnleitungen verarbeitet.«

»Ich kenne die Geschichte. Kommen Sie – ich habe Ihnen gestern genau angesehen, dass Sie der Typ sind, der bei so einer Recherche nicht locker lässt. Sie sind bestimmt ein guter Journalist. Sagen Sie schon – was haben Sie rausgekriegt?«

»Danke für die Blumen. Aber Sie täuschen sich – zumindest, was meinen Beruf betrifft. Ich bin Musiker. Und mein Interesse an Carolas Arbeit war rein privat. Mir gegenüber hat sie auch ein Riesengeheimnis draus gemacht. Und sie kam gar nicht mehr dazu, mir zu sagen, worum es genau ging.«

»Aber Sie sind trotzdem irgendwie fündig geworden. Sonst hätten Sie heute Morgen auf meinen Anruf nicht so reagiert. Sie wussten, was los war.«

»Offensichtlich.«

»Lassen Sie uns doch die Reste des Kaisers gemeinsam suchen! Legen wir zusammen, was wir wissen. Hat Carola nicht vielleicht doch eine Bemerkung gemacht, die uns weiterhelfen könnte?«

Anita Hoffmann klang enthusiastisch. Und vielleicht hatte sie ja Recht. Vielleicht war das die Lösung. Trotzdem – irgendetwas störte Mike daran. War es dieses oberflächliche Businessgehabe, das sie an den Tag legte?

»Glauben Sie nicht, dass das ein Fall für die Polizei ist?«, sagte er.

»Warum? Glauben Sie, dass Carola ermordet wurde, weil sie nach dem Denkmal suchte?«

»Warum nicht?«

Sie lehnte sich zurück und sah Mike abschätzig an. »Da sehen Sie jetzt aber Gespenster. Das eine hat mit dem anderen doch nichts zu tun.«

»Wie dem auch sei. Wo sollten wir anfangen zu suchen? Ich bin dabei nämlich wirklich nicht besonders weit gekommen.«

»Das werden wir sehen«, sagte sie. »Lassen Sie uns doch einfach mal unsere Informationen austauschen.«

Mike starrte in seine Tasse. Was hatte er zu verlieren? Er hatte zumindest die Chance, an der einzigen Person dranzubleiben, mit der Carola auch über ihren Plan gesprochen hatte. Und wenn er mit Anita Hoffmann zusammenarbeitete, begegnete er vielleicht der entscheidenden Information, die ihn zu Carolas Mörder führen konnte. Und zum Geld. Und abgesehen davon – unangenehm war ihm ihre Gesellschaft keineswegs.

»Also gut«, sagte er. »Versuchen wir es, Frau Hoffmann.«

»Schön.« Sie lächelte. »Und jetzt lassen Sie das mit der Frau Hoffmann. Ich heiße Anita. Schließlich sind wir ja alte Schulkameraden.«

»Alles klar. Ich heiße Mike. Eigentlich Michael. Aber den Namen bin ich nicht gewöhnt.«

Sie nickte. »Gut, Mike. Also – was hast du rausgefunden?«

Mike spürte, dass es gut tat, die ganze Geschichte jemandem zu erzählen. Was er wegließ, war alles, was das Geld und die Denkmalbesteigung betraf. Den Mord aus dem Jahr 1982 stellte er als Rechercheergebnis hin und verschwieg natürlich, dass er und Carola die Leiche entdeckt hatten. »Carola hat Nachforschungen über diese alte Mordsache betrieben«, schloss er. »Sie hat mit der Mutter des Toten gesprochen. Einer Frau Ramann, die in Ehrenbreitstein lebt. Sagt dir der Name etwas?«

»Nie gehört. Ich habe auch nicht gewusst, dass Carola dabei war, einen alten Mord aufzuklären.«

Sie wirkte plötzlich nachdenklich. »Jetzt verstehe ich natürlich, dass du glaubst, ihr Tod hinge damit zusammen.«

»Es ist eine größere Sache, als du gedacht hast. Wollen wir vielleicht doch lieber die Finger davon lassen?«

»Nein. Ich denke, wir sollten versuchen, der Sache mit dem Denkmal auf den Grund zu gehen. Soll die Polizei den Mord aufklären. Ich will mein Denkmalstück fürs Restaurant.«

»Was hat dir Carola erzählt?«, fragte Mike.

»Nur, dass sie das Denkmal sucht. Dass sie Hinweise dafür hat, dass jemand es irgendwo aufbewahrt, und sie wollte unbedingt wissen, wo.«

»Hat sie keine Andeutung gemacht? Keinen Ort genannt, wo sie vielleicht in den Tagen vor ihrem Tod gewesen ist?«

»Du meinst, sie hat vielleicht irgendwas überprüft? Einen Ort, wo etwas versteckt sein könnte?« Sie schüttelte den Kopf. »Keine Ahnung.«

»Hast du ihr auch vorgeschlagen, Teile des Kaisers in deinem Restaurant auszustellen?«

»Ja. Und sie fand die Idee gar nicht so abwegig.«

Mike starrte auf die Tischplatte.

»Was ist los?«, fragte Anita.

Er hob den Blick. »Denk bitte nach. Ich glaube, wir kommen der Sache auf die Spur, wenn wir wissen, wo Carola vor ihrem Tod gewesen ist. Sie hat sich die Straße in Neuwied notiert. Das Langendorfer Feld. Es klingt etwas abwegig, aber könnte es nicht sein, dass das Denkmal auf dem Gelände dieses verrückten Wenzeslaus versteckt ist? Vielleicht will er ein Superkunstwerk daraus machen.«

»Verrückte Idee. Wenn dem so wäre, würde er es uns bestimmt nicht erzählen. Und ganz sicher lässt er uns in seine Bude auch nicht rein. Abgesehen davon hat er garantiert nichts mit dem Denkmal zu tun. Dass Carola die Adresse aufgeschrieben hat, können wir hundertprozentig unter der Rubrik ›Besuch von alten Bekannten‹ verbuchen.«

»Warum bist du da so sicher?«

»Weil sie es mir gesagt hat.«

»Tatsächlich?«

»Aber ja.«

»Vielleicht hat sie dir das Entscheidende verschwiegen.«

»Ich habe sie gefragt. Sie hat sich für Wenzes nur wegen der Bilder interessiert. Warum hätte sie mich anlügen sollen?«

»Also gut. Die Frage ist, was machen wir jetzt? Dr. Lange hat erzählt, dass der Kaiserkopf im Mittelrhein-Museum zu besichtigen ist ... Vielleicht sollten wir uns den mal ansehen? Es sind ja nur ein paar Schritte bis dahin.«

»Das wird uns zwar auch nichts nützen«, sagte Anita, »aber gut.«

Mike winkte dem Kellner.

»Zusammen oder getrennt?«, fragte er.

»Zusammen«, sagten beide wie aus einem Mund, und Anita grinste.

»Moment«, rief sie. »Wenn ich schon von deinen Ermittlungsergebnissen profitiere und demnächst eine Koblenzer Sehenswürdigkeit ausstellen darf, dann lade ich dich ein.«

Mike nickte. »Vielen Dank.« Er trug sein Geld immer in der Hosentasche mit sich herum. Münzen lose, die Scheine mit einer Geldklammer verbunden. Er hatte den ganzen Kram schon auf den Tisch gelegt. Jetzt wollte er ihn wieder verstauen und stutzte.

»Was ist?«, fragte Anita, als der Kellner weg war.

Mike deutete auf die Münzen in seiner Hand. Zwischen den Eurostücken lag etwas, das nicht dazugehörte.

»Das ist ein Schlüssel«, stellte Anita fest.

»Und nicht irgendeiner. Das ist der Schlüssel zu Carolas Haus. Sie hat ihn mir gegeben, bevor ich zu dem kleinen Spaziergang aufbrach.«

»Spaziergang?«

»Ja. Wir waren an dem Abend essen. Als wir zurückkamen, war ich noch nicht müde. Ich sagte Carola, ich wolle noch ein bisschen um die Ecke gehen, und sie gab mir den Schlüssel, damit sie mir nachher nicht die Tür aufmachen musste. Als ich dann wiederkam, fand ich sie.« Mike schwieg einen Augenblick. »Ich hatte eigentlich gedacht, ich hätte den Schlüssel in der Aufregung stecken gelassen oder im Haus irgendwo hingelegt.«

»Den solltest du der Polizei geben«, sagte Anita. »Findest du nicht?«

Mike betrachtete das glänzende Metallstück auf dem Cafétisch. »Das wäre die eine Möglichkeit.«

»Und die andere?«

»Wenn es noch irgendwelche Hinweise darauf gibt, wo Carola das Versteck des Denkmals vermutete, dann doch sicher in ihren Unterlagen, oder?«

»Wahrscheinlich.«

»Also in ihrem Haus.«

»Worauf willst du hinaus?«

»Wir sollten den Schlüssel benutzen, um ins Haus zu gehen und nachzuschauen.«

»Das kannst du nicht machen.«

»Wieso nicht? Carola hätte sicher nichts dagegen.«

»Sie nicht. Aber die Polizei. Das Haus ist ein Tatort. Die haben da garantiert Siegel angebracht. Und die Unterlagen, die sich in Carolas Arbeitszimmer befunden haben, dürften sie ebenfalls längst beschlagnahmt haben.«

Mike steckte den Schlüssel ein. »Egal. Wir sollten es versuchen. Vielleicht ist das Haus ja nicht mehr versiegelt. Vielleicht kann man darin noch einen Hinweis finden, den die Polizei übersehen hat.«

»Die sind sicher ziemlich gründlich, wenn es um einen Mordfall geht.«

»Du vergisst, dass sie vielleicht nichts darüber wissen, was Carola gesucht hat. Es kann doch sein, dass sich irgendwas in dem Haus befindet, das für die Polizei völlig nebensächlich ist, uns aber auf die richtige Spur führt.«

»Zum Beispiel?«

»Ein Foto oder so was.« Ein ausgeschnittener Zeitungsartikel, dachte er.

Anita verzog den Mund. »Ganz schön raffiniert. Aber damit will ich nichts zu tun haben. Wir machen uns strafbar.«

»Nur ein Versuch. Nachdem wir im Mittelrhein-Museum gewesen sind.«

Sie sah ihn eine Weile an.

»Also gut. Aber wir schauen uns erst mal an, was es legal zu sehen gibt.«

Das Mittelrhein-Museum unter dem Augenroller am Florinsmarkt war gähnend leer. Wahrscheinlich interessierten sich die Touristen für die alten Gemälde und Plastiken nur, wenn das Wetter schlecht war. Dabei boten die Räume in dem historischen Gebäude angenehme Kühle. Sie sollten das draußen dranschreiben, dachte Mike. Dann würden vielleicht mehr Besucher kommen.

Anita nahm die Sonnenbrille ab, als sie die Kasse passierten. Mike bezahlte für sie beide. An der Theke saß eine Frau, bei der sich Mike nach Ausstellungsstücken über den Kaiser erkundigte. Sie erfuhren, dass es zwei Dinge zu besichtigen gab: zum einen ein Modell des Denkmals gleich hier im Erdgeschoss, zum anderen den berühmten Kopf, der in einem Nebenraum ausgestellt war.

Dann standen sie vor dem Modell: Es war aus dunklem Metall und so klein, dass es auf einen Esstisch gepasst hätte. Anders als beim Original, das man nur mit dem Kopf im Nacken besichtigen konnte, war es hier leicht, Details zu erkennen. Wilhelm I. saß steif auf seinem Pferd, neben sich die antike Frau in wallendem Gewand, der so genannte Genius, der etwas in der Hand trug, das wie ein Zepter aussah.

»Das Einzige, was an dem Ding lebendig wirkt, ist das Pferd«, sagte Mike. Das Tier wirkte gequält. Sein Maul stand offen, obwohl der Kaiser die Zügel nicht angezogen hatte.

»Das Pferd ist das Symbol für das Volk, das den Kaiser ertragen muss«, sagte Anita. »Ich glaube, wenn es nach ihm ginge, würde es den alten Sack einfach abwerfen.«

Mike überlegte, was Dr. Lange wohl zu dieser Theorie sagen würde. Wenn er ihn noch mal traf, musste er ihn unbedingt danach fragen.

Sie durchquerten den Raum, kamen an den alten Gemälden vorbei und fanden die Treppe, auf die sie die Frau am Eingang hingewiesen hatte. Es waren nur wenige Stufen, dann gelangten sie in einen anderen, überraschend hellen Raum. Ein großes Fenster ging auf die Mosel hinaus; man sah die Brücken, ein vorbeistampfendes Schiff und Menschenströme unten auf der Uferstraße.

Der Saal war alten Koblenzer Stadtansichten gewidmet – meist aus der Sicht von den Flussufern her, die noch nichts von Bundesstraßen und Bahnlinien wussten. In der Mitte stand ein Tisch, der etwa die Größe einer Tischtennisplatte hatte. Darauf war ein Modell der Stadt aufgebaut. Das sei die Ansicht von Koblenz von 1750, erklärte eine Tafel. Eine kleine Ansammlung von Spielzeughäusern im Flussdreieck – penibel von einer gerade gezogenen Stadtmauer begrenzt. Wo sich heute das Deutsche Eck befand, war ein weißer Fleck. Eine Sandbank. Die Untiefe, von der Dr. Lange gesprochen hatte.

»Dort«, sagte Anita und ging zu einem kleinen, von Scheiben eingegrenzten Lichthof. Der Kaiserkopf ruhte zwischen blühenden Büschen. Die metallenen Augen blickten starr geradeaus.

Er wirkte nicht wirklich gewaltig. Man hätte den Kopf auf eine Schubkarre laden können.

»Das Ende eines Herrschers«, sagte Mike.

»Ja. Hier hat er gewissermaßen sein Exil gefunden. Und der Rest wahrscheinlich anderswo.«

Als sie draußen waren, setzte Anita wieder ihre Sonnenbrille auf. »Und nun?«

»Wie besprochen«, sagte Mike. »Fahren wir zum Burgweg.«

*

Der alte Mann wacht auf, als ihn jemand an der Schulter packt und heftig rüttelt. Wo ist er überhaupt? Nach und nach erkennt er die Szenerie um sich herum. Er ist auf dem Bahnhof. Er muss eingeschlafen sein. Der lange Flug …

Vor sich sieht er zwei Uniformierte. Einer davon hält immer noch seine Schulter fest. Der alte Mann macht sich los. Er sagt, dass er in Ruhe gelassen werden will.

Der eine Uniformierte sagt etwas, das der alte Mann nicht versteht. Auch nicht, als der Uniformierte wiederholt, was er will. Der alte Mann lässt eine Bemerkung fallen, und der Uniformierte wechselt ein paar Worte mit seinem Kollegen. Reisende gehen vorbei und schauen neugierig herüber.

Jetzt spricht der andere Uniformierte. Der alte Mann nimmt zur Kenntnis, dass er seine Sprache spricht. Nicht besonders gut zwar, aber immerhin so verständlich, dass der alte Mann nun weiß, was sie von ihm wollen. Die Papiere. Darauf hätte er auch selbst kommen können.

Während der alte Mann seinen Pass hervorkramt, hofft er, dass sie nicht sein Gepäck durchsuchen. Sollten sie auf das Geld stoßen, würde er einiges zu erklären haben.

Endlich hat er den Pass gefunden. Der eine Uniformierte prüft ihn. Der andere fragt, wohin er fahren will.

Der alte Mann kann es belegen. Er hat eine Bahnfahrkarte gekauft. Auch die lassen sich die beiden zeigen.

Dann geben sie ihm seine Sachen zurück und wünschen eine gute Reise. Er soll beachten, dass sein Zug in elf Minuten geht.

Einen schönen Tag noch.

9.

»Der Kopf ist auf dem Foto eindeutig zu erkennen«, sagte Anita.

Die Tasche auf dem Schoß, saß sie auf dem Beifahrersitz, während Mike den Peugeot die Schlachthofstraße entlanglenkte. »Vielleicht kommt man der Lösung näher, wenn man herausfindet, wo das Bild aufgenommen wurde.«

»Nach zwanzig Jahren? Das ist ein Schrottplatz oder so was. Wie soll man den denn wieder finden?«

»Zumindest kennen wir den Zusammenhang. Ramann hat seinem Vater in Amerika das Bild geschickt, weil der sich dafür interessierte. Weil er Soldat in Koblenz war. Ob das überhaupt stimmt?«

Die Ampel vor der Auffahrt zur Kurt-Schumacher-Brücke sprang auf Rot. Mike trat auf die Bremse. »Kann doch sein.«

Anita fuhr mit dem Finger über die Seiten. »Es bleibt uns nichts anderes übrig, als diesen Nair zu kontaktieren.«

»Das habe ich schon getan. Ich habe ihm eine Mail geschickt. Vielleicht hat er mir ja schon geantwortet.«

Anita kramte in ihrer Tasche und brachte ein Handy zum Vorschein. »Willst du es nachprüfen?«

»Wenn wir da sind.«

Sie parkten den Wagen ganz unten am Burgweg; dort, wo der Unterbreitweg abbog und zwischen der Bahnlinie und Obstgrundstücken in Richtung Moselweißer Bahnhof verschwand.

»Das ist unauffälliger«, sagte Anita.

Mike schloss den Wagen ab. Sie kam um den Peugeot herum und hielt ihm das Handy hin.

»Ich weiß die Hotelnummer nicht«, sagte Mike.

»Ruf die Auskunft an.«

Mike tat es und hatte schließlich die Rezeption des Mercure am Hörer. Es dauerte eine Weile, bis sie überprüft hatten, ob etwas für Mike gekommen war. Dann war klar: kein Anruf, keine Nachricht. Mike fragte nach einer E-Mail. Wieder wurde überprüft. Fehlanzeige. Mike gab Anita das Handy zurück.

»Also los«, sagte er.

Sie gingen den Burgweg hinauf.

»Hier ist es«, sagte Mike.

Anita blieb stehen und sah an der Fassade empor. »Müssen wir die Treppe rauf?«

»Oben steht das Haus leer. Sie hat das untere Apartment bewohnt. Es ist die Tür unter der Treppe.«

Sie betraten die Einfahrt, und schon von hier aus war etwas Gelbes zu erkennen, das über das Schloss geklebt war.

»Du wolltest es ja nicht glauben«, sagte Anita und deutete auf das polizeiliche Siegel. Es war ein breiter gelber Streifen mit einem Wappen. Ein schwarzer Schriftzug informierte darüber, dass das Entfernen strafbar war.

»So ein Mist«, sagte Mike. »Und was ist mit der Tür oben?« Er ging rasch die Treppe hinauf. »Dasselbe«, rief er nach unten.

»Ich glaube, wir sollten abhauen«, meinte Anita.

»Kommt gar nicht in Frage.«

»Willst du das Ding etwa abreißen?«

Mike kam wieder herunter und sah sich um. Merkwürdig, dass der Burgweg immer so ausgestorben wirkte. Das war schon in seiner Schulzeit so gewesen. Nie hatte man jemanden hier getroffen. Niemanden außer Carola.

»Bleib hier«, sagte er. »Ich will mir mal den Garten ansehen.«

Anita zuckte mit den Schultern und schlenderte zur Straße. Mike erklomm die niedrige Mauer vor dem seitlichen Rasenstück, das den Hang hinaufführte. Er gelangte auf die schmale Seite des Hauses. Hier musste irgendwo das Fenster sein, durch das Carola erschossen worden war. Mike fand es; es befand sich einen halben Meter über dem Rasen und war ordnungsgemäß geschlossen. Am Fenster klebte ein weiteres Siegel.

Nachdenklich tastete Mike in seiner Hosentasche nach dem Schlüssel. Irgendetwas in ihm verlangte dringend, es zu riskieren.

Er zögerte immer noch und starrte auf das Fenster. Genau hier hatte der Mörder gestanden.

Mach doch endlich mal was zu Ende, Mike. Das hatte Carola gesagt. Und er musste diese Sache zu Ende bringen. Er konnte unmöglich nach Düsseldorf zurückfahren, ohne zu wissen, was dahinter steckte.

Die zweite Chance. *Geh doch endlich mal ein Risiko ein, Mike.*

Er ging zurück in Richtung Hofeinfahrt und sprang von der niedrigen Mauer. Aus den Augenwinkeln sah er, wie Anita herüberkam. Noch bevor sie ihn erreichte, hatte Mike mit einer schnellen Bewegung das Klebeband von der Tür abgezogen und mit dem Schlüssel die Tür geöffnet.

Anita schubste ihn unsanft in den schmalen Flur. »Du hast es ja plötzlich sehr eilig«, sagte Mike.

»Wenn wir so was schon machen, muss es auch schnell gehen.«

Mike zog die Tür hinter sich zu. Augenblicklich wurde es dämmrig. Er wollte zum Lichtschalter greifen, doch Anita fiel ihm in den Arm. »Nicht. Das sieht man doch von draußen.«

»Am helllichten Tag? Bei der Sonne?«

»Trotzdem. Wir können uns erst mal gut genug so orientieren.«

Sie tasteten sich an der Wand entlang und kamen zu dem Arbeitszimmer am anderen Ende. Die Tür war angelehnt. Mike drückte sie auf, und sofort wurde es heller.

»Verdammt!« Mike prallte zurück.

»Was ist?«, sagte Carola.

»Da ist jemand im Garten«, flüsterte er. »Ich habe ihn am Fenster vorbeigehen sehen.«

»In welche Richtung?«

»Zur Straße hin. Das ist bestimmt ein Nachbar. Wahrscheinlich hat er mich bemerkt und ist mir hinten aus dem Garten nachgekommen. Was sollen wir jetzt machen?«

»Vielleicht hat er gar nicht mitgekriegt, dass wir hier reingegangen sind«, sagte Anita.

»Wenn er vorne rumkommt, wird er sehen, dass das Siegel kaputt ist.«

Anita blieb ruhig. »Gibt's hier ein Zimmer, das ein Fenster nach vorne raus hat?«

»Ich glaube nicht. Vorne gibt es nur den Eingang, und auf der anderen Seite ist die Garage.«

Anita sah sich um. »Das sieht hier gar nicht aus wie eine Wohnung. Alles ist so leer.«

»Sie hatte sich noch nicht richtig eingerichtet. Sie war noch nicht so lange hier.«

Plötzlich ertönte ein schrilles Klingeln, und jemand klopfte an die Haustür. »Hallo?«, rief eine dumpfe Männerstimme von draußen. »Ist da jemand?«

»Verdammt«, zischte Mike. »Was, wenn der die Polizei holt?«

»Das können wir jetzt auch nicht mehr ändern«, flüsterte Anita.

Wieder klingelte es.

»Lass uns keine Zeit verlieren«, sagte sie. »Suchen wir nach Hinweisen.«

»Sollten wir nicht lieber abhauen?«

»Jetzt, wo er vorne ist, können wir uns ganz bequem das Arbeitszimmer vornehmen. Und wenn er die Polizei holen will, muss er erst mal telefonieren gehen. In der Zwischenzeit sind wir über alle Berge.«

Sie machte einen Schritt ins Arbeitszimmer. »War am Abend, als du hier warst, mehr drin?«

Mike sah ihr über die Schulter. Die einzigen Dinge, die unverändert darin standen, waren der Stuhl und der Schreibtisch. Den Papierkram und das Laptop hatte die Polizei mitgenommen. »Das ist komplett ausgeräumt«, sagte er und vergaß zu flüstern.

»Ich habe doch gesagt, dass die gründlich sind.«

»Wir sollten sehen, dass wir hier rauskommen.«

Der Mann hatte das Klingeln und Klopfen aufgegeben.

»Wir müssen einen Blick auf die Hofeinfahrt werfen. Sonst laufen wir ihm direkt in die Arme«, sagte Anita. »Wo geht's denn hier hin?«

Sie öffnete eine Tür; dahinter lag ein weiterer Raum. Darin war es finster. Das wenige Licht, das vom Flur hereinkam, spiegelte sich in dunklem Autolack.

»Das ist die Garage«, sagte Mike. »Hier kommen wir auch nicht raus. Jedenfalls nicht, ohne mit Getöse das Tor zu öffnen.«

»Ist das Carolas Auto?«, fragte Anita.

»Ja.«

Anita quetschte sich an dem Wagen vorbei und probierte die Fahrertür. Sie ließ sich öffnen. Im Innenraum ging das Licht an.

»Was hast du vor?«

»Moment mal, was ist das denn?« Sie beugte sich auf die Beifahrerseite.

»Wir müssen uns beeilen«, sagte Mike.

Anita holte etwas aus dem Wagen und kam wieder auf die andere Seite.

»Was ist das?«

»Sieht aus wie ein Stadtplan.«

»Und du meinst, der nützt uns was?«

»Vielleicht. Und jetzt hauen wir ab.«

»Und wenn der Typ draußen wartet? Oder die Polizei oder alle zusammen?«

»Riskieren wir es.« Ohne zu zögern öffnete Anita die Tür und stürmte in die gleißende Helligkeit hinaus. Mike musste blinzeln, aber er konnte immerhin erkennen, dass niemand auf der Straße war.

Anita schlug den Weg ins Tal ein, doch Mike hielt sie zurück. »Lass uns in Richtung Karthause raufgehen«, sagte er. »Wenn die Polizei kommt, fährt sie doch von unten rauf. Oben ist Sackgasse.«

»Und dann?«

»Ich weiß ein Versteck. Komm einfach hinter mir her.«

Mike machte, dass er die Straße hinaufkam. Sie wurde immer steiler. Als er den kleinen Wendehammer erreichte, hatte er das Gefühl, in Schweiß gebadet zu sein. Am Hohlweg wurde es noch anstrengender. Immerhin war hier neuerdings alles ordentlich gepflastert und mit Stufen versehen. Außerdem gab es Straßenlaternen und Geländer.

Während Mike mit der Steigung kämpfte, zogen Fetzen von Erinnerungen durch seinen Kopf. Als er noch kein Moped gehabt hatte, war er hier morgens zu Fuß hinaufgegangen. Manchmal, vor allem im Herbst, hatte es dabei ein tolles Naturereignis gegeben.

Das Moseltal lag in dichtem Nebel, so dass man unten in Güls und Moselweiß deprimiert einem tristen Tag entgegensah. Wenn man dann aber hier heraufkam, konnte es vorkommen, dass man mit einem Schritt aus dem Dunst heraustrat und – mit einer wabernden Wolke zu Füßen – im schönsten Sonnenlicht stand. Mike konnte sich genau daran erinnern, wie herrlich der restliche Schulweg in der Sonne gewesen war …

Er erreichte schwer atmend den oberen Ausgang des Hohlweges, riss sich den Hut vom Kopf und sah sich um. Anita, die er als wesentlich sportlicher eingeschätzt hatte, war weit zurückgefallen. Er musste eine Weile warten, bis ihr buntes Kleid zwischen dem Grün sichtbar wurde.

»Nun komm schon«, rief er. Der Schweiß rann ihm in Strömen herunter. Er zerrte das Tuch heraus und wischte sich über die Stirn.

Anita legte einen Schritt zu. Als sie bei Mike ankam, fand er nicht mal einen Schweißtropfen auf ihrem Gesicht. »Wo ist das Versteck?«, fragte sie.

»Es geht noch weiter.«

Alles in Mike sperrte sich gegen die Anstrengung. Aber es half nichts. Er zwang sich, einen Fuß vor den anderen zu setzen. Zum Glück war es jetzt nicht mehr so steil. An der Stelle, wo der kleine Pfad zwischen den Büschen hindurchführte, hielt Mike an.

»Jetzt hier rein«, rief er.

»Was? Da durch?«

»Los«, sagte er und packte sie an den Armen.

Sie duckten sich und gelangten schnell durch den Tunnel aus dornigen Zweigen.

»Das ist ja ein toller Platz«, sagte Anita, als sie auf der Felsnase ins Sonnenlicht traten und sich endlich aufrichten konnten. »Woher kennst du denn den?« Bewundernd betrachtete sie die Aussicht. Jetzt, am hellen Tag, war sie phantastisch. Man hatte das Gefühl, über dem Moseltal zu schweben.

»Das war der Geheimplatz von Carola und mir«, sagte er. »Die Polizei kennt ihn hoffentlich nicht.«

»Die bräuchten sich nur unten nach Güls zu stellen, da würden sie mich als Farbfleck erkennen.«

»Verdammt, das stimmt. Dein Kleid ist ganz schön auffällig. Nimm wenigstens den Hut ab.«

Anita legte ihn zur Seite. »Vielleicht sollte ich insgesamt etwas zur Tarnung beitragen. Es ist sowieso ziemlich warm. Und hier weht ja ein herrlicher Wind. Wow!« Mit einer einzigen Bewegung streifte sie sich die Träger des Kleides herunter und ließ das luftige Kleidungsstück an sich herunterrutschen. Eine Sekunde lang dachte Mike, sie wäre darunter nackt, aber sie trug einen weißen BH und einen Slip. Beides immerhin so durchsichtig, dass Mike die Größe ihrer Brustwarzen und einen dunklen Schatten zwischen ihren Beinen erkennen konnte. Sie trug sonst nichts außer ihrer Sonnenbrille.

»Hast du noch nie eine Frau in Unterwäsche gesehen?«, sagte sie. »Soll ich den Rest auch noch ausziehen? Ich hätte nichts dagegen bei der Hitze.«

Mike spürte, wie sich in seinem Mund Trockenheit ausbreitete. Und das hatte nichts mit der Temperatur zu tun.

»Ist schon gut«, sagte er.

Anita setzte sich auf den Felsen. Die Moselvariante der Loreley, dachte Mike.

»Während wir abwarten«, sagte Anita, »schauen wir uns mal Carolas Stadtplan an.«

»Glaubst du, der bringt uns weiter?«

»Probieren geht über studieren.«

Sie beugte sich vor und breitete das Papier zwischen den Steinen aus. Mike erkannte das charakteristische Dreieck der Koblenzer Altstadt. Darunter, unter den Ansammlungen der rosa bezeichneten Bebauung, erstreckte sich zwischen den auseinander driftenden blauen Linien, die Rhein und Mosel markierten, eine große grüne Fläche. Das war der Koblenzer Stadtwald, der Ausläufer des Hunsrücks.

»Was ist denn das hier?«, fragte Carola. Sie strich den Plan glatt und deutete auf eine Stelle, die mitten in der großen grünen Fläche lag. Gleich neben der sich gelb dahinschlängelnden Hunsrückhöhenstraße.

»Da ist tatsächlich was eingezeichnet«, sagte Mike. »Das gibt's doch nicht.«

»Und es ist nicht irgendwas.«

»Ganz und gar nicht. Ich glaube, das ist ziemlich genau das, was wir suchen.«

*

Der Mercedes rollt unermüdlich steile Straßen hinauf. Es geht an einem kleinen Park vorbei, und schließlich bremst der Wagen vor einer dichten Hecke, die neben einem verzierten Eisentor abbricht. Das Haus dahinter kauert unter einem welligen Schieferdach.

Dort empfängt ihn der Geschäftspartner, den er so lange nicht gesehen hat.

Eine halbe Stunde vergeht mit Begrüßung und dem Austausch gemeinsamer Erinnerungen. Dann folgt eine weitere Autofahrt. In einer Lagerhalle warten Männer. Einer geht in einen Nebenraum und kommt mit einem großen Koffer zurück, der merkwürdig aussieht. Tarnung, erklären sie ihm.

*

Das Ding, das mit Filzstift in den Stadtplan hineingezeichnet war, bestand aus drei horizontalen Linien, die eine Art stilisierte Pyramide darstellten. Darüber erhob sich etwas Verschnörkeltes, das aus zwei verschieden großen Ovalen bestand. An der rechten Seite schien an dem großen Oval etwas herunterzuhängen, das an einen kleinen Korkenzieher erinnerte. Ein senkrecht hingekrakeltes Strichmännchen sah aus, als würde es auf dem großen Oval sitzen.

»Denkst du, was ich denke?«, sagte Anita.

Mike nickte. »Die drei Linien sind der Sockel. Das Gewurstel in der Mitte ist ein Pferd, und das Männchen ist der Kaiser. Carola hat das Denkmal in den Plan gezeichnet.«

»So sehe ich das auch.«

»Warum hat die Polizei den Plan nicht mitgenommen?«

»Darüber haben wir doch gesprochen. Weil sie ihm keine Bedeutung beigemessen hat. Die Polizei will den Mord aufklären. Die können doch gar nicht wissen, wie das alles zusammenhängt. Mensch, Mike, jetzt haben wir doch genau, was wir wollten. Wir haben einen Hinweis auf eine Stelle, für die sich Carola interessiert hat. Fahren wir hin und schauen wir nach.«

»Das kommt mir alles sehr merkwürdig vor.«

»Ist es ja auch.«

Mike nahm den Hut ab und kratzte sich am Kopf. »Das meine ich nicht. Dieser Hinweis ist so plakativ. Ein Wink mit dem Zaunpfahl. Wenn diese Stelle für Carola eine Bedeutung hätte, dann hätte sie doch nie und nimmer den ganzen Kaiser da reingemalt. Sie hätte vielleicht ein Kreuz gemacht, um sich die Stelle zu merken.«

»Aber der Hinweis ist doch nun mal da. Glaubst du, jemand hat den Plan ins Auto gelegt, in der Hoffnung, dass wir kommen und ihn finden?«

»Nein, aber vielleicht, damit die Polizei ihn findet.«

Anita legte ihm die Hand auf die Schulter. »Du denkst an Carola, oder? Weil das hier euer Geheimplatz war.«

»Ja. Ich glaube, das ist es.«

»Und du willst unbedingt wissen, was passiert ist. Du willst nicht nur den Kaiser finden.«

»Ehrlich gesagt …« Er zögerte.

»Ja?«

»Du hast Recht. Ich will wissen, wer Carola auf dem Gewissen hat.«

Anita nickte, stand auf und zog sich das Kleid wieder an. »Du wirst es rausfinden. Wir werden es rausfinden. Trotzdem sollten wir jetzt erst mal die Spur des Denkmals verfolgen. Das eine führt zum anderen. Lass uns jetzt mal da hinfahren.«

»Wo ist das überhaupt genau?« Mike nahm den Plan und studierte die markierte Stelle. »Hm. Ausgerechnet an der Eisernen Hand.«

Anita sah ihm über die Schulter. »Das ist dieser Wanderparkplatz, oder? Was ist daran so außergewöhnlich?«

»Das ist eine ganz besondere Gegend. Hast du nie einen Wandertag mit Dr. Lange erlebt?«

»Ich kann mich nicht erinnern.«

»Bei wem hast du denn Geschichte gehabt?«

»Schon bei Dr. Lange, aber …«

»Was aber?«

Sie wehrte ab. »Lass uns nicht über die Schule reden, okay? Wir fahren jetzt dahin. Die Frage ist nur, wie wir eine Begegnung mit der Polizei vermeiden.« Anita zupfte das Kleid zurecht und setzte sich den Hut wieder auf. »Du scheinst dich ja hier auszukennen. Weißt du keinen anderen Weg zum Auto?«

»Wir nehmen die Hohl. Die geht parallel zum Burgweg von der Karthause runter. Dann kommen wir von der Moselweißer Seite zum Wagen. Wenn sich da nichts verändert hat, ist das kein Problem. Es ist allerdings ein bisschen viel zu laufen.«

»Dann sollten wir keine Zeit verlieren.«

10.

»Du hast einen CD-Player hier drin?«, fragte Anita, als sie an der Einmündung zum Berliner Ring ankamen.

Mike stoppte und setzte den Blinker. Es war ganz einfach gewesen, zum Auto zu kommen. Niemand war ihnen begegnet. Jetzt waren sie mit dem Wagen wieder auf die Karthause zurückgefahren, um in den Stadtwald zu gelangen.

»Ja und?«

»Das erwartet man in so einem Kleinwagen eigentlich nicht.«

»Mir ist das sehr wichtig. Ich hab dir doch erzählt, dass ich Musiker bin.«

Sie griff ins Handschuhfach und holte ein paar CDs hervor. »Glenn Gould«, las sie. »Bach. Rachmaninow. Das ist alles Klassik, oder?«

»Ja.«

»Davon verstehe ich nichts.«

Die Schuhschachtelhäuser hörten so plötzlich auf, als hätte jemand eine schnurgerade Grenze gezogen. Links und rechts wurde es grün von dichtem sommerlichen Laub, und es ging ständig bergauf. Sie waren auf der Hunsrückhöhenstraße.

»Jetzt müsste es langsam kommen«, meinte Mike.

Anita sah sich aufmerksam um und schien jede kleine Abzweigung zu registrieren. Aber es waren nur schmale Waldwege, die ins Nirgendwo führten.

»Da ist was«, sagte sie. Ein Schild zeigte die Abzweigung zum Forsthaus Kühkopf an. Mike fuhr weiter, und nach einer Kurve kam die Abbiegung zum Remstecken. Irgendwo in Mike begann wieder eine Saite der Erinnerung zu schwingen. Sonntagsausflüge mit den Eltern. Zahme Rehe hinter Maschendrahtzäunen. Papiertüten mit streng riechendem Futter …

Anita nahm sich die Karte vor. »Wir sind gleich da«, sagte sie. »Pass auf, die Einfahrt liegt in einer Kurve.«

Etwa einen Kilometer weiter öffnete sich auf der linken Seite die grüne Wand aus Wald. Mike bog auf einen geräumigen Platz ein und bremste abrupt. Die Reifen rumpelten über den Schotter.

»Was ist denn hier los?«, fragte Anita verwundert.

»Vielleicht ein Pfadfindertreffen oder so was.«

Links und rechts parkte ein Auto neben dem anderen. Weiter hinten, zum Wald hin, wuselten ganze Schwärme von kleinen Jungs in khakifarbenen Hemden und rostfarbenen oder blauen Halstüchern herum. Manche saßen in kleinen Gruppen unter den Bäumen, andere rannten auf den Wegen entlang und schienen Fangen zu spielen. Mikes Peugeot, der so flott um die Ecke gekommen war, wurde misstrauisch beäugt. Ein älterer Pfadfinder, wahrscheinlich einer der Gruppenführer, machte eine beschwichtigende Handbewegung.

Mike ließ den Wagen im Schritttempo weiterrollen, langsam zwischen den herumrennenden Kindern hindurch. Außer den Pfadfindergruppen waren auch noch ein paar andere Wanderer unterwegs. Gerade kam ein kleiner Trupp älterer Herrschaften in Kniebundhosen aus dem Wald. »Früher war das hier immer sehr einsam«, stellte Mike fest, als sie eine Parklücke gefunden hatten.

»Ist das hier die ›Eiserne Hand‹?«, fragte Anita. »Ich meine – von einer Hand ist hier nichts zu sehen.«

»Kennst du die Geschichte nicht? Komm mit, ich erklär's dir.«

Sie stiegen aus. Mike führte Anita an die Stelle, wo sich die meisten Pfadfinder herumtrieben. Wahrscheinlich versammelten sie sich vor einer größeren Wanderung.

Wo der Weg in den Wald führte, stand eine etwa drei Meter hohe Steinsäule, aus deren Spitze rechts und links zwei dunkle Metallblätter herausragten. Sie sahen auf den ersten Blick aus wie Flügel. Wenn man jedoch genau hinsah, dann erkannte man, dass es stilisierte Hände waren. Ein niedriger Zaun umgab das Denkmal.

»Das ist ein uralter Wegweiser«, erklärte Mike. »Die eine Hand zeigt ins Moseltal, die andere ins Rheintal.«

»Der Ritter Kuno hat den Wegweiser aufgestellt«, erklärte plötzlich eine dünne Stimme neben ihnen. Sie gehörte einem schmächtigen Kerlchen, dem die khakifarbene Kluft viel zu groß zu sein schien. Das rostfarbene Halstuch war so riesig wie ein Schal. Das ernste Gesicht war von Sommersprossen bedeckt, die Augen wurden von einer runden, offensichtlich ziemlich starken Brille vergrößert.

»Ritter Kuno?«, fragte Mike. »Wer ist das denn?«

»Die Geschichte steht auf dem kleinen Plakat da an dem Baum. Da geht's um einen Zweikampf, der hier stattgefunden haben soll.«

»Aha«, sagte Mike und verfolgte mit den Augen die Richtung, in die der Junge mit ausgestrecktem Finger wies. Es stimmte. Da war etwas Weißes an einem Stamm befestigt.

»Danke«, sagte Mike.

»Kein Problem. Jeden Tag eine gute Tat«, sagte der Junge.

Anita kam hinter Mike her.

»Glaubst du, das hat was mit dem zu tun, was wir suchen?«, fragte sie, offensichtlich etwas verwirrt.

Mike wandte sich zur Seite und bemerkte, dass der Junge, der ein paar Schritte entfernt an dem Zaun stand, sie aufmerksam beobachtete.

»Keine Ahnung.« Mike überflog die Zeilen. Die Sage war in altertümlichem Deutsch aufgeschrieben. Es ging um einen gewissen Kuno, der an dieser Stelle nachts gegen einen anderen Ritter gekämpft hatte. Als er den Gegner an der Hand verwundet und damit besiegt hatte, stellte sich heraus, dass der andere seine eigene Frau war – als Mann verkleidet. Sie war die nächtlichen Zechgelage ihres Gatten leid und wollte ihm eine Lehre erteilen.

»Die hat sich was getraut«, sagte Anita anerkennend.

»Und trotzdem den Kürzeren gezogen«, stellte Mike fest. »Trotz ihrer Talente als Verwandlungskünstlerin. Die Frage ist, was wir jetzt machen.«

Sie gingen zu der Steinsäule zurück. Der Junge saß immer noch da. Er war ganz allein. »Suchen Sie was Bestimmtes?«, fragte er.

»Nichts Besonderes«, sagte Anita. »Sag mal, was treibt ihr hier eigentlich?«

»Wir sind im Zeltlager im Hunsrück. Heute haben wir unsere Jungpfadfinderprüfung.«

»Jungpfadfinder?«, fragte Mike.

»Ja«, sagte der Junge. »Wenn ich sie bestehe, kriege ich ein blaues Halstuch.«

Dann spielt vielleicht auch einer mit dir, dachte Mike. »Na dann, viel Glück.«

»Danke.«

»Wir sollten uns noch mal den Plan ansehen«, meinte Mike. Anita nickte. Sie ging erst ein Stück weiter, dann faltete sie die Karte auseinander.

»Wenn sie mit dem Zeichen gemeint hat, dass sich das Denkmal hier befindet, dann muss es doch auch irgendetwas geben, wo es sein könnte. Ein Haus. Oder wenigstens eine Lagerhalle.«

»Das ist der Stadtwald. Hier ist nichts. Gar nichts. Nur Bäume.«

Anita tastete auf dem Papier herum. »Ob der Filzstift etwas abgedeckt hat?« Sie nahm die Karte und hielt sie gegen das Licht. »Neulich habe ich einen Krimi gelesen, in dem der Detektiv eine entscheidende Spur übersehen hat – und das nur, weil er aus Versehen eine Eintragung auf einer Karte mit einem Kringel übermalt hat.« Sie seufzte. »Aber das scheint hier nicht der Fall zu sein. Vielleicht hatte sie eine Verabredung.«

»Aber wenn man sich mit jemandem trifft, dann malt man doch nicht so ein kompliziertes Symbol in die Karte. Irgendwas ist daran faul.«

»Vielleicht sehen wir das nicht genau genug«, sagte Anita. »Das Symbol ist hier in der Nähe eingezeichnet. Wir haben den Parkplatz Eiserne Hand gesehen und meinen, der entscheidende Hinweis müsste auf dem Parkplatz sein. Schauen wir doch mal, wo es genau eingezeichnet ist.« Sie fuhr mit dem Finger über das Papier. »Von hier aus geht ein Weg nach Südosten. Und da steht was Interessantes: Merkurtempel. Was soll das denn sein?«

»Du kennst dich aber nicht gut aus hier, oder?«

Anita zuckte mit den Schultern. »Ich bin erst spät nach Koblenz gekommen. Mit sechzehn. Und für Geschichte habe ich mich nie besonders interessiert.«

»Ich auch nicht. Den Merkurtempel kenne ich aber. Ich zeige ihn dir.«

Sie schlugen den Weg ein, von dem vorhin die Wanderer gekommen waren. Es ging direkt in den Wald, stetig bergauf. Nach einer Weile wurde es auf der linken Seite hinter den Bäumen heller. Eine Lichtung tauchte auf. Sie lag auf einer Anhöhe, und sie mussten noch einmal ein steiles Stück bewältigen, um dorthin zu gelangen. Schließlich erreichten sie einen freien Platz, auf dem niedrige Mauern zu erkennen waren.

Auf der einen Seite erhob sich ein weißes Schild mit einer Skizze und einem längeren Text. Das Bild zeigte einen Grundriss und die schematische Ansicht einer kleinen burgähnlichen Anlage.

»Was es nicht alles zu entdecken gibt«, sagte Anita, die an der Erklärungstafel stand und das Areal überblickte. »Da haben die alten Römer doch tatsächlich hier im Wald einen Tempel gehabt.« Sie überquerte die niedrige Mauer und näherte sich dem Zentrum des großen Quadrates. Mike studierte weiter die Zeichnung. Er verglich die Überreste vor sich mit der Abbildung und marschierte stracks in den Wald. Am Rande des Geländes ging es plötzlich steil nach unten. Mike erkannte alte, unregelmäßige Stufen, die hinunterführten. Sie waren mit Moos und Flechten überzogen, so dass sie sich kaum vom Waldboden abhoben.

Mike stellte sich vor, er wäre ein römischer Kaufmann, der im Hunsrück unterwegs war und hier Halt machte, bevor er mit seinen Pferden oder was auch immer zur Moselmündung hinunterzog. Zu der Siedlung, die damals noch »Confluentes« hieß …

War Carola hier gewesen?

Plötzlich kam ihm eine neue Idee. Natürlich! Es gab hier hohe Bäume. Soweit Mike das einschätzen konnte, waren sie auch ziemlich alt. Bäume, an denen man hochklettern konnte. Hatte Carola vielleicht hier irgendwo das Geld versteckt? Auf einem Baum?

Unsinn, sagte er sich. Das konnte nicht sein. Carola hätte das Versteck dann sicher nicht mit dem Kaiserdenkmal-Symbol auf einem Stadtplan markiert. Seine Gedanken gingen etwas durcheinander.

Das Geräusch sich nähernder Schritte riss ihn aus seinen Überlegungen.

»Wo warst du denn?«, rief Anita neben ihm. »Ich hab dich gar nicht mehr gesehen.«

»Ich wollte nur mal das Terrain sondieren.«

Anita drehte sich um. Stimmen näherten sich. Auf dem Wanderweg hinter den Bäumen flitzte eine Gruppe Fahrradfahrer mit unglaublicher Geschwindigkeit zur Eisernen Hand hinunter. Dabei riefen sie sich etwas zu. Man sah nur für ein paar Sekunden ihre roten und gelben Trikots zwischen den Baumstämmen und dem Laub; dann waren sie weg.

»Du hast schon Recht«, sagte Anita. »Da unten am Fuß der Treppe – das ist ungefähr die Stelle, wo das Zeichen in der Karte steht. Wenn man es ganz genau betrachtet.«

»Tatsächlich?«

»Ja. Schau.«

»Aber zu finden ist nichts.«

»Lass uns noch mal alles überprüfen. Vielleicht finden wir einen Hinweis, wenn wir uns ein bisschen im Wald rumtreiben.«

Mike nickte. Es war hier im Schatten einigermaßen auszuhalten. Sie hielten sich immer parallel zum Wanderweg, auf dem schon wieder Gruppen von Touristen auftauchten. Sie stolperten über quer liegende Stämme, sahen hinter niedrigen Bodenerhebungen nach, umrundeten dicke Bäume und Gebüsch. Aber es war nichts zu finden. Nur Wald, Wald und nochmals Wald.

Der Parkplatz an der Eisernen Hand kam wieder in Sicht. »Ich glaube, das bringt nichts«, sagte Mike.

Die Pfadfinder waren immer noch da. Sie rannten jedoch nicht mehr herum, sondern hatten sich in Gruppen aufgeteilt. Offenbar hatte die Prüfung begonnen. Mike erinnerte sich, dass Klassenkameraden von ihm auch Pfadfinder gewesen waren. Sie hatten Geschichten von den Sommerlagern erzählt. Von Nachtwanderungen und spannenden Spielen ...

Anita war schon vorausgegangen und stand vor dem Wagen.

»Schade«, sagte Mike, als er die Tür aufschloss. »Davon hatte ich mir wirklich mehr versprochen. Jetzt sind wir keinen Schritt weiter gekommen.«

Anita setzte sich, und Mike beobachtete, wie ihr Kleid am Bein ein Stück hoch rutschte.

»Was ist denn das da?«, fragte sie und deutete auf die Windschutzscheibe.

Er stieg wieder aus. Ein ordentlich zusammengefaltetes Papier steckte hinter dem Scheibenwischer. Er öffnete es und fasste sich an die Stirn. »Das glaube ich jetzt nicht.«

»Was ist los?«

Mike setzte sich wieder in den Wagen und zeigte Anita die Botschaft. Sie war in schwarzen Blockbuchstaben verfasst. »Wenn Sie finden wollen, was Sie suchen, kommen Sie heute Nacht um null Uhr allein zum Parkplatz Oberwerth. Warten Sie im Wagen«, las sie.

»Allein« war zweimal unterstrichen.

Kurz darauf waren sie wieder auf der Hunsrückhöhenstraße unterwegs.

»Das ist viel zu gefährlich«, sagte Anita.

»Eben hast du noch gesagt, es sei ein Scherz«, antwortete Mike.

Diesmal ging es in die andere Richtung; hinunter nach Koblenz. Sie hatten versucht herauszufinden, wer den Zettel unter den Scheibenwischer gesteckt hatte. Sie hatten die Pfadfinder und zufällig vorbeikommende Wanderer gefragt. Niemand hatte etwas gesehen. Der Wagen hatte ja auch etwas abseits gestanden.

Mike spürte, wie ihm der Schweiß schubweise ausbrach. Die Schwüle lastete wie ein unsichtbares Gewicht auf ihm. Es musste ein Gewitter in der Luft liegen.

»Das habe ich nur so gesagt«, erklärte Anita. »Wer soll sich denn so einen Scherz erlauben? Wer weiß denn überhaupt, dass wir nach dem Denkmal suchen? Und dass wir bei der Eisernen Hand waren? Da muss uns ja einer dicht auf den Fersen sein.«

»Und quasi Gedanken lesen können. Oder uns mit irgendeinem Hightech-Gerät belauschen.«

»Das ist unheimlich.« Anita zog die Knie an, ließ ihr Kleid wieder mal rutschen und legte die Stirn in Falten.

Mike schlug mit der flachen Hand auf den Rand des Lenkrads. »Ich habe ja von Anfang an gesagt, dass dieses Symbol in dem Stadtplan, ich meine, der ganze Stadtplan als solcher, wie eine absichtlich gelegte Spur wirkt. Ich will rausfinden, was dahinter steckt. Und deswegen gehe ich heute Nacht dahin.«

»Und wenn du auch erschossen wirst?«

»Ich muss mir etwas einfallen lassen, damit das nicht passiert.«

Anita nickte. »Ja, das ist sowieso das einzig Vernünftige. Wir fahren zusammen.«

»Nein, das meine ich nicht.«

Sie fuhren über die Karthause in die Stadt hinunter. Mike hatte das Gefühl, nun die zweite Chance wirklich in der Hand zu halten. Er würde sich die Antwort auf all die Fragen kein zweites Mal durch die Lappen gehen lassen. Er würde zugreifen. Er war es Carola schuldig. Und er fand, dass seine Chancen, die Sache aufzuklären, sehr gut waren. Warum sollte sich der große Unbekannte sonst mit ihm in Verbindung setzen? Doch nur, weil er merkte, dass Mike mit seinen Ermittlungen nicht locker ließ. Er würde alles herausfinden.

Er kurvte in die Stadt hinunter. Es ging unter der Bahnlinie durch. Dann standen sie an der Abzweigung zur Löhrstraße an der Ampel. »Wo soll ich eigentlich hinfahren?«, fragte er.

»Vielleicht zu mir? Wir könnten uns auf den Balkon setzen und was trinken.« Mike nickte und bog links ab.

»Du solltest da nicht hingehen, sondern dich an die Polizei wenden«, sagte Anita nach einer Weile.

Mike schüttelte den Kopf. »Das mache ich nicht.«

»Nur wegen dem Denkmal? Oder weil du selbst rausfinden willst, wer Carola umgebracht hat?«

»Zweiteres.«

»Das glaube ich dir nicht.«

Er wandte kurz den Kopf und sah ihren mürrischen Gesichtsausdruck. »Warum das denn nicht?«

Anita sagte nichts; sie schien mit den Worten zu ringen. Sie nahm den gelben Hut ab und wischte sich durch die Haare. »Weißt du, was ich glaube?«, sagte sie. »Irgendetwas verbindet dich mit Carola.«

»Wir waren befreundet. Und wir haben uns nach einundzwanzig Jahren wieder gesehen.«

»Wart ihr ein Paar?«

»Na ja ...«

»Wenn man sich so lange nicht gesehen hat und einer umkommt, dann geht man doch zur Polizei. Man zieht doch nicht selbst los, um die Sache aufzuklären. Warum misstraust du der Polizei eigentlich? Und warum verbirgst du vor ihr eine Spur?«

Mike biss sich auf die Zunge. Warum stellte sie plötzlich so komische Fragen? Ein Schweißtropfen lief ihm ins Auge. Es brannte. »Eine Spur?«, sagte er heiser.

»Na, die Nachricht unter deinem Scheibenwischer.«

Mike sagte nichts.

»Es ist mir schon komisch vorgekommen, dass du so mir nichts dir nichts in das Haus eingedrungen bist.«

Wieder mussten sie an einer Ampel halten. Die Hitze war grauenhaft. Wenn es doch nur voranginge! Der Fahrtwind durch das Seitenfenster war wenigstens eine kleine Erleichterung.

»Verdammt, was ist denn daran komisch?«, schrie Mike plötzlich. »Kannst du dir nicht vorstellen, wie das ist, eine Freundin zu verlieren?«

»Mit der man so lange nicht gesprochen hat?«

»Und wenn schon! Wir haben uns gut verstanden. Es war wie damals.«

Anita schwieg. Mike beruhigte sich langsam wieder.

»Was habt ihr damals denn so unternommen?«

»Wie meinst du das?«

»Ihr wart doch sicher nachts unterwegs, oder?«

»Natürlich. Wie Jugendliche nun mal so sind.«

»Habt ihr oft am Rhein oder an der Mosel gesessen? Nachts?«

Mike schluckte. Bildete er sich das ein, oder wusste Anita ... »Worüber hast du mit Carola gesprochen?«, fragte er.

»Nichts Besonderes.«

Sie fuhren am Justizgebäude vorbei und erreichten die Rheinstraße. Vor dem Restaurant La Gondola fand Mike wie durch ein Wunder einen Parkplatz.

Er stellte den Motor ab und sah Anita an. Er versuchte, in ihrem Gesicht zu lesen, doch da waren nur die beiden schwarzen Flecken ihrer Sonnenbrille. Ihr Mund war völlig ausdruckslos.

»Du bist eifersüchtig«, stammelte er. »Auf Carola. Das kann nicht wahr sein.«

Sie nahm die Brille ab. Ihr Blick war ernst und prüfend.

»Lass uns nach oben gehen«, sagte sie.

»Sag mir, was los ist. Ist es das, was ich gesagt habe?«

»Nein. Ich habe das Gefühl, es gibt ein Geheimnis zwischen euch beiden.«

»Und wenn schon.«

»Was ist es? Hat es was mit dem Denkmal zu tun?«

Mike verfluchte sich. Warum hatte er nicht einfach den Mund gehalten?

»Lass uns nicht darüber sprechen.«

»Ich will aber eine Antwort haben.«

»Später.«

»Entweder jetzt oder gar nicht.« Sie öffnete die Beifahrertür und stieg aus.

»Später«, rief Mike. »Was anderes kann ich dir nicht sagen. Lass mich heute Abend da hingehen. Danach erzähle ich dir alles.«

Sie beugte sich zu Mike hinunter. »Das reicht mir nicht. Wenn du mir nicht vertraust, mach's gut.«

Damit drehte sie sich um und ging auf den Hauseingang zu.

Mike starrte ihr mit offenem Mund hinterher. Was war das jetzt? Sollte er hinterhergehen? Nein. Jedes Wort war zwecklos.

Anita verschwand aus seinem Blickfeld. Mike bemühte sich krampfhaft, ruhig zu bleiben. Er sah auf die Uhr: zwanzig nach sieben. Noch viel Zeit.

Zeit, um im Hotel nachzufragen, ob Richard Nair angerufen hatte. Zeit für ein Bad.

Und Zeit für ein bisschen Bach.

11.

»Es ist keine Nachricht für Sie da, Herr Engel. Es tut mir Leid.« Iris Mayer, die hinter der Rezeptionstheke stand, lächelte ihn an. »Kann ich sonst noch was für Sie tun?«

Mike stützte sich auf die polierte Fläche und überlegte. Jetzt war es in Kalifornien schon heller Tag. Warum sollte er nicht versuchen, telefonisch Kontakt aufzunehmen?

Frau Mayer erklärte, dass er ein Gespräch in die USA von seinem Zimmer aus tätigen könnte.

Er bedankte sich und fuhr hinauf.

Oben war die Hitze etwas erträglicher. Er legte sich auf das frisch gemachte Bett und nahm sich die Computerausdrucke von Nairs Internetseite vor, die mittlerweile voller Eselsohren waren.

Er suchte eine Telefonnummer oder wenigstens eine Anschrift. Aber außer der E-Mail-Adresse gab es nirgends einen Hinweis, wie an Nair heranzukommen war.

Mike kam das komisch vor. Ein Unternehmen musste doch erreichbar sein. Wieder arbeitete er sich durch den Text, bis er an eine Stelle kam, die er bisher nicht richtig übersetzt hatte. Die Passage begann mit der Aufzählung von Kunden. Namen großer Studios. Paramount, Universal. Dann ging es um irgendwelche Marktanteile. Mike stolperte über die entscheidende Information. »Fantasy World« war vor ungefähr zwanzig Jahren verkauft worden. Das Unternehmen war in einen Konzern übergegangen, der sich »Picture World« nannte.

Vor zwanzig Jahren … Ob das Zufall war?

Mike ließ das Blatt sinken und blickte gedankenverloren vor sich hin. Was er hier ausgedruckt hatte, war nicht die offizielle Internet-Präsentation von Nairs Firma, sondern einfach nur die private Website eines alten Geschäftsmannes. Deswegen auch die Storys über den Zweiten Weltkrieg und all das. Nair, wahrscheinlich trotz seiner siebenundsiebzig Jahre sehr rüstig, lebte irgendwo als reicher Privatier und hatte Spaß daran, an seiner Website zu basteln.

Was nun?

Mike griff zum Telefon, das neben ihm auf dem Nachttisch stand, und wählte die Nummer der Rezeption.

»Rezeption Mayer?«, sagte eine freundliche Stimme.

»Hier Engel«, sagte er. »Frau Mayer, könnten Sie mir bitte die Nummer der Auslandsauskunft geben?«

*

Er ist müde, aber er kann sich noch nicht ausruhen. Er zwingt sich, kalt zu duschen. Dann zieht er sich frische Sachen an. Nicht die Uniform, die wird er erst später brauchen. Im Moment reicht es, wenn er wie ein Tourist auftritt und möglichst wenig auffällt.

Er geht die Treppe des kleinen Hotels hinunter und legt lächelnd den Schlüssel auf die Theke.

Die Hitze steht vor der Tür wie eine unsichtbare Wand. Ihn stört ein bisschen, dass es in diesem Land kaum Klimaanlagen zu geben scheint. Aber auch das hat er vorher gewusst. Man ist hier eben etwas rückständig.

Er überquert den Bahnhofsvorplatz und sucht einen Buchladen. Dort kauft er einen Stadtplan.

Er stellt sich neben den Eingang und studiert die kartografische Wiedergabe der Stadt. Sofort fällt ihm alles wieder ein. Das Dreieck mit den geschwungenen blauen Flüssen bildet das Zentrum. Sein Finger wandert nach links, wo sich der schmalere Fluss in einer Schlangenlinie der Mündung nähert. Noch weiter links wird die Besiedlung etwas dünner.

Sein Finger gelangt an eine dicke orange Linie. Die Autobahn. Die kleineren Wege zwischen Feldern und Wiesen sind schmale weiße Striche. Er entziffert den Ortsnamen neben den rosa Flecken, der gleich unter der Autobahn steht. Er kommt ihm bekannt vor. Noch etwas weiter links irritiert ihn die gestrichelte Linie der Stadtgrenze. Dann bleibt sein Finger an einem kleinen Eintrag hängen. Ein schwarzer Punkt; daneben eine Ortsbezeichnung. Und eine Zahl. Eine Höhenangabe.

Er lässt die Karte aufgeschlagen und geht zur langen Reihe der Taxen hinüber. Er zeigt einem der Fahrer die Stelle, die er in der Karte ge-

funden hat. Der schüttelt den Kopf. Die beiden wechseln ein paar Worte. Schließlich scheint der Fahrer ihn zu verstehen.

*

Eine halbe Stunde lang arbeitete sich Mike durch die verschiedenen Abteilungen von »Picture World« und verdrängte dabei jeden Gedanken an die Telefonkosten. Manchmal ließ ihn sein Englisch im Stich. Vor allem, wenn bei den Vorzimmer- und Vermittlungsdamen der amerikanische Akzent zu deutlich durchkam. Immer wieder wurde er verbunden, musste warten, hörte nervtötende Warteschleifenmusik. Plötzlich meldete sich wieder eine Stimme.

»Hallo?«, rief Mike in den Hörer.

Ein Mann sagte etwas, und Mike ratterte sein Sprüchlein herunter. Dass er ein Journalist aus Deutschland sei und Mr. Richard Nair suche. Wegen eines Interviews über die Goldene Zeit der Filmindustrie und so weiter.

»Da kann ich Ihnen weiterhelfen«, sagte der Mann auf Deutsch.

»Sie sprechen deutsch?«, fragte Mike verwundert.

»Ich bin Deutscher«, erklärte er. »Aus Hamburg. Woher rufen Sie an?«

»Koblenz«, sagte Mike.

»Ach, die schöne alte Rhein-Mosel-Stadt.«

»Vielleicht können Sie mir helfen. Wie kann ich Richard Nair finden?«

»Richard Nair. Hm ... Das ist nicht so einfach. Er lebt sehr zurückgezogen. Er hat aber ein Privatsekretariat, das seine Tochter leitet. Diese Nummer kann ich Ihnen geben.«

»Na, das ist doch schon mal was.«

»Gut. Haben Sie was zu schreiben?«

Mike schnappte sich sein Notenbüchlein, das auf dem Sessel lag, und der Mann diktierte ihm eine lange Nummer. Viel Material für eine schöne Melodie. Sogar wenn man die Nullen wegließ, blieben noch sieben Noten übrig.

»Hallo? Sind Sie noch da?«, rief der Mann am anderen Ende.

»Ja, ja. Ich habe alles notiert. Vielen Dank, Sie haben mir sehr geholfen.«

»Gern geschehen. Grüßen Sie mir Old Germany.« Er legte auf.

Mikes linkes Ohr war durch die Telefoniererei ganz heiß geworden.

Er wählte die Nummer. Er hörte es viermal klingeln, dann meldete sich eine Frau. *»Hello?«*

Wieder ließ Mike seinen Spruch los, diesmal vervollständigte er ihn um die Information, dass er die Telefonnummer dieses Sekretariats von einem Mitarbeiter der Firma »Picture World« erhalten habe. Zum Abschluss erkundigte er sich, ob er dort richtig sei.

»Sie sind absolut richtig«, sagte die Frau auf Englisch. »Ich bin Deborah Nair. Kennen Sie meinen Vater persönlich?«

»Nein. Ich bin über eine Internetseite auf Mr. Nair gestoßen, und ich habe ihm auch schon eine Mail geschickt. Er hat mir aber nicht geantwortet.«

»Ja«, kam es von der anderen Seite.

»Hallo?«

Die Frau stockte. »Entschuldigen Sie«, sagte sie dann. »Ich habe nur über etwas nachgedacht. Sagen Sie mir bitte noch einmal Ihren Namen?«

»Engel. Mike Engel.«

»Es tut mir Leid, mein Vater ist nicht zu sprechen.«

»Wann kann ich ihn erreichen? Es ist dringend.«

»Er ist verreist. Ich weiß nicht, wann er zurückkommt.«

»Das ist sehr schade.«

»Tut mir Leid.«

»Kann ich Ihnen dann wenigstens ein paar Fragen stellen?«

»Worüber?«

»Über Ihre Firma. Sehen Sie, ich möchte eine Story über die amerikanische Filmindustrie schreiben«, sagte Mike, und er merkte, dass er sich wiederholte. »Und die Firma Ihres Vaters spielt darin doch eine bedeutende Rolle.«

»Schon. Sie können alles auf unserer Website nachlesen. Ich habe sie einrichten lassen, als mein Vater siebzig Jahre alt wurde.«

»Ich habe die Seite gesehen. Wunderbar. Sagen Sie …«

»Ja?«

»Da gibt es einen Link über das Deutsche Eck.«

»Das Deutsche Eck?«

»Ja, Sie wissen doch, der Zusammenfluss von Rhein und Mosel. Wo das berühmte Denkmal steht.«

»Ach so, ja, ja, ich verstehe ... Dafür interessiert sich mein Vater sehr.«

»Genau. Ich auch. Wissen Sie, ich lebe nämlich in Koblenz. Was ich nur wissen wollte: Das Farbfoto, das am Ende der Seite gezeigt wird, also, das Ihr Vater von einem gewissen Wilfried Ramann bekommen hat ...«

»Moment, ich verstehe nicht, was Sie sagen ...«

»Das letzte Foto auf der Seite«, sagte er deutlich. »Von Wilfried Ramann. Wo haben Sie das her?«

»Wie meinen Sie das?«

»Wer hat es Ihnen gegeben? Sie haben doch gesagt, Sie haben die Website für Ihren Vater machen lassen.«

»Warum wollen Sie das denn wissen? Was hat das mit unserer Firma zu tun?«

»Es interessiert mich eben auch.«

»Mein Vater hat ein paar alte Fotos über das Deutsche Eck gesammelt. Und da war dieses dabei. Woher er es genau hatte, weiß ich nicht.«

»Na gut. Wann ist Ihr Vater zurück?«

»Ich kann Ihnen leider nicht helfen. Ich weiß es nicht.«

»Ich versuche es in den nächsten Tagen noch einmal. Wo ich zu erreichen bin, weiß Ihr Vater aus der E-Mail.«

»Ich habe die Mail gerade geöffnet. Es steht alles darin. Moment ...«

»Ja?«

»Da steht ›Hotel Mercure‹.«

»Und?«

»Sie wohnen im Hotel? Ich denke, Sie leben in Koblenz?«

»Das ... ist nur meine Büroadresse.«

»Gut.«

Mike verabschiedete sich und legte auf. Er ließ sich auf das Bett zurücksinken und starrte an die Decke. Komisches Sekretariat, dachte er, das nicht einmal weiß, wo der Chef ist. Obwohl die Sekretärin die eigene Tochter ist.

Schließlich stand er auf und ließ sich ein Bad ein. Die Plastikflasche mit dem Armani-Badezusatz hatte er mitgebracht. Er holte sich die Zigarillos, sein Feuerzeug, den Discman und die CD mit Goulds »Goldberg-Variationen« herüber. Eine Stunde dachte er unterstützt vom warmen Wasser, von der Musik und dem Tabak darüber nach, wie er in Oberwerth vorgehen könnte. Dann hatte er eine Idee.

*

Das Taxi rollt an einer Kirche vorbei. Dann geht es um eine Kurve. Weiter hinten sind der Fluss und der steile Felsen zu sehen.

Er lässt anhalten und ruft dem Fahrer zu, dass er warten soll. Er verlässt eilig den Wagen und läuft, so schnell er kann, dorthin, wo die meisten Touristen sind.

Dann schaut er nach oben. Was sich da gegen den blauen Himmel dunkel abzeichnet, erscheint ihm größer, als er es in Erinnerung hat.

Er weiß nun, dass alles wahr ist. Wie hat er überhaupt daran zweifeln können?

Etwas später fährt das Taxi durch enge Gässchen des nordöstlichen Vorortes. Immer wieder behindern parkende Autos die Durchfahrt. In einigen Sträßchen spielen Kinder. Als das Taxi vorbeifährt, halten sie den Ball fest und bleiben stehen. Der Wagen kämpft sich bergauf und hält vor einer schmalen Brücke.

Er orientiert sich noch einmal auf der Karte und stellt fest, dass die kleine Brücke vor ihnen über die Autobahn führt. Er muss auf die andere Seite. Und dann noch ein Stück weiter. Er hat keine Lust, durch die Hitze zu laufen. Er fordert, weitergebracht zu werden.

Der Fahrer schüttelt unwillig den Kopf. Dann sagt er irgendetwas. Er lässt den Motor an und lenkt den Wagen über die schmale Brücke. Dahinter liegt auf der linken Seite das letzte Haus; dann kommen Grundstücke mit Obstbäumen. Dazwischen verlaufen Feldwege.

Der Fahrer erklärt, dass es nun wirklich nicht mehr weitergeht. Wieder lässt er das Taxi warten. Mit dem zusammengefalteten Stadtplan in der Hand geht er auf einem der Feldwege davon. Während er durch die Hitze marschiert, versucht er sich zu erinnern. Die Bilder, die er von dieser Gegend im Kopf hat, und das, was er hier sieht, stimmen nicht überein. Doch die Karte zeigt ihm, dass er sich nicht irrt. Sich nicht irren kann.

Er muss einen Moment stehen bleiben und verschnaufen. Bis auf

Grillenzirpen und das ferne Grollen der Autobahn ist es still. Er holt ein Taschentuch hervor und wischt sich den Schweiß von der Stirn. Er wirft einen Blick auf die Karte. Dann geht er weiter.

Irgendwann dreht er sich um und sieht in der Ferne in einer dunstigen Senke die Stadt liegen. Eine riesige Ansammlung von Dächern und rechteckigen Gebäuden.

Er legt die Karte auf den Weg vor sich und sucht seinen genauen Standort. Dann zieht er gedanklich eine Linie von hier bis zu der Stelle, wo sich die beiden Flüsse treffen. Er muss sich hinhocken, um das alles auf der Karte im Auge zu behalten. Als er sich wieder hinstellt, spürt er, wie ihm einen Moment schwarz vor Augen wird. Er atmet tief durch und wartet, bis sein Kreislauf wieder in Ordnung ist. Dann versucht er, in dem Dächermeer den entscheidenden Punkt zu finden. Es gelingt ihm nicht.

*

Das Wort »Oberwerth« war für Mike seit seiner Schulzeit mit dem verhassten Schulfach Sport verbunden. Das Stadion in diesem Stadtteil war Austragungsort der Bundesjugendspiele gewesen. Und die waren der absolute Tiefpunkt jedes Schuljahres. Mikes Vater weigerte sich strikt, seinen Sohn durch eine Entschuldigung von der Qual zu befreien. Sport macht doch Spaß, behauptete er immer wieder, wobei er Mike auf den Rücken klopfte. Man soll sich freuen, dass man überhaupt Sport in der Schule hat, hieß es. Du schaffst das schon.

Je weiter sich Mike über die Mainzer Straße Oberwerth näherte, desto deutlicher stieg ihm der schweißige, muffige Geruch, der damals in den Umkleidekabinen geherrscht hatte, wieder in die Nase.

Es war jetzt halb zwölf nachts, doch die Hitze hatte kaum nachgelassen. Als er die Kreuzung am Markenbildchenweg überquerte, zuckte es in der Ferne am Himmel.

Mike bog in den Parkplatz ein und stoppte den Wagen. So bizarr hatte er diesen Ort nicht in Erinnerung gehabt.

Über dem Gelände schwangen sich auf mächtigen Betonpfeilern in weiten, ineinander verschlungenen Kurven die Auffahrten zur nahen Südbrücke. Schrille Graffiti schmückten die Pfeiler. Teufelsfratzen, gezackte und verwirbelte Phantasiemuster.

Mike blickte nach oben. Am Rand der breiten Fahrbahnen wanderten in regelmäßigen Abständen die Lichter von Scheinwerfern. Sie kreisten langsam am Beton entlang, verschwanden und schienen zurückzukehren. Es war einsam hier, und trotzdem befand man sich mitten in der Bewegung stetigen Autoverkehrs. Wie unter einer riesigen Achterbahn.

Neben dem Parkplatz erhob sich ein Wohnhaus mit altertümlich abgerundeten Fenstern und kleinen Balkonen. Es hatte dem Betonterror wacker getrotzt und trotzte ihm noch immer. Die Leute, die hier wohnten, waren nicht zu beneiden.

Er sah sich um. Der Parkplatz war leer. Sein Peugeot stand wie auf dem Präsentierteller. Mike war klar, dass die Verabredung stark nach einer Falle aussah. Aber er war ja nicht unvorbereitet gekommen.

Er startete noch einmal den Motor und suchte sich als Standplatz eine dunkle Ecke aus. Das Licht der Scheinwerfer streifte angrenzende Büsche. Mike rangierte den Peugeot so, dass der bepflanzte Streifen neben der Beifahrertür lag. Er rutschte auf den Beifahrersitz hinüber und zerrte seine dicke Reisetasche von der Rückbank nach vorn. Ächzend wuchtete er sie hochkant auf den Fahrersitz, knäulte das Kopfkissen aus dem Hotel oben drauf und drapierte seine weiße Anzugjacke über die Tasche. Schließlich setzte er dem Gebilde seinen Panamahut auf.

Er sah auf die Uhr. Zwanzig vor zwölf. Ob er jetzt schon beobachtet wurde? Vorsichtig öffnete er die Beifahrertür und drängte sich in das Gebüsch. Ein unangenehmer Geruch drang an seine Nase, und ihm fiel ein, dass solche Ecken häufig als Hundeklo dienten. Er ignorierte den Ekel und machte, dass er durch die Büsche kam. Er trug eine dunkle Hose und das schwarze Hemd. Perfekte Tarnkleidung.

Er entfernte sich langsam, ohne den Wagen aus den Augen zu lassen. Er kam an einen Gehweg, der an dem alten Haus vorbei vom Parkplatz wegführte.

Mike drückte sich in die nächste dunkle Ecke. Jetzt konnte er nichts anderes tun als warten. Wie von selbst wanderten seine Gedanken zu Anita und ihrer komischen Reaktion.

Was war nur in sie gefahren? War es wirklich Eifersucht auf Carola? Litt Anita, die er eigentlich als toughe Geschäftsfrau eingeschätzt hatte, darunter, dass er mit Carola vertrauter gewesen war als mit ihr? So ein Blödsinn, dachte er.

Er erinnerte sich an das Gespräch auf der Rückfahrt von der Eisernen Hand. Anita hatte gefragt, was er mit Carola zusammen unternommen hatte. Sie hatte wissen wollen, ob sie nachts an den Flüssen gesessen hatten.

Schon als sie diese Fragen gestellt hatte, war ihm so gewesen, als wüsste sie etwas. Hatte Carola ihr gegenüber doch eine Andeutung gemacht? War Anita in Wirklichkeit gar nicht dem Denkmal auf der Spur, sondern auch dem Geld?

Mike spürte, wie ihm eine Gänsehaut den Rücken hinunterlief. Belauerte ihn Anita? Wartete sie darauf, dass er eine Bemerkung über das Geld machte? War die Suche nach dem Denkmal nur ein Vorwand? Fehlte ihm vielleicht eine entscheidende Information? Und Anita fehlte vielleicht eine andere?

Andererseits war sie aber auch ziemlich ängstlich gewesen und hatte gleich die Polizei holen wollen. Das passte nicht dazu. Wenn sie sich wirklich an ihn gehängt hatte, weil sie etwas über das Geld wusste, und wenn es auch nur eine Andeutung war, dann wäre sie doch zumindest zu diesem Treffen mitgegangen. Aber sie hatte ja mitgehen wollen … Was also wollte die Frau eigentlich?

Mike wurde in seinen Gedanken unterbrochen, als von irgendwoher Musik erklang. Er lauschte. Die Noten stachen deutlich aus dem Lärm von den verschlungenen Straßen heraus. In dem Haus, das von den Betonbahnen fast erwürgt zu werden schien, spielte jemand Klavier. Eine der frühen Mozartsonaten, stellte Mike fest. Im matten Schein einer Straßenlampe erkannte er eine Hecke, die das Grundstück umgrenzte. Mike huschte hinüber. Hier war das Klavierspiel besser zu hören. Der Musiker, der da am Werk war, hatte einiges drauf.

Plötzlich spürte Mike Nässe an den Händen. Gleichzeitig hatte er das Gefühl, von irgendetwas am Kopf getroffen zu werden. Dicke, warme Tropfen. Auf einmal versank das beständige Brummen der Motoren mitsamt der Mozartsonate in einem immer stärker werdenden Rauschen. Er blickte zu seinem Wagen hinüber, auf den der Regen niederprasselte.

Plötzlich blitzte es, und die Figur hinter der nassen Seitenscheibe des Peugeot erschien verblüffend echt. Donner krachte und schien zwischen den Pfeilern und Bahnen herumzurollen. Irgendwo begann es unter dem Rauschen des Regens zu glucksen. Das Wasser sammelte sich in den Gullis.

Mehrere Blitze zuckten. Der Regen glänzte im grellen Schein wie ein gläserner Vorhang. Mike versuchte vergeblich, dahinter den Wagen zu erkennen. Der Donner rollte unbarmherzig weiter. Wieder und wieder.

Mike wartete, bis es wieder blitzte. Sein Auto wurde kurz beleuchtet. Irgendetwas hatte sich an der Scheibe verändert. Sie wirkte stumpf; die Figur dahinter schien von irgendetwas verdeckt zu werden. Mike sah auf seine Armbanduhr, aber das Zifferblatt war kaum zu erkennen. Mit nassen Fingern suchte er sein Feuerzeug heraus. Es war kurz nach halb eins. Mike wartete weiter, umtost von einem Geräuschgemisch aus Wasserrauschen und Motorlärm.

Als der Regen endlich etwas nachließ, rannte er zum Wagen hinüber. Er tastete nach der Scheibe. Vor Schreck wurden seine Knie weich. Das Glas war geborsten. In der Mitte, genau auf der Höhe des zusammengeknäulten Kissens, hatte die Scheibe ein kleines Loch. Als hätte jemand mit großer Kraft einen Stein hindurchgeworfen. Aber es war kein Stein gewesen.

Voller Panik rannte er weg. Keine Sekunde zu früh. Ein zweiter Schuss peitschte und traf irgendetwas neben Mike, der sich gerade durch triefend nasses Gebüsch kämpfte. Vor ihm begann ein kleiner Pfad, der, soweit Mike das erkennen konnte, in eine Art Wildnis mit weiteren Büschen und Bäumen führte. Dort musste es zum Rhein gehen. Mike hielt sich links, zur Stadt hin. Er rannte die Straße entlang, wie er seit den Bundesjugendspielen nicht mehr gerannt war. Zum Glück regnete es kaum noch. Irgendwann kam er am Oberwerther Freibad an.

Von grimmigem Seitenstechen geplagt, fand er die Brücke auf die andere Seite der Rheinlache. Völlig erschöpft stoppte er neben einem Hinweis auf die Kaiserin-Augusta-Anlagen. Er versuchte zu lauschen, aber sein eigener Atem machte solchen Lärm, dass er jedes andere Geräusch übertönte.

Auf der Mainzer Straße quälte er sich weiter. Er musste zu Anita. Wenn man es auf ihn abgesehen hatte, war auch Anita in Gefahr.

Er kam an einer Telefonzelle vorbei und wollte sie anrufen, dann fiel ihm ein, dass seine Telefonkarte im Wagen war. Wie sein Geld und seine Papiere.

Ab und zu kam ein Auto vorbei. Zweimal ein Taxi, doch ohne Geld würde man ihn kaum mitnehmen.

Mike hätte keinen Meter mehr weiterlaufen können, als er bei Anita klingelte.

»Ich habe doch gleich gesagt, dass es gefährlich ist, sich auf dieses Treffen einzulassen.« Anita saß auf dem Sofa. Sie trug wieder ihren gelben Bademantel.

Die Beleuchtung war sanft. Von der offenen Terrassentür kam leichter Wind – kühl vom Regen. In Mike brodelte es. Es wurde ihm selbst erst klar, als er merkte, wie seine Hände zitterten.

»Ich frage mich, warum auf das Auto geschossen wurde, wenn du gar nicht dringesessen hast«, sagte Anita und nippte an einem Glas. »Möchtest du auch einen Whisky?«

Mike schüttelte den Kopf. Er berichtete von der Attrappe, die er aus der Tasche gebastelt hatte. »Der Hinweis, dass ich unbedingt im Wagen warten soll, kam mir gleich verdächtig vor.«

»Aber warum hast du dich dann überhaupt darauf eingelassen?«

Mike starrte nachdenklich auf den Teppich. »Ich hatte gedacht, ich würde den Typen sehen. Oder wenigstens seinen Wagen. Irgendwas. Na ja, ich war vielleicht etwas naiv.«

Anita stellte das Glas hin. »Wir sollten mal wieder zur Sache kommen«, sagte sie.

»Was soll das heißen?«

»Es soll dasselbe heißen wie vor ein paar Stunden. Ich verstehe, dass du wissen willst, wer Carola umgebracht hat. Ich verstehe auch, dass du eine gewisse Eigeninitiative aufbringst. Aber ich verstehe nicht, warum du der Polizei nichts sagst. Das Treffen heute Nacht hätte womöglich zur Ergreifung des Täters führen können, wenn die Polizei da gewesen wäre.«

»Ich habe eben meinen eigenen Kopf.«

»Tut mir Leid, aber das ist keine Erklärung.«

»Wer ist denn so scharf darauf, ein Stück vom alten Kaiser in seiner Kneipe auszustellen? Glaubst du, du kommst an diese Sachen noch ran, wenn erst mal die Polizei weiß, worum es geht? Eigentlich solltest du mir dankbar sein.«

Anita ließ nicht locker. »Trotzdem. Du verheimlichst mir etwas. Da gibt es etwas in dieser ganzen Geschichte, das du mir nicht erzählt hast. Und bevor wir weitermachen, will ich es wissen.«

»Quatsch.«

»Dann lassen wir das Ganze. Mach, dass du rauskommst.« Sie stand auf und ging zum Fenster. Sie drehte Mike den Rücken zu und starrte hinaus in die Nacht.

»Ich kann es nicht sagen. Ich habe es Carola versprochen.«

Anita wandte sich um und funkelte ihn wütend an. »Und Carola ist tot. Tot, verstehst du? Und auf dich haben sie auch geschossen. Vielleicht bin ich ja als Nächste dran. Und ich weiß noch nicht mal, worum es geht.«

Einen Moment herrschte Stille. Was sollte er tun? Anita hatte Recht. Hatte er nicht selbst vorhin auf dem Parkplatz darüber nachgedacht, dass sie in Gefahr sein könnte? Und war er nicht erleichtert, als sie ihm die Tür geöffnet hatte?

»Geht's denn wirklich nur um dieses verdammte Denkmal?«, fragte sie zornig.

»Nein«, brummte Mike und wischte sich über die Stirn. »Das heißt – so genau weiß ich es selbst nicht.«

Anita kam auf ihn zu, beugte sich zu ihm hinunter und starrte ihn an. Ihr Gesicht war plötzlich ganz nah. Sie wischte sich die Haare aus dem Gesicht. »Sag es mir, Mike«, forderte sie, und ihre Stimme wurde sanft. »Sag es mir jetzt, oder wir lassen die ganze Sache sausen. Ich meine es ernst.«

Mike lachte auf. »Die ganze Sache? Was für eine Sache? Wir sind doch keinen Schritt weitergekommen. Stattdessen sind sie jetzt hinter mir her. Was sollen wir denn überhaupt noch tun?«

»Nicht ablenken«, sagte sie. »Ich höre.« Sie setzte sich wieder auf die Couch. »Erzähl es mir. Gemeinsam kommen wir bestimmt weiter.«

Mike sah sie eine Weile an. Er hatte auf einmal das Gefühl, irgendetwas würde ihm den Hals zuschnüren. Enge. Zu wenig Luft. Er riss sich zusammen und atmete tief durch.

»Es beginnt im Jahr 1982«, fing er an. Und dann berichtete er erst stockend und dann immer flüssiger, was im April vor einundzwanzig Jahren an der Gülser Brücke geschehen war. Als er an die Stelle kam, wo er Carola aus den Augen verloren hatte, machte er eine Pause.

»Das war's doch noch nicht, oder?« Anita nippte an ihrem Glas.

»Jetzt kommt die eigentliche Geschichte«, begann Mike wieder, und er erzählte, wie er Carola wieder getroffen hatte, wie sie ihm eröffnet hatte, das Geld sei noch da, wie er den einzelnen Spuren nachgegangen war. Am Ende stand der Besuch im Stadtarchiv und die Suche nach dem ominösen Artikel.

»Den Rest weißt du ja.«

Anita stand auf und holte von einem Beistelltisch eine Schachtel Marlboro. Sie setzte sich wieder und zündete sich eine Zigarette an. Mike hätte jetzt Lust auf einen seiner Zigarillos gehabt. Aber die waren im Hotel.

»Bist du ganz sicher, dass dieser Artikel nicht in der Zeitung stand?«, fragte sie.

»Absolut. Ich habe alle in Frage kommenden Ausgaben der Rhein-Zeitung durchsucht. Oder ich habe Carola komplett falsch verstanden, was ich aber nicht glaube.«

»Kann es nicht sein, dass sie gelogen hat?«

»Warum sollte sie das tun?«

Anita pustete eine Ladung Rauch in die Luft. »Mir kommt das so vor, als hätte sie dich nur benutzen wollen.«

»Was? Unmöglich.«

Anita machte eine beschwichtigende Geste. »Ich weiß, du warst mit ihr befreundet. Aber denk doch mal nach: Sie war dieser Story mit dem Denkmal auf der Spur. Sie brauchte die Geschichte, um als Journalistin wieder Fuß zu fassen. Sie brauchte jemanden, der ihr half, denn als Behinderte ist das alles nicht so einfach. Und was liegt näher, als jemanden mit dem Geld zu ködern, der auch noch garantiert die Klappe hält? Und mit dem man ein altes Geheimnis teilt?«

»Moment mal. Du willst damit sagen, dass das Geld bereits vor zwanzig Jahren verschwunden ist und dass sie nur behauptet hat, es aufgehoben zu haben?«

»Wie gesagt – sie wollte dich nur ködern. Sie brauchte dich.«

»Warum hat sie dann behauptet, das Geld versteckt zu haben – an diesem Ort, an den man angeblich nur klettern kann?«

»Damit es wahrscheinlicher wirkt. Hätte sie vielleicht sagen sollen, sie hätte das Geld einfach so aufgehoben? Kein Mensch lässt zwanzig Jahre lang auf Verdacht hin so viel Geld rumliegen. Er gibt es aus.«

Mike kratzte sich am Kopf. Genauso hatte er auch reagiert, als Carola ihm das alles erzählt hatte. Und es klang ja auch unwahrscheinlich. Andererseits …

»Aber das alles nur, um Hilfe bei der Recherche nach dem verlorenen Denkmal zu bekommen … Ich weiß nicht. Sie hätte doch auch einen Journalistenkollegen um Hilfe bitten können.«

»Unter Journalisten herrscht Konkurrenzkampf. Einem Kollegen hätte sie die Sache zuallerletzt unter die Nase gerieben.«

»Aber abgesehen davon – sie hatte keine Hilfe nötig. Sie hat ihr Studium als Behinderte durchgezogen, und sie hat auch in dem Job gearbeitet. Dass sie die Sache mit dem Geld als Köder benutzt haben soll, finde ich ziemlich konstruiert.« Schon in dem Moment, in dem er den Satz beendete, fand Mike, dass es eigentlich gar nicht so konstruiert klang. Was wusste er denn von Carola? Vielleicht hatte sie ihn einfach reingelegt. Oder reinlegen wollen.

»Wie dem auch sei – die Frage ist, was wir jetzt machen«, sagte Anita.

Mike versuchte, aus seinen Gedanken zurückzufinden.

»Ich würde sagen, du gehst mit mir ins Hotel«, sagte er schließlich.

Sie schlug die Beine übereinander und sah ihn herausfordernd an. »Solche Angebote habe ich aber auch schon netter gehört.«

»Es geht darum, dich in Sicherheit zu bringen. Sie sind dir bestimmt auch auf den Fersen.«

»Wie soll das gehen? Ich kann doch nicht ins Hotel ziehen. Und soll ich dann den ganzen Tag auf dem Zimmer bleiben, oder was? Ab und zu muss ich mich auch um meinen Laden kümmern.«

Mike stand auf. Hemd und Hose klebten immer noch ein bisschen. Er betrachtete die Lichter von Koblenz und wusste, dass sie Recht hatte. Man konnte sich nicht einfach verstecken.

»Dann lass uns zur Polizei gehen.«

»Das machen wir natürlich nicht.«

»Aber du hast es doch selbst vorgeschlagen.«

Sie erhob sich, kam zu ihm und legte die Hand auf seine Schulter. »Ich wollte nur sehen, ob ich dich damit einschüchtern kann.«

Er wehrte ihre Hand ab. »Du willst mich also auch testen, was? Spielst du jetzt auch ein Spiel mit mir? Wie Carola?«

Sie ging einen Schritt zurück. »Ganz ruhig. Ich habe einfach gespürt, dass da noch eine andere Geschichte war, okay? Deshalb wollte ich wissen, warum du nicht zur Polizei gehst. Jetzt habe ich es verstanden. Du willst das Geld finden.«

»Und du glaubst, das Geld gibt es gar nicht mehr.«

»Genau.«

»Ich weiß nicht, was ich denken soll.«

»Lass es uns rausfinden.«

Er rieb sich das Kinn. »Im Grunde gibt es drei Rätsel zu lösen: Wer hat Carola auf dem Gewissen, wo ist das Geld, und wo ist das Denkmal?«

»Und das vierte Rätsel lautet: Wer hat damals diesen Bundeswehrunteroffizier erschossen?«

»Derselbe, der auch Carola auf dem Gewissen hat.«

»Wie kommst du denn darauf?«

»Es war in beiden Fällen eine P1 der Bundeswehr. Stand in der Zeitung. Wenn ich auch den Artikel über das Geldversteck nicht gefunden habe – die Berichterstattung über den Mord und die Denkmalbesteigung war nicht zu übersehen.«

»Das mit der Pistole heißt überhaupt nichts. Schon gar nicht in Koblenz. Weißt du, wie viele Soldaten es hier gibt?«

»Ich bin von hier. Du brauchst mir nichts über die Bundeswehr in Koblenz zu erzählen.«

Sie verzog den Mund. »Ich glaube, ich sollte mal versuchen, mit dieser Amerikanerin zu sprechen.«

»Kein Problem. Ruf sie an. In Los Angeles ist jetzt Tag.«

Sie schüttelte den Kopf. Plötzlich war ihre Hand wieder auf seiner Schulter. Anita sah ihn herausfordernd an. Der Bademantel lockerte sich. Der Gürtel rutschte auf den Boden. »Ein bisschen Zeit hat es schon noch.«

12.

Als Mike erwachte, graute hinter dem Schlafzimmerfenster der Morgen. Anita lag neben ihm. Das Fenster stand offen. Ein leichter Luftzug kühlte den Schweißfilm auf der Haut. Mike fröstelte. Er wandte sich zur Seite und sah zur Digitaluhr neben dem Bett. Fünf Uhr vierunddreißig.

Er legte sich wieder auf den Rücken und faltete die Hände hinter dem Kopf. Er dachte eine Weile nach, während er zur Decke starrte, die im diffusen Grau der Dämmerung kaum zu sehen war.

Plötzlich spürte er eine Bewegung neben sich. Anita richtete sich auf und sah sich verschlafen um.

»Was ist los?«, fragte sie.

»Was soll los sein?«

Sie schwang sich aus dem Bett, ging nach nebenan und kam mit einer Wasserflasche zurück. Nackt, wie sie war, blieb sie vor dem Fußende des Bettes stehen und nahm einen Schluck. Dann hielt sie ihm die Flasche hin. »Willst du auch?«

Mike schüttelte den Kopf.

Anita setzte sich auf die Matratze. »Könntest du jetzt bitte gehen?«, fragte sie.

Mike stützte sich auf. »Was?«

»Es wäre mir lieber, wenn du jetzt gehen würdest«, wiederholte sie ohne eine Spur von Aggression. »Frühstück kriegst du ja auch im Hotel. Ich melde mich bei dir. Sagen wir, um zehn Uhr?«

Mike stand auf. »Wenn du meinst. Dann bis nachher.«

Anita legte sich wieder ins Bett und drehte sich auf die andere Seite. Im Licht des erwachenden Morgens stieg Mike in seine Kleider und verließ die Wohnung.

Er fühlte sich wie verkatert. Alles um ihn herum schien wie durch einen Filter bei ihm anzukommen. Der Sex mit Anita war gelinde gesagt katastrophal gewesen. Eine pure, freudlose Ersatzhandlung. Als ob sich irgendetwas in ihm hatte Luft machen wollen.

Während er am Gerichtsgebäude vorbeimarschierte, wurde ihm

mit jedem Schritt klarer, was dahinter steckte. Der Gedanke durchzuckte ihn wie ein heftiger Schmerz. Carola hatte ihn nur ausgenutzt. Das war es. Und sie hatte ihn in eine lebensgefährliche Lage gebracht. Die Angst traf Mike wie eine unsichtbare Faust. Plötzlich schien etwas in seinem Bauch zu wühlen. In den Anlagen neben dem Schloss zwitscherten wie zum Hohn laut die Vögel, und vor der Rhein-Mosel-Halle plätscherte still der Schalenbrunnen vor sich hin. Mike beschleunigte seine Schritte.

In der Hotel-Lobby angekommen, fiel ihm ein, dass die Magnetkarte, die im Mercure den altmodischen Schlüssel ersetzte, noch im Wagen war.

An der Rezeption arbeitete zu dieser Zeit ein junger Mann. »Entschuldigen Sie«, sagte Mike. Der Mann sah auf, und Mike wollte ihm sein Problem erklären, da bemerkte er, dass der Blick des jungen Mannes plötzlich abgelenkt wurde. Offenbar fixierte er einen Punkt hinter ihm. Noch bevor Mike sich umdrehen konnte, hörte er eine Stimme.

»Sind Sie Herr Michael Engel?«

Dann sah er zwei uniformierte Polizisten vor sich. »Ja, der bin ich.«

»Bitte kommen Sie mit«, sagte der eine. »Wir hätten ein paar Fragen an Sie.«

Zehn Minuten später betrachtete Mike zum zweiten Mal das Panorama aus einem der oberen Stockwerke des Polizeipräsidiums. Diesmal war es heller Tag. Die Morgensonne beleuchtete die rissige Wand von Ehrenbreitstein. Das rotierende Zifferblatt auf der Sparkasse zeigte halb sieben.

»Sie haben sich aber ganz schön rumgetrieben«, sagte Nickenich und lehnte sich im Bürosessel zurück. »Darf man fragen, warum Sie so spät, oder vielmehr so früh ins Hotel zurückgekommen sind?«

Der Kommissar wirkte nicht so frisch wie bei der ersten Befragung. Mike kam der Verdacht, dass die Polizei die ganze Nacht nach ihm gefahndet hatte. Wahrscheinlich hatte auch der Kommissar wenig Schlaf bekommen.

»Könnten Sie mir bitte antworten?«, fragte Nickenich scharf und stand auf. Sein Gesichtsausdruck war verbissen.

»Muss ich Ihnen das sagen?«, fragte Mike.

»Sie müssen gar nichts. Aber wahrscheinlich werden Sie.«

Er blätterte in einer Akte. »Wir sind gestern zum Haus von Carola Zerwas gerufen worden. Ein Nachbar hat gesehen, dass das Siegel aufgebrochen war. Fällt Ihnen dazu vielleicht was ein?«

Mike kaute auf seiner Unterlippe. »Glauben Sie, dass ich in dem Haus war?«, fragte er zögernd.

Nickenich grinste. »Wir glauben gar nichts. Wir wissen. Vielleicht hilft es Ihnen auf die Sprünge, wenn ich Ihnen verrate, dass an der Tür Ihre Fingerabdrücke waren.«

»Meine Fingerabdrücke?«

»Falls Sie es vergessen haben, wir haben sie bei der ersten Befragung genommen.«

»Ich bin ja in dem Haus gewesen. Ich habe Carola schließlich gefunden ...«

»Ich rede nicht von der Türklinke, Herr Engel. Ich rede von dem Siegel, das von uns angebracht wurde. Und zwar nach dem Mord. Am Ende der Untersuchungen. Wie es üblich ist. Es würde mich interessieren, wie Ihre Fingerabdrücke da draufkommen.«

»Ich weiß es nicht. Wenn Sie keinen Zeugen haben, der mich gesehen hat ...«

»... dann bleibt uns nichts anderes übrig, als zu glauben, dass Sie einfach so noch mal zum Burgweg gefahren sind und das Siegel angefasst haben. Kurz bevor es von jemand anderem zerstört wurde. Ganz zufällig. Raus mit der Sprache – warum haben Sie das getan?«

»Weiß ich nicht.«

»Und warum sind Sie überhaupt noch in Koblenz? Wenn ich mich recht erinnere, wollten Sie doch nach Hause fahren.«

»Ich kann hingehen, wo ich will, oder?«

»Aber nicht in ein polizeilich versiegeltes Haus. Übrigens – abgesehen von den Fingerabdrücken: Wir haben den Schlüssel nicht gefunden, den Ihnen Frau Zerwas nach Ihrer eigenen Aussage ausgehändigt hat.«

Mike spürte, wie ihm der Hals eintrocknete.

»Was haben Sie in dem Haus gesucht, Herr Engel?«

In Mikes Kopf überschlugen sich die Gedanken. »Was haben Sie denn bisher herausgefunden?«, fragte er.

Nickenichs Gesichtsausdruck verwandelte sich von streng in belustigt. »Das darf ja wohl nicht wahr sein! Muss ich Ihnen erst die Regeln erklären? Wir stellen hier die Fragen.«

»Mir liegt aber viel daran, es zu wissen. Es geht mir darum, dass Carolas Mörder gefunden wird. Mich hat die ganze Sache ziemlich mitgenommen, und ...«

»Ach nein«, sagte der Kommissar. »Herrn Engel hat das alles mitgenommen! Das tut mir jetzt aber Leid.«

Plötzlich schlug Nickenich auf den Tisch, dass es knallte. »Hören Sie auf, mir einen solchen Mist zu erzählen! Ihretwegen habe ich die halbe Nacht hier gesessen. Das kann ich überhaupt nicht leiden, verstehen Sie? Ich mag es nicht, wenn ich keinen Schlaf kriege. Da bin ich ganz eigen. Also, höre ich jetzt was oder nicht?« Seine Augen funkelten, und Mike war klar, dass die Geduld des Kommissars endgültig erschöpft war.

»Es geht um die Geschichte, an der Carola gearbeitet hat«, begann Mike zaghaft. Er versuchte, in der Miene des Kommissars zu lesen. Doch der sah ihn nur verständnislos an.

»Und?«

»Carola hat sich mit der Geschichte des Kaiserdenkmals auf dem Deutschen Eck beschäftigt.«

Wieder Pause. Nickenichs Züge lockerten sich. Irrte sich Mike, oder wurde der Ausdruck etwas spöttisch?

»Sie hat irgendeine Information gefunden, die darauf hindeutet, was aus dem Denkmal geworden ist. Ich meine, aus dem Original, das die Amerikaner ...«

»... am Ende des Zweiten Weltkriegs vom Sockel geschossen haben«, vollendete Nickenich den Satz.

»Ja. Genau. Carola hatte da so eine Theorie. Und ich wollte einfach wissen, was sie herausgefunden hat.«

»Das darf doch nicht wahr sein.«

»Sie wollten die Wahrheit hören.«

Nickenich sah Mike streng an. »Wegen so einem Mist brechen Sie ein polizeiliches Siegel?«

»Wieso? Das ist doch was Außergewöhnliches ...« Mike verstummte, weil er zugegeben hatte, dass er in das Haus eingedrungen war.

»Was Außergewöhnliches?«, rief der Kommissar, und seine Stimme wurde noch lauter. »Das soll was Außergewöhnliches sein? Seit Jahren steht die Presse Kopf wegen diesem Scheißdenkmal. Was war das für ein Aufstand, als sie das Ding endlich wieder auf dem Sockel hatten! Was standen da für Storys in der Zeitung! Glauben Sie, irgendeiner in Koblenz will da noch was drüber lesen?«

»Aber wenn es doch um das echte …«

»Sie hätten mich fragen sollen, wenn Sie das wirklich interessiert! Natürlich haben wir die Unterlagen von Frau Zerwas gesichtet! Wir haben auch die Dateien in ihrem Computer geprüft. Und natürlich haben wir sofort kapiert, woran sie gearbeitet hat.«

»Glauben Sie, dass diese Geschichte etwas mit dem Mord zu tun hat?«

»Habe ich mich undeutlich ausgedrückt? Natürlich nicht. Oder glauben Sie, irgendwo lebt ein großer Unbekannter, der das Denkmal im Garten stehen hat und nicht will, dass die Presse dahinter kommt? So ein Quatsch.«

»Wenn Ihnen an den Unterlagen und den Dateien nichts liegt, dann könnten Sie mir ja die Sachen zur Verfügung stellen. Mich interessiert es nämlich sehr.«

Nickenich holte Luft, wollte etwas sagen, doch er schüttelte nur den Kopf. Jetzt hielt er Mike offenbar für komplett geistesgestört.

»Sagen Sie mal, Sie sind nicht ganz bei Trost, oder?«

»Aber …«

»So weit kommt's noch. Wenn Sie wollen, können Sie gelegentlich Herrn Dr. Liebmann danach fragen.«

»Wer ist das denn?«

»Der Ehemann von Frau Zerwas. Ich hatte heute Nacht schon ein Gespräch mit ihm. Ihm werden die Sachen ausgehändigt, wenn es so weit ist.«

Der Kommissar starrte Mike eine Weile schweigend an.

»Kann ich jetzt gehen?«, fragte Mike.

Nickenichs Blick wurde mitleidig.

»Ich sage hiermit aus«, rief Mike. »Ich bin in Koblenz geblieben, weil ich der Geschichte vom Kaiserdenkmal nachgehen wollte, an der Carola arbeitete. Um Hinweise zu finden, bin ich mit dem Schlüssel, den ich noch hatte, in ihr Haus eingedrungen. Ich habe den Schlüssel nicht vor Ihnen verborgen. Ich habe ihn zufällig wieder gefunden.«

»Waren Sie allein?«

»Nein, war ich nicht.«

»Und wen hatten Sie dabei? Die alte Schulklasse?«

»Eine ehemalige Schulkameradin von Carola und mir. Sie heißt Anita Hoffmann.«

Nickenich zückte einen Stift. »Und wohnt wo?«

»In der Rheinstraße. Die Hausnummer weiß ich nicht. Es ist das Hochhaus an der Ecke.«

Nickenich schrieb es auf. Er legte das Blatt und den Stift neben die Akte auf den Tisch.

»Kann ich endlich gehen?«

»Einen Moment noch. Sie sind also mit dieser Frau Hoffmann in das Haus eingedrungen, haben nach Hinweisen gesucht und …« Er machte eine Pause.

»Ja?«, fragte Mike.

»Sie haben nichts gefunden, nehme ich an?«

»Ehrlich gesagt, doch.«

Nickenich schlug wieder auf den Tisch. »Es wird immer besser.«

»In Carolas Auto in der Garage lag ein Stadtplan, in dem etwas eingezeichnet war. Wir hielten die Markierung für einen Hinweis darauf, wo das echte Denkmal sein könnte.«

»Wo ist die Karte?«

»Anita, ich meine, Frau Hoffmann hat sie.«

»An welcher Stelle war die Markierung?«

»Neben dem Rastplatz Eiserne Hand an der Hunsrückhöhenstraße.«

Nickenich ging ein paar Schritte auf und ab. Dann blieb er plötzlich stehen.

»Raus«, sagte er ruhig.

»Was?«

»Hauen Sie ab.«

»Aber wieso denn?«

»Ich nehme Ihnen ab, dass Sie in das Haus eingedrungen sind. Aber ich lasse mich von Ihnen nicht verscheißern.«

»Aber ich …«

»Halten Sie uns für völlig bescheuert? Wir haben das ganze Haus auf den Kopf gestellt. Und das Auto in der Garage natürlich auch. Und jetzt erzählen Sie mir, Sie finden einen Stadtplan, wo schön ordentlich eine Markierung eingezeichnet ist? Das kommt mir vor wie aus einer dieser Kinderdetektivgeschichten. Kalle Blomquist, die drei Fragezeichen und so weiter.«

»Was?«

»Und dann auch noch ausgerechnet mitten im Koblenzer Stadtwald. Als ob dort jemand ein Denkmal verstecken würde!«

»Aber ...«

»Hauen Sie ab. Sie hören von uns. Die Sache mit dem Siegel wird ein Nachspiel haben.«

Mike stand auf. Seine Knie zitterten. Langsam ging er zur Tür.

»Halt!«, schrie Nickenich plötzlich.

Mike drehte sich um.

»Den Schlüssel.«

»Welchen Schlüssel?«

»Den Schlüssel zu Frau Zerwas' Haus. Den sollten Sie schon hier lassen.«

Mike kramte in der Hosentasche und legte ihn auf den Tisch.

»Noch was«, sagte Nickenich.

»Ja?«

»Wir behalten Sie im Auge, Herr Engel. Gnade Ihnen Gott, wenn Sie die Stadt verlassen, ohne dass Sie sich persönlich bei mir abgemeldet haben.«

Der Frühstücksraum im Hotel war voll. Menschen im Frührentneralter bevölkerten die Tische und das Büffet. Sie gehörten offenbar zu einer Reisegruppe. Mike brauchte gar nicht genau hinzuhören, um zu wissen, aus welchem Land sie kamen. Die kehligen Laute und die Worte, die manchmal wie ein komischer deutscher Dialekt klangen, ließen keinen Zweifel aufkommen: Holländer.

Mike ergatterte ein Brötchen, etwas Butter und Marmelade. Dann trug er seinen Teller quer durch den Raum und setzte sich in die hinterste Ecke an einen Tisch, an dem schon ein holländisches Ehepaar saß. Mike nickte ihnen höflich zu; sofort begannen die beiden zu grinsen und riefen ihm etwas entgegen, das so ähnlich wie

»Guten Morgen« klang. Dann wandten sie sich ab und fuhren fort, sich über die Stuhllehnen lautstark mit ihren Landsleuten am Nachbartisch zu unterhalten. Ab und zu brachen alle zusammen in brüllendes Gelächter aus. Mike beschmierte eine Brötchenhälfte und griff zur Thermos-Kaffeekanne, die auf dem Tisch stand.

Nickenichs Geschrei klang immer noch in seinen Ohren nach. Einen Moment lang war Mike versucht gewesen, dem Kommissar von den Schüssen zu erzählen. Aber hätte er ihm das überhaupt geglaubt? Immerhin musste es ja in seinem Wagen Spuren geben. Das Fenster war kaputt, und wahrscheinlich steckte in seiner Reisetasche eine Patrone. Eine Patrone, die zu einer P 1-Pistole gehörte …

Er sah auf die Uhr: fast halb neun. Noch viel Zeit. Wenn Anita gekommen war, mussten sie als Erstes sein Auto holen. Bei dem Gedanken, nach Oberwerth zurückzukehren, graute ihm.

Als Mike die Kaffeetasse absetzte, bemerkte er, wie jemand den Raum betrat, die Sonnenbrille abnahm und sich suchend umsah. Der Mann trug einen schwarzen Anzug mit schwarzem Hemd, seine dichten Haare waren ebenfalls schwarz. Er hatte sie streng zurückgekämmt und gegelt. Er entdeckte Mike und ging zielstrebig auf ihn zu.

Das Ehepaar am Tisch schmetterte wieder seine Version von »Guten Morgen«, doch der Mann achtete nicht darauf.

»Herr Engel?«, sagte er.

Mike nickte kauend.

»Mein Name ist Dr. Liebmann.« Er sah sich in dem Gewühl um. »Ich würde Sie gern einen Moment sprechen.«

»Vielleicht gibt es einen anderen Tisch«, sagte Mike und wandte ebenfalls suchend den Kopf.

»Draußen wäre besser«, sagte Liebmann.

»Wenn Sie meinen.«

Mike quetschte sich aus seiner Ecke. Liebmann ging vor, und Mike folgte ihm durch die Lobby, an der Rezeption vorbei durch die Glastür nach draußen.

Das war also der Herr Oberregierungsrat. Carolas Ehemann, der Fremdgeher. Der Typ sah gar nicht aus wie ein Beamter. Eher wie ein Dressman. Aber vielleicht hatte sich auf diesem Gebiet ja auch einiges verändert. Wenn der Bundeskanzler schon Werbung für Anzüge machte …

»Sie wissen, wer ich bin?«, fragte Liebmann, als sie an der Hoteleinfahrt angekommen waren.

Mike nickte.

»Gut. Dann kann ich mir eine lange Einleitung sparen.«

»Was wollen Sie?«, fragte Mike.

»Nichts Besonderes. Ich will nur wissen, wie lange das schon geht.«

»Wie lange was geht?«

»Das mit Carola, was sonst?«

»Wie bitte? Ich habe sie seit über zwanzig Jahren nicht gesehen. Vor ein paar Tagen rief sie mich an und lud mich ein. Ich fuhr hin, wir redeten ein bisschen über alte Zeiten, und plötzlich …«

»… war sie tot. Ich habe die Unterlagen gelesen. Und ich kenne auch Ihre Aussage.«

»Moment mal. Wieso können Sie da einfach Ihre Nase reinstecken? Ist so was überhaupt zulässig?«

Liebmanns harte Gesichtszüge lockerten sich, und er lächelte breit. »Damit Sie im Bilde sind: Ich bin Referent für Polizei- und Strafrecht im Innenministerium. Sie können sich vorstellen, welche Kontakte ich habe. Ich habe mich mit Hauptkommissar Nickenich genauestens verständigt. Und jetzt hätte ich gern von Ihnen eine Erklärung.«

»Ich wüsste nicht, was ich Ihnen zu sagen hätte«, sagte Mike. »Ich habe Carola besucht. Ist das verboten?«

»Ich habe als ihr Ehemann doch ein berechtigtes Interesse zu wissen, ob sie eine andere Beziehung hatte.«

Mike spürte Ärger in sich aufsteigen. »Eine andere Beziehung? Was soll das denn heißen? Was drücken Sie sich eigentlich so geschwollen aus?«

»Wenn Ihnen meine Ausdrucksweise zu elaboriert ist, dann kann ich das verstehen. Ich bin aber auch durchaus in der Lage, mich einfacher auszudrücken. Carola ist fremdgegangen. Und zwar mit Ihnen.« Er steckte die Hände in die Hosentaschen.

»Moment, Moment«, sagte Mike. »Jetzt geht aber ein bisschen was durcheinander.« Er lachte ungläubig. »Sie denken doch nicht im Ernst, dass ich mit Carola was hatte? Ehrlich gesagt – sie hat mir erzählt, dass Sie eine andere haben und dass sie deswegen wieder nach Koblenz gegangen ist.«

»Da hat sie etwas falsch verstanden«, sagte Liebmann. »Es geht Sie nichts an, aber ich sage ganz freimütig: Ich habe Carola sehr geliebt, und ich kann mir überhaupt nicht vorstellen, dass sie tot sein soll«, erklärte er in einem Tonfall, als würde er die Nachrichten vorlesen. »Natürlich hat es in unserer Ehe Spannungen gegeben. Und ich bin natürlich auch der Typ, der sich gern mit Frauen trifft.«

»Natürlich.«

»Ich bin ein Mann, verstehen Sie. Und als Mann hat man seine Bedürfnisse. Und wenn einem die Frau die Bedürfnisse nicht befriedigen kann, dann sucht man sich dafür eben eine andere. Aber ich bin Ihnen ja wohl keine Erklärung schuldig.«

Was für ein Arschloch, dachte Mike.

»Das hat überhaupt nichts mit meiner Ehe zu tun. Und es ist auch nicht Carolas Schuld.«

»Nett, dass Sie sie in Schutz nehmen.«

Sie waren die Treppe zur Rhein-Mosel-Halle hinuntergegangen. Der Schalenbrunnen glitzerte im Licht des Sommermorgens. Der leere Vorplatz wirkte im Sonnenlicht geradezu steril. So sieht es wahrscheinlich in der Seele von diesem Liebmann aus, dachte Mike. Alles schön sauber und aufgeräumt.

»Nachdem ich jetzt so ehrlich zu Ihnen war, sollten Sie es zu mir auch sein«, sagte Liebmann. »Ihnen ist klar, dass Carola auf keinen Fall das Recht hatte, sich mit einem anderen Mann einzulassen. Ich bin schließlich gesund. Ihre Bedürfnisse kamen nie zu kurz.«

Und ich habe das große Bedürfnis, dir eine reinzuhauen, dachte Mike. Ob du mir diese Befriedigung gestattest? Er beherrschte sich und biss sich auf die Lippen. Er musste diesen Idioten möglichst schnell loswerden. »Wieso erzählen Sie mir das eigentlich alles?«, fragte er.

»Wie meinen Sie das?«, fragte Liebmann.

»Ich meine, wie kommen Sie auf so eine absurde Unterstellung? Hat Ihnen Carola erzählt, dass ich was mit ihr hätte, oder was? Und wenn das so wäre, nur wenn, wohlgemerkt, was nützt es Ihnen denn, das alles zu wissen? Sie ist tot. Und ich wiederhole gern: 1982 habe ich Carola zum letzten Mal gesehen, dann erst wieder an dem Abend, als sie umkam. Klar? Sie, Herr Liebmann, habe ich in meinem ganzen Leben noch nie gesehen, und ich habe auch beim Gespräch mit Carola erst erfahren, dass es Sie gibt. Ist das auch klar? Ja? Gut. Punkt. Mehr gibt es nicht zu sagen.«

Mike wollte weggehen, doch Liebmann hielt ihn fest.

»Lassen Sie mich los«, zischte Mike.

»Halt, halt, mein Freund. Nur noch eine Frage. Wohnen Sie in Düsseldorf?«

»Was fragen Sie so dämlich? Sie wissen es doch aus der Polizeiakte.«

»Richtig. Carola kennt aber niemanden dort außer Ihnen.«

»Das ist mir völlig egal.«

»Sie ist in den letzten Monaten einige Male nach Düsseldorf gefahren. Angeblich, weil sie für das dortige dpa-Büro arbeitet.«

»Na und?«

»Außerdem hat sie regelmäßig Geld auf ein Düsseldorfer Konto überwiesen. Seit Jahren.«

»Nicht auf meins. Das wüsste ich.«

»Ich habe das nachgeprüft. Im Düsseldorfer dpa-Büro kannte man Carola gar nicht. Wie erklären Sie sich das?«

»Was weiß ich? Vielleicht hat sie irgendeinen anderen Bekannten da. Kennen Sie etwa alle Kontakte, die Carola hatte?«

»Selbstverständlich«, sagte Liebmann, als sei das das Normalste der Welt. »Ich kenne ihren gesamten Bekanntenkreis.«

»Offenbar nicht«, sagte Mike. »Und jetzt lassen Sie mich in Ruhe.«

Er ließ Liebmann stehen und ging wieder zum Hotel hinauf. Als er die Einfahrt erreichte, bemerkte er eine schwarze Limousine, die ihm vorhin nicht aufgefallen war. Hinter der offen stehenden Beifahrertür lehnte eine Blondine, die kaugummikauend dumpf in die Gegend starrte. Aus ihren Ohren hingen dünne Kabel. Sie führten in einen Walkman an ihrem Gürtel. Während ihre Augen ins Leere stierten, kräuselte sie mit dem rechten Zeigefinger im Takt der Musik eine blonde Strähne.

Mike ging durch die Glastür in die Lobby und beobachtete, wie Liebmann auf die Limousine zuging und dem Mädchen über den Rücken strich. Beide stiegen ein. Dann rollte der Wagen davon. Mike schüttelte den Kopf und fuhr auf sein Zimmer. Während der Aufzug nach oben wanderte, ging das Bild, das er von Carola hatte, Stück für

Stück in Scherben. Es war kein angenehmes Gefühl. Wie war sie nur an so einen Blödmann geraten? Was war mit ihr passiert?

Im Zimmer riss er sich die Kleider vom Leib. Zum Baden hatte er keine Geduld. Er duschte so kalt, wie er es aushielt, trocknete sich hektisch ab und legte sich wieder aufs Bett. Die Gedanken an Carola kehrten zurück, und er bemerkte, dass er wieder ins Grübeln geriet. Es hat keinen Zweck, sagte er sich. Er griff zum Telefon, holte sich eine Amtsleitung und wählte eine sehr lange Nummer. Das Freizeichen schien endlos zu tuten, bevor sich eine Frauenstimme meldete.

»Hallo?«, rief er in die Leitung. »Ist da Deborah Nair?«

»Ja. Wer spricht da?«

Mike hatte sich die entsprechenden Worte auf Englisch zurechtgelegt, so dass sie ihm jetzt leicht von den Lippen kamen.

»Hier ist noch mal Mike Engel. Der Journalist. Ich weiß, dass es bei Ihnen jetzt mitten in der Nacht ist, aber ich muss einfach noch einmal mit Ihnen sprechen. Entschuldigen Sie bitte.«

»Was wollen Sie?«

»Ist Ihr Vater mittlerweile zurückgekehrt?«

»Nein. Tut mir Leid.«

»Das ist wirklich dumm. Ist er weit weg?«

»Er ist geschäftlich unterwegs, soviel ich weiß. Mir ist nicht bekannt, wohin er gereist ist.«

Meine Güte, dachte Mike. Was weiß die eigentlich? »Sagen Sie ...«

»Ja?«

»Sie sind doch Mr. Nairs Sekretariat, oder nicht?«

»Aber ja.«

»Sie müssen doch wissen, wo er ist.«

»Entschuldigen Sie, könnten wir vielleicht morgen telefonieren? Ich bin sehr müde.«

»Ja, das verstehe ich. Und ich kann mich nur noch einmal entschuldigen. Aber bitte geben Sie mir einen Hinweis. Ich muss Ihren Vater finden. Es ist sehr, sehr dringend.«

»Weil Sie eine Story über unsere Firma schreiben wollen? Da kann ich Ihnen auch andere Ansprechpartner nennen.«

»Ehrlich gesagt ...«

»Ja?«

»Es geht nicht nur darum.«

»Das verstehe ich nicht.«

Ich auch nicht, dachte Mike. Verdammt, was sollte er tun? Er konnte dieser wildfremden Frau doch nicht erzählen, dass er auf der Suche nach einem Mörder war. Dass er ein Denkmal suchte. Dass er Geld suchte …

Geld? Natürlich. Das Geld! Warum waren in dem Koffer eigentlich Dollars gewesen? Was war er für ein Idiot! Dass er sich darüber noch gar keine Gedanken gemacht hatte!

»Hallo?«, fragte die Frau müde aus dem Hörer.

»Ja, ich bin noch da«, sagte Mike. »Wissen Sie, die eigentliche Geschichte, der ich auf der Spur bin, dreht sich um das Deutsche Eck.«

»Das Deutsche Eck. Ja. Da sind Sie bei ihm an der richtigen Adresse. Haben wir darüber nicht schon einmal gesprochen?«

»Ja. Aber ich brauche noch mehr Informationen.«

»Mein Vater hat jahrelang von nichts anderem erzählt, wenn er mit seinen Kriegsgeschichten anfing.«

»Kriegsgeschichten?«

»Das Denkmal ist doch am Ende des Krieges abgeschossen worden? Mein Vater war stolz darauf. Er war derjenige, der es abgeschossen hat. Er hat sich immer eingebildet, er hätte damit den Krieg gewonnen.«

»Was? Ich meine, Ihr Vater hat …?«

»Ja, genau. Wussten Sie das nicht? Es steht auf der Internetseite.« Mike tastete nach den zusammengefalteten Blättern, die noch in seiner weißen Anzughose steckten. Er musste das noch mal genau lesen.

»Aber die Amerikaner«, sagte er. »Sie, also ich meine … Die Amerikaner haben doch tatsächlich den Krieg gewonnen.«

»Er meinte, er persönlich hätte das erreicht, verstehen Sie? Er ganz allein. Wir haben ihn immer ausgelacht deswegen. Niemand gewinnt einen Krieg, indem er ein Denkmal abschießt.«

In Mike regte sich eine Erinnerung. Was hatte Dr. Lange noch erzählt? Das Denkmal war ein Symbol. Ein Symbol für den deutschen Imperialismus. Konnte man einen Krieg gewinnen, wenn man Symbole zerstörte? Warum eigentlich nicht? Zumindest symbolisch. »Warum hat Ihr Vater das geglaubt?«, fragte er. »Dass er damit den Krieg gewonnen hat, meine ich?«

»Ich glaube, er wollte einfach ein bisschen angeben. Und er hat wirklich gedacht, man müsste ihm dafür einen Orden verleihen. Nur, weil er ein Denkmal abgeschossen hat. Er ist schon komisch.« Sie lachte wieder.

»Und deswegen sind die Fotos von dem zerstörten Denkmal auf der Internetseite?«, fragte er. »Weil Ihr Vater die Zerstörung für sein Verdienst hielt?«

»Ja. Ein Spleen.«

»Ich finde das sehr interessant«, sagte Mike.

»Da sind Sie der Erste, der das findet. Sie sollten wirklich mal mit ihm reden. Das heißt – eigentlich nicht.«

»Was?«

»Sie sind nicht der Erste, meine ich. Ich habe seine E-Mails abgerufen. Vor einer Woche oder so hat sich eine andere Journalistin bei ihm gemeldet.«

»Carola Zerwas?«

»Ja genau! Kennen Sie sie?«

»Durchaus. Hören Sie: Ich muss mit Ihrem Vater über das Denkmal sprechen. Sagen Sie mir so schnell wie möglich Bescheid, wenn er da ist.«

»Um ehrlich zu sein ...«

»Ja?«

»Ich glaube, ich weiß, wo er ist.«

»Wirklich?«

»Ich bin nicht ganz sicher. Aber jetzt, wo ich weiß, worum es Ihnen wirklich geht, kann ich es wohl sagen. Er ist in Deutschland.«

»Was?«

»Er hat in den letzten Tagen einige Mails mit einem deutschen Geschäftspartner gewechselt. Während ich im Urlaub war. Mir kommt das komisch vor.«

»Wieso?«

»In den Mails klingt es, als seien sie eng befreundet, aber ich habe noch nie von ihm gehört. Sie müssen wissen, mein Vater hat sich schon eine ganze Weile aus dem Geschäft zurückgezogen.«

»Vielleicht kennt er ihn von früher?«

»Hm.«

»Entschuldigen Sie, aber wenn Sie diesen Kontakt haben, wieso rufen Sie Ihren Vater dann nicht einfach an? Oder diesen Geschäftsfreund?«

»Tja, das ist nicht so einfach ...

»Na ja, es geht mich ja auch nichts an.«

»Ich will ganz offen zu Ihnen sein. Mein Vater scheint da nicht aufgetaucht zu sein. Aber er hat dem Mann angekündigt, dass er kommt. Ich habe mich dort gemeldet, aber sie wissen von nichts. Ich verstehe das nicht.«

»Jetzt sagen Sie nur noch, dass dieser Geschäftsmann in Koblenz wohnt.«

»Nicht ganz. In Wiesbaden. Das ist nicht so weit weg, oder?«

»Allerdings nicht. Miss Nair?«

»Ja?«

»Sie machen sich Sorgen, oder?«

»Wenn ich ehrlich sein soll, ja. Er hat seit Jahren keine so weite Reise mehr gemacht.«

»Soll ich Ihren Vater für Sie suchen? Ich muss ja sowieso mit ihm sprechen.«

»Können Sie das denn? Und kann ich Ihnen vertrauen?«

»Ich muss Sie nur noch um einen Gefallen bitten.«

»Welchen?«

»Hat Ihr Vater in den Mails, die er mit dem Geschäftsfreund gewechselt hat, eine Andeutung gemacht, worum es bei dem Treffen gehen soll? Ich weiß, dass mich das nichts angeht. Aber es wäre nützlich, wenn Sie mir einen Hinweis geben könnten.«

»Das ist nicht sehr geheimnisvoll«, sagte sie. »Obwohl, ich meine: Es ist nichts, was man geheim halten müsste. Trotzdem verstehe ich es nicht. Und deswegen ist es umso mysteriöser. Mein Vater wollte offenbar etwas kaufen.«

»Und was?«

»Er hat sich nicht klar ausgedrückt. Hier steht immer nur ›Gimlet‹. Ein ›Gimlet‹.«

»Was ist das?«

»Kennen Sie das Wort nicht?«

»Nein.«

»Es ist etwas, mit dem man Löcher macht.«

»Ein Bohrer«, sagte Mike auf Deutsch.

»Was?«

»Ich habe nur das deutsche Wort gesagt.«

»Boh – rär?«

»Etwas, mit dem man Löcher macht. Klingt komisch. Sonst steht da nichts?«

»Die Mails sind sehr kurz.«

»Woher wissen Sie eigentlich, dass Ihr Vater wirklich nach Deutschland gereist ist, wenn dieser Geschäftsfreund nichts sagt?«

»Ich habe ein paar Kontakte bei der Polizei. Ich kann meinen Vater natürlich nicht wie einen Vermissten suchen lassen, denn er ist trotz seines Alters gesundheitlich ziemlich fit. Trotzdem haben sie mal nachgesehen und seinen Namen auf der Liste eines Fluges nach Frankfurt gefunden.«

Sie macht sich wirklich große Sorgen, dachte Mike. Wenn sie in Amerika die Polizei einschaltet.

»Ich werde versuchen, ihn zu finden«, sagte er. »Jetzt muss ich nur noch wissen, wie dieser Geschäftsfreund heißt.«

»Wood. Thomas Wood. Die Adresse ist, einen Moment ...«

»Was?«

Sie schien eine Straße zu entziffern.

»Abeggstraße.«

Mike notierte die Hinweise und gab Deborah Nair die Telefonnummer seines Hotels.

»Ich melde mich wieder bei Ihnen«, sagte er.

»Danke«, kam es aus dem Hörer. Dann legte sie auf.

*

Der Taxifahrer gibt Gas. Die Fahrt geht erst durch die Stadt, dann auf einen Überflieger, dann auf eine breite Brücke.

Rechts ist im Morgendunst die Festung zu sehen, darunter, verschwimmend mit dem Grün des Abhangs dahinter, für einen Moment das Deutsche Eck. Der Taxifahrer wechselt die Spur. Weiter geht es durch die Vorstadt; schließlich sind die Häuser zu Ende. Die Landschaft wird leicht hügelig. Äcker und Brachland werden sichtbar. Dahinter erhebt sich ab und zu ein bisschen Wald.

Er versucht, auf der Karte mitzulesen, wohin die Fahrt geht. Er vergleicht die Ortsnamen auf den gelben Schildern mit den Eintragungen im Plan. Plaidt, liest er, dann Kruft, schließlich ist eine Stadt namens Mayen ausgeschildert. Er sucht sie auf seiner Karte. Aber so weit reicht der Stadtplan nicht.

Gerade fahren sie an einem Industriegelände vorbei, auf dem graue Steine zu großen Blöcken aufgeschichtet sind. Sie sehen aus wie gepresste Asche.

Es will ihm nicht gelingen, eine abgelegene Stelle zu finden. Immer wenn er glaubt, eine gefunden zu haben, tauchen wieder Häuser auf. Manchmal auch ein riesiger Propeller, der sich langsam im Wind dreht.

Irgendwann, als die Hügel wieder etwas waldiger werden, bittet er den Fahrer anzuhalten. Er will aussteigen.

Der Fahrer ist verwundert und sagt etwas. Wahrscheinlich will er darauf aufmerksam machen, dass an dieser Stelle kein Ort ist, kein Haus, keine Bushaltestelle.

Ihm wird klar, dass er einen Fehler macht, wenn er jetzt darauf besteht, rausgelassen zu werden. Er gibt klein bei. Soll er doch noch etwas weiterfahren. Zum nächsten Ort. Das Taxi fährt weiter, und ein paar Minuten später stehen da wieder ein paar Häuser.

Er gibt dem Taxifahrer ein viel zu hohes Trinkgeld; dafür holt der ihm auch den Kasten aus dem Kofferraum des Kombis. Schließlich braust das Taxi davon, und er steht allein in der Hitze.

Er wartet, bis der Wagen nicht mehr zu sehen ist. Dann macht er sich an den Rückweg.

*

Es wurde zehn, und es wurde zwanzig nach. Mikes Unruhe wuchs. Um halb elf hielt er es in seinem Zimmer nicht mehr aus, fuhr mit dem Aufzug nach unten und ging zur Rezeption. Frau Mayer hatte wieder Dienst.

»Guten Morgen, Herr Engel«, sagte sie. »Was kann ich für Sie tun?«

»Hat jemand nach mir gefragt?«, wollte Mike wissen.

»Tut mir Leid. Niemand.«

»Frau Hoffmann? Hat sie vielleicht angerufen?«

Frau Mayer schüttelte den Kopf.

Mike ging ein paar Schritte unschlüssig durch die Lobby.

Ein Mann mit Kochmütze kam durch den Haupteingang herein, grüßte Mike freundlich und verschwand in Richtung des Speisesaals. Mike registrierte, dass er kurz zusammengezuckt war. Dreh jetzt bloß nicht durch, sagte er sich.

Mike versuchte sich zu beruhigen und sah sich die Prospekte an, die an der Rezeptionstheke gestapelt waren. Konzerte in der Rhein-Mosel-Halle. Mittelrhein-Musik-Momente. Ein Festival mit der Rheinischen Philharmonie.

Dann war es zwanzig vor elf.

»Könnte ich mal telefonieren?«, fragte er Frau Mayer, die hinter dem Tresen am Computer beschäftigt war.

Sie schob ihm einen Apparat hin.

Als Erstes versuchte es Mike in Anitas Wohnung. Er ließ es klingeln, bis das Besetztzeichen kam.

Dann bat er Frau Mayer um ein Koblenzer Telefonbuch und suchte eine Nummer heraus. Er wählte, und sofort war jemand dran.

»Rhein-Eck-Stube, mein Name ist Simonis.«

»Hier ist Engel. Kann ich bei Ihnen Frau Hoffmann erreichen?«

»Tut mir Leid, Frau Hoffmann kommt immer erst am Nachmittag.«

»Zu Hause habe ich es schon versucht. Hat sie vielleicht eine Handynummer?«

»Entschuldigung, ich weiß nicht recht …«

»Sie können sie mir ruhig geben. Ich bin ein alter Schulfreund von Anita. Wir sind für zehn Uhr hier im Mercure-Hotel verabredet gewesen, aber sie ist nicht gekommen.«

»Also gut.« Der Mann, der sich mit Simonis vorgestellt hatte, diktierte eine D1-Nummer.

»Könnten Sie mir noch einen Gefallen tun?«

»Aber sicher.«

»Falls Frau Hoffmann doch in der nächsten Viertelstunde auftauchen sollte, sagen Sie ihr bitte, dass ich hier warte. Sie möchte mich dann bitte anrufen.«

»Wie war Ihr Name noch mal?«

»Engel.« Mike bedankte sich, wählte Anitas Handy an und bekam freundlich gesagt, dass der Teilnehmer nicht zu erreichen sei.

Um elf probierte er es ein weiteres Mal in der Wohnung. Wieder nichts.

Vor dem Hotel stoppte ein Taxi. Mike dachte schon, es sei Anita, aber dann stieg ein älteres Paar aus. Der Fahrer holte Gepäck aus dem Kofferraum.

Als die Gäste das Hotel betraten, zwängte sich Mike an ihnen vorbei. »Sind Sie frei?«, fragte er den Taxifahrer.

»Jetzt wieder.«

»Zur Rheinstraße bitte.«

»Warten Sie bitte«, sagte er, als sie an der Ecke hielten, wo die Rheinstraße von der Kastorpfaffenstraße abbog.

Mike lief zum Eingang und klingelte. Keine Reaktion. Ungeduldig probierte er ein paar andere Klingelknöpfe. Als endlich geöffnet wurde, fuhr er zu Anitas Wohnung hinauf. Klingeln und Klopfen brachte nichts.

Zwei Minuten später saß er wieder im Taxi.

»Und wo soll's jetzt hingehen?«, fragte der Fahrer.

Zu Nickenich. Die Polizei einschalten. Anita vermisst melden. Zumindest Nickenich anrufen. Oder ...

Oder hatte Nickenich Anita festgenommen? Sollte er die Polizei anrufen, um nachzufragen? Er würde sich damit verdächtig machen ...

»Na, Meister, haben Sie sich entschieden?«, kam es von vorn.

»Nach Oberwerth. Zum Parkplatz am Stadion.«

*

Der Feldweg verwandelt sich in einen schmalen Pfad, der zwischen den ansteigenden Bäumen verschwindet. Ab und zu gibt es tiefe Reifenspuren im weichen Boden. Offenbar von Holzarbeitern.

Er zieht den schweren Kasten die Steigung hinauf. Als er die Kuppe erreicht hat, rast sein Herz, und dunkle Flecken schwirren vor seinen Augen. Er dreht sich um. Zwischen den Bäumen sieht man den Acker, den Feldweg und die quer verlaufende Straße, wo gerade ein Lkw entlangdröhnt. Weiter hinten erstreckt sich eine Ebene. Industrieanlagen. Wieder diese aufgeschichteten Steine. Daneben erhebt sich ein großer gelber Kran. Es gibt keine Wohnhäuser, viel freies Brachland. Ab und zu ein paar Erdhügel.

Es ist still, nur in weiter Ferne rauscht leise der Verkehrslärm.

Er klappt den Kasten auf. Die graue Röhre darin ist mit Pappe und zusammengeknülltem Plastik fixiert. Er nimmt das Material sorgfältig heraus.

Ohne Hast schraubt er die Teile zusammen und hebt die Röhre langsam auf die Schulter. Sie ist ziemlich schwer. Lange kann er das Ding so nicht halten. Er sucht den gelben Kran. Wie weit mag er entfernt sein? Eineinhalb Meilen vielleicht. Er zwingt sich, ruhig das Ziel anzupeilen.

Der alte Mann löst die Sicherung. Dabei verliert er den Kran aus dem Visier. Ganz langsam bewegt er das Rohr, bis er ruhig steht und sein Ziel wieder vor sich sieht. Das Rohr gibt ein quäkendes Geräusch von sich. Er erschrickt und bemüht sich, möglichst flach zu atmen. Wie von selbst löst seine Hand den Schuss aus.

Zuerst passiert gar nichts. Der alte Mann spürt, wie ihm der Schweiß in den Nacken rinnt, und einen kleinen Moment lang kommt ihm der Gedanke, dass man ihm ein funktionsuntüchtiges Gerät verkauft, ihn aufs Kreuz gelegt hat.

Unvermittelt spürt er, wie es hinter ihm zu vibrieren beginnt. Er taumelt zur Seite. Das graue Rohr droht ihm von der Schulter zu rutschen. Und während er noch Halt sucht, sieht er, wie die Rakete davonzischt und scheinbar unendlich langsam einen Bogen aus dem Wald hinaus über die Straße beschreibt.

Er fängt sich, hält das rutschende Rohr am Haltegriff fest. Er starrt nach vorn. Er steht plötzlich in einer Wolke aus Gestank. Der Geruch erinnert an verfaulte Eier.

In diesem Moment blitzt es irgendwo dahinten auf. Wäre das dumpfe Donnern nicht gewesen, hätte man es für einen Sonnenreflex halten können. Der alte Mann wischt sich über die Stirn und versucht, etwas zu erkennen.

Wie in Zeitlupe neigt sich der Kran zur Seite. Doch dann senkt sich der Turm aus Stahlverstrebungen immer schneller wie ein gefällter Baum.

Als die Stahlverstrebungen auf den Boden krachen, donnert es zum zweiten Mal.

13.

Mikes Herzschlag beschleunigte sich, als das Taxi vom Parkplatz Oberwerth davonrollte und ihn am Ort des nächtlichen Mordanschlags zurückließ. Zum Glück war jetzt heller Tag. Niemand war zu sehen. Das Verkehrsrauschen von der Brücke war genauso stark wie in der Nacht, wirkte jetzt aber weniger bedrohlich. Mike sah sich um, entdeckte immer noch niemanden und rannte zum Auto.

Die Kugel war durch das Seitenfenster in die ausgestopfte Tasche gedrungen und hatte ein Loch hineingerissen. Zum Glück war kaum Regen in den Wagen gedrungen. Das Auto war nicht verschlossen gewesen. Geld und Papiere befanden sich aber immer noch in der Ablage. Nichts wie weg hier, dachte Mike. Er schob die Tasche auf den Beifahrersitz, startete den Wagen und fuhr los. Nervös behielt er den Rückspiegel im Auge. Niemand folgte ihm.

Bald bemerkte er, dass er mit dem Glasschaden die Blicke der Passanten auf sich zog. Auf der Karthause fuhr er an einer Bushaltestelle rechts ran und versuchte, das Fenster herunterzukurbeln. Das Glas verkeilte sich, die kaputte Scheibe blieb stecken. Mike entschloss sich zur Radikallösung. Vorsichtig klopfte er das Glas heraus. Nun war es nicht mehr so auffällig. Dafür hatte er ständig das Fenster offen.

Als er auf der Hunsrückhöhenstraße Gas gab, wurde der Krach im Wagen so gewaltig, dass er keine Musik hören konnte und stattdessen in einem unablässigen, düsenartigen Brausen saß. Bei Pfaffenheck fuhr er auf die Autobahn Richtung Wiesbaden, und nun wurde es mit dem Lärm erst richtig schlimm. Es kam ihm vor, als säße er in einem Wirbelsturm.

An der nächsten Tankstelle machte Mike wieder Pause. Ein Glück, dass sich die Benzingeschäfte heute in kleine Supermärkte verwandelt hatten. Er erstand eine Rolle Isolierband und fing auf dem Parkplatz an, eine Aldi-Tüte, die er noch im Auto gehabt hatte, anstelle der Scheibe in das Loch zu kleben.

Er war gerade fertig, als plötzlich jemand neben ihm auftauchte.

»Sie – damit können Sie aber nicht fahren!«

Der Mann trug Kniebundhosen und einen grünen Kordhut. Er wirkte auf der Autobahn so fehl am Platz wie Luis Trenker in einem Science-Fiction-Film.

»Warum nicht?«, fragte Mike.

»Das verstößt gegen die Straßenverkehrsordnung. Sie müssen auch an den Seiten freie Sicht haben. Ich kann Ihnen das sagen. Ich bin pensionierter Amtsrichter.«

Mike unterdrückte einen Fluch und ging wieder in den Verkaufsraum. Hier brachte er den Mann an der Kasse dazu, ihm ein Stück durchsichtige Folie zu überlassen.

Das Plastik knatterte ein wenig, aber wenn Mike nicht ganz so schnell fuhr, war es ruhig genug im Wagen, um erst ein wenig Rachmaninow, dann Gershwins »Rhapsody in Blue« lauschen zu können. Mitten in der rasanten Schlusscoda traf Mike in der Wiesbadener Innenstadt ein.

Alte Fassaden säumten die Hauptstraße. Mike war noch nie in Wiesbaden gewesen. Er fragte sich, wo wohl die berühmten Kurparks waren, die es in Wiesbaden in Hülle und Fülle geben sollte. Immerhin lag gegenüber vom Hauptbahnhof eine schmale grüne Fläche, die man entfernt mit Kurbetrieb in Verbindung bringen konnte.

Mike kämpfte sich durch das Verkehrsgewühl weiter und suchte einen Parkplatz. Sicher gab es irgendwo einen Stadtplan, an dem er sich orientieren konnte. Als er auf einer Art Mini-Autobahn wieder aus der Stadt hinauszufahren drohte, bog er kurz entschlossen in den nächsten Stadtteil ein. »Bierstadt«, las Mike. Ein schöner Name, vor allem bei dieser Hitze, dachte er.

Am rechten Straßenrand war eine junge Frau damit beschäftigt, mit der einen Hand einen Kinderwagen, mit der anderen eine Hundeleine festzuhalten. Die Leine war mindestens vier Meter lang; das andere Ende verschwand in einer Hecke. Wahrscheinlich machte Bello dort gerade sein Geschäft.

Mike hielt, lehnte sich auf die Beifahrerseite und kurbelte die Scheibe herunter. »Entschuldigung«, sagte er. »Können Sie mir sagen, wo die Abeggstraße ist?«

»Wie soll die heißen?«, fragte die Frau.

Mike wiederholte den Straßennamen. Plötzlich tauchte ein pickeliger Jugendlicher auf. Er trug ein schwarzes T-Shirt mit dem weißen Aufdruck »Heul doch!«.

»Die ist im Komponistenviertel«, sagte er und deutete in die Gegend. »Am besten über die Rheinlandstraße, dann die Leibnizstraße lang und auf die Sonnenbergstraße. Dann geht's rechts rauf.«

Mike bedankte sich und suchte die Abzweigungen. Der Weg führte in ein kleines Tal, wo es endlich den typischen Wiesbadener Kurpark gab. Das Kurviertel war hier sogar ausgeschildert. Als Mike das Schild »Richard-Wagner-Straße« sah, ließ er den Peugeot den steilen Berg hinaufröhren und fand sich inmitten eines Labyrinths von schmalen Alleen wieder. Zierpflanzen stiegen wie grüne Fontänen in den Gärten empor und neigten sich in dicken Büscheln auf die Straße. Hinter Zäunen und Hecken kauerten exklusive Anwesen. Mike kam in die Schumannstraße, aber er sah niemanden, den er nach seinem Ziel fragen konnte. In der Händelstraße staunte Mike über gigantische Säulen, die an einen griechischen Tempel erinnerten. Dann bemerkte er, dass er in einer Einbahnstraße war.

Plötzlich änderte sich das Bild. Ein neues Anwesen tauchte auf, diesmal eines aus Beton, mit Stacheldraht und Überwachungskameras. Uniformierte Wachleute behielten Mikes Wagen im Auge, während er langsam vorbeifuhr. Ihm dämmerte, dass es sich bei dieser Anlage um das Bundeskriminalamt handeln musste.

Dann fand er zu den Komponisten zurück. Ein Mann, der gerade damit beschäftigt war, seinen Mercedes rückwärts einzuparken, erklärte ihm, wie er in die Abeggstraße kam.

Das Haus von Thomas Wood war von der Straße aus kaum zu sehen. Eine Hecke versperrte die Sicht. Dann wurde das dichte Grün von einem schmiedeeisernen Tor abgelöst. Dahinter erstreckte sich eine Einfahrt mit weißem Kies. Das Dach duckte sich unter grau glänzendem Schiefer wie eine Krabbe in ihrem Panzer.

Mike ließ den Wagen langsam vorbeirollen und stellte ihn ein Stück entfernt ab. Zu Fuß kehrte er zurück. Am Eingang neben dem Tor befand sich ein Klingelknopf in einer runden Messingeinfassung. Darüber war die Hausnummer angebracht, die Deborah Nair genannt hatte. Einen Namen fand er nicht. Wenn es keine Verständigungsprobleme gegeben hatte, musste er hier richtig sein.

Mike wollte gerade auf den Klingelknopf drücken, da bemerkte er am Haus einen Sonnenreflex. In der oberen Etage öffnete jemand ein Fenster. Mike sah eine junge Frau in einem weißen Kittel, die mit langsamen Bewegungen die Scheibe putzte. Kurz darauf schloss sich das Fenster wieder.

Mike drückte die Klingel.

»Sie wünschen?« Die Stimme drang aus einer Sprechanlage.

»Ich habe eine Nachricht für Mr. Nair«, sagte Mike.

»Für wen?«

»Mr. Richard Nair. Seine Tochter sagte mir, er sei hier.«

»Sie müssen sich irren.«

»Das ist doch das Haus von Thomas Wood?«

Die Person auf der anderen Seite schwieg.

»Wie war doch gleich Ihr Name?«, kam es dann aus dem Lautsprecher.

»Engel. Mike Engel.«

»Und wen haben Sie da eben erwähnt?«

»Was? Ach so – Mr. Nairs Tochter. Deborah. Ich habe eine Nachricht von ihr.«

»Unmöglich«, sagte die Stimme. »Sie sollten besser gehen. Es ist sicher ein Missverständnis.«

»Lassen Sie mich bitte mit Mr. Nair sprechen. Ist er da?«

»Gehen Sie.«

»Bin ich denn überhaupt richtig? Sagen Sie es mir doch bitte. Wohnt hier Mr. Wood?« Mike wartete. Die Verbindung war unterbrochen, und die Einfahrt lag so still da wie vorher. Er kehrte zum Wagen zurück.

Ob Nair da drin war?

Mike setzte sich in den Wagen und ließ die Fahrertür auf. So war die Hitze einigermaßen erträglich. Er konnte von hier aus die Einfahrt zu Woods Haus gut überblicken.

Träge tropften die Minuten dahin. Er konnte nichts dagegen machen, dass seine Gedanken um Anita kreisten. Warum war sie nicht gekommen? Hatte man auf sie auch geschossen? Er hatte sie noch mal anrufen wollen, wenn er in Wiesbaden war. Sollte er zu einer Telefonzelle fahren und riskieren, Nair zu verpassen? Mike setzte sich ein Limit von einer halben Stunde.

Ein Bild drängte sich auf. Anita, erschossen in ihrer Wohnung. Ein dunkler Blutfleck auf der hellen Couch, die Augen aufgerissen.

Das Bild überlagerte sich mit einem anderen. Die tote Anita hatte auf einmal die Züge der toten Carola, und zwischen die beiden drängte sich der Tote aus der Mosel. Drei Tote ...

Nein, Anita lebte noch. Sie hatte vielleicht versucht, ihn zu erreichen, aber er hatte ja verdammt noch mal kein Handy. Er musste auch noch mal im Hotel nachfragen. Für einen Moment dachte er an Iris Mayer, die immer so nett lächelte. Doch ihr Gesicht schien sich aufzulösen, und dann war Anita wieder da. Diesmal nicht auf der Couch, sondern im Bett. Nackt auf dem Bett, mit dem Unterschied, dass eine gewaltige Blutlache sie umgab ...

Und du bist der Nächste, Mike!

Er schreckte zusammen, als er vor sich eine Bewegung wahrnahm. Jemand kam aus der Einfahrt. Eine kleine, gedrungene Gestalt. War das Nair? Die Person schloss sorgfältig die schmiedeeiserne Tür. Es war eine junge Frau. Die Putzfrau, die Mike hinter dem Fenster gesehen hatte. Er erkannte sie an den braunen Haaren, die hinten zu einem Pferdeschwanz zusammengebunden waren. Sie trug keinen Kittel mehr, sondern ein weißes T-Shirt und eine dieser modernen militärfarbenen Bombenlegerhosen mit Seitentaschen.

Mike verließ den Wagen und folgte ihr. Eine große Tasche über der Schulter, ging sie mit federnden Schritten die leere Straße hinab. Mike schätzte sie auf höchstens zwanzig.

Es ging immer weiter den Berg hinunter, kreuz und quer durch das Viertel. Sie drehte sich nicht ein einziges Mal um. Mike blieb dran. Er war sicher, dass sie seine Verfolgung nicht bemerkte.

Schließlich erreichten sie das kleine Tal mit dem Kurpark. Die junge Frau blieb an einer Bushaltestelle stehen. Sie stellte die Tasche auf den Asphalt und wischte sich den Schweiß von der Stirn.

Als er näher kam, blickte ihn das Mädchen abschätzig an. Sie ging ein paar Schritte weg und lehnte sich an eine Straßenlaterne. Dann sah sie auf die Uhr. Mike bemerkte, wie sie lautlos die Lippen bewegte. Offenbar unterdrückte sie einen Fluch.

»Warten Sie auf den Bus?«, fragte er.

Sie musterte ihn wieder. »Wonach sieht's denn aus?«

»Wann kommt denn der nächste?«

Sie zuckte mit den Schultern. »Eigentlich hätte ich ihn noch kriegen müssen. Ich glaube, meine Uhr geht falsch. Wenn er schon weg ist, müssen wir eine Viertelstunde warten.«

Sie blickte auf den Gehsteig und verschränkte die Arme vor der Brust. Mike beschloss, einfach mit seiner Frage herauszurücken.

»Sie arbeiten im Haus von Thomas Wood, oder?«

Sie sah auf und runzelte die Stirn. »Gut beobachtet. Sie haben mich ja herauskommen sehen.«

»Sie sind Putzfrau, oder?«

»Was geht Sie das an? Wollen Sie mir ein Gespräch aufzwingen, oder was?«

Mike hob beschwichtigend die Arme. »Entschuldigen Sie. Ich bin nur nach jemandem auf der Suche, der Thomas Wood getroffen hat. Ich habe da oben geklingelt, aber sie haben mich nicht reingelassen.«

»Sie werden ihre Gründe gehabt haben.«

»Ja, aber …« Mike rang nach Worten. Seine Nachforschungen kamen ihm plötzlich lächerlich vor. Wenn dieser Thomas Wood Geschäftsmann war und sich als solcher mit Nair getroffen hatte, dann gab es dafür Möglichkeiten, die eine Putzfrau nicht mitbekam. In einem Hotel zum Beispiel. Oder in einer Firma. In einem Konferenzraum. Dafür waren Konferenzräume nun mal da.

»Es geht um einen Geschäftspartner«, sagte er. »Er heißt Richard Nair und kommt aus Amerika. Los Angeles.«

»Am besten, Sie fragen Mr. Wood selbst«, sagte das Mädchen und wandte sich ab.

»Ich dachte mir, Sie hätten den Mann, den ich suche, vielleicht gesehen.«

»Könnten Sie mich jetzt bitte in Ruhe lassen?«, sagte sie scharf. »Oder sind Sie vielleicht von der Polizei?«

»Nein, nein«, wehrte Mike ab. »Ehrlich gesagt, bin ich Musiker.« Es war völlig bescheuert von ihm, das zu sagen. Er hätte sich wieder als Journalist ausgeben sollen.

»Soweit ich weiß, hat Wood nicht gerade viel mit dem Musikbusiness zu tun.« Sie streckte ihren Zeigefinger aus, ließ ihn neben der Schläfe kreisen und riss die Augen auf. »Sie sind nicht vielleicht ein bisschen verrückt, oder?«

»Ich kann Ihnen das alles nicht so genau erklären«, sagte Mike.

»Jedenfalls muss ein Amerikaner namens Richard Nair in den letzten Tagen bei Wood gewesen sein. Ich kenne seine Tochter ganz gut. Und sie will einfach wissen, wo ihr Vater ist, das ist alles.«

»Eine tolle Geschichte.«

»Nicht wahr?« Mike musste unwillkürlich lächeln. Komisch, er hatte sich eine Putzfrau in einem reichen Haus immer anders vorgestellt. Das Mädchen hier wirkte gar nicht wie eine Hausangestellte.

»Sie sind also Musiker?«, fragte sie.

»Wie gesagt.«

»Was machen Sie genau?«

»Ich spiele Klavier. Und komponiere ein bisschen. Brauchen Sie Beweise?« Mike zog das Notenheft aus seiner Brusttasche.

Das Mädchen nahm es ihm aus der Hand. Aufmerksam las sie, was Mike hineingekritzelt hatte. Mike konnte sehen, wie ihr Blick die Notenlinien verfolgte und wie ihre Lippen die Musik lautlos mitzusingen schienen. Sie blätterte immer weiter. Dann gab sie ihm das Heft zurück.

»So, Sie sind also auch noch Komponist.«

»Genau.«

»Aber ein lausiger«, erklärte sie. »Von Stimmführung und Kontrapunkt haben Sie nicht viel Ahnung.«

»Was soll das heißen? Woher wissen Sie das denn?«

Sie verzog die Lippen, und ihr Gesichtsausdruck wurde spöttisch. »Glauben Sie, dass das Putzen von Woods Bude da oben mein Hauptvergnügen ist?«

»Sondern?«

»Ich studiere Schulmusik in Mainz. Viertes Semester. Ich kann Ihnen nur den Rat geben, sich mal etwas intensiver mit Tonsatz zu beschäftigen. So viele Quintenparallelen in einer Zeile habe ich nicht mehr gesehen, seit wir Carl Orffs ›Carmina Burana‹ analysiert haben.«

Mike schlug das Heft auf und fing an, seine Notizen zu überprüfen.

»Suchen Sie nur die Fehler, Sie Meisterkomponist. Eine Hochschule haben Sie jedenfalls nicht besucht, so viel steht fest.«

»Damit haben Sie allerdings Recht«, gab Mike zu.

»Und jetzt noch ein letzter Test«, sagte sie. Sie öffnete ihre Tasche und zog ein großes Heft heraus. Mike erkannte einen typischen blauen Umschlag des Henle-Verlages. Das Mädchen hielt den Namen des Komponisten zu und schlug das Heft willkürlich auf. Dann hielt sie ihm die beiden Notenseiten entgegen.

»Von wem ist das?«, fragte sie. »Wenn Sie wirklich Pianist sind, müssen Sie das wissen.«

Mike brauchte gar nicht nachzudenken. Die ineinander verschachtelten Stimmen in den Doppelsystemen sprachen eine deutliche Sprache.

»Bach. Italienisches Konzert. Erster Satz.«

»Richtig«, rief das Mädchen, »der Kandidat hat hundert Punkte. Vielleicht habe ich Sie falsch eingeschätzt. Sie sind wohl mehr Praktiker als Theoretiker. Ah, da kommt der Bus.«

Das Fahrzeug rollte heran. »Halt«, rief Mike. »Steigen Sie nicht ein. Ich muss mit Ihnen reden.« Der Bus hielt, die Fahrertür öffnete sich zischend. »Ich habe oben einen Wagen stehen. Ich kann Sie nach dem Gespräch hinfahren, wo Sie wollen.«

»Meine Mama hat gesagt, ich soll nicht zu Fremden in den Wagen steigen. Auch nicht, wenn es Musiker sind. Wissen Sie was? Kommen Sie in einer halben Stunde in die Haltbar in der Neugasse. Das ist in der Innenstadt. Leicht zu finden. Da können wir uns unterhalten. Sie dürfen mich zur Gegenleistung zu etwas einladen.«

»Wie bitte? Haltbar? Was ist das denn?«, rief Mike.

Aber da war sie schon eingestiegen, und der Bus fuhr an.

Mike verfluchte sich dafür, dass er nicht einfach mit eingestiegen war. Er holte das Auto, fuhr in die Stadt hinunter und verzettelte sich hoffnungslos auf der Suche nach einem Parkplatz. Schließlich folgte er der Beschilderung zum Kaufhof-Parkhaus und wurde dort endlich den Wagen los.

Die Neugasse war ein schmales Sträßchen ganz in der Nähe. Neben einem Geschäft, das sich »Allerlei-Shop« nannte und vor dem aufgeklappte Poster Sonderangebote für Foto- und Elektronikwaren anpriesen, ragte eine Markise in das Laub zweier Bäume. Darunter standen runde Tische mit roten Tischdecken aus Kunststoff. An einem davon saß das Mädchen – vor sich ein Sektkühler, aus dem eine grüngoldene Flasche ragte. Daneben stand ein hohes Glas mit einer perlenden Flüssigkeit.

»Ich war gespannt, ob Sie kommen«, sagte sie.

Mike ließ sich nieder.

»Was trinken Sie denn da?«, fragte er.

»Das ist Champagner. Wenn Sie nett sind, gebe ich Ihnen ein Gläschen ab. Sie erinnern sich ja sicher an unseren Deal: Sie laden mich ein.«

»Was kostet der?«, fragte Mike.

»Bloß hundertdreißig Euro«, sagte sie seelenruhig. »Es ist der teuerste, den sie haben.«

Mike erkämpfte sich ein unbeteiligtes Pokerface. »Ich glaube, für mich tut's auch ein Cappuccino.« Er winkte dem Kellner und bestellte. »Gibt's hier auch was zu essen?«

»Baguette«, empfahl der Kellner, und Mike orderte eins mit Käse und Schinken. »Was hätten Sie denn gemacht, wenn ich nicht gekommen wäre?«, fragte er.

»Ich hab's drauf ankommen lassen.«

»Sie scheinen ja bei Wood gut zu verdienen.«

»Ich liebe das Risiko. Schlimmstenfalls wäre eben ein Wochenverdienst draufgegangen.«

Mike nickte, und sie trank einen Schluck. »Was genau machen Sie als Pianist?«, fragte sie. »Sind Sie Solist?«

Mike musste unwillkürlich lächeln. »Das kann man so sagen. Ich trete jeden Abend auf und habe sogar ein Stammpublikum.«

»Tatsächlich? Sind Sie berühmt? Ich meine, müsste ich Sie kennen?«

»Das müssen Sie selbst beurteilen.«

»Wo spielen Sie denn so?«

»Immer in demselben Konzertsaal.«

Sie lehnte sich zurück, ihr Gesicht, das eben noch so etwas wie Staunen ausgedrückt hatte, wirkte abschätzig. »Sie nehmen mich auf den Arm.«

»Keineswegs.«

»Ach.« Sie machte eine wegwerfende Handbewegung. »Jetzt weiß ich's. Sie sind Barpianist.«

Mike nickte nur.

»Warum nicht?«, meinte sie. »Auch eine Art, sein Geld zu verdienen. Es gibt Schlimmeres.«

»Danke für die Blumen.«

»Aber Sie spielen den Leuten doch sicher nicht so was wie das ›Italienische Konzert‹ von Bach vor, oder?«

»Wenn es jemand wünscht, schon.« Und wenn ich es hinkriege, fügte er innerlich hinzu. »Das kam aber noch nicht vor. Manchmal schmuggle ich ein bisschen Debussy in mein Programm. Es gibt Leute, die halten seine Préludes für ganz ausgefallene Jazznummern.«

Sie lachte. »Nicht schlecht. Das muss ich mir für meine Schüler später merken.«

Der Kellner kam ziemlich flott, wahrscheinlich angesichts der Champagner-Bestellung, die seinen Umsatz in die Höhe schnellen ließ. Er brachte Mikes Cappuccino und das Baguette.

»Entschuldigen, Sie Frau …«, fing Mike an.

»Nennen Sie mich Daniela.«

»Ich heiße Mike. Entschuldigen Sie, aber ich hab's etwas eilig und würde schnell zur Sache kommen …«

»Was wollen Sie wissen?«

Er griff in die Hosentasche, holte den Internetausdruck hervor und zeigte Nairs Bild.

»Zunächst mal, ob dieser Mann bei Wood aufgetaucht ist. Wie gesagt – ich kenne seine Tochter, und sie hat mir erzählt, er sei plötzlich von Amerika aus aufgebrochen. Nun macht sie sich Sorgen. Der Mann geht auf die achtzig zu.«

»Warum sagt Ihnen Wood nicht selbst was darüber?«

»Ich habe keine Ahnung, wie ich an ihn herankommen soll.«

»Kann Ihnen diese Tochter da nicht helfen?«

Mike schüttelte den Kopf. Er nahm das Baguette und biss hinein.

»Wood ist nicht leicht zu kriegen«, fuhr sie fort. »Ich arbeite jetzt schon fast ein Jahr da, aber ich bekomme ihn kaum zu Gesicht. Tagsüber ist er wohl in seiner Firma. So genau weiß ich das nicht.«

»Was für eine Firma ist das denn?«, fragte Mike kauend.

»Was Amerikanisches. Sie heißt ›Peaceforce Dynamics‹.«

»Klingt wie Greenpeace oder so was.«

»Ganz falsch. Die Firma stellt militärische Waffensysteme her. Ich habe einen Kommilitonen, mit dem ich jedes Mal in eine Diskussion darüber gerate.«

»Warum?«

»Weil ich für jemanden aus dieser Firma arbeite. Immerhin machen die Geschäfte mit dem Krieg. Davon muss man nicht auch noch profitieren.«

Mike kratzte sich am Kopf. »Ist das nicht etwas übertrieben? Sie halten ja nur die Räume sauber.«

Sie zuckte mit den Schultern. »Der Freund von mir sagt: Irgendjemand muss ja mal anfangen mit dem Boykott. Und wenn es nur auf dieser Ebene ist.«

»Das juckt so jemanden wie diesen Wood sicher wenig. Der würde sich sofort eine neue Putzfrau nehmen.«

»Das denke ich auch.« Sie nippte wieder. Das Glas war fast leer.

»Und Wood gehört die Firma?«, fragte Mike.

»Er leitet nur die deutsche Niederlassung, soviel ich weiß.«

»Und der Name Nair sagt Ihnen nichts?«

»Nein. Heute war auch niemand da. Jedenfalls nicht, solange ich gearbeitet habe. Und das war seit neun Uhr.«

»Wie oft gehen Sie da hin?«

»Zweimal die Woche.«

»Regelmäßig?«

»Normalerweise dienstags und freitags. Der Dienstagstermin wurde auf heute verschoben. Warum, weiß ich nicht.«

»Kommt das öfter vor?«

»Eigentlich nie.«

Das könnte was damit zu tun haben, dachte Mike.

»Wer ist noch in dem Haus, wenn Sie arbeiten?«

»Nur Pablo. Eine Art Privatsekretär. Und der hat da ein Büro, aus dem er selten rauskommt.«

»Meinen Sie, ich käme irgendwie an diesen Pablo heran? Könnten Sie ihn nicht für mich fragen?«

»Also, ehrlich gesagt, wenn er nicht mit der Information herausgerückt ist, als Sie mit ihm gesprochen haben, dann wird er es auch jetzt nicht tun. Und verstehen Sie mich nicht falsch, aber ich habe keine Lust, meinen Job zu gefährden. Es ist sicher nicht gut, wenn er wüsste, dass wir uns über die Firma unterhalten.«

»Können Sie vielleicht mit der Bezeichnung ›Gimlet‹ etwas anfangen?«

»Was soll das denn heißen?«

»Es hat irgendetwas damit zu tun, was dieser Nair von Thomas Wood will. Es heißt ›Bohrer‹, wenn ich das richtig verstanden habe.«

»Hat der Mann, den Sie da suchen, auch eine Rüstungsfirma?«

»Soweit ich weiß, hat er jahrzehntelang in Amerika Filme ausgestattet. Das Unternehmen heißt ›Fantasy World‹.«

»Klingt wie Disneyland. Vielleicht haben sich die beiden über ein Projekt verständigt. Irgendwas Geplantes.«

»Und vielleicht hat Thomas Wood ja vor, einen neuen Zweig in seiner Firma aufzumachen«, spann Mike den Gedanken weiter. »Oder es gibt gar keinen neuen Zweig, und hinter dieser Bezeichnung verbirgt sich was Militärisches. Ein Waffensystem. Eins, das bei Thomas Wood hergestellt wird. Wenn ich nur mehr über dieses Thema rauskriegen könnte … Ah, da fällt mir etwas ein.«

»Lassen Sie hören.«

»Ihr Freund, den Sie gerade erwähnt haben.«

»Ja?«

»Meinen Sie, er weiß über Waffen und so was Bescheid?«

Sie legte den Finger an den Mund und dachte einen Augenblick nach. »Die Idee ist nicht schlecht«, sagte sie. »Hanno studiert Politik und ist in allen möglichen Friedensgruppen aktiv. Aber wenn es um ein geplantes Projekt geht … Am Ende sogar um was Geheimes …«

»Gehen wir doch einfach zu ihm«, sagte Mike. »Oder noch besser: Vielleicht kann er ja herkommen.«

»Wir haben Semesterferien«, sagte sie. »Das bedeutet, er ist vielleicht gar nicht in der Stadt.«

»Wie kriegen wir das raus?«

»Ganz einfach. Ich rufe ihn an.« Sie beugte sich zu dem Stuhl, auf dem sie ihre Tasche abgelegt hatte, öffnete sie und wühlte darin herum. Dann hatte sie ein Handy in der Hand. Sie tippte eine Nummer ein und hielt das Ding ans Ohr.

»Er wohnt in einer WG«, sagte sie. »Irgendeinen werde ich schon kriegen … Ja, hallo? Daniela hier. Nein. Daniela Baumann … Ist Hanno da? Nicht? Ach so …« Sie beugte sich nach vorn, wühlte wieder in ihrer Tasche und brachte einen Stift zum Vorschein. Sie schien eine Gelegenheit zum Schreiben zu suchen. Schließlich notierte sie ein paar Zahlen auf dem Unterarm. »Danke«, sagte sie und drückte den Knopf. »Er ist nicht zu Hause, aber in der Stadt. Ich habe eine Telefonnummer von einem Büro bekommen, wo ich ihn erreichen kann. Ich versuch's mal.«

Sie wählte die Ziffern, die sie auf ihrem Arm notiert hatte, sprach wieder mit verschiedenen Leuten, dann schien sie Hanno endlich erreicht zu haben. »Dein Typ wird verlangt«, sagte sie. »Nur ganz kurz. Da ist jemand, der eine Auskunft darüber braucht, was dieser Wood in seiner Firma treibt. Ja – das ist doch dein Thema, oder?«

Sie blickte Mike an, die Stirn gerunzelt. »Ja, ich weiß, dass du wenig Zeit hast ... Ein Journalist? Ja, kann sein, dass er Journalist ist ...« Sie verdrehte die Augen. »Nun komm schon. Wir sind hier in der Haltbar. Es dauert bestimmt nicht lang ...« Plötzlich hielt sie Mike den Hörer hin. »Er hat keine Zeit zu kommen«, sagte sie. »Reden Sie am Telefon mit ihm.«

*

Nachdem der Kran umgefallen war, passierte erst einmal nichts. Es dauerte mindestens eine halbe Minute, bis jemand aus einem Gebäude kam. Doch dann ging es sehr schnell. Der Parkplatz bei den Industrieanlagen füllte sich mit Menschen. Ein Polizeiwagen mit Blaulicht schoss die Landstraße entlang und bremste scharf an der Zufahrt. Von der anderen Seite näherten sich mehrere Feuerwehrfahrzeuge. Das ist jetzt eine Stunde her.

Er hält den Zeitpunkt für gekommen zu verschwinden.

Er geht nicht in das Tal zurück, sondern schlägt sich in die andere Richtung, wo bald wieder eine Straße zu sehen ist. Bevor er den Schutz des Waldes verlässt, muss er den Kasten loswerden.

Er entdeckt am Hang eine umgestürzte Fichte. Die ausgerissenen Wurzeln ragen als gewaltiger Halbkreis in die Höhe. Darunter hat sich eine Mulde gebildet. Er legt den Kasten hinein und trägt etwas Holz zusammen, mit dem er ihn bedeckt. Dann eilt er zur Straße und dreht sich um. Er muss sich die Stelle genau einprägen.

In welche Richtung soll er gehen?

Auf der anderen Seite der Straße beginnt wieder das Brachland, dahinter erkennt er in der Ferne weiße, kastenförmige Gebäude. Davor verlaufen Stromleitungen. Der alte Mann erklimmt die niedrige Bö-

schung. Unter den Leitungen verläuft parallel zur Straße eine Bahnlinie. Im weiten Bogen führt sie auf die Industrieansiedlung zu.

*

»Hier ist Hanno Hauschild. Mit wem spreche ich?«

»Mein Name ist Engel. Ich wollte Sie etwas über Waffensysteme fragen. Das heißt, ich weiß nicht, ob wirklich so was dahinter steckt. Es geht um einen bestimmten Begriff.«

»Welchen?«

»Bohrer. Auf Englisch ›Gimlet‹. Können Sie damit was anfangen?«

»Hm. Damit ist kein Bohrer im wörtlichen Sinne gemeint. Es ist der Name einer Flugabwehrwaffe, die im Warschauer Pakt und in der Nato eingesetzt wurde. Ob sie heute noch in Gebrauch ist, weiß ich allerdings nicht.«

»Und die hieß Gimlet?«

»Gimlet im Westen, Igla im Osten.«

»Igla?«

»Ja, das war oft so, dass die beiden Machtblöcke sich mit denselben Krallen beharkten, wenn ich das mal so blumig ausdrücken darf. Sie hatten nur eigene Bezeichnungen dafür.«

Mike runzelte die Stirn. »Wird so was in Thomas Woods Firma hergestellt?«

»Sicher nicht. ›Peaceforce Dynamics‹ hat mehr mit Elektronik und so was zu tun. Die Gimlet ist dagegen was Archaisches. Stellen Sie sich eine Panzerfaust vor. Also ein Rohr mit einer Rakete vorne dran. Sie wird von einem einzelnen Soldaten abgeschossen. Nur richtet sich die Gimlet nicht gegen einen Panzer, sondern gegen ein Flugziel. Ein Flugzeug zum Beispiel.«

»Interessant«, sagte Mike und schluckte. Hanno Hauschild nahm sein Schweigen als Aufforderung, weiter zu erzählen.

»Jede Waffe hat ihre spezielle Aufgabe. Eine Panzerfaust frisst sich durch den Mantel eines Panzers, erzeugt irrsinnige Hitze, lässt das Gefährt aber nicht explodieren. Die Soldaten im Panzer verbrennen. Außerdem wird ihnen schlagartig der Sauerstoff entzogen.« Er sagte das so dahin, als würde er erklären, wie eine Kaffeemaschine funktioniert. »Eine Fliegerfaust dagegen«, fuhr er fort, »besitzt einen Sprengkopf von gut einem Kilo. Das Ding explodiert, dadurch werden Splitter verstreut, und die reißen dann Löcher in die Außenhaut eines Flugzeugs. Man könnte damit aber auch ein kleines Gebäude zum Einsturz bringen. Man muss mindestens sechshundert Meter entfernt sein, man kann damit aber auch bis zu fünf Kilometer weit schießen.«

»Sie sind gut informiert. Schrecklich, was es für Waffen gibt.«

»Die Welt starrt nur so vor Waffen«, erklärte Hauschild. »Das ist nun mal so. Ich nehme an, ich erzähle Ihnen damit nichts Neues.«

»Wenn ich das richtig verstanden habe, kann ein einzelner Mann diese Gimlet bedienen. Und ein Flugzeug angreifen.«

»Ja. Er kann die Waffe mit sich rumschleppen. Sie wird so an die zwanzig Kilo wiegen. Und dann kann er sich auf die Lauer legen. Aber wenn Ihnen das außergewöhnlich vorkommt, haben Sie noch nichts von der Stinger gehört.«

Mike dachte nach. »Doch, davon habe ich gehört. Was ist das genau?«

»Die Stinger war zum Beispiel in Afghanistan im Einsatz. Das ist auch eine Rakete, die ein einzelner Soldat bedienen kann. Sie ist noch etwas kleiner als die Gimlet – nur einen Meter lang. Damit können Sie jedes Flugzeug vom Himmel holen.«

»Sind Flugzeuge nicht zu schnell für so was?«

»Herr Engel! Wir leben im Zeitalter der Hochtechnologie. Sie schießen die Rakete ab. Sie verfolgt ihr Ziel von selbst. Unbeirrbar. Sie hängt sich an die Wärmequelle des Flugzeugs und verfolgt es. Die Amis haben für so was einen schönen Ausdruck. Sie nennen es ›Fire and Forget‹. Man schießt und kümmert sich nicht weiter drum.«

»Das ist ja furchtbar.«

»Die Gimlet kann das in Ansätzen auch, soweit ich weiß. Aber längst nicht so perfekt.«

»Wo kann man so eine Gimlet bekommen?«

»Wollen Sie etwa eine kaufen?«

»Nein, es interessiert mich nur.«

»Es ist sowieso kein großes Geheimnis. Da der Warschauer Pakt so was in seinen Beständen hatte, sind etliche davon auf dem Schwarzmarkt gelandet. Viele Angehörige der russischen Armee verkaufen Militärbestände, weil sie keinen oder zu wenig Sold kriegen. Kann ich sonst noch was für Sie tun? Ich habe wenig Zeit.«

Mike fiel etwas ein. »Ob so was wie die Gimlet auch im Irak zum Einsatz kam?«

Hanno Hauschild gab ein Schnaufen von sich. »Spatzenschleudern haben sie da kaum benutzt, denke ich.«

*

Er ist eine knappe Stunde gegangen, aber es kommt ihm vor, als sei er schon den ganzen Tag zu Fuß unterwegs. Was ihn durchhalten lässt, sind die Industrieansiedlungen, die immer näher kommen.

Eine Industrieansiedlung bedeutet Menschen. Und Menschen bedeuten Verkehrsmittel.

Ab und zu brausen Autos vorbei. Einmal sogar ein Polizeiwagen, aber man nimmt keine Notiz von ihm.

Der alte Mann erreicht ein Autohaus, auf dem in großen Lettern »TOYOTA« steht, in einem anderen Gebäude werden Möbel verkauft. Er ist erleichtert, als er ein Schild sieht, auf dem »Zum Bahnhof« steht. Dieses Wort kennt er.

Dann trifft er auf etwas Bekanntes: zwei hoch gereckte gelbe Bögen, die ein stilisiertes »M« darstellen. Er fühlt sich ein bisschen wie zu Hause, obwohl er sich kaum daran erinnern kann, wann er diese Restaurantkette zum letzten Mal besucht hat.

Er genehmigt sich ein kleines Menü und beobachtet die anderen Gäste. Seine Tochter hat erzählt, in Europa würde die Fast-Food-Kultur als etwas Degeneriertes betrachtet. Und man würde sie ablehnen. So, wie die drei Jugendlichen am Nachbartisch die Hamburger in sich hineinstopfen, ist von Ablehnung nichts zu spüren.

Der alte Mann verlässt das Restaurant und folgt weiter dem Bahnhofsschild. Es führt ihn durch einen Vorort zu einem weißen, heruntergekommenen Gebäude, auf dem der Name der Station steht. Mayen-Ost.

*

Mike hatte sich verabschiedet, die Zeche bezahlt und war gegangen. Als er auf dem Dach des Kaufhof-Parkhauses in sein Auto stieg, schien die Welt um ihn herum zu schwanken. Irgendetwas war mit seinem Kreislauf nicht in Ordnung.

Während er durch die Röhren kurvte, fiel ihm ein, dass er gar nicht mehr an Anita gedacht hatte. Er musste noch mal versuchen, sie zu erreichen. Aber was sollte er machen, wenn sie sich wieder nicht meldete? Und wenn sie immer noch nicht in ihrem Restaurant aufgetaucht war? Er fädelte sich in den Verkehr ein. Die Autobahn war ausgeschildert.

Nair hatte ganz offensichtlich etwas mit illegalem Waffenhandel zu tun. Anscheinend war er nach Wiesbaden gekommen, um sich mit diesem Wood Gimlets oder Iglas anzusehen oder sogar zu kaufen.

Wie musste man sich einen solchen Handel vorstellen? Wie im Krimi? Ein Käufer nimmt Kontakt mit Anbietern auf, trifft sich mit ihnen hinter irgendeiner düsteren Fabrikhalle, wo er soundso viele Kisten mit Waffen übergeben bekommt? Der Käufer hat dann ein paar Millionen Dollar in bar dabei und der andere die Ware?

Warum nicht? Und manchmal fanden solche Geschäfte nicht in düsteren Fabrikhallen, sondern nachts auf Brücken statt. Und es konnte bei so was Streit geben. Und jemand kam bei so einem Streit ums Leben …

Wie prüfte der Käufer eigentlich die Ware? Gab es da so eine Art Garantie? Konnte es nicht passieren, dass der Anbieter in eine Falle gelockt und um sein Geld erleichtert wurde?

Natürlich kann das passieren, sagte sich Mike. Und das passiert garantiert nicht nur in Krimis.

Und das hieß, vor zwanzig Jahren war so was vermutlich auch passiert. Nur dass das Opfer das Geld mit in die Mosel genommen hatte. Wo zwei Siebzehnjährige es dann fanden.

Welche Rolle konnte Ramann dabei gespielt haben? Kurz vor seinem Tod hatte er seinen Vater besucht. Seinen Vater, der sich nie um ihn gekümmert hatte. Ramann war Soldat gewesen. Ramann hatte kurz vor seinem Tod ein Foto von dem Denkmal-Schrott nach Amerika geschickt. Und warum? Als Eintrittskarte. Er wusste, dass sein Vater sich für das Denkmal und dessen Geschichte interessierte. Wenn Ramann eine Information darüber bieten konnte, kam er leicht an seinen Vater heran. Um dann mit ihm Waffengeschäfte zu machen. Beruflich hatte er sowieso mit dem Militär zu tun. Und welche Information war besser als die, wo das ganze Denkmal war?

Aber die Theorie hatte Lücken. Woher wusste Ramann, dass sich sein Vater für das Denkmal interessierte? Und woher wusste er, wo das echte Denkmal war? Und was war dann passiert?

Hatte Nair womöglich seinen Sohn auf dem Gewissen?

Sollte Mike zu Thomas Woods Firma fahren, ihn mit Gewalt aufsuchen und zur Rede stellen? Das kam Mike ziemlich lächerlich vor. Oder sollte er wieder zurück nach Koblenz fahren? Um was zu tun?

Es musste doch jemanden geben, der diesen Nair gut gekannt hatte. Jemand anderes als Thomas Wood oder seine Tochter.

Natürlich! Er fasste sich an die Stirn und spürte einen dicken Schweißfilm. Es war völlig klar, mit wem er sprechen musste.

Vor der Autobahn tankte er und brach dafür seinen letzten Hundert-Euro-Schein an. Die Sache begann, teuer zu werden.

In der Nähe gab es eine Telefonzelle. Er versuchte es erst bei Anita zu Hause. Niemand hob ab.

Dann rief er noch einmal in der Rhein-Eck-Stube an. Auch dort war sie nicht aufgetaucht.

Schließlich wählte er die Nummer von Frau Ramann. Es klingelte sehr lange, bis jemand abhob.

»Bei Ramann?« Es war eine Frau, allerdings nicht Frau Ramann.

»Ja, hallo, wer ist da bitte?«

»Hier bei Ramann.« Die Stimme klang ängstlich.

»Mein Name ist Michael Engel. Könnte ich bitte mit Frau Ramann sprechen?«

»Engel, sagen Sie?«

»Ja genau. Ist Frau Ramann da?«

»Was wollen Sie denn?«

»Ich habe Frau Ramann vor einigen Tagen besucht«, sagte Mike. »Was ist denn los?«

»Sind Sie ein Verwandter?«

»Nein, das nicht.«

»Sie können sie leider nicht sprechen.«

»Was ist passiert?«

Mike wartete auf eine Antwort, doch stattdessen knackte es in der Leitung, und plötzlich war da nur noch ein gleichmäßiges Tuten.

14.

Obwohl Mike Sturm klingelte, öffnete in Ehrenbreitstein niemand die Tür. Eine Weile stand er unschlüssig da, als sich eine blassgesichtige Gestalt näherte. Es war eines der beiden Mädchen, die Mike bei seinem letzten Besuch getroffen hatte. Sie schlenderte heran, beachtete Mike nicht und drückte dreimal auf eine Klingel, deren Namensschild völlig verblichen war. Dann stellte sie sich hin, zog eine Zigarette hervor und steckte sie in den Mund. Als Mike ihr Feuer gab, blickte sie ihn überrascht an, als hätte sie ihn eben erst bemerkt.

»Danke«, sagte sie.

»Gern geschehen«, erwiderte Mike, der so viel Höflichkeit gar nicht erwartet hatte. »Sag mal, du bist doch eins von den beiden Mädchen, die neulich auch hier waren.«

»Da wohnt meine Freundin«, sagte sie.

»Ich meine, als ich neulich bei Frau Ramann war.«

Sie zuckte mit den Achseln. »Kann sein.«

»Weißt du, ob mit Frau Ramann irgendwas passiert ist?«

»Keine Ahnung, ich wohne ja nicht hier. Klingeln Sie doch einfach mal.«

»Es macht keiner auf. Als ich anrief, war jemand anderer dran.«

»Komisch. Soviel ich weiß, kriegt die nie Besuch.«

»Auch nicht von den Leuten hier im Haus?«

»Doch, ich glaub, die Oma von meiner Freundin redet manchmal mit ihr. Sie können sie ja fragen, die Corinna kommt gleich runter.«

Nach einer Schweigeminute öffnete sich die Haustür. Corinna kam heraus. Sie erschrak, als sie Mike sah.

»Hey, weißt du, ob mit der alten Ramann was ist?«, fragte das Mädchen, mit dem Mike gewartet hatte.

»Die ist doch heute abgeholt worden«, sagte die andere. »Meine Oma hat sie gefunden. Das war vielleicht krass, sag ich dir …«

»War deine Oma in Frau Ramanns Wohnung?«, fragte Mike dazwischen.

»Fragen Sie sie doch selber.« Sie wandte sich an ihre Freundin.

Corinna, die wie die Schwester der anderen wirkte, steckte sich eine Zigarette in den Mund und holte sich von der Freundin Feuer. Mike wurde angestarrt wie ein Tier im Zoo. Dann gingen die beiden im Gleichschritt die Straße hinunter. Sogar der Hosenschlag wackelte im Takt.

Mike klingelte einfach, wo das Mädchen vorhin geklingelt hatte. Endlich öffnete jemand. Mike erkannte sofort den Gestank nach Kartoffelkeller und Küchenmief wieder. Ihn erwartete eine ältere Frau mit schwarz gefärbten Haaren. Ihre Augen waren aufgerissen, als sei sie über Mikes Auftritt unsäglich erschrocken.

»Mein Name ist Engel«, sagte er. »Ich hatte vorhin bei Frau Ramann angerufen. Habe ich da mit Ihnen gesprochen?«

Die Frau nickte. »Woher ...«

»Entschuldigung, aber können Sie mir sagen, was mit Frau Ramann passiert ist?«

»Sie ist im Krankenhaus.« Die Frau verschränkte die Arme vor der Brust.

»Was ist passiert?« Hat man auf sie geschossen?, wollte Mike fragen, aber er biss sich auf die Zunge.

Die Frau zuckte die Achseln. »Ich weiß es nicht genau. Der Arzt sagte, es sei ein Herzinfarkt oder ein Schlaganfall. Ach Gott, ach Gott, die arme Inge.« Sie löste die Arme wieder. »Das kommt von dem vielen Trinken.«

»Haben Sie sie gefunden?«, fragte Mike.

Die Frau schien nach Luft zu schnappen. Ein paar Mal wischte sie sich die Hände an ihrem Hauskittel ab, bevor sie die richtigen Worte fand.

»Ich wollte heute Mittag zu ihr – wissen Sie, ich kaufe manchmal für sie ein ...«

»Und dann?«

»Dann hat sie eben da gelegen.«

»Kennen Sie Frau Ramann schon lange?«

Sie winkte ab. »Ach, ewig. Aber was wollen Sie denn überhaupt von ihr?« Die Frau sah ihn misstrauisch an. »Moment mal«, sagte sie. »Herr Engel. Von Ihnen hat mir Inge ja erzählt. Haben Sie nicht mit ihr über ihren Sohn gesprochen?«

»Ja, genau.«

Die Miene der Frau, die eben noch Unsicherheit gezeigt hatte, wurde abweisend. »Es ist besser, wenn Sie gehen, junger Mann.«

»Aber warum?«

»Sie sind doch schuld an Inges Anfall. Sie hat sich so darüber aufgeregt, dass Sie diese alte Sache wieder aufgewärmt haben.«

»Aber es geht mir doch nur darum ...«

»Ich habe keine Lust, mich hier auf dem Gang mit Ihnen darüber zu unterhalten. Was sollen denn die Nachbarn denken?«

»Frau Ramann hat mich gebeten, Nachforschungen über ihren Sohn anzustellen«, behauptete Mike.

»Was?« Die Frau öffnete den Mund und schloss ihn nicht wieder.

Mike senkte die Stimme. »Ich arbeite für die Staatsanwaltschaft«, phantasierte er weiter. »Der Mörder von Wilfried Ramann ist nie gefasst worden, oder?«

Sie schüttelte den Kopf.

»Sehen Sie, und nun sind neue Spuren aufgetaucht.«

Mike machte eine Pause und ließ diese Auskunft wirken. Die Frau sah betreten zu Boden. »Inge hat sich immer gewünscht, dass endlich Klarheit in die Sache kommt«, sagte sie leise.

Mike legte ihr die Hand auf den Unterarm. »Das weiß ich. Es wäre nett, wenn Sie mich dabei unterstützen könnten.«

»Sie hat es ja so schwer gehabt ...«

»Eben.«

»Wissen Sie eigentlich, was das damals hieß – ein Kind ohne Vater aufzuziehen?«

»Ich kann es mir vorstellen.«

Sie holte ein Papiertaschentuch hervor und schnäuzte sich.

»Kommen Sie doch bitte herein. Es ist besser, wenn wir drinnen weitersprechen.«

»Gerne, Frau ...«

»Franzen«, sagte sie. »Mathilde Franzen.«

Ihre Wohnung lag gleich nebenan, war genauso winzig wie die von Frau Ramann, aber Frau Franzen hatte ganz offensichtlich mehr Talent, aus ihrer Umgebung etwas zu machen. Kein gigantischer Fernseher fraß die Hälfte des Raumes weg. Der Couchtisch war aus Glas, darauf stand eine Porzellanschale mit Obst. Die Wand gegenüber war mit einem weißen Regal bedeckt, das über und über mit

Büchern gefüllt war. In der Ecke stand ein Ledersessel, daneben eine Stehlampe. Auf einem Beistelltischchen lag ein Buch. Es war mit durchsichtiger Folie beklebt und mit einer Signatur versehen. Ein Bibliotheksexemplar. Der Titel war nicht zu erkennen.

»Ich möchte Ihnen keine Umstände machen«, sagte Mike. Frau Franzen bat ihn jedoch, Platz zu nehmen, und setzte sich selbst in den Lesesessel. Sie lehnte sich nicht an, sondern blieb an der vorderen Kante sitzen.

»Wann ist das denn passiert mit Frau Ramann?«

»Wie gesagt, heute Mittag. Als ich bei ihr klopfte, hörte ich nur ein Stöhnen. Es war ganz schrecklich. Ich habe dann schnell den Schlüssel geholt – ich habe einen Schlüssel für ihre Wohnung, falls mal die Tür zufällt.«

»Und dann haben Sie sie gefunden.«

»Ja.« Sie sah Mike an, und ihre Augen schienen größer zu werden. »Sie lag da, vor ihrer Couch. Sie haben sie in den Marienhof gebracht, aber man kann nicht mit ihr sprechen.«

»Frau Franzen, ich stelle nur ein paar Fragen, dann bin ich wieder weg.«

Sie nickte.

»Wilfried Ramanns Vater war doch ein amerikanischer Geschäftsmann. Richard Nair. Haben Sie ihn gekannt?«

Frau Franzen hatte sich wieder beruhigt und konnte mit klarer Stimme sprechen. »Das ist ja über vierzig Jahre her. So lange kenne ich Inge noch nicht.«

»Aber Frau Ramanns Sohn kannten Sie?«

»Ja, natürlich. Ich habe auch mitbekommen, wie er damals versucht hat, seinen Vater zu finden. Wissen Sie, dieser Amerikaner hat ja nie Geld für Wilfried bezahlt. Er hat die Vaterschaft noch nicht mal anerkannt. Er hat Inge einfach im Stich gelassen. Wilfried hat sehr darunter gelitten, dass er keinen Vater hatte. Und dann, als er etwa zwanzig oder so war, hat er sich vorgenommen, seinen Vater zu suchen.«

»Was hat denn seine Mutter davon gehalten?«

»Sie hatte ein bisschen Angst, glaube ich. Aber er hat's gemacht. Ich weiß noch wie heute, dass er zurückkam und sich richtig gefreut hat. Er hat gesagt: ›Jetzt haben wir bald Geld. Bald wird es uns besser gehen.‹ Inge fiel da ein Stein vom Herzen. Wissen Sie, sie hat damals als Kassiererin beim Edeka gearbeitet, das war nicht einfach, und so ein bisschen getrunken hat sie auch schon.«

»Das heißt, Wilfried Ramann ist damals nach Amerika geflogen.«

»Sicher.«

»Wann war das?«

Sie zuckte die Achseln. »Ich weiß nicht mehr. Wann ist er noch mal gestorben?«

»1982«, sagte Mike.

»Das muss im Jahr davor gewesen sein. Es war im November, das weiß ich noch. Da ist er gerade hier zu seiner neuen Einheit versetzt worden. Und es hat erst Probleme gegeben, wegen dem Urlaub.«

Mike registrierte, dass zwischen der Amerikareise und Ramanns Tod nur ein halbes Jahr lag. »Haben Sie damals schon hier gewohnt?«

»Ja.«

»Hier ist Wilfried Ramann aufgewachsen?«

Sie nickte. »Und das mit dem Geld war wichtig. Er hatte ja eine Freundin. Er war Soldat, hatte also einen guten Beruf, und da wollte er auch eine Familie gründen.«

»Eine Freundin, sagten Sie?«

»Aber ja. Wissen Sie das nicht? Sie ist doch damals auch verhört worden.«

Mike dämmerte etwas. Irgendjemand hatte schon mal eine Freundin erwähnt. Der Archivar. Verdammt, das hatte er vollkommen übersehen.

Frau Franzen sprach weiter. »Die Polizei hat alle verhört, die ganzen Bundeswehrkameraden, seine Vorgesetzten. Und die Freundin auch. Obwohl das natürlich Kabbes war. Die Freundin war doch die, die am ärgsten dran war – bis auf Inge natürlich. Und Inge hat sich so da reingesteigert, sie hat alle Artikel aus den Zeitungen gesammelt, aus der Rhein-Zeitung und dem Schängel, und da hat sie ein Album angelegt und die Bilder vom Wilfried aufgehängt. Ich hab gesagt, Inge, das hat doch keinen Zweck ...«

»Schängel?«, fragte Mike dazwischen. »Artikel im Schängel?«

»Ei ja, das ist doch die Zeitung, die da immer kommt.«

Was war er nur für ein Idiot! Der Schängel – natürlich!

»Und alles, was da drin gestanden hat, hat sie gesammelt.« Frau Franzen wischte sich mit den Handflächen über den Kittel. »Und statt dass er Geld von seinem Vater nach Hause bringt, wird er umgebracht ...«

»Hat der Vater noch mal was von sich hören lassen – ich meine nach Wilfrieds Tod?«, fragte Mike.

»Nein. Inge selbst hat ja mit ihm gar nicht gesprochen.«

»Und er ist auch nicht hier gewesen?«

»Inge hätte es mir sicher erzählt.«

»Wissen Sie eigentlich, dass sich Richard Nair immer sehr für das Denkmal am Deutschen Eck interessierte?«

Sie zuckte mit den Schultern. »Das tun die Amis doch alle.«

Mike griff in die Hosentasche. Dort hatte er die zusammengefalteten Blätter mit den Ausdrucken aus dem Internet verstaut. Er strich die Seiten auf dem Knie glatt.

»Kennen Sie dieses Bild?«

Frau Franzen nahm das Blatt und runzelte die Stirn. »Einen Moment.«

Sie stand auf, ging aus dem Zimmer und kam mit einer schwarz geränderten Brille auf der Nase wieder.

»Das ist Wilfried«, sagte sie und deutete auf das Blatt. »Und was ist das für ein Zeug da?«

»Ich denke, das ist das Kaiserdenkmal. In zerstörtem Zustand.«

Sie nickte. »Ja, und sie haben es ja später wieder aufgebaut.«

Frau Franzen dachte offenbar, das heutige Denkmal am Deutschen Eck sei das alte, einfach nur repariert. Und nicht ein kompletter Nachbau, was es ja tatsächlich war. In den Köpfen der Leute war es wahrscheinlich einfach nur das Denkmal und fertig. Er ließ sie in dem Glauben.

»Wussten Sie, dass Wilfried etwas mit dem Denkmal zu tun hatte? Oder wissen Sie vielleicht, wo das Foto aufgenommen wurde?«

Sie schüttelte den Kopf.

»Hat sich Wilfried auf irgendwelchen Schrottplätzen herumgetrieben?«

Sie zuckte die Achseln. »Nein. Aber das kann ja überall sein.«

»Sie haben vorhin gesagt, Wilfried Ramann hätte eine Freundin gehabt. War die auch mit in Amerika?«

»Ich weiß nicht. Kann sein.«

»Wissen Sie den Namen der Frau?«

Sie runzelte die Stirn und sah zu Boden. Dann blickte sie Mike an. »Aber den müssen Sie doch kennen! Das stand doch alles in den Akten. Sie haben sie doch befragt.«

»Ach wissen Sie, die Bürokratie ... Wenn Sie mir jetzt den Namen sagen, ist das alles einfacher.«

Sie legte den Finger an die Lippen und dachte nach.

»Anita«, sagte sie plötzlich.

»Was?«

Sie sah Mike an. »Anita Hoffmann. So hat sie geheißen.«

*

Als er in sein Hotel zurückkommt, ist er völlig erschöpft. Zum Glück ist der Mann an der Rezeption wieder mit Fernsehen beschäftigt.

Der alte Mann legt sich auf das Bett. Er hat das Gefühl, keine zwei Schritte mehr gehen zu können. Doch sein Geist treibt ihn an, weiterzumachen, nicht aufzugeben. Er atmet schwer. Seine Gedanken beschäftigen sich mit dem, was er als Nächstes vorhat.

Das Schwerste kommt noch, sagt eine Stimme in seinem Kopf immer wieder.

Das Schwerste kommt noch.

15.

Mike platzte fast vor Unruhe, als er quälend langsam hinter einem Lkw durch die Ehrenbreitsteiner Großbaustelle zuckelte.

Was für ein Spiel hatte Anita da mit ihm gespielt? Und welche Rolle hatte sie dabei übernommen? War sie Opfer oder Täterin? Wer war sie überhaupt? Dass ihr das Lokal in der Eltzerhofstraße gehörte, stimmte offenbar. Aber war sie wirklich eine alte Schulkameradin?

Der Lkw stoppte, und Mike trommelte nervös auf dem Lenkrad herum.

Er musste sich über Anita Klarheit verschaffen.

Endlich ging es weiter, und Mike empfand es als Erlösung, als er auf die Rheinbrücke abbiegen konnte.

Er parkte in der Poststraße und ging zur nächsten Telefonzelle. Zum Glück hatte er noch etwas auf der Karte.

»Herr Dr. Lange? Hier Michael Engel.«

»Ach, Herr Engel! Na, gut nach Hause gekommen? Nett, dass Sie noch mal anrufen.«

»Ich bin noch in Koblenz.«

»Wollen Sie noch was über die Stadtgeschichte wissen? Es hat Sie gepackt, was?«

»Nein, was anderes. Vielleicht können Sie mir da helfen. Ich bin auf der Suche nach einer ehemaligen Schulkameradin. Anita Hoffmann.«

»Tut mir Leid. Der Name sagt mir nichts.«

»Wäre es vielleicht möglich, über das Sekretariat der Schule etwas herauszufinden?«

»Was wollen Sie denn wissen?«

Ob sie überhaupt an der Schule war, dachte Mike, aber er sagte: »Die Adresse oder so. Ich würde sie gern treffen.«

»Haben Sie mal im Telefonbuch nachgesehen?«

»Da steht sie nicht drin. Vielleicht hat sie jetzt auch einen anderen Namen, und vielleicht wohnt sie ja woanders. Wenn ich die alte Adresse hätte, könnte ich wenigstens ihre Eltern erreichen.«

Zum Glück kam Dr. Lange nicht auf die Idee, Mike zu raten, die Adresse der Eltern im Telefonbuch zu suchen.

»Ja, die Leute ziehen weg«, sagte er nachdenklich. »Das ist ja immer das Problem bei Jahrgangstreffen ... Fragen Sie doch beim Freundeskreis der Schule. Die kümmern sich auch immer darum, wenn Ehemalige eingeladen werden.«

»Das wäre natürlich eine Möglichkeit.«

»Oder, wissen Sie was? Das kann ich auch für Sie tun. Ein Anruf beim ehemaligen Direktor Schneider, und wir wissen Bescheid.«

»Das wäre sehr nett von Ihnen. Rufen Sie mich bitte im Mercure-Hotel an, wenn Sie was rausgefunden haben.«

»Wie heißt die Frau noch mal? Anita Hoffmann?«

»Genau.«

Mike verabschiedete sich, hängte ein, probierte es noch mal bei Anita zu Hause. Wieder hob niemand ab. Mike hatte es auch nicht erwartet. Er überlegte, ob er in ihrem Lokal anrufen sollte, doch dann fiel ihm ein, dass die Eltzerhofstraße nah genug war, um dem Restaurant persönlich einen Besuch abzustatten.

Die Rhein-Eck-Stube befand sich ganz am Ende des engen Altstadtgässchens, etwas entfernt von dem Straßencaférummel, der neuerdings zwischen Görresplatz und Jesuitenplatz herrschte.

Was Anita ein Restaurant genannt hatte, war im Grunde eine Art Café, in dem man auch am Tresen sitzen konnte. Hinter der Kuchentheke stand ein Kellner und putzte Gläser.

»Sie haben heute Morgen angerufen, oder?«, sagte er, nachdem Mike ihn angesprochen hatte.

»Ist Anita mittlerweile aufgetaucht?«

Der Mann schüttelte den Kopf.

»Hat sie gesagt, wann sie vorbeikommt?«

Wieder Kopfschütteln und dazu ein leichtes Grinsen.

»Oder wissen Sie vielleicht, wo sie sein könnte?«

»Keine Ahnung.«

»Aber sie muss sich doch um ihren Laden kümmern«, sagte Mike, dem langsam der Geduldsfaden riss.

»Die hat andere Dinge im Kopf.« Das leichte Grinsen wurde süffisant.

Als Mike das letzte Mal im Lesesaal des Stadtarchivs gewesen war, hatte der Archivar an dem kleinen Tisch am Eingang gesessen. Jetzt war niemand zu entdecken. Nervös ging er auf und ab; irgendwann näherten sich Schritte.

»Was kann ich denn für Sie tun?«, fragte eine Stimme freundlich. Mike drehte sich um und sah in das Gesicht des Mannes.

»Ich wollte noch mal eine Zeitung einsehen«, sagte Mike. »Haben Sie noch lange genug auf?«

Der Mann lächelte. »Bis fünf. Und so lange können Sie auch Zeitung lesen. Was soll's denn sein?«

»Der Schängel von 1982. April bis Juli. Ich war ja neulich schon mal da und habe die Rhein-Zeitung aus der Zeit angesehen. Ich hatte allerdings völlig vergessen, dass es ja auch den Schängel gibt.«

Der Archivar nickte. »Ich schau mal nach«, sagte er und ging nach hinten.

Dass er darauf nicht gekommen war! Der Schängel war ein wöchentlich erscheinendes kostenloses Anzeigenblatt, in dem neben all den als Artikel getarnten Werbetexten über Geschäftseröffnungen und Sonderangebote auch redaktionelle Beiträge mit Tageszeitungsniveau zu finden waren. Mike zwang sich, ruhig zu bleiben. Vielleicht war Anita dieser Spur ja noch nicht nachgegangen. Wenn alles gut lief, hatte er in ein paar Minuten den entscheidenden Hinweis in den Händen, der ihm sagte, wo das Geld war. Damit hätte er zumindest eines der vielen Rätsel gelöst …

»Das ist aber komisch«, sagte der Mann plötzlich. Mike war so in Gedanken gewesen, dass er seine Rückkehr nicht bemerkt hatte.

»Was ist?«

»Meine Kollegin sagt, dass hier jemand sitzt und den Film gerade einsieht. Es ist aber niemand da.«

Mike sah sich um. Eines der Lesegeräte war noch eingeschaltet. Daneben lag ein würfelförmiger weißer Karton. Der Archivar nahm ihn und sah sich die Beschriftung an.

»Haben Sie jemanden rausgehen sehen?«, fragte er.

Mike schüttelte den Kopf.

»Ich muss das überprüfen.« Damit verschwand er wieder.

Mike spürte, wie sich sein Herzschlag weiter beschleunigte. Wieder ging er auf und ab.

Nach einer Weile kam der Archivar mit einer Kollegin zurück.

»Aber ich sage Ihnen doch. Der Film ist ausgeliehen. Hier ist der Leihzettel.« Sie gab ihrem Kollegen eines der Formulare, das Mike auch hatte ausfüllen müssen.

»War es eine Frau?«, fragte Mike.

Die Archivarin nickte. »Sie war ziemlich ungeduldig. Sie hat schon unten gewartet, als ich um zwei aufgeschlossen habe.«

»Darf ich den Zettel mal sehen?« Ohne eine Antwort abzuwarten nahm er das Blatt. »Angelika Müller« hatte jemand eingetragen und als Adresse Beatusstraße 32 angegeben.

»Wie sah die Frau aus?«

»Warum wollen Sie das wissen?«, fragte der Archivar.

»Ich glaube, ich kenne sie. Der Name und die Adresse hier auf dem Blatt sind falsch.«

»Wie bitte?«, fragte die Archivarin.

»Also, wie sah sie aus?«

»Wenn Sie sie kennen, müssen Sie es ja wissen.«

»Um die vierzig, rötliche gelockte Haare, schlank, keine Brille, unter Umständen leuchtend roter Lippenstift ...«

»Stimmt«, sagte die Archivarin. »Und sie heißt nicht Müller?«

»Nein. Ich erkläre Ihnen alles. Aber ich müsste jetzt mal in die Schängel-Ausgaben sehen. Haben Sie einen Ersatzfilm?«

»Wir haben was Besseres.«

»Was denn?«, fragte Mike.

»Die Originale.«

Während die Zeitungen geholt wurden, musste Mike wieder warten. Das Formular, auf dem Anita die falschen Angaben gemacht hatte, lag unbeaufsichtigt auf dem kleinen Tisch. Mike wühlte in seinen Hosentaschen und förderte einen Zettel zutage – die Notiz, die auf dem Wanderparkplatz Eiserne Hand unter dem Scheibenwischer gesteckt hatte. Mike hielt den Zettel daneben. Er hätte es sich denken können. Dieselbe Schrift. In beiden Fällen waren es zwar Blockbuchstaben, aber man sah sofort die Ähnlichkeit. Anita hatte sich nicht mal die Mühe gemacht, ihre Handschrift zu verstellen.

Mike dachte nach. Wenn sie ihn geschrieben hatte, dann hatte sie ihn zum Parkplatz Oberwerth gelockt.

Und der Stadtplan, der in Carolas Auto gelegen hatte? Nickenich hatte ihn deswegen glattweg ausgelacht. Die Spurensicherung hätte diesen Plan garantiert gefunden. Wenn er schon bei Carolas Tod da gewesen wäre. Also hatte Anita ihn bei ihrem gemeinsamen Besuch am Burgweg sauber deponiert. Und in einem unbeaufsichtigten Moment das Kaisersymbol hineingezeichnet. Mike erinnerte sich, wie er auf Anita oben am Hohlweg gewartet hatte …

Wenn das alles stimmte, hatte sie auch gewusst, dass auf ihn geschossen werden würde.

Und nicht nur das, dachte Mike.

Sie hatte auf ihn geschossen!

Und alles, was vorher passiert war, waren Versuche gewesen, ihn in die Falle zu locken. Erst an einer Stelle im Wald, von der sie glaubte, es sei dort sehr einsam. Zum Glück für ihn waren aber die Pfadfinder da gewesen. Sie hatten an diesem Tag tatsächlich eine sehr gute Tat vollbracht.

Dann in Oberwerth, wo ihm der Trick mit der Tasche das Leben gerettet hatte. Und das Gewitter.

Mike lief es eiskalt den Rücken hinunter. Er wandte sich um. Der Archivar kam, auf dem Arm einen Stapel Zeitungen.

»Dann mal viel Spaß«, sagte er und wuchtete das Papier auf einen der Tische. »Leider haben wir nur noch zwanzig Minuten geöffnet. Wenn Sie uns allerdings helfen, an die Frau ranzukommen, die den Film geklaut hat, legen wir noch ein bisschen zu.«

16.

Unbekannte Kletterin beobachtet

Zeuge einer waghalsigen Kletterpartie wurden am Wochenende die Touristen am Deutschen Eck. Sie konnten beobachten, wie am Sonntag auf der anderen Rheinseite eine junge Frau ohne jede Sicherung den Felsen von Ehrenbreitstein erklomm. Die Unbekannte hatte sich eine besonders schwierige Kletterstrecke ausgesucht. Genau oberhalb des Pagenhauses neben dem alten Schloß versuchte sie, über die Steilwand die Ehrenbreitsteiner Kasematten zu erreichen. Die gerufene Polizei konnte nichts mehr ausrichten. Bevor die Beamten auf der anderen Rheinseite waren, hatte die Frau vor den Augen der Schaulustigen nach wenigen Metern ihre Tour abgebrochen und war in Richtung der Ortsmitte von Ehrenbreitstein verschwunden. Der Polizeisprecher Rudolf Kretz warnte ausdrücklich vor Nachahmung: »Der Felsen ist an vielen Stellen brüchig, herabstürzende Gesteinsbrocken können außerdem den Verkehr auf der B 42 gefährden.«

Der Felsen von Ehrenbreitstein. Das war es also.

Der Artikel war am 2. Juni 1982 erschienen, Carolas Kletterpartie dürfte also am Wochenende davor stattgefunden haben. Ende Mai. Das kam hin.

Mike stapelte die Zeitungen und stand auf. Der Archivar lächelte ihn an. Mike hatte ihm Anitas Adresse gegeben. Was er ihm allerdings verschwiegen hatte, war die Tatsache, dass die Diebin sicher nicht mehr zu finden sein würde.

»Eine Frage habe ich noch«, sagte Mike. »Vielleicht kennen Sie sich ja mit dem alten Schloss in Ehrenbreitstein aus. Da soll es ein so genanntes Pagenhaus geben. Wissen Sie, wo das ist?«

Der Mann nickte, ging an ein Regal und holte einen Bildband hervor. Er blätterte eine Weile und schlug dann eine Ansicht des Ehrenbreitsteiner Rheinufers auf. Das Foto zeigte den typischen Blick: auf dem Berg die alten kantigen Festungsmauern, darunter der rissige Felsen, der an alte Haut erinnerte. Direkt am Rheinufer lag lang gestreckt an den Hang gedrängt ein Gebäude mit rot-weißen Barock-Fassaden, das wie der kleine Bruder des kurfürstlichen Schlosses auf der Koblenzer Seite wirkte.

»Hier an der Seite ist das Pagenhaus«, sagte der Archivar und zeigte auf ein weiteres Gebäude an der Steilwand. Es sah aus wie eine kleine Villa. Direkt dahinter verlief eine diagonal in die Höhe strebende Mauer. Der Fußweg zur Festung. Mike zog in Gedanken eine Linie vom Pagenhaus gerade in die Höhe. Sie ging exakt an der steilsten Stelle des Felsens vorbei.

Konnte man dort Geld verstecken? In einer Höhle?

Es gab nur einen Weg, das herauszufinden.

Mike brachte den Peugeot in der letzten Parklücke vor der Ehrenbreitsteiner Kapuzinerkirche unter und ging den Rest zu Fuß.

Der Gehweg am Fuß der Felswand war ziemlich schmal. Mike musste beängstigend nahe an der Bundesstraße vorbei. Keinen Meter neben ihm donnerte der Verkehr. Schließlich zweigte ein kleines, steiles Sträßchen ab – direkt hinter dem Pagenhaus her und an dessen Dach vorbei. Auf der anderen Seite erhob sich die steile Wand. Mike marschierte ein Stück, blieb stehen und sah nach oben. Hier musste Carolas Startpunkt gewesen sein.

Die Felswand war rissig und kantig. An vielen Stellen hatte sich eine Art Efeu ausgebreitet. Wenn es da irgendwo eine Höhle gab, konnte sie zugewachsen sein.

Um die Wand bis oben hin zu erklettern, brauchte man sicher technische Hilfsmittel, dachte Mike. Außer, man war so ein Ass wie Carola.

Was würde Anita tun? War sie schon hier gewesen? Oder kam sie jeden Moment? Dass sie nicht hier war, irritierte ihn. Wenn seine Theorie stimmte, musste sie das Geld holen.

Irgendwann würde sie schon kommen. Aber wann?

Vielleicht, wenn wenig Leute da waren. Nachts?

Nein. Nachts war die Sicht zu schlecht. Und wenn man mit Lampen da raufging, war das zu auffällig.

Früh morgens. Das war wohl die beste Möglichkeit. Die Sonne ging hinter dem Felsen auf; die Kletterstrecke lag somit am Morgen noch eine Weile im Schatten, und man wurde nicht so leicht entdeckt.

Mike lehnte sich an die Mauer, die den steilen Weg zum Tal hin begrenzte. So würde es sein. Anita würde morgen früh hier auftauchen. Wenn sie nicht schon hier gewesen war. Das war jedoch unwahrscheinlich. Seit ihrem Archivbesuch war gerade mal eine Stunde vergangen.

Vielleicht kam sie ja heute noch. Wann ging die Sonne unter? Zwischen acht und halb neun. Jetzt war es kurz vor sechs. Er musste sichergehen. Es gab unangenehmere Orte, den Abend zu verbringen.

Mike bemerkte eine Bewegung auf dem Weg. Ein paar Leute kamen herunter. Als sie näher kamen, erkannte Mike, dass es Japaner waren. Ausnahmsweise mal nicht eine von diesen Reisegruppen, sondern eine ganz normale Familie. Vater, Mutter und zwei Töchter. Alle vier in Jeansshorts, Sandalen und mit runden weißen Baumwollkäppis auf dem Kopf.

»Entschuldigung«, sagte Mike und zeigte auf das Fernglas, das auf der Brust des Vaters baumelte. Der Mann lächelte sofort, als Mike ihn angesprochen hatte. Der Trupp stoppte.

»Darf ich?«, fragte Mike, obwohl er sicher war, dass der Japaner nicht die Worte, sondern eher die Geste verstehen würde.

»Möchten Sie das Fernglas ausleihen?«, fragte der Mann freundlich in akzentfreiem Deutsch. »Aber bitte sehr.«

Mike staunte. »Vielen Dank.« Er hielt das Glas an die Augen und musterte den Felsen.

»Wenn ich mir die Bemerkung erlauben darf«, sagte der Japaner. »Oben gibt es eine sehr viel schönere Aussicht zu bewundern.«

»Ich bin mehr an dem Felsen hier interessiert«, sagte Mike und folgte den spitzen Steinkanten, die er gerade ins Blickfeld bekommen hatte.

In dem Artikel hatte es geheißen, Carola habe ihre Partie ziemlich schnell abgebrochen. Sie war bei weitem nicht ganz hinaufgeklettert. Wahrscheinlich hatte sie noch nicht mal die Hälfte geschafft. Und der untere Teil war gar nicht so schwer zu bewältigen …

Mike blieb mit dem Ausschnitt des Fernglases wieder an dem schwarzen Fleck hängen, der sich genau in der Mitte einer kleinen aufstrebenden Kante befand. Der Stein hatte die Form einer spitzen Kapuze. Das dunkle Etwas verlieh ihm etwas Unheimliches.

Er gab dem Japaner das Fernglas zurück und bedankte sich. Er lehnte sich an die Mauer, während die Familie im Gleichschritt hinter der Biegung am Pagenhaus verschwand.

Der Weg war wieder leer. Hinter der Begrenzungsmauer rauschte der Lärm der Stadt. Mike war ganz allein mit dem Versteck. Keine Anita tauchte auf, und auch sonst niemand. Und das Geld war vielleicht zum Greifen nah.

Vor ihm strebte der Fels in schrägen Falten nach oben. Immer wieder wuchs Grünzeug dazwischen. Man konnte durchaus Halt finden, um nach oben zu kommen. Wenn man es nicht gerade darauf abgesehen hatte, bis zur Festung hinaufzukommen, war das sicher gar nicht so schwer.

Jedenfalls nicht im Vergleich dazu, auf das Denkmal am Deutschen Eck zu klettern. Zumindest kam es ihm von hier unten aus so vor.

Mike suchte mit dem bloßen Auge die kleine Höhle, die er mit dem Fernglas entdeckt hatte. Wie hoch mochte sie liegen? Zwanzig Meter? Dreißig Meter?

Zwanzig, dreißig Meter, die ihn von einer Million Dollar trennten.

Er wanderte ein wenig das Sträßchen auf und ab. Er trug wieder seine weiße Hose. Nicht gerade ideal. Dann hatte er genug von seiner Unentschlossenheit.

Er stellte sich an die Felswand und holte tief Luft.

*

Er muss warten, bis es dunkel ist. Vorher hat es keinen Sinn, nach dem Kasten zu suchen. Aber er ist gut vorbereitet.

Diesmal wird er nicht mit dem Taxi fahren. Er hat in der Nähe des Bahnhofs einen Wagen gemietet, den er bis morgen benutzen wird. Niemand wird auf ihn aufmerksam werden.

Eine Zeit lang hat ihn die Frage beschäftigt, ob der Taxifahrer ihn mit der Zerstörung des Krans in Verbindung bringen wird. Ihm muss es doch merkwürdig vorgekommen sein, dass er mitten auf der Strecke aussteigen wollte.

Er beruhigt sich. Nichts kann geschehen. Niemand weiß, wo er wohnt. Niemand kennt seine Personalien. Nur die Leute von der Au-

tovermietung. Und die können keine Verbindung zu der Sache mit dem Kran herstellen.

Er liegt still auf dem Bett und wartet auf die Dunkelheit.

*

Die Felswand nur wenige Zentimeter vor dem Gesicht, suchte Mike vorsichtig Halt. Wie hoch er schon gekommen war, wusste er nicht. Nicht runtersehen, sagte er sich immer wieder.

Er konnte sich ganz gut an den Efeupflanzen festhalten, deren Wurzeln sich erstaunlich fest in das Gestein hineingearbeitet hatten. Er zog das rechte Bein nach und hörte, wie weiter unten irgendetwas zu bröckeln begann. Ein feiner Gesteinsregen rauschte durch die Blätter weiter unten, gefolgt von einem dumpfen Kollern.

Mike verharrte und verfolgte, wie lange der Brocken, der sich gerade gelöst hatte, nach unten brauchte. Es war verdammt lang.

Er sah nach oben. Über ihm wuchs helles Gras von einem Vorsprung herab. Er tastete zwischen die Halme und hatte plötzlich ein ganzes Büschel samt Wurzeln in der Hand. Er ließ es los, und raschelnd fand es seinen Weg nach unten.

Vorsichtig tastete Mike mit dem Fuß die Wand ab und fand eine Möglichkeit zum Abstützen.

Er griff weiter in den Vorsprung hinein, aber auch weiter hinten war nichts als weiches Gras. Mike war schweißgebadet; in seinen Augen brannte es. Er unterdrückte das Bedürfnis, sich über das Gesicht zu wischen. Stück für Stück ging es weiter, bis er über den Rand des Vorsprungs schauen konnte.

Eine zwanzig oder dreißig Zentimeter tiefe Stufe. Immerhin. Mike zog sich hoch. Er beschloss, von hier aus noch einmal diesen merkwürdigen Kapuzenfelsen zu inspizieren.

»He, schaut mal da oben!«

Die Stimme kam von unten. Mike kümmerte sich nicht darum und sah zu, dass er auf den Vorsprung kam. Erst als er das in enervierender Langsamkeit geschafft hatte, sah er nach unten.

Dort stand eine Gruppe von Jugendlichen.

»Na, nimmste ‘ne Abkürzung?«

»Wie ist die Luft da oben?« Gelächter ertönte.

Mike stellte sich hin und verlor dabei fast das Gleichgewicht. Verdammt, war das hoch!

Die Jugendlichen erwiderten seine Versuche, sich festzuhalten, mit Pfiffen und Gejohle.

»Echt cool, der Alte.«

Fröhlich gingen sie weiter die Straße hinunter.

Mike stützte sich, so gut es ging, am Felsen ab und drehte sich um.

Von hier aus war die kleine Höhle weit besser zu sehen als von unten. Sie wirkte erstaunlich regelmäßig und hatte etwa einen Durchmesser von einem halben Meter. Die Tiefe war jedoch bei weitem geringer. Es war gar keine Höhle. Eher eine Nische. Und völlig ungeeignet für ein Versteck – vor allem, wenn das Geld zwanzig Jahre lang unauffindbar bleiben sollte.

Mike musterte den Felsen noch einmal genau. Er lag jetzt im Schatten, so dass die vielen kleinen Risse, Kanten und Einbuchtungen mit der dunkelbraunen Farbe der Wand verschmolzen. Mike war sich jedoch sicher, dass es kein anderes Versteck gab. Carola konnte auf ihrer kleinen Route von damals nur auf diese winzige Höhle gestoßen sein. Die Höhle war leer. Und das konnte nur einen Grund haben.

Carola hatte das Geld gar nicht dort versteckt.

*

Um neun Uhr abends verlässt er das Hotel. Eine Dreiviertelstunde später erreicht er im Wagen die Stelle, an der er aus dem Wald gekommen ist. Es ist noch nicht dunkel genug. Bis um halb zwölf kurvt er durch die Dörfer. Einmal wagt er sogar, auf der Parallelstraße zu fahren, und passiert die Einfahrt zu dem Industriegelände, auf dem sich der zerstörte Kran befindet. Er rechnet damit, dass die Polizei die Stelle abgeriegelt hat. Aber die Straße ist frei.

Dann will er es endlich hinter sich bringen.

Er stellt den Wagen an der Abzweigung zu einem Feldweg ab und macht sich auf den Weg in den Wald.

Der Hügel steht wie eine stockdunkle Wand vor ihm. Er hat eine Taschenlampe dabei, aber er will sie nicht anmachen. Noch nicht.

Langsam tastet er sich an den Bäumen entlang. Manchmal raschelt etwas im Unterholz. Er geht weiter und zählt die Schritte.

Als er sicher ist, an der richtigen Stelle zu sein, macht er Licht. Der Kegel erleuchtet den umgestürzten Baum. Im Schatten der riesigen Wurzel schafft der alte Mann Laub und Geäst zur Seite. Dann zieht er den Kasten aus dem Loch.

*

»Du meine Güte, was ist denn mit Ihnen passiert?«

Frau Mayer sah Mike, der sich der Rezeption näherte, erschrocken an.

Mike lächelte. »Nichts Besonderes. Ich habe nur einen kleinen Spaziergang durch die Natur gemacht.«

Auf seinem Hemd und der weißen Hose waren bräunliche Schmutzflecken, am Ellbogen hatte er sich einen Riss im Hemd zugezogen. Der Abstieg war viel schwieriger gewesen als der Aufstieg. Als Mike endlich rutschend, kletternd, bremsend und fluchend auf dem festen Boden des Asphaltweges angekommen war, hatten seine Knie vor Anstrengung gezittert.

Danach war er noch zwei Stunden dort unten geblieben, ab und zu beäugt von vorbeikommenden Touristen, die im frühabendlichen Licht des Sommers die Festung zu Fuß besuchen wollten.

Anita war nicht aufgetaucht, und mit der schwindenden Helligkeit ging auch Mikes Hoffnung dahin, dass sie überhaupt kam.

Die ganze Geschichte ist völlig unmöglich, sagte er sich. Sogar wenn er sich mit der Größe der Höhle verschätzt haben sollte und das Geld dort oben gewesen war – Carola hatte es nicht für die Ewigkeit dort deponiert, sondern um es für kurze Zeit aus dem Verkehr zu ziehen. Mit Sicherheit hatte sie es nicht wasserdicht verpackt. Es musste längst verfault oder sonst wie zerstört sein. Vielleicht war der Koffer auch heruntergerutscht, und es war wer weiß was mit ihm passiert.

Als die Dunkelheit hereinbrach, hatte Mike beschlossen, aufzugeben. Was sollte er hier noch? Er hatte das Geld nicht gefunden. Er hatte diesen Nair nicht gefunden. Er hatte nicht herausgefunden, was mit dem Denkmal passiert war. Er hatte letztlich auch nicht herausgefunden, ob Anita Ramanns und Carolas Mörder war. Sollte es so sein, hatte er keine Beweise. Bis auf eine Patrone, die vielleicht noch irgendwo in seiner Tasche steckte …

Ein kleines Stimmchen in seinem Innern erinnerte ihn daran, dass er zumindest der Polizei einen Tipp geben musste, was Anita betraf. Ja gut, das konnte er tun.

Morgen würde er nach Hause fahren. Oder vielleicht noch im Morgengrauen warten, ob Anita kam … Aber die war sicher über alle Berge. Er hätte es wissen müssen. Er war eben ein Verlierer.

»Da ist übrigens eine Nachricht gekommen«, sagte Iris Mayer und nahm einen Zettel aus einem Fach.

Sie war von Dr. Lange. Eine Anita Hoffmann hatte es an der Schule gegeben, aber die war 1980 zur Welt gekommen und hatte vor drei Jahren Abitur gemacht. Herr Dr. Lange mutmaßte, dass sich Mike bei dem Namen vertan haben könnte und dass er sich doch noch mal melden sollte, wenn er den richtigen Namen wisse. Dr. Lange habe sich sehr über das Wiedersehen gefreut, und wenn Mike wieder mal in Koblenz sei und so weiter und so weiter.

Mike bedankte sich. Als er auf den Aufzug wartete, warf er einen Blick in die Bar. Ganz hinten am Tresen saßen ein paar Gäste, davor standen leere, samtrot bezogene Clubsessel und ein weißer Flügel. Mike wusste, was er heute noch unternehmen würde.

Er ging nach oben, zog sich um, und kurz darauf saß er an der Hotelbar und orderte ein Königsbacher.

Die schwarzhaarige Frau hinter der Theke zapfte sorgfältig. Während sich das Bier noch ein bisschen ausruhte, steckte sie sich eine Zigarette an.

»Gibt's hier jemanden, der spielt?«, fragte Mike und deutete auf den Flügel.

»Keinen festen Pianisten. Kommt das Hotel zu teuer. Man weiß nie genau, wie stark die Bar besucht ist.« Sie schob ihm das Glas hin. »Wenn Sie spielen können, tun Sie sich keinen Zwang an. Ich kann die Hintergrundmusik ausschalten.«

»Wunderbar«, sagte Mike, nahm sein Bier, und als er den Flügel erreicht hatte, herrschte schon Stille im Raum. Die Gäste an der Theke und die Barkeeperin sahen ihn auffordernd an.

Mike öffnete die Klappe über der Tastatur und schlug ein paar Akkorde an. Gut gestimmt. Das Klavier reizte ihn.

Er nippte noch mal an seinem Bier. Dann stellte er das Glas auf einem der Tische ab und begann.

Es ging langsam mit »My Way« los, dann folgte »Yesterday«, schließlich kam er mit »The Lady is a Tramp« wieder zu Frank Sinatra zurück. Die Gäste applaudierten nach jeder Nummer. Die Barfrau brachte immer wieder frisches Bier.

Irgendwann ertappte sich Mike dabei, wie er sein Notizbüchlein auf den Notenhalter legte und aus Anitas, Carolas und Frau Ramanns Telefonnummern ein kleines Jazzstück machte. Die Umgebung verschwand wie in einer Wolke.

Lange ging das so. Schließlich löste er den Blick von den Tasten und sah sich um. Die Bar war leer. Die Frau kam auf ihn zu und fragte, wie lange er noch spielen wolle. Es sei zwei Uhr.

Er erhob sich, und alles schwankte.

»Vergessen Sie das nicht«, sagte die Frau und hielt ihm sein Notenheft hin. Er bedankte sich, hatte aber Schwierigkeiten, das zu sagen, was er sagen wollte.

Er fand sich in seinem Zimmer wieder, wo er es gerade noch schaffte, sich auszuziehen und aufs Bett zu legen. Er schlief sofort ein und träumte lebhaft.

Als er schlagartig aufschreckte, weil irgendetwas, das ihn an Carola erinnerte, plötzlich im Zimmer zu sein schien, hatte er das Gefühl, stocknüchtern zu sein.

Er machte Licht und stand auf. Seine Kleider, die schmutzigen und die sauberen, waren im Zimmer verteilt. Die Hose mit den lehmigen Flecken hing neben dem Fernseher herunter, das Hemd war auf dem Boden neben dem Bett ausgebreitet. Die anderen Sachen – Strümpfe, Unterwäsche, die zweite Hose – bildeten ein Knäuel auf dem kleinen Sessel vor dem Fenster.

Er sah auf die Uhr und stellte fest, dass er eine gute Stunde geschlafen hatte. Er ging ins Bad und duschte lauwarm. Als er im Zimmer die schmutzige Hose vom Tisch nahm, fiel der eng zusammengefaltete Papierkram heraus, der sich angesammelt hatte: die Ausdrucke aus dem Internet, der Zettel, der unter der Windschutzscheibe gesteckt hatte.

Er räumte die Kleidungsstücke weg, legte die Papierblätter ordentlich neben die Schreibtischlampe und strich sie glatt. Er setzte sich hin und betrachtete zum x-ten Mal das Foto von dem Schrotthaufen, der mal ein Kaiserdenkmal gewesen war.

Er hätte sich mehr Gedanken darüber machen müssen, wo dieses Bild aufgenommen worden war. Das war die Spur, auf die es ankam. Warum hatte er das eigentlich nicht getan? Weil ihn Anita davon abgelenkt hatte. Mit dem Zeichen auf dem Stadtplan und dem Zettel, der ihn nach Oberwerth gelockt hatte, hatte sie ihn von der einzig richtigen Strategie abgebracht.

Aber vielleicht war es ja noch nicht zu spät. Schau doch mal genau hin, sagte er sich.

Die Metallteile lagen in einem wirren Durcheinander auf einem Platz, der nicht asphaltiert war, sondern aus festgestampftem Lehm zu bestehen schien. Zumindest wirkte es so. Gebäude waren keine zu sehen, dafür gab es rechts und links ein paar dürre Bäume. Im Hintergrund schien so etwas wie ein hoher Zaun das Gelände abzugrenzen. Man konnte ein paar Häuser erahnen, die sich sehr weit hinten befanden. Es waren eigentlich nur dunkle Flächen. Bebauung. Welcher Art auch immer.

Mike konzentrierte sich auf die seitlichen Regionen des Bildes. Rechts war, ziemlich groß, Ramann zu sehen, der in die Kamera sah und mit ausgestreckter Hand auf den Schrottberg deutete. Auf der anderen Seite bildeten eine Birke und ein paar Büsche ein undurchdringliches verwirrendes Muster.

Mike nahm dieses Geäst in Augenschein. Es kam ihm so vor, als sei dahinter etwas Längliches zu sehen – etwas, das gerade nach oben ragte und oben etwas dunkler zu werden schien. Der Computerausdruck war sehr grob, und die minimalen Schatten, die Mike zu erkennen glaubte, waren kaum auseinander zu halten. Er stand auf und sah zum Telefon. Ob ihm das Hotel nachts um halb vier eine Lupe zur Verfügung stellen konnte?

Dann kam ihm eine bessere Idee. Wenn der Ausdruck so schlecht war, musste man eben einen Blick auf das Original werfen.

Mike zog sich Hose und T-Shirt an, schlüpfte barfuß in seine Schuhe und fuhr hinunter in die Lobby.

Ein Mann saß einsam hinter der Rezeption, Mike nickte ihm zu und ging an den Computer, von dem aus er die Mail an Nair geschrieben hatte.

Innerhalb von Sekunden hatte er Nairs Seite aufgerufen. Mike klickte auf den Link »German Corner« und ließ die Seite abwärts rollen, bis er bei dem Foto angekommen war.

Die Qualität auf dem Bildschirm war deutlich besser. Mike konnte gut die Dächer im Hintergrund erkennen. Die Tatsache, dass es sich um ein Farbfoto handelte, sorgte für noch mehr Tiefe. Mike sah das Blau des Himmels, das Ocker des Lehmbodens und die grünlich wirkenden Metallteile.

Er konzentrierte sich auf die Stelle am linken Bildrand und versuchte, etwas hinter den verzweigten Büschen zu erkennen. Diesmal war es nicht besonders schwierig. Es war sogar sehr deutlich. Trotzdem traute Mike seinen Augen nicht. Er brauchte jemanden, der ihm das hier bestätigte.

»Darf ich Sie um einen Gefallen bitten?«, fragte er den Mann hinter der Rezeption.

»Ja gern.« Der Mann war jung, höchstens dreißig, und er setzte sogleich ein diensteifriges Lächeln auf.

»Für was würden Sie das hier halten?« Mike deutete auf den Bildschirm.

Der junge Mann kam hinter dem Tresen hervor und sah sich das Bild an.

»Ein Schrotthaufen.«

»Ganz genau. Und haben Sie eine Ahnung, was das hier sein könnte?«

Der Mann beugte den Kopf näher an den Bildschirm. Mike tippte mit dem Finger auf das Glas des Monitors, genau an der Stelle, wo das aufragende Gebilde sichtbar wurde.

»Ich finde, das sieht wie eine Rakete aus«, sagte Mike. »Gibt's hier so was in der Nähe?«

Der Mann zuckte mit den Achseln. »Vielleicht auf einem Kasernengelände. Aber glauben Sie wirklich, dass das eine Rakete ist?«

»Was sonst?«

»Eine Rakete wäre doch weiß. Das Ding hier ist oben schwarz. Wissen Sie, was ich eher glaube?«

»Was?«

»Es ist eine Kirche.«

Mike nickte. Natürlich! Vor lauter Nachdenken über die Waffengeschäfte hatte er das Naheliegende übersehen. »Sie wissen nicht zufällig, wo sich dieser Kirchturm befindet?«, fragte er.

»Nein, tut mir Leid. Soll der denn in Koblenz sein?«

»Das weiß ich nicht.«

Um Viertel vor vier klingelte das Telefon auf Mikes Zimmer. »Alles klar, ich bin wach«, rief er in den Hörer und legte wieder auf.

Er hatte den jungen Mann gebeten, ihn nach anderthalb Stunden zu wecken, und Mike war in dieser kurzen Zeit tatsächlich wieder eingedöst. So wach er vorhin gewesen war, so zerschlagen fühlte er sich jetzt.

Er zwang sich aufzustehen, zog sich an und ging hinunter. Zehn Minuten später war er auf der anderen Rheinseite.

Während er an der Bundesstraße entlang zum Felsenweg ging, fragte er sich immer wieder, ob Anita tatsächlich kommen würde. Der Bereich in seinem Gehirn, der sich für logisches Denken verantwortlich fühlte, erklärte, dass sie kommen musste, wenn sie das Geld bergen wollte. Die andere Seite wandte ein, dass Anita wahrscheinlich genauso wie Mike eine kurze Vorbesichtigung unternommen und dann von größeren Bergungsaktionen abgesehen hatte. In dem Fall war er gestern Abend zu spät gekommen.

Als Mike fast an der Stelle des Aufgangs angekommen war, fiel ihm ein, dass es nichts schaden konnte, Anita noch einmal zu überprüfen. Er ging zurück bis zur Telefonzelle am Kapuzinerplatz und wählte Anitas Nummer. Niemand nahm ab.

Der Felsenweg lag verlassen im Schatten.

Mike genoss zwar die Atmosphäre des Sonnenaufgangs, aber seine Wache hatte trotzdem keinen Sinn, denn Anita kam nicht. Stattdessen machten sich gegen sechs die ersten Frühtouristen auf den Weg nach oben. Dann geschah bis gegen halb neun überhaupt nichts. Schließlich kamen die nächsten, in immer größeren Scharen. Um Viertel nach neun erklärte Mike die Aktion für beendet. Er ging zum Wagen zurück und dachte an das Bild aus dem Internet. Wenn er herausfinden konnte, wo diese Kirche war …

Dieser Spur musste er noch nachgehen.

17.

Ab halb zehn war Mike in der Stadt unterwegs und trieb sich in den Buchläden herum. Er suchte jedes Buch über Koblenz nach Abbildungen von Kirchen ab. Leider zeigte sich die Auswahl der sakralen Bauwerke, die in Bildbänden gezeigt wurden, als sehr gering. Die Kastor-, Florins- und Liebfrauenkirche standen als berühmte Beispiele Koblenzer Kirchenbauten in der Gunst ganz oben, dann kamen Gotteshäuser wie die Christus- und Herz-Jesu-Kirche. Ein paar Kapellen fanden sich hier und da, aber das war es auch schon. Bücher über Kirchtürme, die wie Raketen aussahen, gab es nicht, und die Kirche, die Mike auf dem Foto erahnt hatte, war nirgends zu finden.

Nach zwei Stunden klappte Mike in der Buchhandlung Bouvier das letzte Buch zu und ging zum Wagen, den er diesmal im Löhr-Center-Parkhaus abgestellt hatte. Er legte die Hand auf das Lenkrad und starrte gegen die graue Parkhauswand.

Er versuchte, sich die Situation in der Nacht vor zwanzig Jahren vor Augen zu führen. Sie hatten Ramann und das Geld gefunden. Carola hatte jemanden auf der Brücke weglaufen sehen. Zumindest hatte sie das gesagt. Könnte das Anita gewesen sein? Sie hatte Ramann vielleicht umgebracht, weil sie sich wegen des Geldes gestritten hatten. Wegen des Geldes, das, so nahm Mike an, von Nair stammte. Wegen des Geldes, das aus einem Waffenhandel stammte, in den Ramann verwickelt war. Ramann und Anita.

Jetzt zu Nair, dachte Mike.

Nair hatte behauptet, den Krieg gewonnen zu haben, weil er dieses Denkmal zerstört hatte.

Nair hatte sich eingebildet, der große Kriegsgewinner zu sein, weil er das Denkmal vom Sockel geschossen hatte. Aber er hatte es nicht ganz zerstört. Ramann brachte ihm ein Foto, auf dem dokumentiert war, dass es das Denkmal noch gab. Hatte Ramann seinem Vater ein Foto vom Denkmal besorgt, nur um mit ihm Waffengeschäfte machen zu können? Hatte er extra dafür das Denkmal gesucht?

Viel zu kompliziert. Es gab eine andere Möglichkeit. Das Geld war nicht wegen Waffen nach Deutschland gekommen. Sondern wegen des Denkmals selbst. So musste es gewesen sein: Ramann hatte das Denkmal gefunden und wollte es seinem Vater verkaufen. Das passte!

War das Denkmal am Ende in Amerika? Stand es in irgendeinem Privatpark herum? Wenn das stimmte – was war dann mit dem Kopf? Wenn das Denkmal in den USA war, fehlte der Kopf dort entweder, oder er war nicht echt. Oder stand im Mittelrhein-Museum eine Fälschung?

Quatsch, schalt sich Mike. Wenn Nair tatsächlich das Denkmal in die USA geholt hatte, dann würde er es auch auf seiner Webseite zeigen. Er würde damit angeben.

Was war mit Nairs Reise nach Deutschland? Geschah sie zufällig gerade jetzt?

Er hat seit Jahren keine so weite Reise mehr gemacht. Das hatte Deborah Nair gesagt.

Wusste Nair von Carolas Nachforschungen?

Natürlich!

Carola hatte sich per E-Mail an Nair gewandt, weil sie auch über das Foto auf der Website gestolpert war.

Hatte Nair vielleicht noch etwas anderes vor? Außer Waffengeschäfte zu machen?

Mike spürte, wie es in seinen Ohren rauschte. Die Umgebung beengte ihn. Er schaltete das Autoradio ein und suchte nach einer CD, die ihm beim Denken helfen konnte. Bach wäre gut, dachte er.

Im Radio begannen die Lokalnachrichten von RPR 1. Mike wollte schon genervt abstellen, als ihn die erste Nachricht aufhorchen ließ.

»Mayen. Ein Unbekannter hat gestern in der Nähe von Mayen eine Rakete abgefeuert. Das Geschoss zerstörte einen Kran auf dem Gelände einer Baustofffirma. Obwohl sich in dem angrenzenden Gebäude sechs Personen aufgehalten hatten, wurde niemand verletzt. Nähere Einzelheiten von Fred Tillmann.«

Ein Reporter übernahm die Berichterstattung. Er erzählte etwas von einer Waffe, die von einem Einzelnen abgefeuert werden konnte, von einer Sprengkraft, die etwa ein Kilo betrug …

»Der Schütze konnte noch nicht identifiziert werden, aber die Polizei verfolgt bereits bestimmte Spuren. So hat man einen Taxifahrer ausfindig gemacht, der kurz vor dem Ereignis einen älteren Mann fuhr. Dieser Mann, der wahrscheinlich Engländer oder Amerikaner ist, hatte einen Kontrabasskasten bei sich, in dem er unter Umständen die Waffe versteckt hatte.«

Ein Kurzinterview wurde eingeblendet. Der Taxifahrer berichtete in breitem Koblenzer Platt, wie er sich noch gewundert habe, warum der Mann mit dem Kontrabass mitten auf dem Feld aussteigen wollte. Er habe ihn dann aber zur nächsten Ortschaft gebracht. Dort sei er ausgestiegen.

Nun war der RPR-Reporter wieder am Zuge. Er sagte, dass der Mann mit dem Kontrabass natürlich nicht unbedingt der Täter sein müsse, dass er sich aber trotzdem bei der nächsten Polizeidienststelle melden solle. Auch jeder, der eine besondere Beobachtung gemacht oder den Mann mit dem Kontrabass gesehen habe, solle sich melden.

Popmusik begann, und Mike stellte das Radio aus.

Er dachte eine Weile nach. Sollte er jetzt doch zur Polizei gehen? Nickenich würde ihm das, was er ahnte, niemals abnehmen, da war er sicher. Er stieg aus und ging zum Wöllershof hinüber.

»Hallo?«

»Hallo, Miss Nair?«

»Wer ist da bitte?«

»Hier ist Mike Engel. Entschuldigen Sie, dass ich Sie wieder mitten in der Nacht störe.«

»Ist schon okay. Haben Sie was über meinen Vater rausgekriegt?«

»Nicht sehr viel, muss ich zugeben.«

»Haben Sie mit Thomas Wood gesprochen?«

»Er ... wollte mich nicht empfangen.«

»Dann wissen wir ja genau so viel wie vorher.«

»Das würde ich nicht sagen.«

»Haben Sie einen anderen Hinweis?«

»Vielleicht.«

Mike sah auf die Straße, wo sommerlich gekleidete Passanten vorübereilten. Die Theorie, die er sich ausgedacht hatte, wirkte in dieser harmlosen Atmosphäre geradezu lächerlich.

»Reden Sie schon. Was für ein Hinweis ist das?«

»Das ist nicht so einfach zu sagen.«

»Was heißt das?«

»Ich muss Ihnen erst ein paar Fragen stellen.«

»Wenn es wichtig ist.«

»Ja, das ist es. Es ist doch richtig, dass Ihr Vater sehr stolz darauf ist, das Denkmal am Deutschen Eck zerstört zu haben? Damals, im Krieg?«

»Fangen Sie schon wieder mit dieser alten Geschichte an?«

»Sagen Sie mir nur, ob das zutrifft.« Er spürte, dass sein Ton etwas hart geworden war. »Entschuldigen Sie bitte, dass ich so insistierend frage.«

»Es trifft zu. Er ist sehr stolz darauf.«

»Und er hat das Gefühl, dass man ihm noch etwas schuldet. Dafür, dass er das getan hat.«

»Das kann man so sagen, ja. Auch wenn es verrückt ist ...«

»Er glaubt das, weil er der Ansicht ist, mit diesem Abschuss den Krieg gewonnen zu haben.«

Sie lachte gekünstelt auf. »Ich weiß nicht, ob man so weit ...«

»Nach dem Motto: Wer die wertvollsten Symbole des Gegners zerstört, der sorgt für den Sieg.«

In der Leitung war ein paar Sekunden nichts zu hören. »Es stimmt«, sagte Deborah Nair leise. »Das habe ich sogar schon mal von ihm selbst gehört. Natürlich in einer anderen Formulierung, aber ...«

»Mein Englisch ist nicht besonders.«

»Irgendein Staatsmann hat das mal gesagt, glaube ich.«

Mike atmete tief ein. Jetzt kam die Hauptsache. »Besitzt Ihr Vater Teile des Denkmals?«

»Nein.« Es klang erstaunt.

»Wie würde Ihr Vater reagieren, wenn er wüsste, dass das Denkmal wieder auf dem Sockel steht?«

»Wie meinen Sie das?«

»Das Denkmal des Kaisers. Was würde er empfinden, wenn er das wieder aufgebaute Denkmal sähe?«

»Ist es denn wieder aufgebaut worden?«

»O ja, vor zehn Jahren schon.«

»Das Denkmal, das mein Vater heruntergeschossen hat?«

»Eine Kopie. Jemand, der sie unvorbereitet sieht, könnte sie für absolut echt halten.«

»Hm. Ich verstehe nicht so recht, was Sie damit sagen wollen.«

»Ganz einfach, Miss Nair. Kann es sein, dass Ihr Vater nach Koblenz gekommen ist, weil das Denkmal wieder steht? Um es sich anzusehen, zum Beispiel?«

Sie dachte einen Moment nach. Ein paar Sekunden lang stand zwischen Europa und dem amerikanischen Kontinent über Tausende von Kilometern die Stille in der Leitung.

»Warum sollte er das ausgerechnet jetzt tun?«, fragte sie leise, und der Ton in ihrer Stimme zeigte Mike, dass sie dasselbe dachte wie er.

»Jemand hat ihn darauf aufmerksam gemacht. Die Journalistin Carola Zerwas, die über das Denkmal eine Geschichte schreiben wollte.«

»Könnten wir sie nicht fragen?«

»Sie ist tot, Miss Nair. Jemand hat sie ermordet.«

»Was?«

»Ich sage die Wahrheit.«

»Oh, mein Gott!«

»Ich muss rausfinden, was dahinter steckt.«

»Glauben Sie etwa, mein ...« Plötzlich schien die Frau am anderen Ende der Leitung extrem aufgebracht. Sie fluchte vernehmbar. »Das sind alles Hirngespinste. Unsinn. *Bullshit*.«

»Miss Nair ...«

Mike drang nicht zu ihr durch.

»Miss Nair, lassen Sie mich noch etwas sagen ... Miss Nair, ich habe auch herausgefunden, was mit der Bezeichnung ›Gimlet‹ gemeint ist. Hallo? Bitte hören Sie mir zu!«

»Also gut, was ist damit gemeint?«, fragte sie schließlich.

»Es sind Waffen, Miss Nair. Genauer gesagt: eine Waffe. Eine Waffe, mit der man bequem ein Denkmal zerstören kann. Quasi im Alleingang.«

»Was?«

»Es ist so, wie ich sage. Und wissen Sie, was gestern hier in der Nähe passiert ist?«

»Sagen Sie es mir.«

»Jemand hat mit so einem Ding geschossen.«

»Auf das Denkmal?«

»Nein. Auf einen … wie heißt das noch … Kran. Auf einen Kran in einem Industriegebiet.«

Sie lachte wieder, diesmal klang es abschätzig. »Und Sie glauben, mein Vater habe das getan?«

»Wenn meine Theorie stimmt, ja.«

»Und Sie glauben, er hat den Mord an der Journalistin begangen.«

»Ich weiß es nicht.«

»Wissen Sie eigentlich, was Sie da behaupten? Das ist doch alles *nonsense.*«

Mike seufzte. Es klang ja auch völlig absurd! Doch er war sicher, dass an seiner Idee etwas dran war. In einen Menschen, der über Jahre hinweg daran leidet, seine Ziele nicht erreicht zu haben, konnte er sich gut hineinversetzen.

»Es ist unlogisch«, sagte sie.

»Warum?«

»Nehmen wir an, mein Vater hätte es tatsächlich auf das Denkmal abgesehen. Nehmen wir an, er hätte tatsächlich diese Waffe gekauft. Warum hätte er dann in diesem Industriegebiet damit schießen sollen?«

»Ich würde sagen, er hat die Waffe getestet«, erklärte Mike.

»Aber was hat die Journalistin damit zu tun?«

Er wusste keine Antwort.

18.

Die Hitze auf dem Parkplatz brannte unbarmherzig. Mike stand mit dem Rücken zu seinem Wagen. Die Plastikfolie am Fahrerfenster hatte er wieder entfernt. Es sah jetzt so aus, als sei die Scheibe heruntergekurbelt.

Es war ziemlich einfach gewesen, die Taxizentrale anzurufen und den Fahrer, der als Zeuge im Radio interviewt worden war, zu McDonald's an der B 9 zu bestellen. Niemand hatte ihn gefragt, warum es gerade dieser Fahrer sein musste. Wahrscheinlich freute man sich einfach über die unverhoffte PR.

Mike beobachtete das Treiben hinter der Scheibe des Schnellrestaurants. An einem der Schalter arbeitete Jürgen Lange. Mike sah, wie er wild gestikulierend auf einen Mitarbeiter einredete. Offensichtlich war er der Chef hier. Immerhin. Jürgen bemerkte ihn nicht.

Plötzlich kam ein Taxi auf den Parkplatz gerollt. Es war ein Mercedeskombi.

Der Fahrer hielt neben Mike und ließ die Scheibe herunter.

»Ein Taxi für Engel?«

Mike nickte, ging um den Wagen herum und setzte sich auf den Beifahrersitz.

»Wohin soll's denn gehen?«, fragte der Mann und beugte sich vor, um das Taxameter anzuwerfen. Er trug ein weißes T-Shirt, auf dem riesige Schwitzflecken auf der Brust und unter den Armen prangten. Dabei war es im Inneren des Wagens recht angenehm. Mein nächstes Auto hat eine Klimaanlage, schwor sich Mike.

»Richtung Innenstadt bitte.«

»Wird prompt erledigt«, sagte der Fahrer jovial und fuhr auf die Bundesstraße.

Während sie sich der Moselbrücke näherten, überlegte Mike, wie er anfangen sollte. In seiner Hosentasche steckte zusammengefaltet das Internet-Material. Auf der Hauptseite war ein Foto von Nair – alt zwar, aber immerhin. Am liebsten hätte Mike dem Taxifahrer das Foto unter die Nase gehalten und ihn gefragt, ob das der Mann mit dem Kontrabass gewesen war. Aber was würde der Taxifahrer dann tun? Zur Polizei gehen?

Sie erreichten die schnurgerade Brücke. Der Fahrer gab Gas. Als sie etwa in der Mitte angekommen waren, musste er sich entscheiden, wie er sich einordnen sollte: in Richtung Moselring oder hinunter in den Saarplatz-Kreisel.

»Wie soll's jetzt weitergehen?«, fragte er, wie Mike erwartet hatte.

»Fahren Sie zum Friedrich-Ebert-Ring«, sagte Mike.

Der Fahrer wechselte eine Spur nach rechts. Sie kamen auf den Überflieger und passierten das Polizeipräsidium. Der Anblick des Gebäudes schien den Fahrer auf eine Idee zu bringen. »Warum wollten Sie eigentlich ausgerechnet mit mir fahren?«, fragte er.

»Sie waren heute Morgen im Radio. Sie scheinen ein guter Taxifahrer zu sein. Umsichtig.«

Der Fahrer schwieg. An der Herz-Jesu-Kirche war die Ampel rot.

Mike entschloss sich, das Risiko einzugehen und den Mann direkt zu fragen. »Fahren Sie bitte rechts ran?«

»Wo genau?«

»Die nächste Möglichkeit.«

Der Wagen hielt an der Christus-Kirche.

»Ich muss Sie was fragen«, sagte Mike und holte die Blätter hervor. Er faltete sie auseinander und hielt dem Mann Nairs Foto hin. »Der Mann mit dem Kontrabasskasten – ist er das?«

Die Miene des Fahrers verriet nichts. »Warum wollen Sie das wissen?«

»Ich beschäftige mich mit illegalem Waffenhandel«, antwortete Mike. »Ich glaube, dass der Unbekannte was damit zu tun hat.«

»Der hat aber geschossen. Nicht gehandelt.«

»Es muss eine Art Test gewesen sein. Mich würde interessieren, woher Sie eigentlich so genau wissen, dass der Mann mit dem Kontrabass auch der Täter war?«

Der Taxifahrer zuckte mit den Achseln. »Ist doch komisch, wenn einer mit einem Kontrabass aufs freie Feld fährt.«

»Komisch schon. Aber kein Beweis.«

»Man hat so einen sechsten Sinn, wenn man viel mit den Leuten zu tun hat. Ich hab schon viele Musiker gefahren. Das war keiner.«

»Und – ist er's?«

»Sind Sie von der Polizei?«

»Nicht direkt. Also?«

Der Taxifahrer nickte.

»Vielen Dank«, sagte Mike. »Fahren Sie mich bitte zurück. Ich zahle Ihnen das Doppelte für die Tour. Aber Sie müssen mir noch einen Gefallen tun.«

»Geht's da auch um einen Verrückten?«

»Nein, um eine Kirche.«

Eine Ampel sprang auf Rot. Der Taxifahrer sah zur Seite. Er beäugte Mike, als wäre er ein Außerirdischer.

In der kurzen Zeit, bis sie wieder auf der Moselbrücke waren, beschrieb Mike dem Fahrer die Kirche von dem Foto. Dabei gelang es ihm, den Vergleich mit einer Rakete zu vermeiden. Mike sprach stattdessen von einer weißen Säule, die schlank in die Höhe strebte und von einem schwarzen, spitz nach oben verlaufenden Dach gekrönt wurde.

Der Fahrer dachte darüber nach, bis links neben der Bundesstraße das Telekomgebäude sichtbar wurde.

»Hat der Kirchturm so ein längliches Fenster?«, fragte er.

»Ja genau. Es sieht aus wie ein schwarzer Strich nach unten.«

»Heilig Kreuz«, sagte der Fahrer. »Das muss die Heilig-Kreuz-Kirche sein.«

»Und wo ist die?«

»In Neuwied. Hafenstraße.«

»Sind Sie sich da ganz sicher?«

»So lange Sie mir kein Foto zeigen können, nicht. Aber so, wie Sie den Turm beschrieben haben ... Da gibt es nur die.«

Sie kamen am McDonald's-Parkplatz an. Die Tour hätte nach Taxameter zwölf Euro gekostet; Mike gab dem Fahrer dreißig.

*

»Touch Down.«

Das hatte First Lieutenant Stuckey durchgegeben. Nicht besonders militärisch. Eher sportlich.

»Nur gestreift. Aber der Reiter ist unten. Gut gemacht, Nair.«

Die Kameraden applaudierten. Alle bewunderten durch ihre Ferngläser den auf der Seite hängenden Kaiser.

Der alte Mann öffnet die Augen.

Die Sonne ist viel zu hell, als dass es noch früher Morgen sein könnte. Er sieht auf die Uhr. Halb elf.

Er hat verschlafen.

Nicht so schlimm. Er hat noch viele Stunden Zeit. Die Waffe liegt sicher im Mietwagen. Der Kontrabasskasten ist von außen nicht zu erkennen; der alte Mann hat eine Decke darübergebreitet. Er weiß nicht, dass man ihn in Verbindung mit dem Kontrabass sucht, aber er weiß genau, dass er damit seinen Verfolgern ein wichtiges Erkennungszeichen geliefert hat, das er verbergen muss.

Der alte Mann steht auf und geht unter die Dusche. Er zieht seine Uniform an und verbirgt sie trotz der Hitze unter einem leichten Mantel.

In diesem Aufzug hastet er zum Wagen, den er ein paar Straßen weiter geparkt hat. Als er losfährt, kommt ihm beinahe ein Taxi in die Quere, das plötzlich aus einer Parklücke ausschert. Der alte Mann tritt auf die Bremse. Hinter ihm wird gehupt. Beinahe hätte es einen Auffahrunfall gegeben.

Der alte Mann sieht, dass der Taxifahrer mit einem Fahrgast diskutiert. Der Taxifahrer sieht genauso aus wie der, der ihn in Richtung Mayen gebracht hat.

Das Taxi verschwindet, und der alte Mann fädelt sich in den Verkehr in Richtung Altstadt ein. Nichts übereilen.

Er hat Zeit.

Aber nur einen einzigen Schuss.

19.

Mike saß im Wagen auf dem Parkplatz vor dem Hamburgerrestaurant. Auf den Knien hielt er den Stadtplan von Neuwied. Er fand die Hafenstraße, die im 90-Grad-Winkel von der Engerser Landstraße nach Süden abzweigte. Genau in der Ecke war die Heilig-Kreuz-Kirche eingezeichnet. Weiter unten führte die Hafenstraße unter der B 256 durch und traf dann wieder auf eine Kreuzung. Mike kannte diese Stelle ganz genau, denn er war dort schon gewesen. Die kleine weiße Linie, die nach rechts abging, hieß »Im Langendorfer Feld«.

Mike ließ den Motor an und fuhr los.

Als er ankam, war die heiße Luft wie bei Mikes erstem Besuch von dem unablässigen Röhren und Mahlen des Betonwerks erfüllt. Mike stieg aus und spürte, wie er Staub einatmete. Über der geteerten Straße, die sich in Richtung der Kiesgruben verlor, flimmerte die Luft. Das Gebäude, in dem Wenzes hauste, lag verlassen da.

Mike schützte die Augen mit der flachen Hand vor der gleißenden Helligkeit des Mittags und versuchte die Kirche zu erkennen. Zwischen den Einfahrten wuchsen hohe Bäume, die die Sicht versperrten. Erst an dem Betonwerk, wo dicke gelbe Lkw-Sandspuren in Richtung des Getöses abzweigten, wurde der Blick plötzlich frei. Der markante Kirchturm stach deutlich sichtbar aus einer Ansammlung von Dächern in die Höhe.

Mike holte den Computerausdruck aus der Tasche und verglich die Ansicht auf dem Foto mit der Wirklichkeit. Es stimmte alles überein: Die Kirche erhob sich vor flachen bewaldeten Hängen, die weit hinten am Horizont zu sehen waren und auf dem Computerausdruck nur einen grauen Schatten hinterlassen hatten.

Auf einem dieser Grundstücke musste das Foto entstanden sein. Natürlich mit viel kleineren Bäumen, vielleicht noch ohne Betonfabrik, ohne die Gebäude, wie sie heute dort standen.

Wenn hier das Foto gemacht wurde – war dann vielleicht auch das Denkmal hier? Wenn ja – wo?

Mike versuchte sich vorzustellen, wie viel Platz man brauchte, um so einen Haufen Schrott zu lagern. Sicher war eine riesige Halle nötig; die Gebäude, die es hier gab, durften allesamt zu klein dafür sein. Oder täuschte er sich?

Mike begutachtete wieder das ausgedruckte Foto und bemühte sich, die kleinen Bäume und die Furchen auf dem Kiesuntergrund in der Wirklichkeit wieder zu finden. Es gelang ihm nicht. In zwanzig Jahren veränderte sich doch eine Menge. Nachdenklich ging er hin und her, suchte immer wieder eine neue Perspektive.

Irgendetwas stimmte mit dem Bild nicht. Mike hatte die ganze Zeit dieses Gefühl gehabt, aber es war ihm nicht richtig bewusst geworden. Welche Teile auf dem Foto waren eigentlich eindeutig dem Denkmal zuzuordnen?

Da war vor allem der Kopf des Kaisers. Er lag im Vordergrund und machte dem Betrachter sofort klar, worum es hier eigentlich ging. Der kleine Berg, der sich dahinter erhob, war nur ein Sammelsurium schwer zuzuordnender Einzelteile. Für sich betrachtet, hätte Mike sie sicher nicht mit einem Denkmal in Verbindung gebracht. Mit diesem Denkmal schon gar nicht.

Rechts und links ragten noch ein paar markante Dinge heraus. So etwas wie ein Pferdehuf, außerdem ein größeres Stück Metall, das der Pferdekopf sein konnte. Schließlich gab es noch einen gezackten Flügel – ein Stück der Genius-Figur.

Mike zählte, wie viele Teile auf dem Bild eindeutig von dem Denkmal stammten. Er kam auf fünf. Der Rest ging in einer schwarzen Masse unter, die einfach nur namenloser Schrott war.

Plötzlich wurde ihm klar, was ihn gestört hatte. Der Kaiserkopf besaß nicht die richtige Größe. Im Mittelrhein-Museum hatte er viel kleiner gewirkt …

Mike ging an dem verbeulten Briefkasten neben der Einfahrt vorbei und erreichte die Haustür neben dem Rolltor. Wie bei seinem ersten Besuch drückte er auf den Klingelknopf. Keine Reaktion.

Als Mike den Blick senkte, sah er, dass die Tür einen Zentimeter schräg nach innen offen stand. Er drückte dagegen; sie schwang weiter auf. Ein Flur wurde erkennbar.

Mike blieb stehen. Nein, dachte er. Ich gehe kein zweites Mal in eine Falle. Unwillkürlich machte er ein paar Schritte zurück.

Neben der Seitenwand des Gebäudes führte eine Durchfahrt

nach hinten. Mike folgte ihr auf einen Hinterhof. Der Krach von dem Betongelände wurde immer stärker, je näher Mike kam.

Die Rückseite besaß keinen Eingang und kein Fenster. Das Grundstück war von einem Zaun begrenzt, dahinter reckten sich Bäume in die Höhe. Und von dort kam auch das endlose Kreischen und Mahlen.

Etwas Hartes rammte ihn in den Rücken. Dann meldete sich hinter ihm eine wohl bekannte Stimme.

»Wird Zeit, dass du auftauchst«, zischte Anita gerade so laut, dass sie das Geröhre auf dem Nachbargrundstück übertönte. »Ich habe verdammt lange gewartet.«

*

Es sind Unmengen von Touristen unterwegs. Immer wieder kreuzen sie plötzlich vor seinem Kühler die Fahrbahn.

Der Verkehr nimmt zu, je näher er dem Zusammenfluss von Rhein und Mosel kommt. Schließlich sind die Parkmöglichkeiten auf der rechten Seite zu Ende. Links gibt es einen kleinen Parkplatz, der hoffnungslos belegt ist.

Er muss stoppen, weil sich zwei Busse von rechts heranschieben. Dann kann er der Straße weiter folgen. Sie beschreibt einen Bogen um eine kleine Anlage mit alten Mauern. Als er am Eingang vorbeikommt, sieht er innen Menschen zwischen leuchtenden Blumenrabatten herumspazieren.

Die Straße führt zum Rhein hinüber, und jetzt entfernt er sich wieder vom Denkmal. Das ist schlecht. Er muss so nahe wie möglich dranbleiben. Doch es geht noch mindestens eine halbe Meile weiter, bis er endlich eine Parklücke findet.

Er steigt aus, öffnet die Heckklappe und zieht die Decke weg.

*

Mike war starr vor Schreck. Gleichzeitig hatte er das Gefühl, in Ohnmacht fallen zu müssen. Er suchte instinktiv etwas zum Festhalten, aber da war nichts. Anita packte ihn von hinten hart an der Schulter.

»Schön langsam«, sagte sie.

»Was willst du?«, keuchte er. »Wenn du schießt, hören das die Arbeiter nebenan.«

»Deswegen gehen wir ja auch ins Haus. Da sind wir ungestört. Schade, dass du nicht von selbst reingekommen bist.«

Der Druck der Pistole in seinem Rücken wurde stärker.

»Langsam zur Tür gehen«, sagte Anita.

Mike bewegte seine Gummibeine. Er versuchte nachzudenken, aber in seinem Kopf herrschte eine furchtbare Leere.

»Ein bisschen schneller.« Sie drückte wieder etwas fester. Die Metallkante der Pistole rieb schmerzhaft an einem Wirbel in Mikes Rücken.

Auf der Straße vor dem Grundstück rumpelte ein Lkw entlang. Der Fahrer würdigte Mike keines Blickes. Zwei Sekunden später waberte eine Staubwolke nach.

Sie erreichten das Gebäude.

»Schneller, hab ich gesagt.«

Mike wusste, dass er keine Chance hatte, wenn er da hineinging. Er blieb stehen.

»Was ist los?«

»Ich gehe da nicht rein«, brachte er mühsam hervor. »Ich lass mich doch nicht abknallen.«

»Es geht ganz schnell, glaub mir«, sagte sie, und ihre Stimme klang fast schmeichelnd.

Mike bekam einen Schweißausbruch. Hektisch wischte er sich über das Gesicht.

»Was hast du davon, wenn du mich erschießt?«, ächzte er.

Der Druck auf den Rücken war plötzlich weg. »Schön stehen bleiben«, sagte sie. »Ich hab dich weiterhin im Visier.«

Sie umrundete Mike und kam langsam in sein Blickfeld – die Pistole in den ausgestreckten Händen. Sie trug nicht mehr das Sommerkleid, sondern ein weißes T-Shirt und eine Jeans.

»Wo ist eigentlich Wenzes?«, fragte Mike.

Anita machte eine Kopfbewegung zum Haus hin. »Da drin. Er wartet auf uns.«

»Woher wusstest du, dass ich herkommen würde?«

»Du hast diese Adresse so oft erwähnt, da war es nur eine Frage der Zeit. Ich habe hier solange Unterkunft gefunden.«

»Und warum bist du nicht längst abgehauen?«

Anita lachte. »Das ist ja wohl klar. Da wartet noch eine Million auf mich. Die habe ich mir für den Zeitpunkt aufgespart, wenn ich dich aus dem Weg geräumt habe. Du warst ja zu dämlich, das richtige Versteck zu finden.«

Wieder kam ein Lkw; diesmal aus der anderen Richtung.

»Los jetzt. Rein ins Haus.«

»Wenn du glaubst, das Geld sei am Hang von Ehrenbreitstein, dann wirst du wohl eine Enttäuschung hinnehmen müssen. Da ist es nicht.«

»Hör auf, Zeit zu schinden. Ich zähle bis drei, Mike. Dann bist du dran. Ob die den Schuss drüben hören oder nicht. Bis die kapiert haben, was hier passiert, bin ich über alle Berge. Mit dem Geld.«

»Ohne Geld«, sagte Mike. »Wie gesagt: Falls du das Geld in der Wand von Ehrenbreitstein vermutest, muss ich dich enttäuschen. Ich habe selbst nachgesehen.«

»Das glaube ich dir aufs Wort. Du bist ja bekanntlich eine Sportskanone.«

»Warum hast du nicht in der Zwischenzeit selbst nachgesehen?«

»Alles zu seiner Zeit. Wenn das Geld dort zwanzig Jahre gelegen hat, dann kann es auch noch ein paar Tage länger da liegen. Und außerdem – erst musste ich mir ja für dich eine Lösung einfallen lassen.«

»In dem Artikel stand, dass Carola die Wand nicht sehr weit hinaufgeklettert ist. Das Geld müsste also gleich in der ersten Einbuchtung sein, die man erreichen kann. Ich bin dort gewesen. Das Geld ist nicht da. Ist ja auch völlig unrealistisch nach so langer Zeit.«

Anita sagte nichts. Die Pistole sank aber ein paar Millimeter.

Mike redete weiter. »Es war natürlich eine gute Strategie von dir, den Film mitgehen zu lassen. Du hast dabei aber vergessen, dass dort auch die Originalzeitungen aufbewahrt werden. Und so ganz nebenbei – ich habe in der Zwischenzeit mit Carolas Ehemann gesprochen. Er hat mir gesagt, wo das Geld ist.« Jetzt musste er sich irgendwas einfallen lassen. »Es ist in Düsseldorf.«

»Mach mir doch nichts vor!«, sagte Anita. Der Pistolenlauf war wieder oben.

»Carola hatte einen Freund«, redete Mike weiter. »Er lebt in Düsseldorf. Dass ich da auch wohne, ist reiner Zufall.«

»Aber schön erfunden.«

»Wenn ich es erfunden hätte, dann lebte der Freund in Berlin, in Koblenz oder sonst wo.« Mike redete schneller. »Ich bin jedenfalls sicher, dass er das Geld hat. Sie hat mich nur ausgenutzt. Um ihr bei der Story mit dem Denkmal zu helfen. Wie du gesagt hast. Wenn das Geld in dem Felsen gewesen wäre, dann wäre ich nicht hier, Anita. Und glaube mir, ich bin nicht allein hier. Die Polizei taucht auch gleich auf.«

Plötzlich veränderte sich etwas. Mike wurde zuerst gar nicht bewusst, was es war. Dann realisierte er es. Der Lärm auf dem Grundstück nebenan hatte aufgehört. Es war plötzlich totenstill. Anita sah unwillkürlich hinüber und war eine Sekunde unaufmerksam. Mike nutzte seine Chance. So fest er konnte, trat er nach ihr, doch sie reagierte schnell. Plötzlich gab es einen trockenen Knall, der so laut war, dass sich Mike einen Moment völlig taub fühlte. Panisch trat er ein weiteres Mal zu. Die Pistole klackerte auf den Boden. Mike drückte Anita weg; sie fiel nach hinten, und Mike bekam die Waffe in die Hand.

Anita richtete sich auf. Ihr Blick war böse.

Dann grinste sie. »Oh nein, mein Lieber. Du erschießt mich nicht.«

Mike hatte nicht gewusst, wie sich eine Pistole anfühlt. Am liebsten hätte er den Metallklotz weggeworfen. Er riss sich zusammen und zielte auf Anita. »Da wäre ich mir nicht so sicher«, brachte er mühsam hervor.

Anita tat gelangweilt. »Ich aber.«

»Ich will jetzt alles wissen«, rief Mike mit möglichst fester Stimme. »Du hast Carola umgebracht, oder? Und Ramann. Damals.«

Anita sagte nichts und kam näher. Mike ging einen Schritt zurück. »Bleib stehen! Du hast keine Chance. Die Polizei kommt gleich.« Hoffentlich nahm sie ihm das ab. Tatsächlich. Sie blieb stehen. Er hob die Waffe etwas an.

»Hast du es getan?«

»Ja, aber …«

»Alle beide?«

»Ich wollte Wilfried nicht erschießen. Er ist mit dem Geld abgehauen …«

»Mit dem Geld von Nair?«

Sie nickte.

»Wofür hat er eine Million Dollar bezahlt?«

Anita grinste. »Das musst du doch langsam begriffen haben, Mike. Für das Denkmal. Er war ganz scharf auf das Ding.«

»Ihr habt ihm das Denkmal verkauft, und er hat es mit nach Amerika genommen? Wo habt ihr es denn gefunden?«

Anita kam wieder näher.

»Bleib stehen. Ich schieße. Ich warne dich.«

Mike tastete sich mit dem Zeigefinger zum Abzug vor. Er fühlte sich schmierig an. Als sei die Waffe mit Öl überzogen. War sie überhaupt entsichert? Klar, musste sie sein. Ein Schuss war ja schon losgegangen.

Anita machte einen weiteren Schritt. Mike schloss die Augen. Er zog den Abzug durch. Er löste in der Waffe etwas aus. Es machte leise Klick.

Als er die Augen wieder öffnete, war Anita weg. Ein Schatten bog an der Einfahrt um die Ecke.

Mike hetzte hinterher. Auf der Straße sah er Anita in Richtung der Häuser sprinten, die weit hinten begannen. Sie hatte schon einen gewaltigen Vorsprung; er würde sie nicht mehr einholen.

Er lief zurück zum Haus und quetschte sich durch die offen stehende Tür in den Flur. Eine trübe Deckenlampe brannte. Mike sah die eigenartigen Kunstwerke, und mittendrin lag etwas, das auf den ersten Blick wie eine der grotesken Figuren wirkte. Es war Wenzes. Zuerst dachte Mike, er wäre tot, doch als sich der Mann plötzlich rührte, begriff Mike, dass er nur besoffen war. Neben ihm lagen ein paar Königsbacher-Flaschen. Mike schubste ihn mit dem Fuß an. Wenzes hob den Kopf und blinzelte.

Plötzlich hörte Mike, wie draußen vor dem Haus Autos vorfuhren. Schritte waren zu hören. Männer kamen herein. Es waren drei Polizisten in grünen Uniformen, die ihre Waffen zogen.

»Fallen lassen«, rief einer von ihnen.

Mike war starr vor Schreck.

»Nun machen Sie schon!«

Mike begriff, dass er die Pistole immer noch in der Hand hielt – den Lauf zufällig auf Wenzes gerichtet. Der Mann hatte angstvoll die Augen aufgerissen.

»Wassn los?«, krächzte er.

*

Er hat kurz nachgedacht. Kopfschüttelnd deckt er den Kontrabasskasten wieder zu und schließt den Wagen ab. Er muss erst das Gelände überprüfen.

Langsam geht er am Rhein entlang in Richtung Kaiserdenkmal, vorbei an gut gefüllten Lokalen.

Der Kaiser auf dem Pferd ragt vor ihm in die Höhe wie ein Triumphator. Minutenlang bleibt er stehen – Auge in Auge mit der Bronzefigur. Am oberen Rand des Sockels stehen Touristen an der Brüstung. Manche winken, andere haben Ferngläser an den Augen.

Wie weit wird das Standbild entfernt sein?, fragt er sich, als er an der äußersten Spitze angekommen ist. Dreihundert Fuß vielleicht. Zu wenig. Warum hat er daran nicht gedacht?

Er zwingt sich, das Problem logisch anzugehen. Hinter dem Kaiser liegt die Stadt. Wenn es von dort aus geschehen soll, muss er Zugang zu einem Dach haben. Zu schwierig.

Der alte Mann überblickt das Flusstal, dem der bronzene Kaiser entgegensieht. Rechts erhebt sich die Festung. Der alte Mann erwägt, ob es dort einen guten Abschussplatz geben könnte. Wahrscheinlich oben an den Kasematten. Oder auf dem diagonal verlaufenden Weg am Felsen vorbei.

Auf der linken Seite, am anderen Moselufer, liegt flach hingestreckt ein Campingplatz. Die Zelte und Wohnwagen reichen fast bis an das Wasser heran.

Der alte Mann will sich das genauer ansehen und stapft auf das Denkmal zu, um einen erhöhten Blick zu bekommen. Mit dem Besucherstrom steigt er die vielen Stufen hinauf, die in die untere Säulenhalle des Sockels führen. Er sucht innen eine Möglichkeit, noch weiter hinaufzukommen, und findet eine schmale Wendeltreppe. Er wartet den langen Gegenverkehr ab; es staut sich zwischen den Granitsäulen, dann kann er endlich hinauf.

Er drängt sich zwischen die Touristen, die das breite Panorama fotografieren. Ihn interessiert nur der Campingplatz. Weiter hinten, wo die zufließende Mosel schon Rhein geworden ist, wirkt das rechte Ufer etwas verwildert. Davor erstreckt sich so etwas wie ein schmaler Strand.

Der alte Mann dreht sich um und steigt die Stufen hinab.

Er hat die richtige Stelle gefunden.

*

»Alles passt perfekt zusammen«, sagte Hauptkommissar Nickenich, und seine Stimme klang selbstzufrieden. »Das hier« – er wies auf ein transparentes Plastiksäckchen, das Anitas Pistole enthielt – »ist die Tatwaffe. Damit wurde Carola Zerwas erschossen. Und Herrn Hans Michael Wenzes alias Wenzeslaus wollten Sie auch töten. Das wird die Untersuchung garantiert bestätigen.« Der Hauptkommissar ließ sich in einen Stuhl fallen. »Sie hatten die Waffe in der Hand, als wir zum Tatort kamen. Und geschossen haben Sie auch. Die Arbeiter auf dem Grundstück nebenan haben es gehört und uns verständigt. Leugnen ist zwecklos, Herr Engel.« Er legte die Hände auf den Tisch und sah Mike herausfordernd an. »Jetzt fehlt uns nur noch eines – das Motiv. Wir sind ganz Ohr. Legen Sie los.«

»Nein«, sagte Mike mit brüchiger Stimme. »Sie haben doch selbst gesagt, ich hätte den Schuss auf Carola nicht abgegeben. Und außerdem: Fragen Sie doch Wenzes. Der wird Ihnen sagen, dass Anita Hoffmann dahinter steckt.«

Nickenich lächelte gezwungen. »Die große Unbekannte aus der Rheinstraße. Hatten Sie uns die Dame nicht schon bei unserer letzten Zusammenkunft empfohlen?«

Er griff nach einer Akte, die auf dem Tisch lag. »Leider scheint sie nie zu Hause zu sein. Kein Wunder, wenn sie immer wieder auftaucht und Morde begeht, die wir dann Ihnen in die Schuhe schieben ...«

»Reden Sie mit Wenzes«, wiederholte Mike.

»Der ist nicht ansprechbar. Aber das wird sich geben. Vorerst nehmen wir mit Ihnen vorlieb. Also?«

Mike saß eine Weile da und betrachtete wieder die rotierende Sparkassenuhr. Sie zeigte kurz vor halb zwei. Er wischte sich nervös den Schweiß aus dem Gesicht. »Herr Nickenich, ich muss Ihnen was anderes erzählen ...«

»Ich bin ganz Ohr, wie ich schon sagte.«

»Ich meine aber etwas ganz anderes. Einfach gesagt ...«

»Ja?«

»Jemand plant einen Anschlag auf das Kaiserdenkmal.«

Nickenichs Miene gefror einen Moment. Der Gesichtsausdruck war prüfendes Mustern mit einer Spur von Abschätzigkeit. Dann kam Leben in den Hauptkommissar. Mit einer schnellen Bewegung schlug er wieder auf den Tisch. Mike hätte gewarnt sein sollen. Er kannte das ja schon. Trotzdem zuckte er zusammen.

»Es ist schrecklich mit Ihnen, Herr Engel. Wir können uns einfach nicht unterhalten.« Nickenich machte eine Pause, in der er nach Worten zu ringen schien. »Sie sind vorläufig festgenommen«, rief er dann.

Er öffnete eine Tür. »Müller«, brüllte er. »Den Mann in Gewahrsam nehmen.« Und zu Mike gewandt fügte er hinzu: »Wegen Fluchtgefahr. Und vielleicht sogar Wahnsinn, wer weiß?«

Ein Uniformierter erschien.

»Hören Sie mir bitte zu. Nur zwei Minuten«, bat Mike. »Ich weiß, dass es verrückt klingt.«

»Ich höre nur zu, wenn es um ein Motiv wegen Frau Zerwas geht. Müller? Hier sind die Unterlagen.« Der Polizist nahm die Akte und ging auf Mike zu. Er griff an seinen Gürtel; Handschellen klirrten.

»Ist ja gut«, rief Mike. »Hören Sie auf.«

Der Uniformierte blieb stehen; der Hauptkommissar nickte kurz, dann waren sie wieder allein. »Und?«, fragte Nickenich.

»Ich erkläre Ihnen alles«, sagte Mike, während sich in seinem Kopf die Gedanken überschlugen. Wie sollte er anfangen? Wie das Geflecht auseinander nehmen? Sein Kopf schien plötzlich leer zu sein.

»Was ist nun?«, drängte Nickenich.

»Ich weiß nicht, wo ich anfangen soll.«

»Am besten am Anfang.«

»Es fing alles vor etwa zwanzig Jahren an.«

Der Hauptkommissar fiel Mike ins Wort. »Ich habe nicht gesagt, dass Sie beim Urknall loslegen sollen.«

»Es geht nicht anders. Vor einundzwanzig Jahren hat es an der Gülser Brücke einen Mord gegeben. Im April 1982. Carola und ich waren damals Schüler. Wir waren nachts an der Brücke. Wir haben mitbekommen, wie der Tote ins Wasser fiel. Und wir haben der Polizei nichts gesagt.«

»Warum nicht?«

»Carolas Vater hatte ihr verboten, nachts mit mir durch die Gegend zu ziehen. Außerdem ging es auch noch um Geld.«

»Was für Geld?«

»In einem Koffer neben dem Toten. Wir hatten ursprünglich vor, es mitzunehmen. Wir kriegten aber Angst. Einundzwanzig Jahre später rief Carola bei mir an und behauptete, das Geld noch zu haben. Dann sagte sie, sie arbeite an einer wichtigen Geschichte, mit der sie ihre journalistische Karriere wieder aktivieren könnte, und dann war sie plötzlich tot. Ich habe versucht herauszufinden, was passiert ist, und kam darauf, dass Carola Kontakt zu einem Amerikaner hatte. Richard Nair.«

Nickenichs Gesichtsausdruck signalisierte Verständnislosigkeit. »Wer ist das jetzt?«

»Richard Nair ist der Vater von Wilfried Ramann, dem Opfer von 1982«, legte Mike wieder los. »Ich meine, dem Opfer von der Gülser Brücke. Außerdem ist er der Amerikaner, der im Zweiten Weltkrieg das Denkmal vom Sockel geschossen hat. Und jetzt ist er wieder da ...«

»Langsam«, sagte Nickenich. »Muss ich das jetzt alles verstehen? Geht es nicht einfacher?«

»Zumindest müssen Sie verstehen, dass die ganze Geschichte, Carolas Recherche, irgendwas in Gang gesetzt hat. Nair ist nach Deutschland gekommen. Haben Sie nicht von dem Typ gehört, der in Mayen Schießübungen gemacht hat? Der angeblich einen Kontrabasskasten dabei hat? Das ist er! Er hat sich darauf vorbereitet, das Denkmal abzuschießen. Zum zweiten Mal.«

Nickenich blickte noch immer sehr abschätzig drein. »Warum sollte jemand so was tun? Welchen Sinn macht das?«

»Der Mann hat sich damals im Krieg wie ein Held gefühlt, weil er das größte Standbild der Deutschen runtergeschossen hat. Und jetzt steht es wieder auf dem Sockel, das hat seinen Stolz verletzt. Er ist alt, fast achtzig Jahre, und vielleicht verrückt, was weiß ich. Ich habe ihn nur von seiner Tochter beschrieben bekommen.«

»Ist die auch hier?«

»Ich habe mit ihr telefoniert. Aber verstehen Sie doch! Am Denkmal sind jetzt massenhaft Touristen. Stellen Sie sich vor, da ballert einer rum!«

»So einfach geht das nicht«, sagte Nickenich. Er wirkte etwas abwesend, offenbar versuchte er, die vielen Informationen in einen Zusammenhang zu bringen. »Ich verstehe nicht, was dieser Nair, der angeblich diesen Anschlag plant, mit dem Mord an Frau Zerwas zu tun hat.«

»Und mit dem Mord an Wilfried Ramann. Ich habe Ihnen doch von Anita Hoffmann erzählt ...«

»Nicht die schon wieder.«

»Aber es ist wichtig! Wenn Sie in den alten Akten zum Mordfall an der Gülser Brücke nachsehen, werden Ihnen garantiert auch Protokolle über sie in die Hände fallen. Sie war Ramanns Freundin. Sie ist damals von der Polizei befragt worden. Sie hat ihn erschossen.«

»Gut«, sagte Nickenich. »Fangen wir also noch mal vor zwanzig Jahren an. Das ist sicher besser. Erzählen Sie es mir noch mal ganz genau. Wir haben ja Zeit.«

Mike begann erneut bei der Nacht im Jahr 1982 und ließ sogar die Besteigung des Denkmals nicht aus. An dieser Stelle sah er Nickenich schmunzeln. Er ging sehr schnell auf das Wiedersehen mit Carola über und kam dann auf die wenigen Indizien, die er zur Verfügung gehabt hatte: die Nummer von Anita Hoffmann, die Adresse in Neuwied; dann erzählte er, wie er Frau Ramann und das Foto im Internet gefunden hatte.

An dieser Stelle hakte der Kommissar ein.

»Kann ich den Ausdruck aus dem Internet mal sehen?«

Mike zog die mittlerweile schon ziemlich zerfledderten Blätter aus der Hosentasche. Der Hauptkommissar nahm sie, sah sich das Foto mit dem Denkmalschrott an, rollte mit seinem Bürosessel an einen Computer und klickte ein paar Mal mit der Maus herum.

»Das mit dem Foto ist wirklich eigenartig«, sagte Nickenich. »Ich kenne die Geschichte des Denkmals ein bisschen. Wie jeder Koblenzer eigentlich. Aber das hier ist mir neu.«

»Das weiß ich«, sagte Mike. »Ich habe mich bei meinem alten Geschichtslehrer erkundigt. Das ist eine Sensation. 1982 hat das Denkmal offiziell längst nicht mehr existiert.«

»Willy, kommst du mal«, schrie Nickenich in den Raum, und prompt öffnete sich eine Tür. Ein Mann in Zivil trat ein.

»Was hältst du von dem Foto hier?«, fragte Nickenich.

»Woher kommt das?«

»Angeblich aus dem Internet«, sagte Nickenich.

»Sehen Sie sich doch das Original an. Die Adresse steht am Rand«, meldete sich Mike.

Nickenich stand auf und überließ dem Kollegen den Platz am Computer.

»So, hier haben wir es.«

»Was sagst du dazu?«, fragte Nickenich.

Der Mann, der Willy hieß, klickte ein paar Mal auf die Maus. »Ich vergrößere es mal etwas«, sagte er. Er verzog den Mund.

»Und?«, fragte Mike.

»Nicht besonders professionell gemacht, aber wenn man sich nicht damit auskennt … Von wann ist das?«

»1982«, sagte der Hauptkommissar.

»Dafür ist es allerdings genial.«

»Danke, Willy«, sagte Nickenich, und der Mann ging wieder.

»Und?«, fragte Mike.

»Dieses Foto«, sagte Nickenich, »ist eine Montage. Eine ziemlich gute, das haben Sie ja gerade gehört. 1982 hat man so was noch nicht mit dem Computer gemacht, es war also nicht ganz unaufwändig. Wir müssten überlegen, wo das aufgenommen wurde.«

»Das habe ich schon rausgefunden«, sagte Mike und erklärte, warum er im Langendorfer Feld war. Er dachte einen Moment nach. »Ich denke, dass dieser Wenzes bei der Montage geholfen hat. Als Künstler hatte er sicher ein Händchen für so was. Womöglich hätte Anita ihn später auch noch beseitigt. Er wusste ja, was dahinter steckte. Das passt zusammen.«

Mike erzählte von Anitas Versuchen, ihn in die Falle zu locken, von den gefälschten Hinweisen auf die Eiserne Hand und den Parkplatz in Oberwerth.

»Dann waren Sie tatsächlich nicht allein in dem Haus von Frau Zerwas. Als Sie das Siegel aufgebrochen haben.«

»Das habe ich doch gesagt.«

»Aber wenn diese Frau eine mehrfache Mörderin sein soll – warum sind Sie dann noch am Leben? Und außerdem – sie hätte sich doch von Anfang an gar nicht mit Ihnen treffen müssen.«

»Als Carola mit ihr sprach, muss Anita gemerkt haben, dass sie der Jugendlichen von damals gegenübersaß. Und ihr wurde klar, dass der zweite Zeuge auch bald auftauchen würde. Sie hat uns damals vermutlich von der Brücke aus beobachtet. Ihr dämmerte sicher sehr schnell, wer ich war. Und als sie dann erfuhr, dass das Geld noch da ist, war sie hinter den Dollars her. Sie musste den Zeitungsartikel vor mir finden, und sie fand ihn. Erst dann konnte sie sich wieder darum kümmern, mich zu beseitigen.«

»Ach ja, das Geld«, sagte Nickenich. »Wo soll das denn nun sein? Haben Sie da auch was rausgekriegt?«

Mike erzählte, wie er auf den Artikel gekommen war, in dem es um Carolas Kletterei am Felsen von Ehrenbreitstein ging.

»Das erscheint mir alles sehr abenteuerlich. Ich kann mir nicht vorstellen, dass dort ein Geldkoffer über zwanzig Jahre lang versteckt worden sein kann.«

»Ich glaube es auch nicht. Aber lassen Sie mich jetzt auf die Sache mit diesem Nair kommen. Ich bin sicher, dass da etwas am Denkmal passieren wird. Schauen Sie sich doch mal an, wie der Mann sich im Internet darstellen lässt.«

Nickenich überflog die Blätter. »Na gut, das ist ein alter Militarist. So was gibt's. Nicht nur in Amerika. Sie werden lachen, sogar hier in Koblenz. Aber das ist kein Beweis. Tut mir Leid, Herr Engel. Ihrer Geschichte über die Morde gehen wir nach. Aber dieser Kaiser-Anschlag …« Er schüttelte den Kopf.

Mike dachte nach. Der Mann wollte noch einen Beweis. Hatte er einen? Was konnte ein Beweis sein? »Ich habe mit seiner Tochter gesprochen«, sagte er. »Nair hat noch eine E-Mail bekommen, die erst nach seiner Abreise nach Deutschland ankam. Darin geht es darum, dass er eine Gimlet oder Igla kaufen will. Das ist ein Waffensystem. Eine Fliegerfaust.«

»Moment mal«, sagte Nickenich. »Haben Sie gerade Igla gesagt?«

Mike nickte.

Nickenich griff nach dem Telefonhörer und tippte eine Nummer ein. »Ja hallo, Dirk hier. Habt ihr schon raus, was der Irre in Mayen für eine Waffe hatte?«

Am anderen Ende der Leitung wurde gesprochen. Mike hörte nur Stimmengemurmel, ohne etwas verstehen zu können.

»Könnte das vielleicht eine Gimlet gewesen sein? Oder eine Igla?«

Wieder murmelte es. Nickenich hörte genau zu. »Was kann man damit anstellen?«, fragte er zwischendurch. Wieder folgte ein kurzer Vortrag. »Danke«, sagte er schließlich und legte auf.

»Sie haben Recht«, sagte er.

»Na und?«, sagte Mike sarkastisch. »Es wurde doch schon im Radio erklärt, womit der geschossen hat.«

Nickenich sah Mike scharf an. »Nein, nicht so detailliert. Eben erfahre ich, dass die Rakete genau zu der Waffe passt, die Sie genannt haben. Es ist eine Fliegerfaust.«

»Dann nichts wie hin.«

»Dass er ausgerechnet auf das Kaiserdenkmal schießt, ist mir doch zu verrückt.«

»Das darf nicht wahr sein!«, rief Mike. »Worauf soll er sonst schießen?«

Nickenich wurde ärgerlich. »Lassen Sie das mal unsere Sorge sein. Wir kennen uns mit so was besser aus.« Er stand auf. »Bleiben Sie noch in Koblenz? Es wäre gut, wenn Sie uns sagen, falls Sie abreisen. Wir wüssten gern, wo wir Sie erreichen können.«

»Aber …«

»Bitte benachrichtigen Sie uns sofort, wenn sich Frau Hoffmann bei Ihnen melden sollte.«

»Sie machen einen großen Fehler, glauben Sie mir!«

Der Hauptkommissar öffnete die Tür. »Sie können gehen«, sagte Nickenich, doch Mike stand wie vom Donner gerührt da. Ein Uniformierter hetzte den Flur entlang. »Müller«, sagte der Hauptkommissar, »wir müssen eine Fahndung einleiten.«

»Erst das hier«, sagte der Polizist, »wir haben einen wichtigen Anruf gekriegt.«

»Kann das nicht warten?«

»Ich glaube nicht.«

»Um was geht's denn?«

»Der Irre aus Mayen. Sie wissen schon – der mit dem Kontrabass. Den haben welche in Koblenz gesehen. Sagen sie zumindest. Und wissen Sie, wo?«

»Sie werden's mir gleich sagen.«

»Am Deutschen Eck. Mitten im Touristenrummel.«

*

Auf der anderen Seite des Flusses werden die Straßen eng, die Häuser wirken verwahrlost. Der Weg führt an einem Sportplatz vorbei und wird immer schmaler, bis er in einen weitläufigen Kiesplatz mündet. Daneben liegt der Eingang des Campingplatzes – abgesperrt mit einer weiß-roten Schranke. Ein paar Leute in Shorts und Sandalen lungern in der Einfahrt herum.

Das Deutsche Eck mit dem Kaiser auf der anderen Moselseite scheint nur einen Steinwurf entfernt zu sein. Ein kleines Boot reißt die dunkle Wasserfläche auf.

Der alte Mann hat von drüben gesehen, dass ein Fußweg am Ufer entlangführt. Dort muss er hin.

Er sieht sich um. Dann nimmt er die Decke von dem schwarz glänzenden Kasten, zieht den Koffer heraus und schließt die Heckklappe des Wagens.

Der Weg am Fluss entlang ist asphaltiert. Der alte Mann kann bequem den Kontrabasskasten hinter sich herziehen. Vom Ufer trennen ihn von Gebüsch durchsetzte Bäume. Dazwischen erkennt er ab und zu ein Stückchen Strand mit großen Kieseln, dahinter den breiten Rhein, darüber auf dem mächtigen Felsen die Festung Ehrenbreitstein.

Dann führt der Weg wieder ein Stück vom Fluss weg; der Strandabschnitt wird breiter. Der alte Mann biegt in das Gelände ein. Schlagartig versagen die Räder an seinem Kontrabasskasten. Mühsam schleift der alte Mann seine Last über die dicken Kiesel, vorbei an verwildertem Grün. Das Gebüsch hat hier eine solche Höhe, dass es den alten Mann vor den Blicken zufälliger Spaziergänger auf dem Asphaltweg verbirgt. Er ist wie von einer grünen Mauer geschützt.

Ächzend zieht er den Koffer bis zur Wasserlinie. Er holt die Karte hervor und vergleicht seine Position. Es dürften gut tausend Fuß sein.

Als er hinüber zum Denkmal sehen will, muss er die Hand schützend vor die Augen halten. Hinter dem Kaiser steht grell die Sonne. Die Figur auf dem Pferd wirkt wie ein Schattenriss.

Der alte Mann öffnet den Koffer und beginnt mit den Vorbereitungen.

20.

»Wo wollen Sie hin? Das ist ein Polizeieinsatz. Hauen Sie ab.«

Mike war mit hinuntergefahren und hatte sich neben den grünweißen Wagen gestellt, in den Nickenich gerade einsteigen wollte.

»Haben Sie etwa gedacht, Sie können mitfahren?« Nickenich grinste höhnisch. »Ich glaube, Sie haben jetzt genug Detektiv gespielt.« Türen schlugen. Der Wagen fuhr mit Blaulicht und Sirene davon.

Mike hastete den Moselring entlang und gelangte hinter der Herz-Jesu-Kirche hindurch zum Löhrrondell. Als er dort angekommen war, wurde ihm vor Anstrengung schwarz vor Augen. Er stieg in das erstbeste Taxi.

»Zum Deutschen Eck bitte«, keuchte er. »Wenn's geht, schnell.«

»Aber bitteschön«, sagte der Fahrer, und einen Moment vermutete Mike, an den Typen von heute Morgen geraten zu sein. Es war jedoch ein anderer.

»Was ist denn hier los?«, fragte der Taxifahrer laut, als sie an der Kastorkirche vorbeifuhren. Zwei Polizeiwagen standen an der Seite. Mike sah Nickenich und mehrere Uniformierte im Gespräch mit Passanten. Wahrscheinlich die Leute, die die Meldung über den Mann mit dem Kontrabass gemacht hatten.

»Wo wollen Sie denn jetzt genau hin?«, wollte der Taxifahrer wissen.

»Direkt hinter das Denkmal«, sagte Mike. »Da steige ich aus.«

Der Wagen hielt, Mike reichte dem Fahrer seine letzten Euro und rannte auf den Denkmalvorplatz.

Er stoppte vor der breiten Treppe. Touristen in kleinen Grüppchen. Manche fotografierten. Andere johlten oben von der Balustrade herunter. Kinder schrien.

Mike hatte gedacht, in eine Schreckensszenerie einzutauchen. Er hatte Nair, den alten Soldaten, an der Spitze des Dreiecks vermutet, wie er mit seiner Gimlet auf den Kaiser zielte. Aber alles war normal.

Von irgendwoher drang die Musik des einsamen Musikers an sein

Ohr. »Tea für Two« – dasselbe Stück wie beim letzten Mal. Mike hörte eine Weile zu, und plötzlich fiel der Groschen.

Er wird sich nicht hier unten hinstellen und schießen, dachte er. Er wird sich eine andere Stelle suchen. Eine, die weiter entfernt ist. Die Gimlet hat einen Aktionsradius von mehreren Kilometern. Nair kann überall sein. Das ist auch der Grund, warum sie ihn bei seinem Übungsschießen in Mayen nicht gekriegt haben. Er war weit weg. Sehr, sehr weit.

Mike wurde plötzlich kalt. Es war, als würde ihn ein eisiger Hauch streifen. Er sah zum Kaiser hoch, der drohend und dunkel in den Himmel ragte.

Sollte er Nickenich holen? Der überprüfte lieber seine Zeugenaussagen und ging alles tausendmal durch, bevor er ihm glaubte.

Wie der Teufel rannte Mike die Stufen hinauf, drängelte sich durch die Touristen, die sich vor dem engen Zugang zu der Säulenetage stauten. Er ignorierte die wütenden Rufe hinter sich und machte, dass er die Wendeltreppe hochkam. Hier musste er warten, weil Gegenverkehr herrschte. Einer der Angerempelten von draußen erreichte ihn und versuchte zu protestieren. Mike kümmerte sich nicht darum. Er stürzte hinauf, orientierte sich und fand den Weg nach vorn – die Aussicht zur Bugspitze. Es war nichts Besonderes zu sehen.

War seine Theorie doch nur eine absurde Konstruktion gewesen?

Das hat dich doch alles ziemlich mitgenommen, alter Junge. Du siehst Gespenster. Kein Wunder. Wenn man bedenkt, was du alles in den letzten Tagen erlebt hast. Da würden ganz andere Leute ausflippen.

Bleib jetzt mal ganz ruhig, sagte sich Mike. Geh schön nach unten. Alles wird wie vorher sein. Was soll's.

Sollte man sich nicht an kleinen Dingen erfreuen? Zum Beispiel an dieser Aussicht?

Er ließ seinen Blick über den weltberühmten Zusammenfluss von Rhein und Mosel schweifen. Da blieb er an einer kleinen Figur hinten links hängen. Sie stand auf einem Strandstück am Ufer, hinter dem Campingplatz.

Die Figur hielt ein Rohr auf der Schulter. Es sah aus wie eine Panzerfaust.

*

Ein großer grüner Busch ragt ein paar Schritte ins Wasser hinein. Die Wellen schlagen in regelmäßigem Abstand dagegen, bringen die Zweige zum Schwingen. Ganz leicht nur, aber sie verdecken immer wieder das schwarze Denkmal, das der alte Mann im Visier hat.

Er legt vorsichtig die Fliegerfaust auf den Kies und zieht den Mantel aus. Er reckt sich und streicht den Stoff der dunkelgrünen Uniform glatt. Die polierten Knöpfe glänzen in der Sonne. Jetzt fühlt er sich freier. Er bückt sich und hebt die Waffe an. Entschlossen geht er ein paar Schritte ins Wasser. Wieder blickt er durch das Visier. Jetzt ist die Bahn zu dem schwarzen Schattenriss frei.

Das Standbild scheint zu schwanken. Manchmal gerät es aus dem Blickfeld. Wie hat er es nur geschafft, diesen verdammten Kran zu treffen?

Der alte Mann hält den Atem an, um seine Hand ruhig zu bekommen.

Er sieht Bewegungen unter dem Denkmal. Da laufen Menschen herum. Zu hören ist nichts, nur das reibende Geräusch der kleinen Wellen, die auf den Kies treffen.

Doch dann mischt sich etwas anderes dazwischen. Ein Motor nähert sich. Jemand ruft.

Der alte Mann erschrickt. Er will die Waffe noch einmal senken. Da bemerkt er, dass er den Abzug durchgezogen hat. Hinten in dem Rohr regt sich etwas. Wieder schreit jemand. Und mit ungeheurer Wucht fliegt die Rakete davon. Gestank breitet sich aus. Die Sonne wird plötzlich schwarz.

»Jetzt haben wir sie am Arsch, First Lieutenant«, sagt der alte Mann. »Schöne Grüße von General Patton.«

Der Reiter ist unten.

Touch down.

Gut gemacht, Nair.

*

Was sollte er tun? Den Touristen, die sich um ihn herumdrängelten, erklären, jeden Moment könne eine Rakete in das Denkmal einschlagen? In welcher Sprache sollte er überhaupt sprechen? Da waren Japaner, Franzosen, Holländer, Engländer, Amerikaner und wer weiß was noch. Egal. Er wedelte mit den Armen wie ein Reiseleiter, der seine Truppe in der Menge zusammenrufen will.

»Listen«, schrie er dazu, und manche drehten sich tatsächlich von dem Rheintalpanorama weg. *»Listen – we are in danger! Please leave this place immediately!«*

Die meisten grinsten, manche mitleidig, die anderen wandten sich sofort ab.

Vielleicht war es besser, wenn er mit gutem Beispiel voranging. Er bahnte sich den Weg hinunter zum Fuß der gewaltigen Treppe und rannte zum Fluss. Er konnte den Schuss auf das Denkmal vielleicht nicht mehr verhindern, aber er musste zumindest Nair festhalten.

Er blickte sich hektisch um. An der Moselseite kam gerade ein Boot ans Ufer, die kleine Personenfähre, die zwischen dem Campingplatz und dem Deutschen Eck pendelte.

Mike rannte zur Anlegestelle hinunter. »Fahren Sie sofort zurück«, schrie er den Fährmann an. Der Mann mit gestreiftem T-Shirt und weißer Mütze saß hinter dem Steuerrad und zählte Münzen. Als Mike auf das Boot polterte, sah er erschrocken auf. »Machen Sie schon, da drüben passiert ein Unglück.«

»Was?«

Die Geschichte vom Attentat auf das Denkmal war zu kompliziert. »Da ertrinkt jemand«, behauptete Mike einfach.

»Wo?«

Die Stelle, wo Nair stand, war von hier aus nicht zu sehen. Sie lag hinter der kleinen Kurve der Moselmündung.

»Ich habe es von oben gesehen. Ich zeige es Ihnen. Aber fahren Sie um Gottes willen los.«

Das schien den Fährmann aufzuwecken. Er brachte den Motor, der die ganze Zeit im Leerlauf gewesen war, in Gang und kurbelte am Steuerrad.

Mike beobachtete nervös den Denkmalvorplatz. Dort hatte sich noch nichts getan. Keine Rakete flog heran. Nichts explodierte.

Der Fährmann strebte der gegenüberliegenden Anlegestelle zu. Er drehte sich um. »Ich seh nichts«, rief er durch das Geknatter des Motors.

Mike deutete in Richtung Campingplatz. »Sie müssen ein Stück weiter zum Rhein hin.«

Der Mann nickte und fuhr parallel zum Ufer weiter. Es ging furchtbar langsam. Auf der linken Seite wanderte das Ufer vorbei. Ein schmaler Streifen Kies. Dahinter reckte sich Gebüsch.

»Wo denn nun?«

Mike ging nach vorn. Er wandte sich um; das Denkmal war schon ziemlich weit weg. »Kommt gleich«, schrie er.

Plötzlich wurde der Kiesabschnitt sehr breit. Er sah aus wie ein kleiner Lagerplatz. Ganz hinten, etwas im Wasser, stand ein Mann in einer Uniform, ein graues Rohr in der Hand.

»Was will der denn da?«, rief der Fährmann.

»Mr. Nair!«, schrie Mike und sah, wie der Uniformierte zusammenzuckte. Die Mündung des gewaltigen Rohrs auf seiner Schulter bewegte sich zur Seite, auf die Wasserfläche zu. Dann hob sie sich wieder.

Plötzlich bewegte sich etwas, und mit einem Schlag spuckte das Rohr eine längliche Rakete aus. Das Geschoss raste nach oben. Mike verfolgte seine Bahn. Sie führte weit am Denkmal vorbei, irgendwohin auf die andere Rheinseite, auf Ehrenbreitstein zu. In den wenigen Sekunden, in denen sie unterwegs war, versuchte Mike sich vorzustellen, wo sie aufschlagen würde.

Er verfolgte den Bogen und sah drüben am Felsen, oberhalb des Pagenhauses, etwas Merkwürdiges am Hang, was ihm noch nie aufgefallen war. Seine Aufmerksamkeit wurde abgelenkt, als das Geschoss gegen die Steilwand prallte. Mike sah nach allen Seiten weggesprengtes Gestein und die Rauchwolke, bevor der dumpfe Knall herüberkam.

Der Fährmann hatte die Mütze abgenommen und kratzte sich am Kopf. »Wat war dat dann?«, fragte er fassungslos.

»Das war der Ertrinkende«, sagte Mike.

21.

Es hatte fast eine Viertelstunde gedauert, bis Nickenich und seine Leute eintrafen. Der Hauptkommissar hatte gestaunt, als er durch das Gebüsch brach und tatsächlich einen alten amerikanischen Soldaten fand, neben dem eine Fliegerfaust lag.

Mike spürte erst in diesem Moment die Anstrengung und die Angst. Er hatte die ganze Zeit neben Nair gesessen, der plötzlich niedergesunken war und halb im Wasser lag. Mike, der immer noch vor sich hin starrte, wurde gebeten, den Platz zu räumen.

Ein Polizeiwagen brachte Mike ins Hotel, und auf einmal fühlte er sich unendlich müde. Er musste eingeschlafen sein, denn als im Zimmer plötzlich das Telefon klingelte, war es hinter dem Fenster dämmrig geworden.

»Engel?«

»Hauptkommissar Nickenich. Wie geht's Ihnen?«

»So weit ganz gut.«

»Fühlen Sie sich fit genug für eine Befragung im Präsidium? Wir haben jetzt alle Fakten so weit zusammen.«

»Ist gut, ich komme.«

Minuten später rief ein Oberwachtmeister Rother an und sagte, er stünde an der Hotelrezeption und solle Mike ins Präsidium bringen. Dort empfing ihn Nickenich. Voller Tatendrang. Er klatschte in die Hände.

»Sie freuen sich ja so«, sagte Mike. »Haben Sie Anita Hoffmann gefunden?«

Nickenich nickte. »Wir haben sie auch schon vernommen.«

»Ist sie weit gekommen?«

»Nicht besonders. Wenn es Ihnen recht ist, würde ich gern Ihre Aussage zu Protokoll nehmen lassen, dann haben wir den Papierkram hinter uns. Ich wäre froh, wenn Sie mir dann auch noch in einigen Einzelheiten auf die Sprünge helfen könnten.«

»Kein Problem«, sagte Mike.

»Erzählen Sie noch mal alles von vorn, auch wenn Sie das bei

Ihrem letzten Besuch schon getan haben. Es geht jetzt ums Protokoll.«

Ein Polizeibeamter schrieb am Computer mit. Jedes Mal, wenn Mike nach Worten suchte oder kurz überlegte, sah er durch das Fenster das kreisende Zifferblatt der Sparkasse. Was sollte das eigentlich bedeuten? Dass Zeit Geld war?

Als Mike mit seinem Bericht am Ende war, lehnte sich Nickenich zufrieden zurück. »Ein ganz schönes Puzzle«, sagte er, »aber eigentlich ganz einfach. Anita Hoffmann und Wilfried Ramann sind Anfang der Achtziger ein Paar. Ramann sucht aus finanziellen Gründen seinen Vater in Amerika, findet ihn und merkt ziemlich schnell, dass er diesen Spleen mit dem Denkmal hat. Da Nair nicht gerade arm ist, beschließen Ramann und seine Freundin Anita, daraus Kapital zu schlagen. Sie tun so, als hätten sie das Denkmal entdeckt. Ramann behauptet, er würde Geschichte studieren, was natürlich Blödsinn war, denn er war Berufssoldat. Mit Hilfe des Künstlers Wenzes basteln sie eine Fotomontage, die die Überreste des Denkmals zeigen soll. Sie schicken das Foto Anfang 1982 als angeblichen Beweis für die Existenz des Denkmals nach Amerika, und Nair beißt an. Er wiederum lässt einen Geldboten mit einer Million Dollar im Koffer nach Deutschland reisen. Anita Hoffmann und Wilfried Ramann locken den Boten in den Hafen nach Wallersheim, wo die Übergabe des Denkmals stattfinden sollte. Sie behaupten, die Einzelteile des Denkmals seien auf einem Schiff. Es ist aber nur wertloser Schrott. Als der Bote merkt, dass die Metallteile keinen Kaiserkopf und auch sonst kein Stück des Denkmals enthalten, nehmen sie ihm gewaltsam das Geld ab und fliehen. Sie fahren in Richtung Güls. Unterwegs bekommen sie Streit. Anita Hoffmann will das Geld für sich allein.«

»Mir hat sie gesagt, Ramann hätte es allein haben wollen«, unterbrach Mike. Nickenich erzählte weiter.

»Ramann gelingt es, in Güls an der Uferstraße mit dem Geldkoffer in der Hand den Wagen zu verlassen und zu Fuß zur Brücke weiterzulaufen. Er rennt rüber nach Moselweiß. Anita Hoffmann verfolgt ihn und treibt ihn in die Enge. Sie bedroht ihn mit der Waffe, und ein Schuss löst sich. Ramann fällt samt dem Geld in die Mosel.«

»Warum fällt jemand über eine Brüstung, wenn auf ihn geschossen wird?«

Nickenich sah in seine Unterlagen. »Sie hat ausgesagt, er sei stehen geblieben und habe sich über das Geländer gebeugt, den Koffer in der Hand. ›Entweder du verschwindest, oder ich lasse den Koffer fallen.‹ Das soll er gesagt haben. Als sich dann die Kugel löste und ihn traf, verlor er das Gleichgewicht. Wenn Sie mich fragen – ich glaube, dass sie absichtlich geschossen hat. Danach hat sie jedenfalls versucht, das Geld zu bergen.«

»Doch daran haben wir sie gehindert – Carola und ich.«

»Ganz genau. Und so geht die Geschichte weiter: Sie beobachtet, wie zwei Jugendliche die Leiche finden, und flieht – angeblich in Panik. Als zwanzig Jahre später die Journalistin Carola Zerwas Recherchen anstellt, den Zusammenhang zwischen Denkmal, Nair, Ramann und ihr bemerkt und sie aufsucht, kommt Anita Hoffmann auf die Idee, dass es sich bei Carola Zerwas um die Jugendliche von damals handeln könnte. Je öfter sie sich unterhalten, desto mehr festigt sich der Verdacht. Ihr wird klar: Carola Zerwas ist eine Zeugin, die ihr gefährlich werden kann. Sie ermordet sie. Sie kann sich ausrechnen, dass man sie als Verdächtige kaum in Betracht ziehen wird, denn es gibt offiziell keinen Zusammenhang. Kein Motiv. Und sie hat noch die alte Waffe. Die Pistole stammt übrigens von Ramann.«

»Ein Glück, dass das Ding im entscheidenden Moment versagt hat. Sonst hätte ich Anita erschossen.«

Nickenich sah überrascht auf. »Die Pistole hat nicht versagt. Das Magazin der P 1 fasst genau fünf Schuss.«

Mike begann zu zählen. »Ramann, Carola. Und dann? Einen auf mich. Das heißt auf mein Auto. In Oberwerth. Und ein Schuss am Langendorfer Feld.«

»Das stimmt nicht«, sagte Nickenich. »In Oberwerth wurde zweimal geschossen. Haben Sie zumindest gesagt.«

Mike nickte. »Das ist richtig. Kein Wunder, dass sich Anita genau überlegen musste, wie sie mich loswird. Wenn sie irgendwie versucht hätte, neue Bundeswehrmunition zu bekommen, hätte sie sich vielleicht verdächtig gemacht. Der fünfte Schuss war sicher für Wenzes bestimmt. Als ich dann auftauchte, reservierte sie ihn für mich.«

»So könnte es gewesen sein.«

»Hat sie Ihnen die ganze Geschichte so genau erzählt?«

»Sie war sehr gesprächig. Außerdem haben wir die Kollegen in Los Angeles um Hilfe gebeten. Mr. Nairs Tochter, Deborah Nair, war ziemlich kooperativ. Es hat sich herausgestellt, dass Mr. Nair tatsächlich 1982 eine Million Dollar von einem Konto abgehoben hat. Er hat sich das Geld in bar auszahlen lassen.«

»Er hat jahrelang mit dem Gefühl gelebt, von den Deutschen betrogen worden zu sein«, sagte Mike. »Als die Sache mit dem Deal in Wallersheim schief ging, hat sich dieser Eindruck noch gefestigt. Nair wusste sicher gar nicht, dass sein Sohn bei der Sache ums Leben gekommen war. Er dachte, Ramann hätte ihn verraten. Und als er dann das wiederauferstandene Denkmal gesehen hat ...«

»... dachte er, es sei das echte. Das alte. Er dachte, die Deutschen hätten ihn schon wieder übers Ohr gehauen. Und da regte sich sein alter Kampfgeist. Wenn auch mit etwas merkwürdigem Ergebnis.«

»Hat er denn nie versucht herauszufinden, was aus der Million geworden ist?«

»Das wissen wir nicht. Wenn er etwas unternommen hat, wird er keinen Erfolg gehabt haben. Nach dem Denkmal hat er übrigens auch früher schon gesucht. 1960, als er in Koblenz war und Frau Ramann kennen lernte. Dass das Denkmal 1993 wieder aufgestellt wurde, ging völlig an ihm vorbei. Seine Tochter sagt, er sei 1993 sehr krank gewesen.«

»Und wie geht es ihm?«, fragte Mike.

Nickenich zuckte mit den Achseln. »Er hat einen Schwächeanfall erlitten. Er ist nicht vernehmungsfähig.«

»Und jetzt sagen Sie mir doch noch, wo Sie Anita festgenommen haben.«

»Sie lag mit ein paar Prellungen am Fuß der Ehrenbreitsteiner Wand.«

»Was?«

»Während Sie versuchten, Nair am Schießen zu hindern, wollte sie das Geld bergen. Die Rakete ist an der Wand eingeschlagen, und dabei ist Anita Hoffmann abgestürzt.«

»Kann ich mit ihr sprechen?«

»Mal sehen. Auf jeden Fall sehen Sie sie in der Gerichtsverhandlung wieder.«

Mike dachte nach. »Die Sache mit dem Geld ist merkwürdig. Es ist doch bei Licht betrachtet völlig unmöglich, dass sich das Geld zwanzig Jahre in einer Spalte in dieser Wand hält. Falls Carola Zerwas es überhaupt da versteckt hat. Wahrscheinlich hat sie das Geld ganz einfach ausgegeben. Und mir hat sie die Geschichte nur als Köder hingeworfen. Damit ich ihr bei der Recherche helfe.«

»So wird es gewesen sein. Trotzdem will ich ganz sicher gehen.«

»Was heißt das?«

Nickenich lehnte sich zurück. »Ich lasse die Wand absuchen.«

Das Schauspiel wurde zum Fest für die Touristen. Unzählige Male dürfte es auf Videos und Fotos festgehalten worden sein.

Die Beamten der Spurensicherung, die mit ihren Helmen und Schutzbrillen wie Bergsteiger aussahen, seilten sich von der oberen Mauer der Festung ab und tasteten sich Stück für Stück durch den Felsen. Nickenich ließ die Männer nicht nur oberhalb des Pagenhauses klettern, sondern auf der gesamten Breitseite des Felsens.

Sie fanden Plastiktüten, Zigarettenschachteln und anderen Müll – sogar ein paar Münzen tauchten auf.

Die Million blieb jedoch verschwunden.

22.

Einige Tage später saß Mike in der Bar des Hotels Bergischer Hof in Düsseldorf und spielte Klavier. Manchmal geriet er von dem Song, den er gerade klimperte, in eines der Themen, die er in seinem Notenheft aufgeschrieben hatte. Carolas Telefonnummer, Anitas Telefonnummer …

Er brachte ein Stück zu Ende, das eigentlich etwas Beschwingteres hätte sein sollen – »The Lady is a Tramp« –, das aber mit seinen Improvisationen ziemlich melancholisch geworden war. Seine Gedanken kamen von den Ereignissen nicht los. Vor allem der Moment, in dem er Anita noch einmal gegenübergesessen hatte, verfolgte ihn. Nickenich hatte ihm doch noch erlaubt, mit ihr zu sprechen. Es war sinnlos gewesen. Sie hatte ihn nur angestarrt, ohne ein Wort zu sagen. Nach zehn Minuten war er wieder gegangen.

Aus den Augenwinkeln bemerkte er, wie sich ein Mann dem Flügel näherte. Das war selten. Normalerweise kamen Frauen.

Mike ließ das Stück in einer Dreiklangsbrechung bis in den allerobersten Diskant ausklingen.

»Herr Engel?«, sagte der Mann. »Dürfte ich Sie einen Moment sprechen?«

»Möchten Sie ein bestimmtes Lied hören?«, fragte Mike.

»Nein, es geht um etwas anderes. Es geht um Carola Zerwas.«

Mike sah sich um. Milan war wieder dabei, Gläser zu polieren, ansonsten war die Bar leer.

»Wer sind Sie?«, fragte Mike.

»Könnten wir uns da rübersetzen?«

Mike nickte, und sie nahmen jeder in einem Clubsessel Platz. Milan sah neugierig herüber.

Der Mann griff in die Innentasche seines Sakkos und holte einen zusammengefalteten Briefumschlag und eine Visitenkarte hervor. Er legte die Karte auf den Tisch.

»Mein Name ist Robert Zimmermann. Ich bin Rechtsanwalt.«

Mike nahm die Karte.

»Ich habe eine Kanzlei hier in Düsseldorf«, fuhr der Mann fort. »Frau Zerwas war meine Mandantin.«

»Sie sind der Bekannte aus Düsseldorf«, sagte Mike.

»Wie? Ja, ich kenne Carola Zerwas schon lange. Ich bezweifle aber, dass sie Ihnen von mir erzählt hat.«

»Was wollen Sie von mir?«

»Zunächst muss ich Sie um etwas bitten. Können Sie sich ausweisen?«

»Wie bitte?«

»Damit alles seine Richtigkeit hat, müsste ich Ihren Personalausweis sehen.«

»Worum geht es denn?« Mike sah, dass Milan das Gläserputzen eingestellt hatte und jetzt mit den Ellbogen auf dem Tresen lehnte und unverhohlen herüberstarrte. Mike warf ihm einen bösen Blick zu. Milan zuckte mit den Schultern und wandte sich ab.

»Es ist ganz einfach, Herr Engel. Ich soll Ihnen diesen Umschlag aushändigen. Wir können das auch morgen in meiner Kanzlei machen, aber ich dachte, das sei nicht unbedingt nötig.« Zimmermann lächelte.

»Wo kommt der Umschlag her?«, wollte Mike wissen.

»Haben Sie Ihren Personalausweis dabei? Es ist nur eine Formalität.«

Mike nickte und holte das Plastikkärtchen aus der Brieftasche. Der Mann kontrollierte es kurz.

»Der Umschlag ist von Frau Zerwas. An Sie auszuhändigen im Falle ihres Todes.«

Mike befühlte das braune Papier. »Was ist da drin?«

»Ich weiß es nicht. Ich weiß nur, dass es Frau Zerwas sehr wichtig war, dass Sie ihn bekommen und nicht etwaige Erben. Sie hat mich beauftragt, immer darauf zu achten, dass sie Ihre Adresse kennt. Und sie wollte immer wissen, wo Sie arbeiten. Seit Jahren kümmere ich mich darum. Könnten Sie bitte hier noch quittieren, dass Sie den Umschlag verschlossen erhalten haben?«

Mike unterschrieb ein kleines Formular. Dann verabschiedete sich der Mann und ging.

»Na?«, fragte Milan. »Hast du im Lotto gewonnen?«

Mike hielt den Umschlag unschlüssig in der Hand. Er war schwer, und es schien etwas Hartes darin zu sein.

»Ich weiß es nicht«, sagte er. »Bis jetzt sieht's nicht danach aus.«

Er wartete, bis er zu Hause war. Dort setzte er sich auf den Klavierhocker. Er riss das braune Papier auf und förderte einen zweiten Umschlag und einen Schlüssel zutage. Auf dem Umschlag stand in Blockbuchstaben sein Name. Ein Brief war darin. Eine blaue Handschrift. Gut lesbar.

Lieber Mike,

ich weiß nicht, wann du diesen Brief erhältst. Ich weiß noch nicht mal, ob es je dazu kommen wird. Wie dem auch sei: Du hast ihn jetzt, und das heißt, daß mit mir irgendwas passiert ist.

Was ich dir mitteilen möchte: Das Geld, das wir damals gefunden haben, wurde von mir beiseite geschafft. Ich bin nach unserem Streit noch mal an die Brücke gegangen und habe den Koffer geholt.

O Mann, nicht schon wieder, dachte Mike. Welches Rätsel soll ich jetzt lösen?

Ich wollte das Geld aufheben, bis wir volljährig wären. Womit ich allerdings nicht gerechnet habe, war, daß wir uns schon viel früher aus den Augen verlieren würden. Und daß ich den Unfall haben würde.

So blieb das Geld praktisch an mir hängen, und du warst nicht mehr da. Der Koffer wanderte immer mit mir mit. Ich nahm ihn mit, als ich zum Studium nach Hamburg ging. Ich nahm ihn mit, als ich mit meinem Mann zusammenzog. Und ich nahm ihn mit nach Berlin, wo er gar nicht so einfach zu verstecken war. Du wirst dich fragen, warum ich das Geld nicht ausgegeben habe. Ganz einfach: Ich brauchte es nicht, ich hatte selbst welches. Und ich hatte Angst davor. Bis heute ist der Fall von damals nicht aufgeklärt.

Mikes Blick fiel auf das Datum des Briefes. Carola hatte ihn im Frühjahr 1995 geschrieben. Lange vor der Trennung von ihrem Mann. Lange vor ihren Recherchen in Koblenz.

So habe ich den Koffer in einem Schließfach in der Kölner Zentrale der Deutschen Bank deponiert, zu dem außer mir nur du Zugang hast. Den Schlüssel und diesen Brief gebe ich einem befreundeten Rechtsanwalt, der immer darauf achten wird, daß er dich aufspürt, wenn mir etwas passieren sollte. Damit ist sichergestellt: Wenn ich einmal sterben sollte, weiß niemand außer dir etwas davon. In meinen Papieren gibt es sonst keine Unterlagen darüber. Das ist es, was ich wollte: Du allein mußt jetzt entscheiden, was mit dem Geld geschieht.

Mike erinnerte sich an Carolas Gesicht. Wie sie im Moselstübchen gesessen hatte. Die leichte Ironie, die in ihren Gesichtsausdruck spielte. Carola hatte gewusst, dass Mike das Geld eines Tages bekommen würde.

Er ließ das Blatt sinken und lehnte sich zurück. Natürlich! Die Recherche, die neue Freundschaft, die Annäherung. Wenn Mike Carola geholfen hätte, dann hätte sie ihm nach der Lösung des Falles das Geld gegeben. Carola brauchte ihn, um dem Rätsel auf die Spur zu kommen. Aber sie konnte ihm nach all den Jahren auch nicht alles einfach erzählen. Sie hätten den Fall gemeinsam gelöst, und am Ende hätte die Belohnung gestanden. Das Geld. Deswegen hatte sie das Versteck in der Felswand erfunden. Es war ein Köder – ausgelegt mit den besten Absichten.

Und ich rate dir, Mike: Wenn du es verantworten kannst, nutze es, um deine Träume zu verwirklichen. Das ist das Allerwichtigste. Nimm es zur Unterstützung deiner Talente. Ich habe meine Träume vom Klettern verwirklicht. Daß ich dafür mit einem Leben im Rollstuhl bezahlt habe, bereue ich nicht.

Nicht nur damit, dachte er.

Mike, es wird Zeit.
Fang an zu klettern.

In Freundschaft
Carola

Anmerkung des Autors

Kann man auf das Deutsche Eck klettern? Aber ja: 1982 haben es Unbekannte getan, und sie haben tatsächlich die Fahne auf dem damaligen Mahnmal der deutschen Einheit entwendet und durch eine andere ausgetauscht. Der zitierte Artikel aus der Rhein-Zeitung (er stammt von Peter Burger) ist ebenso echt wie das darin beschriebene Erstaunen der Feuerwehr und der Polizei. Man wusste eben vor zwanzig Jahren noch wenig über die heute so geläufige Sportart »Free Climbing«. Erkenntnisse darüber vermittelte mir Nicole Pirpamer von der Frauenkletterschule »high live« in Köln, die mir sogar mittels gemailter Bilder vom Kaiserdenkmal eine Kletteranalyse anfertigte. Aber nicht nur ihr gilt mein Dank, sondern auch vielen anderen Informanten: So bin ich mit Hilfe meines ehemaligen Bundeswehrvorgesetzten OLT a.D. Peter K. Bolte und Herrn Simon von der Wehrtechnischen Studiensammlung Koblenz auf die Fliegerfaust »Gimlet« gekommen. Was damit in dieser Geschichte angestellt werden sollte, habe ich den beiden Herren nicht verraten, das geht allein auf meine Kappe. Wie man mit dieser Waffe, die man übrigens in der Wehrtechnischen Studiensammlung besichtigen kann, umgeht, verrieten mir zwei ehemalige NVA-Soldaten, die nicht genannt werden wollen und mit denen ich per E-Mail Kontakt hatte. Dem Stadtarchiv Koblenz, vor allem Herrn Schmidt, danke ich für die Bereitstellung der alten »RZ«-Ausgaben auf Mikrofilm und für weitere Hilfen bei den Recherchen. Ganz besonders danke ich auch der Koblenzer Polizei. Ich durfte im Polizeipräsidium ein Stündchen mit Herrn Ralf Schomisch und Herrn Christoph Rauland darüber plaudern, was sich in meiner alten Heimatstadt heute auf kriminalistischem Gebiet so tut. Unterstützt haben mich auch die Mitarbeiter des Hotels Mercure an der Rhein-Mosel-Halle. Darüber hinaus bin ich für kleine, aber wichtige Informationen meiner Autorenkollegin und Hauptkommissarin Nikola Hahn ebenso dankbar wie dem Journalisten Hans-Ulrich Stelter, der mich daran erinnerte, dass die reichen Mainzer in Wiesbaden wohnen. Die »Story« haben wohlwollend meine Frau Claudia, Nicole Dorweiler, meine wieder einmal sehr ermutigende und geduldige Lektorin Stefanie Rahnfeld sowie Elisabeth und Carolin Schnöll vom Gasthof Doktorwirt in

Salzburg mit großem Interesse getestet. Vieles verdanke ich auch diversen Büchern zum Thema. »Die Zerstörung des Reiterstandbildes des Kaiser-Wilhelm-Denkmals am Deutschen Eck« von August Böckmann (Koblenz 1997) enthält die gängigsten Theorien über das letztlich immer noch nicht geklärte Schicksal des Kaiser-Standbildes, der Sonderdruck »Das Denkmal am Deutschen Eck« der »Koblenzer Beiträge zur Geschichte und Kultur« (3. Band, Koblenz 1997) fasst zusammen, was man über das Denkmal und seine Geschichte weiß. Das »Neue Wörterbuch der Koblenzer Mundart« von Hannelore Kraeber (2. Auflage, Koblenz 1992) versorgte mich mit den zitierten Sprichwörtern.

O.B.

HEIDI REHN
Theos Erbe
RHEINTAL KRIMI